JETTE MARTENS

Gut Schwansee

Deine Liebe in meinem Herzen

ROMAN

Sollte diese Publikation Links auf Webseiten Dritter enthalten,
so übernehmen wir für deren Inhalte keine Haftung,
da wir uns diese nicht zu eigen machen, sondern lediglich
auf deren Stand zum Zeitpunkt der Erstveröffentlichung verweisen.

Verlagsgruppe Random House FSC® N001967

PENGUIN und das Penguin Logo sind Markenzeichen
von Penguin Books Limited und werden
hier unter Lizenz benutzt.

1. Auflage 2020
Copyright © 2020 by Ingken Wehrmeyer
Copyright © 2020 by Penguin Verlag, München,
in der Verlagsgruppe Random House GmbH,
Neumarkter Straße 28, 81673 München
Das Zitat auf Seite 29 f. stammt aus:
Joachim Ringelnatz, *Sämtliche Gedichte*, Diogenes Verlag.
Dieses Werk wurde vermittelt von Dorothee Schmidt,
Literaturagentur Hille & Schmidt.
Umschlag: Favoritbüro
Umschlagmotiv: © Shutterstock/Aleksey Stemmer/Traveller70/Masson/
Foxys Forest Manufacture/RAYphotographer/RaZZeRs/
Marcin-linfernum/chriss73
Redaktion: Lisa Wolf
Satz: Uhl + Massopust, Aalen
Druck und Bindung: GGP Media GmbH, Pößneck
Printed in Germany
ISBN 978-3-328-10477-3
www.penguin-verlag.de

Dieses Buch ist auch als E-Book erhältlich.

1

Dieser Moment war schön und schrecklich zugleich. Leni seufzte, als sie aus dem Fenster der Werkstatt blickte. Natürlich freute sie sich, dass sie eines ihrer Werke verkaufen konnte, andererseits schmerzte es sie zu wissen, dass sie es nun höchstwahrscheinlich niemals wiedersehen würde.

Die zwei Männer der Spedition trugen den von ihr gestalteten Schrank über den Innenhof bis kurz vor die Toreinfahrt, wo sie ihren Transporter geparkt hatten. Die Laderampe war bereits heruntergelassen. Der kleinere der beiden hielt einen Moment inne, um sich mit dem Handrücken den Schweiß von der Stirn zu wischen. Sein dürrer Partner, der den Schrank von unten hielt, kam ins Wanken, und das Möbelstück rutschte gefährlich nach rechts. Leni schnappte nach Luft und rannte nach draußen.

»Vorsicht, passen Sie doch auf!«

»Keene Angst, allet rodscha«, erwiderte der dürre und schob den Schrank stöhnend auf die Ladefläche.

Leni atmete erleichtert aus.

Die beiden nickten ihr zu, hoben die Laderampe hoch, kletterten in den Transporter und brausten vom Hof. Leni strich mit den feuchten Handflächen über den rauen Stoff ihrer grauen, mit Farbspritzern gesprenkelten Arbeitslatzhose. Ihr Freund Jannik, der sich gerade auf der anderen Seite des Innenhofes von der Käuferin verabschiedete – einer dünnen Blondine mit einer riesigen Sonnenbrille auf der Nase –, hatte den Schrank bei einer Haushaltsauflösung im Wedding ergattert. Das wahrscheinlich aus den Sechzigerjahren stammende Möbelstück hatte Leni anschließend mit matten Farben in Grau in Kombination mit Altweiß und Violett in ein richtiges Schmuckstück verwandelt.

Sie ging kurz in die kleine Küche direkt neben der Werkstatt und schenkte sich eine Tasse Kaffee aus der Thermoskanne ein.

»Ah, hier steckst du also!« Jannik lehnte sich an den Türrahmen und musterte sie von oben bis unten. Er war fast zwei Köpfe größer als sie und durchtrainiert, da er viermal die Woche ins Fitnessstudio ging. Seine markanten Gesichtszüge und das Gewinnerlächeln ließ jedes Frauenherz höherschlagen – das hatte Leni immer wieder erlebt, wenn sie zusammen unterwegs waren.

»Hat 'nen Tausender gebracht«, sagte er und fingerte eine Zigarette aus der Schachtel.

»Was, so wenig? Ich meine ...«

Sie bemerkte, dass sein Blick die Küchenablage absuchte. Also kramte sie ein Feuerzeug aus der Schublade und hielt ihm die Flamme unter die Nase.

»Danke!« Er inhalierte tief und strich mit der freien Hand durch sein wie immer perfekt frisiertes Haar.

»Mehr war leider nicht drin«, fuhr er fort. »Aber ist doch gut, dass das Ding endlich weg ist. Stand eh nur im Weg rum.«

Leni zuckte innerlich zusammen, sagte aber nichts, sondern nippte stattdessen an ihrer Tasse.

»Wir brauchen unbedingt neue Ware«, fuhr er fort und wischte sich einen unsichtbaren Fussel von der Jeans. »In drei Wochen ist doch das Straßenfest, da müssen wir echt mehr im Angebot haben.«

»Ich kann ja noch mal im Internet gucken?«

Jannik schnippte die Asche auf den Fußboden. »Ja, mach das, gute Idee. Ich muss los, okay? Wir sehen uns morgen.« Er beugte sich zu ihr hinunter und hauchte ihr einen Kuss auf die Wange.

Ehe Leni etwas Passendes erwidern konnte, war er auch schon verschwunden. Eigentlich hatte sie gehofft, dass sie heute etwas zusammen machen würden, aber wahrscheinlich hatte er noch Termine. Sie waren jetzt seit fast zwei Jahren ein Paar, und fast genauso lange war sie bei ihm angestellt. Sie setzte sich an den kleinen Schreibtisch, der in einer Ecke der Werkstatt hinter einem mit Papageien und großen, bunten tropischen Blumen bemalten Paravent stand. Während ihr Laptop hochfuhr, klickte sie sich durch die Fotos von ihr und Jannik, die sie auf ihrem Handy gespeichert hatte. Eins gefiel ihr besonders gut. Ihre Freundin Lisa hatte es auf ihrer Geburtstagsfeier gemacht: Sie saßen beide einander zugewandt auf einem Sofa, und Jannik hatte den Arm um sie gelegt. Sie schob ihr Handy beiseite und nahm den runden Briefbeschwerer in die Hand, den sie auf einem Flohmarkt in Friedrichshain entdeckt hatte. Mit dem Zeigefinger strich sie über das polierte Millefioriglas, das wahrscheinlich in den Sechzigerjahren in einer Glashütte in Murano in Italien geformt worden war. Mehrere bunte kleine Glasstäbe waren zu einem größeren zusammengeschmolzen worden, wodurch ein Blumenmeer in Kobaltblau, Karmesinrot, Maulbeerviolett und Mandarinenorange entstanden war.

Behutsam setzte sie das Sammlerstück zurück auf die Tischplatte und rief die eBay-Kleinanzeigenseite auf. Während Jannik meistens auf Flohmärkten, Messen und bei Haushaltsauflösungen für Vintage Dream einkaufte, stöberte sie überwiegend online nach geeigneten Objekten, weil Jannik dazu keine Lust hatte. Auf der Startseite wurden ihr bereits eine Reihe von Anzeigen empfohlen: ein alter Spiegel für fünfzehn Euro, eine angeblich antike Vase für zehn und drei *original Arne Jacobsen 3107 Fritz Hansen Stühle* für hundertfünfzig Euro. Das hörte sich interessant an. Sie rief die Anzeige auf. Die Sitzflächen der dunkelbraunen Holzstühle aus gebogenem Verbundsperrholz waren zerkratzt, und die Stuhlbeine sahen verrostet aus, aber der Originalaufkleber schien echt zu sein: *Made in Denmark 0366 by Fritz Hansen*. Bei dem Stuhl handelte es sich also um den dritten von insgesamt sechsundsechzig. Der Anbieter verkaufte nur an Selbstabholer. Sie müsste also selbst bis ganz runter nach Baden-Württemberg fahren. Das konnte sie vergessen.

Leni suchte weiter, und schließlich fiel ihr Blick auf ein weiteres vielversprechendes Angebot: *Verschiedene Möbel,*

Fünfziger- bis Achtzigerjahre, Lampen, landwirtschaftliche Geräte usw. zu verkaufen. Ort: Gut Schwansee, Waabs in Schleswig-Holstein. Nur Abholung! Landwirtschaftliche Geräte... Vielleicht gab es dort auch ein paar schöne alte Kutschenräder. Die waren als Dekoration für den Garten vor allem in Potsdam zurzeit sehr beliebt. Oder ein paar alte große Milchkannen? Solche Raritäten ließen sich wundervoll bemalen und dann als Schirmständer für den Flur nutzen.

Leni spürte ein Kribbeln im Bauch, die Vorfreude, vielleicht ein paar ungewöhnlichen Fundstücken auf die Spur gekommen zu sein. Okay, auch hierfür würde sie ein paar Stunden Autofahrt in Kauf nehmen müssen, aber es war nicht so weit weg wie Baden-Württemberg, und wenn Jannik sie begleitete, könnte daraus ein richtig schöner Ausflug werden. Sie schrieb dem Anbieter eine Mail und ging in die Küche, um sich noch eine Tasse Kaffee zu holen. Als sie zurück an ihren Schreibtisch kam, hatte sie bereits eine Antwort in ihrem Mailordner. Sie vereinbarte mit dem Verfasser der Anzeige, Bernhard Cornelius, einen Besichtigungstermin am kommenden Nachmittag um 17 Uhr. Jetzt musste sie nur noch Jannik überzeugen, sie zu begleiten, aber der war ja nicht mehr da. Auch ihre Aushilfe Jasmin konnte sie nirgends entdecken. Also löschte sie überall das Licht und schloss ab. Jannik hatte Glück gehabt, dass er so ein hübsches Geschäft mitten im angesagten Wrangelkiez in Kreuzberg ergattern konnte. Es befand sich in einem gemütlichen Innenhof, und von dort wehte Leni nun ein milder Wind entgegen. Sie stellte fest, dass die Pfingstrosen, die sie im vergangenen Jahr in dem kleinen Beet schräg vor dem Eingang eingepflanzt hatte, jetzt Anfang Mai schon zu blühen begonnen hatten. Wie schön! Sie beugte sich hinunter, um an einer Blüte zu schnuppern. Dabei fiel ihr Blick auf einen Zigarettenstummel, den jemand in die Erde gesteckt hatte. Unmöglich! Wie gedankenlos musste man sein, um seine Kippe in einem Blumenbeet zu entsorgen? Sie warf den Stummel in den großen Müllcontainer, der mitten auf dem Innenhof stand und einen unangenehmen Geruch verbreitete.

Auf dem Weg zu ihrer Wohnung in der Oderbergerstraße kam sie wie jeden Tag an der Kleinen Kaffeerösterei vorbei und ließ sich durch den Duft, der durch das halb geöffnete Fenster auf die Straße wehte, zum Kauf einer kleiner Packung Biokaffee verleiten.
»Alles klar bei dir?«, fragte Lukas, dem der Laden gehörte und das frisch gemahlene Pulver direkt von der Mühle in die Tüte rieseln ließ. Er blinzelte ihr aus seinen dunkelbraunen Augen freundlich zu und strich sich über seinen perfekt gestutzten Vollbart.
»Jetzt schon. Du kennst mich doch: Gebt mir Kaffee, und niemand wird verletzt!«
Er grinste. »Ich war schon immer gut darin, das Schlimmste zu verhindern.« Er schob ihr das Glas mit den selbst gebackenen Cookies entgegen, das auf dem Holztresen stand: »Kaffee allein reicht nicht. Man braucht auch noch Cookies dazu, viele Cookies, wenn du mich fragst.«
Leni griff beherzt ins Glas. »Darf ich mir zwei nehmen?«

»Na klar, bist ja unsere liebste Stammkundin.« Lukas stellte das Glas zurück an seinen Platz.

»Jannik war vorhin auch kurz hier.«

»Echt? Hat er mir gar nicht gesagt.«

»Er hat einen Espresso getrunken.«

Die Tür zum Café, das nebenan war, öffnete sich, und ihre Aushilfe Jasmin steckte den Kopf durch den Spalt. »Schreib mir bitte den Kaffee an, okay?«

Die Worte waren an Lukas gerichtet, doch als sie Leni erblickte, nickte sie ihr zu: »Hi!«

»Hi! Ich habe dich vorhin gesucht...«

»Ich habe früher Schluss gemacht.«

Sie schob die Tür auf, und Leni stellte fest, dass sie sich umgezogen hatte und nun statt Jeans und Pulli eine knallenge Lederhose und darüber einen golden schimmernden eng anliegenden Rolli trug.

Da Leni nicht reagierte, fügte sie schnell dazu: »Habe ich mit Jannik abgesprochen.« Sie hob die Hand. »Ich bin dann mal weg!«

Auf dem Weg zu ihrer Wohnung ging Leni diese kurze Begegnung nicht aus dem Kopf. Sie wusste auch nicht warum, aber automatisch verglich sie ständig ihr Äußeres mit dem ihrer Aushilfe. Jasmin war aber auch ein echter Hingucker, und das, obwohl sie in diesem Jahr erst siebzehn geworden war und noch zur Schule ging. Für die meisten Männer war sie aber bestimmt schon als Frau interessant, mit den großen blauen Augen und der blonden Mähne.

Leni öffnete ihre Wohnungstür, zog die Jeansjacke aus, hängte sie an die Garderobe und musterte sich kurz in dem bodentiefen Spiegel, den sie bei einer Haushaltsauflösung geschenkt bekommen hatte, weil das Glas in der rechten oberen Ecke einen Sprung hatte. Okay, so unzufrieden war sie mit ihrem Aussehen aber nun auch wieder nicht. Immerhin fielen ihre dunklen Locken in schönen Wellen auf die Schultern und bildeten einen hübschen Kontrast zu dem hellen Teint. Leni klopfte mit dem Zeigefinger auf ihr rechtes Ohr, weil sie dort plötzlich ihren Herzschlag spürte: bum-bum, bum-bum, bum-bum...

Pling! Leni fingerte das Handy aus ihrer Korbtasche. Jannik hatte ihr endlich zurückgeschrieben. *Kann morgen nicht mitkommen, sorry. Das kriegst du doch auch allein hin. J.* Ohne ihn hatte sie gar keine Lust loszufahren, aber andererseits hatte sie sich nun schon mit Bernhard Cornelius verabredet, und vielleicht würde ihr eine kleine Auszeit auch einmal guttun.

Leni öffnete das Handschuhfach ihres Sprinters. Die Papiere waren leider nicht dort, also musste sie noch einmal zurück ins Büro. Schließlich entdeckte sie die kleine Ledertasche mit dem Fahrtenbuch und dem Fahrzeugschein in der Ablage auf Janniks Schreibtisch unter einem Stapel Papier. Als sie sie herausziehen wollte, segelte ein kleiner Zettel zu Boden, den Leni noch schnell in der Luft auffing. Als sie zufällig das Wort »Shabby-Chic-Schrank« darauf las, runzelte sie die Stirn. Das war die Quittung über den Schrank, den Jannik am Tag zuvor an die Blondine verkauft hatte – für »'nen Tausender«. Genau das hatte er gesagt, da war sie sich hundertprozentig sicher. Auf der Quittung stand aber ein ganz anderer Betrag: stolze fünftausend Euro!

Sie benötigte einen Moment, um zu begreifen, was das bedeutete oder bedeuten könnte. Da sie immer vom Guten im Menschen ausging, nahm sie zunächst an, dass sich Jannik einfach versprochen hatte. Als sie dann aber im Auto saß und über die Stadtautobahn in Richtung Norden fuhr, kreisten ihre Gedanken immer noch um die Quittung. Konnte es sein, dass Jannik ihr nicht die Wahrheit gesagt hatte? Dass er sie betrog? Ihr Gehalt war provisionsabhängig, das hatten sie gleich zu Beginn ihres Arbeitsverhältnisses so festgelegt, und das hatte sie auch nie hinterfragt. Bislang hatte sie von Jannik nie eine Auflistung der Verkäufe eines Monats im Vintage Dream verlangt, sondern immer darauf vertraut, dass alles seine Richtigkeit hatte. Nach ihrer Rückkehr würde sie ihn zur Rede stellen, und sie hoffte inständig, dass sich alles als ein großes Missverständnis herausstellen würde. Aber die Zweifel blieben.

Nach knapp vier Stunden verließ sie die Autobahn und bog auf die B77 in Richtung Kiel ab. Laut Navi würde sie ihr Ziel in Waabs um 16.45 Uhr erreichen, sie war also auf jeden Fall pünktlich. Sehr schön! Sorge bereitete ihr nur das Wetter. Dunkle Wolken waren am Horizont aufgezogen, und eine halbe Stunde später prasselten auch tatsächlich dicke Regentropfen auf die Windschutzscheibe. Leni drehte den Hebel des Scheibenwischers auf die höchste Stufe. Sie fuhr am Hafen von Eckernförde vorbei und ließ den Blick kurz über die graue Ostsee gleiten. Ein Fischkutter fuhr gerade in den Hafen ein, umkreist von einer Schar Möwen. Es folgte eine scharfe Linksbiegung, und dann breitete sich die sanft hügelige Landschaft vor ihr aus. Rechts und links wogen sich dichte Laubbäume im Wind, dahinter sah Leni Raps- und Weizenfelder, so weit das Auge reichte. Sie drosselte das Tempo, weil die Straße sehr kurvenreich war. Schließlich senkte sie den Blick, um zu sehen, ob sie vielleicht eine WhatsApp-Nachricht von

Jannik erhalten hatte ... Es dauerte nur den Bruchteil einer Sekunde, aber als sie wieder hochsah, überquerte direkt vor ihr ein Rudel Rehe die Straße. Sie reagierte prompt und riss das Lenkrad nach links, nach rechts und wieder nach links, um den Tieren auszuweichen. Doch plötzlich erschien ein Reh genau vor ihrer Motorhaube. Sie sah das Weiße in den Augen des Tieres, die weit aufgerissen waren. Ein dumpfer Knall ließ sie aufschreien: NEIN! Wie in Zeitlupe realisierte sie, dass der Sprinter zu schlingern begann und sie von der Straße abkam. Ihr Auto ruckelte heftig, machte zwei kleine Hüpfer, und Leni trat reflexartig auf die Bremse. Sie wurde im Sitz nach vorne katapultiert, und der Gurt grub sich schmerzhaft in ihre linke Schulter. Ihr Herz pochte bis zum Hals, und sie bekam keine Luft. Wie konnte ihr das nur passieren? Sie fuhr seit über zehn Jahren Auto und hatte noch nie einen Unfall gebaut. Leni löste ihre rechte Hand vom Lenkrad, massierte ihre Schulter, dann atmete sie dreimal tief ein und wieder aus. Ihr war nichts passiert, aber was war mit dem Reh, das sie angefahren hatte? Ihre Augen füllten sich mit Tränen: Womöglich hatte sie ein Tier umgebracht, nur weil sie einen Moment abgelenkt gewesen war? Nein, das durfte nicht sein. Sie ballte ihre Hände zu Fäusten. Sie musste sich zusammenreißen. Wo war sie eigentlich? Ihr Atem kondensierte an der kalten Windschutzscheibe, und sie rieb mit der Handfläche die Feuchtigkeit beiseite, um besser sehen zu können – leider ohne Erfolg.

Leni stieß die Fahrertür auf. Sie stand mit ihrem Auto mitten auf einem matschigen Grasstreifen, nur wenige

Zentimeter von einer steilen Böschung entfernt. Als sie ausstieg, sackte sie mit ihren grünen Wildlederstiefeln sofort im weichen Boden ein. Das quatschende Geräusch, das dabei entstand, ließ sie erschaudern. Ungefähr fünfzig Meter von ihr entfernt erkannte sie die Umrisse eines Körpers auf dem Boden. Sie rannte los. Das durfte einfach alles nicht wahr sein – am liebsten hätte sie die vergangenen zehn Minuten zurückgespult. Ob es hier irgendwo einen Tierarzt gab? Oder besser noch: eine Tierklinik?

Außer Atem erreichte sie das Reh, das kraftlos den Kopf hob, als es Leni sah. Erfolglos versuchte es, sich aufzurappeln. Leni kniete sich in ungefähr einem Meter Entfernung neben das Tier.

»Ganz ruhig, ich tue dir nichts.«

Das Reh atmete nur noch stoßweise, und sie sah, dass Blut aus dem halb geöffneten Maul lief.

»Das habe ich nicht gewollt«, flüsterte sie.

Tränen flossen ihre Wangen hinunter und vermischten sich mit dem Regenwasser, das von ihren Haaren tropfte. Sie schniefte und hätte am liebsten geschrien. Das alles war wie in einem schlimmen Albtraum.

In diesem Moment kam ein Auto auf sie zugefahren. Leni hielt sich die Hand vor die Stirn, rappelte sich auf und winkte dem Fahrer zu, der tatsächlich den Blinker setzte und seinen Jeep mit einem flachen Anhänger am Rand der Straße zum Stehen brachte.

Die Tür wurde aufgestoßen. Ein Mann – ungefähr ein Meter neunzig groß, breite Schultern – kam auf sie zu.

»Was ist denn hier passiert?« Seine Stimme klang dunkel und ein wenig rau.

»Ich habe ein Reh angefahren«, erwiderte Leni und zeigte auf den Boden. »Dahinten liegt es. Ich glaube, es stirbt.«

Der Mann musterte sie kurz, dann schob er sie grob beiseite. »Sie warten hier!«

Nach wenigen Augenblicken kam er zurück, ging an ihr vorbei, ohne sie eines Blickes zu würdigen, öffnete die Tür seines Wagens und zog ein Gewehr heraus.

»Steigen Sie ins Auto!«

Leni ließ den Kopf sinken: »Was… was haben Sie denn vor?«

»Na, wonach sieht es denn aus?«

Leni beeilte sich, in den Jeep zu steigen. Als sie saß, drückte sich plötzlich etwas Feuchtes in ihren Nacken. Sie schrie auf, drehte sich dann um und blickte in die bernsteinfarbenen Augen eines großen graubraunen Hundes mit struppigem Fell.

»Na, du hast mich vielleicht erschreckt.«

Das Tier legte seinen Kopf schief und jaulte kurz auf. Ein warmes Gefühl breitete sich in Lenis Magengegend aus, aber im selben Moment ließ ein lauter Schuss von draußen sie zusammenzucken. Dann war alles still.

»Alles klar bei Ihnen?«

Wie durch eine Nebelwand erkannte sie, dass der Typ mit dem Gewehr zurückgekommen war.

»Ich werde das Reh gleich mitnehmen«, sagte er und setzte sich auf den Fahrersitz.

Leni nickte nur und rieb sich mit den Händen die Oberarme.

»Wo wollen Sie eigentlich hin?« Er drehte den Schlüssel im Zündschloss, und als der Motor ansprang, fand Leni die Sprache wieder.

»Nach Gut Schwansee.« Sie hatte sich zwar wieder etwas gefangen, fühlte sich aber hundeelend. Was für ein beschissener Tag.

»Okay, ich nehme Sie mit.«

»Aber was ist mit meinem Auto? Das brauche ich doch.«

Er legte den Rückwärtsgang ein, hielt den Jeep an, stieg aus und sagte: »Darum kümmere ich mich später.«

Dann war er auch schon wieder weg. Kurze Zeit danach hörte Leni ein dumpfes Geräusch. Offensichtlich hatte der Typ das tote Reh einfach auf die Ladefläche des Anhängers verfrachtet. Wie herzlos! Sie spürte unendliches Mitleid mit dem armen Tier.

»So, das wars.« Der Rehmörder – Leni schätzte sein Alter auf Anfang dreißig – hatte wieder auf dem Fahrersitz Platz genommen. »Ich habe mir gerade noch Ihr Auto angesehen. Das steckt total fest.« Er runzelte die Stirn. »Es schüttet ja auch schon wieder.«

Leni verschränkte die Arme vor der Brust. »So wie sie das sagen, hört sich das wie eine Katastrophe an.« Sie merkte selbst, dass ihr Tonfall unfreundlich klang, aber dieser gefühllose Landbursche hatte keine andere Behandlung verdient. Knallte einfach ein verletztes Reh ab!

»Ist es ja auch. Die totale Katastrophe für den Raps.«

Leni sah aus dem Fenster. Tatsächlich: Links und rechts von der Straße waren bis zum Horizont Rapsfelder zu sehen. Durch den Regen kam das Gelb allerdings nicht richtig rüber. Alles wirkte eher Grau in Grau. Irgendwie trostlos.

Der Mann legte den Rückwärtsgang ein, setzte zurück und seufzte tief. »Okay, wir holen noch Ihre Sachen aus dem Auto, und dann besorge ich Ihnen jemanden, der es aus dem Graben zieht.«

Sie nickte und befahl sich zu schweigen, aber dann platzte es doch aus ihr heraus: »Mussten Sie das Reh denn erschießen?«

Ihr Fahrer sah sie stirnrunzelnd an. »Was hätte ich denn Ihrer Meinung nach sonst tun sollen? Es in die Tierklinik fahren?«

»Zum Beispiel. Vielleicht hätte man es noch retten können.«

»Mit einer Bluttransfusion oder was?«

»Was weiß ich, ich bin ja keine Tierärztin. Aber einfach so erschießen ...«

»Ich hatte keine Wahl. Das Reh hat gelitten, und ich habe es von seinem Leid erlöst. So einfach ist das.« Er schwieg einen Moment. Dann setzte er nach: »Wir sind hier nicht in einem verdammten Disneyfilm!«

Leni schnaubte verärgert. »Ich meine ja nur. Wir hätten es doch wenigstens zum Tierarzt bringen können.« Allmählich wurde ihr das alles zu dumm. Mit diesem Menschen konnte man nicht reden. Der Typ war roh und gefühllos. Hoffentlich war dieser Bernhard Cornelius nicht vom gleichen Schlag. Sie erreichten ihr Auto, und Leni atmete erleichtert aus. Der Mann half ihr, ihre Sachen im Jeep zu verstauen. Sie stieg wieder ein und legte den Sicherheitsgurt an. Dabei versuchte sie, nicht an das tote Reh hinten im Anhänger zu denken. Für den Mann neben ihr schien die ganze Angelegenheit schon Schnee von gestern zu sein.

»Sie kommen aus Berlin?«

Überrascht schaute sie ihn an.

»Ihr Autokennzeichen...«

Sie verschränkte die Arme vor ihrer Brust. »Genau.«

»Wollen Sie Urlaub auf Gut Schwansee machen?«

»Nein, nein«, erwiderte sie zögernd und starrte demonstrativ aus dem Seitenfenster. »Ich bin beruflich hier.«

»Ach ja?« Seine Stimme klang ruhig und selbstsicher, und als er den ersten Gang einlegte, musterte Leni ihn kurz von der Seite. Er hatte ein geradezu klassisches Profil: eine gerade Nase, buschige, aber nicht wildwuchsmäßige Augenbrauen, ein kräftiges, markantes Kinn und dunkelblondes Haar. Er trug ein kariertes Hemd und darüber eine beigefarbene dicke Weste mit mehreren Taschen. Wenn er sich nicht so unmöglich verhalten würde, hätte sie ihn vielleicht sogar attraktiv gefunden. Rein objektiv betrachtet natürlich.

»Ich bin mit Herrn Cornelius verabredet«, sagte sie und ließ dabei den Blick über seine Hände gleiten. Sie waren groß und kräftig mit langen Fingern und kurz geschnittenen Nägeln.

»Soso«, sagte er, »und aus welchem Grund, wenn ich fragen darf?«

Seine Stimme klang spöttisch, deshalb richtete sich Leni in ihrem Sitz auf und spannte ihre Schultern an. »Ich interessiere mich für Sachen, die er verkaufen will.«

»Aha...« Er grinste. »Sind Sie so eine Art Sachensucherin? Wie bei Pippi Langstrumpf?«

»Sehr witzig!« Leni verschränkte die Arme vor der Brust. »Wollen Sie sich über mich lustig machen?«

»Nee, wie käme ich denn dazu?«

Dann schwieg er. Mehr fiel ihm offenbar nicht ein.

Leni fühlte sich unbehaglich. Demonstrativ blickte sie aus dem Seitenfenster und schwieg ebenfalls. Nichts sagen konnte sie auch.

Bereits nach wenigen Minuten erreichten sie ihr Ziel. Der Mann drosselte das Tempo, setzte den Blinker und durchfuhr den hohen Torbogen eines großen landwirtschaftlichen Gebäudes, das direkt an der Landstraße lag. Leni entdeckte rechts von ihr ein Wirtschaftsgebäude und davor ein Paddock für Pferde. Neugierig blickte sie in die andere Richtung.

»Wahnsinn!«

Das vierstöckige Backsteinherrenhaus mit den weißen Sprossenfenstern und dem mächtigen im unteren Bereich zweimal abgeknickten Dach bot einen herrschaftlichen, aber auch irgendwie märchenhaften Anblick. Leni mutmaßte, dass es sich um einen Barockbau handelte.

»Das ist ja ein Traum!«

»Ja, ist schon schön hier«, murmelte ihr Fahrer, öffnete die Tür und war in wenigen Augenblicken auf ihrer Seite. Er hielt ihr seine Hand entgegen. »Darf ich bitten?«

Als sie ihn berührte, breitete sich ein Kribbeln von ihren Fingerspitzen über ihren Arm bis zu ihrer Brust aus, als hätte sie einen leichten Stromschlag erhalten. »Eh, danke«, stammelte sie und beugte sich hinunter, um ihre Sachen aus dem Auto zu holen.

Der Mann kam ihr jedoch zuvor. Sie streckte die Hand aus und nahm ihre Tasche entgegen.

»Ich brauch noch Ihren Schlüssel«, forderte er sie auf.

»Wieso?«

»Na, wie soll ich sonst Ihr Auto abschleppen lassen?«

Leni spürte, wie sie errötete. »Ach ja, natürlich.«

Er steckte den Schlüssel in eine Tasche der Weste. »Okay, das wars dann.«

Er wandte sich zum Gehen, aber Leni hielt ihn am Ärmel fest.

»Hey, einen Moment mal. Wie heißen Sie eigentlich?«

»Nathan.«

Ehe sie weitere Fragen stellen konnte, saß er auch schon in seinem Jeep und brauste davon. Leni schaute ihm etwas perplex hinterher. Sie fragte sich, ob er auf dem Gut arbeitete – zum Beispiel als Landarbeiter oder Stallbursche? Eine Weile stand sie so in Gedanken versunken auf dem Hof, bis ein älterer Mann in einer abgewetzten Barbourjacke auf sie zukam.

»Sie sind sicher Leni Seifert! Na, dann kommen Sie doch gleich mal mit.« Er deutete auf ein längliches Nebengebäude mit einem Giebel. »Die Sachen sind alle in der Tenne.«

3

Nathan fuhr mit seinem Jeep an dem Paddock vorbei, um zur Wildkammer zu gelangen. Er verspürte keine große Lust, das Reh noch aufzubrechen, aber solch einen Job konnte man nicht einfach auf den nächsten Tag verschieben. Diese Frau aus Berlin hätte jetzt wahrscheinlich wieder den passenden Kommentar parat: *Wie können Sie nur das Reh aufschneiden, das arme Tier...* Er konnte ihre empörte Stimme geradezu hören. Wie konnte man so realitätsfern sein? Wahrscheinlich hatte sie in ihrem ganzen Leben noch keinen Gedanken daran verschwendet, wie in ihrem hippen Großstadtrestaurant das Steak auf den Teller kam. Er hoffte inständig, dass sie nicht lange auf Gut Schwansee bleiben würde. Das sterbende Reh in die Tierklinik fahren? Wie kam man bitte auf solche Ideen?

Nachdem Nathan das Reh ausgenommen hatte, fuhr er zu seinem kleinen, aber gemütlichen Häuschen genau gegenüber dem Springplatz. Sherlock sprang mit einem kurzen Bellen aus dem Wagen und folgte ihm bis zur Tür. Als er sie aufgeschlossen hatte, drängte sich sein Hund vor ihm hinein und stürzte sich gleich auf seinen Fressnapf, der im gefliesten Flur unter der Treppe zum ersten Stock stand. Danach schlabberte er noch etwas Wasser und legte sich dann in seinen Korb.

Nathan hängte seine Weste an einen Haken der Garderobe und stellte die lehmverkrusteten Arbeitsschuhe auf eine Ablage aus Holz. Er war fix und fertig. Den ganzen Vormittag hatte er mit Misten in den Ställen verbracht. Danach hatte er kurz geduscht, etwas gegessen und fünf Pferde geritten – und dann noch dieser Wildunfall.

Er ging in seine kleine Küche, um sich ein Bier aus dem Kühlschrank zu holen. Im Wohnzimmer war es kühl. Er öffnete die Tür des dänischen Kaminofens, legte ein Scheit Holz hinein, und als das Feuer hinter der Glasscheibe zu lodern begann, streckte er sich auf seinem alten Ohrensessel aus. Ob sich diese Großstadttussi jetzt schon über die alten Sachen in der Tenne hermachte? Hoffentlich nahm sie den ganzen Kram gleich mit! Es wurde Zeit, dass die alte Tenne genutzt wurde. Das Gebäude eignete sich fantastisch für einen neuen modernen Hengststall. Jetzt im Frühjahr könnte man mit dem Umbau beginnen. Es wurde Zeit, dass auf Gut Schwansee endlich einmal etwas passierte, vor allem, seit die Besitzer vom Nachbargut so richtig Gas gaben. Denn vor Kurzem hatte er erfahren, dass Beatrice Constance Gräfin von Bardelow und ihr Ehemann Hektor an einem innovativen Wellness-Konzept arbeiteten. *Wellness verpflichtet* – so der zukünftige Slogan. Verdammt nochmal!

Seine Gedanken kehrten zurück zu der jungen Frau aus Berlin. Er öffnete die Tür des Kachelofens und legte ein

Scheit Holz nach. Wie sie ihn mit großen Augen angesehen hatte, nachdem er das Reh erschossen hatte – das sie angefahren hatte, wohlgemerkt. Typisch! Fleisch essen, aber nicht wissen wollen, wie das Tier zu Tode gekommen war. Er nahm noch einen Schluck Bier. Aber hübsch war sie schon... Nathan spürte, wie sich ein warmes Gefühl in seiner Magengegend ausbreitete, und das gefiel ihm überhaupt nicht. Er wollte mit diesem Typ Frau nichts zu tun haben, und das hatte auch einen Grund: *Laureen*. Wenn er an sie dachte, schnürte sich ihm immer noch die Kehle zu. Sie kam aus Hamburg und hatte auf Gut Schwansee mit ihrer Freundin Pia Urlaub gemacht. Zwischen ihnen beiden hatte es gleich gefunkt, und sie hatten vier Monate eine Fernbeziehung geführt. Irgendwann hatte sie ihm gestanden, dass ihr das Landleben einfach zu langweilig war, und von einem Tag auf den anderen Schluss gemacht. Nathan war aus allen Wolken gefallen, er hatte sogar schon darüber nachgedacht, zu ihr in die Stadt zu ziehen. Aber es kam noch schlimmer. Nur einen Tag später hatte sie bei Facebook ein Foto von sich und einem blonden Typen, der einen gelben Pullover mit Rautenmuster trug, gepostet:

glücklich ❤ ❤ ❤ *mit Mats Farwick!*

Er hatte Wochen gebraucht, um sich davon zu erholen. Seitdem war er sehr gut allein klargekommen, und das sollte auch so bleiben.

Leni hatte das Gefühl, im Paradies gelandet zu sein. Die Tenne, so hieß das längliche Gebäude, das sie bei ihrer Ankunft gesehen hatte, war der absolute Traum! Der bestimmt drei Meter hohe Raum war vollgestellt mit übereinandergestapelten Stühlen, Tischen und Schränken und noch vielen anderen alten Möbeln. In einer Ecke hatte sie – wie insgeheim gehofft – ein Kutschrad entdeckt und eine alte Registrierkasse, die auf einem Melkschemel stand. Schätze über Schätze! Leni jubelte innerlich, bemühte sich aber, cool zu bleiben. Das hatte sie von Jannik gelernt. Pokerface war angesagt.

Herr Cornelius zeigte nach oben: »Dort ist noch mehr, aber da gibt es leider kein Licht.«

Leni folgte mit dem Blick seiner Handbewegung und entdeckte eine ziemlich steile Holztreppe, die zu einer Art Heuboden führte.

»Hier unten wurde früher das Getreide gedroschen und dort oben das Stroh gelagert.«

Bernhard Cornelius stand ihr fast gegenüber und musterte sie aufmerksam. Er war sehr schlank und wirkte wie jemand, der den ganzen Tag im Freien verbrachte. Seine Hände hatten Schwielen, und seine Füße steckten in lehmverkrusteten Gummistiefeln. In seinen hellen Augen leuchtete der Schalk, und trotz seines fortgeschrittenen Alters konnte sich Leni gut vorstellen, dass er die Frauen reihenweise um den Finger wickelte.

Er deutete auf die Gegenstände. »Meinen Sie, dass da etwas für Sie dabei ist?«

»Auf jeden Fall«, beteuerte Leni. »Ich müsste mir das

alles nur etwas genauer anschauen. So auf einen Blick kann ich nicht viel sagen. Außerdem muss ich mich noch um mein Auto kümmern.«

Bernhard Cornelius schob sich seine Wollmütze aus der Stirn. »Das wird schon erledigt«, erwiderte er, und als er ihren erstaunten Blick sah, fügte er hinzu: »Nathan hat mich, nachdem er Sie hier abgesetzt hat, gleich angerufen. Paul, unser Stallbursche, ist schon unterwegs und bringt Ihren Sprinter hierher. Alles kein Problem.«

»Wow! Das ist ja super, vielen Dank.«

Er sah auf seine Uhr. »Wissen Sie, was? Wollen Sie nicht hier übernachten? Ein Gast hat kurzfristig abgesagt. Dann könnten Sie sich morgen früh alles in Ruhe anschauen.«

Leni zögerte einen Moment, dann sagte sie: »Ja, warum eigentlich nicht. Vielen Dank für das Angebot.«

Er reichte ihr die Hand: »Dann können wir uns ja auch duzen. Ich bin Bernhard.«

Sie grinste und erwiderte seinen kräftigen Händedruck. »Leni.«

Mit einem Seufzen ließ sie sich ein paar Minuten später auf die Matratze des Himmelbettes fallen und streckte die Beine aus. Ihre Unterkunft im zweiten Stock des Herrenhauses war sehr viel schöner und gemütlicher, als sie es erwartet hatte. Vor dem Bett befand sich eine große Holzkommode mit vier Schubladen. An der Wand darüber war ein ovaler schmiedeeiserner Spiegel montiert worden. In der Ecke lud ein großer, mit dunkelbraunem Leder bezogener Sessel zum Entspannen oder Lesen ein, und dann gab es noch einen mit Blumenornamenten verzierten Bauernschrank. Im zweiten Zimmer stand ein großer Schreibtisch direkt vor dem Sprossenfenster und daneben ein mit rotchangierendem Stoff bezogenes altmodisches Sofa zusammen mit einem kleinen Tischchen aus dunklem Holz, auf dem verschiedene Landmagazine lagen. Sie wunderte sich über sich selbst. Normalerweise war sie eigentlich, wenn sie allein war, nicht so spontan, aber Bernhard hatte sie einfach überrumpelt. Ihrem Freund Jannik hatte sie eine WhatsApp-Nachricht geschickt, dass sie einen kleinen Unfall gehabt hatte und über Nacht wegbleiben würde. Er hatte mit einem kurzen *Okay* geantwortet. Vorerst weigerte sie sich, diese lieblose Nachricht weiter zu hinterfragen. Auf Frust hatte sie momentan nämlich so überhaupt keine Lust.

Sie rutschte nach oben, lehnte sich gegen das Kopfende und stopfte sich zwei Kissen hinter den Rücken. Der Himmel bestand aus einem hellrosa, leichten Baumwollstoff mit pinkfarbenen Punkten, und die weiße kuschelige Bettwäsche war mit kleinen Krönchen bedruckt. Wirklich zuckersüß! Zum Glück hatte sie immer, wenn sie auf Reisen war, ihre Kulturtasche dabei und ein paar Klamotten zum Wechseln. Es war schon öfter mal vorgekommen, dass sie und Jannik irgendwo übernachtet hatten, wenn sie auf einer Einkaufstour unterwegs waren. Sie freute sich so sehr auf den kommenden Morgen, dann würde sie in Ruhe in der Tenne stöbern können – herrlich!

Plötzlich entstand ein Bild vor ihrem inneren Auge: ein eigener Laden, wäre das nicht wunderbar? Schon als kleines Mädchen hatte sie von einem eigenen Geschäft geträumt und ihre Ideen mit Pappkartons und buntem Verpackungsmaterial umgesetzt. Ihre Schwester Luise hatte ihr oft dabei geholfen und die Einkäuferin gespielt. Aber leider hatte es nach einem abgebrochenen Studium der Kunstwissenschaften nur zu diversen Jobs in Einrichtungs- und Dekorationsläden gereicht. Alles, was sie handwerklich konnte, hatte sie sich selbst beigebracht – YouTube-Tutorials sei Dank!

Umso länger sie darüber nachdachte, desto mehr nahm ihr Traum Gestalt an: Die Wände würde sie mit einer Wischtechnik gestalten, in Blau oder vielleicht auch in einem dunklen Grün, und ihre Werke wie Möbel in dem Raum verteilen. Die Tenne wäre ideal dafür. Man könnte dort die Treppe zum ehemaligen Strohboden nutzen, um zum Beispiel kleine Körbe, Keramikfiguren oder Dekorationsartikel auszustellen. Damit alles besser ausgeleuchtet wäre, könnte sie irgendwo alte Studiolampen auftreiben… Und plötzlich wusste sie auch schon ganz genau, wie ihr Laden heißen würde: »Überall« – so wie das Gedicht von Joachim Ringelnatz, das sie so liebte:

Überall
Überall ist Wunderland.
Überall ist Leben.
Bei meiner Tante im Strumpfenband.
Wie irgendwo daneben.
Überall ist Dunkelheit.
Kinder werden Väter.

Fünf Minuten später
Stirbt was für einige Zeit.
Überall ist Ewigkeit.
Wenn du einen Schneck behauchst,
Schrumpft er ins Gehäuse.
Wenn du ihn in Kognak tauchst,
Sieht er weiße Mäuse.

Sie seufzte: Nein, wenn sie ehrlich zu sich war, musste sie sich eingestehen, dass das alles nicht funktionieren würde. Sie hatte überhaupt keine Ahnung davon, wie man ein Unternehmen führte. Buchhaltung, Rechnungswesen und Steuererklärungen waren nicht ihre Welt. Deshalb war sie froh, dass sie bei Jannik als Angestellte arbeiten konnte. Sie war zufrieden mit ihren Aufgaben in der Werkstatt und überließ ihm sehr gern alles andere. Nur diese Sache mit dem Scheck gefiel ihr gar nicht. Außerdem hatte sie das unbestimmte Gefühl, dass etwas zwischen ihnen nicht in Ordnung war. Sie zwirbelte eine Locke ihres Haares zwischen den Fingern.

Männer! Warum war es so schwierig, mit ihnen auszukommen? Die meisten waren für sie ein Buch mit sieben Siegeln. Auch dieser Nathan. Der Typ war doch wirklich unmöglich… überheblich, viel zu sehr von sich selbst überzeugt und dann auch noch Jäger. Wie konnte man nur Freude dabei empfinden, Rehe, Hasen und Wildschweine abzuschießen?

Leni gähnte und rieb sich die Augen. Eigentlich hätte sie gern noch etwas gegessen, aber in dem Kühlschrank in der winzigen Küche neben dem Bad fand sie nur eine Flasche Wasser. Egal. Bernhard hatte ihr gesagt, dass sie im Hofcafé frühstücken könne, zusammen mit den Angestellten von Gut Schwansee. Dann musste sie eben bis morgen warten.

Sie sprang aus dem Bett, zog sich schnell aus, duschte und kramte ein frisches T-Shirt aus ihrer Vintage-Burberry-Reisetasche hervor. Danach schlüpfte sie hundemüde unter die Decke ihres Bettes und fiel schnell in einen tiefen, traumlosen Schlaf.

4

Als Leni aufwachte, wusste sie für einen Moment nicht, wo sie war. Sie hatte tief und fest geschlafen, und als sie die Augen aufschlug, war alles um sie herum schwarz. Nach einer kurzen Schrecksekunde fiel es ihr wieder ein. Stimmt, sie war ja nicht in Berlin, sondern auf dem Land, genauer gesagt auf Gut Schwansee. Normalerweise wachte sie jede Nacht mehrmals auf, weil sich Nachbarn stritten, Leute in ihrer Straße eine Party feierten oder Krankenwagen mit Sirene an ihrer Wohnung vorbeirasten. Aber hier: absolute Stille, und das die ganze Nacht. Doch jetzt am frühen Morgen hörte sie draußen Stimmen, etwas klapperte, ein Pferd wieherte und ein anderes antwortete aus der Ferne. Leni griff nach ihrem Handy, das auf dem Nachttisch lag. Ein Glück, es war erst kurz nach sieben, sie hatte also nicht vollkommen verschlafen und würde auf jeden Fall im Hofcafé ein leckeres Frühstück bekommen.

Als sie das Gebäude verließ, musste sie blinzeln. Draußen schien die Sonne, und der Himmel war fast wolkenlos. Sie überquerte eine kleine Brücke – das Herrenhaus war von Wasser umgeben – und blieb einen Moment stehen, um diesen besonderen Ort auf sich wirken zu lassen. Sie atmete tief ein und schnupperte: Es roch ganz anders als in Berlin – nach feuchter Erde, irgendetwas Süßem und… nach Pferdemist. Oder doch nach Kuhfladen? Sie konnte sich nicht entscheiden, ob der Geruch gerade noch angenehm war oder ob man einfach zugeben musste, dass es stank. Sie grinste und entschied sich für: Landluft.

Rechts von ihr erblickte sie das Hofcafé und den Hofladen mit dunkelgrünen Holztüren, die sich in dem länglichen Backsteingebäude befanden, durch dessen Toreinfahrt sie gestern mit Nathan angekommen war. Über dem Torbogen thronte ein windschiefes Türmchen, das sie an einen riesigen Fingerhut erinnerte und auf dessen Spitze sich ein aus Schmiedeeisen gefertigter nostalgischer Wetterhahn im Wind drehte. Daran schloss sich die Tenne an, und an dem mit verwittertem Holz verkleideten Gebäude an der Stirnseite waren offenbar Ställe untergebracht. Ein dunkelbraunes Pferd ließ schläfrig seinen Kopf aus einer halb geöffneten Tür hängen. In der Mitte des Innenhofes befand sich eine runde Koppel, auf der ein Schimmel friedlich graste. Als sie sich der weiß gestrichenen Umzäunung näherte, hob das edle Tier den Kopf. Sie stützte ihre Unterarme auf der oberen Holzplanke ab. »Na, du.«

Zögernd kam das Pferd näher, blieb einen Meter von ihr entfernt stehen und reckte dann aber seine Nase nach vorn, um an ihrer Hand zu schnuppern. Leni spürte seine weichen Nüstern auf ihrer Haut. Ein wohliges Gefühl breitete sich in ihrem Körper aus, und Leni entspannte sich von einem Moment auf den anderen. Der Schimmel schnaubte leise, schüttelte den Kopf, drehte sich um und steckte seinen Kopf wieder in das Gras.

Leni betrachtete das gegenüberliegende kleinere Stallgebäude. Über der grün gestrichenen Holztür hing ein Schild mit der Aufschrift *Hengststall*. Sie nahm sich vor, später dort vorbeizuschauen und vielleicht noch einen größeren Rundgang zu machen.

Der Eingang zum Hofcafé befand sich genau gegenüber dem Hengststall, und als Leni den Innenraum betrat, strömte ihr der Geruch von frisch gebackenem Apfelkuchen entgegen. Sie schnupperte verzückt. Plötzlich fühlte sie sich in ihre Kindheit zurückversetzt und erinnerte sich an die Besuche bei ihren Großeltern im Alten Land. Jedes Mal hatte sie sich wie eine Schneekönigin auf den frisch gebackenen Apfelkuchen ihrer Großmutter gefreut, belegt mit Früchten aus dem eigenen Garten. Mittlerweile lebten die beiden in einem Altenheim der Diakonie in Hamburg. Leni nahm sich vor, ihnen bei ihrem nächsten Besuch einen Apfelkuchen mitzubringen.

Hinter dem Tresen stand eine junge, sympathisch wirkende Frau, die sie anlächelte.

»Du musst Leni sein«, sagte sie und deutete auf die Ablage. »Herr Cornelius hat dich angekündigt. Es ist noch genügend da, nimm dir einfach, was du willst, okay?«

Leni betrachtete den Weidenkorb mit Brötchen und Brot, die Platten mit Wurst und Käse und die kleinen Glasschälchen mit verschiedenen Marmeladensorten und Honig.

»Wow, ich bin überwältigt. Da weiß man ja gar nicht, wo man anfangen soll. Das sieht alles sehr lecker aus.«

Die junge Frau, die einen schwarzen, hochgeschlossenen Kochkittel trug, nickte. »Vielen Dank, das freut mich.« Sie reichte Leni die Hand über den Tresen. »Ich bin übrigens Sina, die Jungköchin.«

»Schön, dich kennenzulernen.« Leni lächelte Sina an und deutete dann mit dem Kopf in den Raum, der mit schlichten dunklen Holztischen und -stühlen möbliert war. An den Wänden hingen Fotos von Pferden, Landschaftsgemälde in goldenen Rahmen und Jagdtrophäen. »Bin ich die Letzte?«

Sina wischte mit dem Lappen über den Tresen. »Ja, bei uns geht es früh los. Die Pferde werden schon um sechs Uhr gefüttert und dann auf die Koppeln gebracht. Danach ist hier Frühstück angesagt, und dann beginnt die Arbeit auf dem Hof. Misten, Feldarbeiten und Reparaturen.« Sie hielt einen Moment inne und schob sich eine Strähne ihres blonden Haares unter die Kochmütze. »Hier gibt es immer eine Menge zu tun.«

»Sechs Uhr morgens?« Leni fingerte ein Vollkornbrötchen aus dem Korb.

Sina strahlte über das ganze Gesicht, das rund und ebenmäßig war, mit einer Stupsnase, einem fast herzförmigen Mund und großen dunkelblauen Augen. »Ich liebe das frühe Aufstehen. Das sind doch die besten Stunden des Tages, oder?«

Leni schüttelte den Kopf. »Ich bin mehr so die Nachteule«, sagte sie und stellte noch ein kleines Schälchen mit schwarzem Johannisbeergelee auf ihr Tablett.

Sina machte eine abwehrende Handbewegung. »Ach,

du würdest dich wundern, wie schnell man sich umgewöhnen kann. Ich muss jetzt weitermachen, lass es dir schmecken!«

Leni setzte sich an einen Tisch in der hintersten Ecke, und als sie gerade in ihr mit Gelee beschmiertes Brötchen biss, betrat Nathan das Hofcafé. Sie beobachtete, wie er zum Tresen ging und bei Sina einen Becher Kaffee orderte. Sie hatte mit ihrer Vermutung, dass er auf Schwansee arbeitete, also doch richtiggelegen. Wahrscheinlich war er Bereiter, mutmaßte sie, so wie er gekleidet war. Die dunkelbraune Reithose stand ihm wirklich gut, dazu trug er Stiefeletten mit Chaps und einen schwarzen Blouson, auf den *Gut Schwansee* gestickt war. Er nahm seinen Kaffeebecher in Empfang und drehte sich um. In diesem Moment begegneten sich ihre Blicke, und Nathan nickte ihr kurz zu. Leni hob die Hand, um ihm zuzuwinken, aber da war er schon verschwunden. Sie kam sich unendlich dämlich vor. Doch ihr erster Eindruck wurde dadurch nur bestätigt: Dieser Nathan war einfach ein Idiot.

Nathan war nicht darauf vorbereitet gewesen, die Berlinerin gleich morgens im Hofcafé zu treffen. Offensichtlich hatte sie sich schon perfekt eingelebt. Gemütlich saß sie dort beim Frühstück, obwohl es schon fast Mittag war. Laureen hatte am Sonnabend auch am liebsten lange geschlafen, danach hatte sie immer gern irgendwo schick frühstücken wollen (ein Gläschen Prosecco inklusive), und danach war meistens shoppen angesagt gewesen. Shoppen! Allein das Wort verursachte bei ihm eine Gänsehaut. Wie konnte man nur stundenlang durch die Stadt hetzen, um sich irgendwelche Klamotten anzugucken und – noch schlimmer – anzuprobieren? Nathan betrat den Hengststall, und Moonlight wieherte leise.

»Ich komm ja schon, mein Dicker«, begrüßte er seinen Junghengst, den er mit der Flasche aufgezogen hatte, nachdem seine Mutter bei der Geburt gestorben war. Der Rappe streckte ihm seinen Kopf entgegen, und Nathan kraulte ihn ausgiebig zwischen den Ohren, das liebte er besonders. »Na, mein Guter, gleich geht es los.«

Nathan freute sich darauf, seinen Hengst zu reiten. Moonlight war ein absoluter Musterschüler und hatte von Beginn seiner Ausbildung an so gut wie keine Probleme gemacht. Obwohl er gerade mal drei Jahre alt war, lief er schon sehr ausbalanciert und ließ sich leicht an die Hand heranreiten. Nathan wollte ihn bei der Hengstleistungsprüfung in Neustadt vorstellen. Er wünschte sich sehr, dass Moonlight im Herbst vom Trakehner Verband als Zuchthengst anerkannt werden würde, allerdings bestand dann auch die Gefahr, dass er auf der anschließenden Auktion verkauft werden würde. Nathan hatte insgeheim andere Pläne mit seinem Pferd. Er träumte davon, auf Gut Schwansee einen Zucht- und Ausbildungsstall zu etablieren, der sich weit über die Grenzen Schleswig-Holsteins einen Namen machen sollte. Dazu benötigte er unbedingt die Tenne, um seine Vorstellungen eines modernen Stalles verwirklichen zu können. Der alte Hengststall war einfach zu dunkel und auch nicht groß genug. Großzügige Boxen für die Hengste, eine Laufbox für die Jungpferde, eine geräumige, beheizbare Sattelkammer und natürlich einen Aufenthaltsraum für ihn und die anderen Bereiter. Moonlight würde er dann als seinen ersten Deckhengst einsetzen wollen. Er seufzte und griff nach dem Halfter des Pferdes, das an einem Haken an seiner Box hing. Gut, dass die Berlinerin einige der alten Möbel bald mitnehmen würde.

»Ach, hier steckst du also.« Bernhard kletterte die letzte Stufe hoch auf den ehemaligen Strohboden und begrüßte Leni, die gerade eine kleine Kommode begutachtete. »Hast du schon etwas gefunden, das du haben möchtest?«

Leni grinste und reichte ihm die Hand. »Wenn es nach mir ginge, würde ich am liebsten alles mitnehmen«, sagte sie und ließ sich auf ein altes Sofa fallen, dessen Stoff vollkommen abgewetzt war. Sie schlug mit der Hand auf den Platz neben sich. »Komm, setz dich doch zu mir!«

Bernhard grinste und zog einen Flachmann aus der Tasche. »Aber gern doch. Wenn mich eine junge Deern so nett einlädt...« Er schraubte den Deckel ab. »Hier, nimm mal 'nen Schluck.«

Leni nippte und verzog das Gesicht. »Das ist aber heftig, oder?«

»Na klar, sonst wirkt es ja nicht«, erwiderte Bernhard und setzte den Flachmann an. »Nimm doch erst einmal das mit, was dir am besten gefällt. Du kannst ja wiederkommen.«

»Ist das dein Ernst?«

»Na klar, ich mache nie Witze.« Er stupste sie mit dem Ellenbogen an. »Jedenfalls nicht, wenns ums Geschäft geht.«

»Unten habe ich schon ein paar Sachen zusammengesucht, die ich dir gern abkaufen würde. Du kannst mir ja mal einen Preis nennen, ja?«

»Klar, mach ich. Wir werden uns schon einig, min Deern.«

Sie kletterten beide die Treppe hinunter, und nachdem sie einige Male hin und her gefeilscht hatten, hielt Bernhard ihr die Hand hin.

»Fünfhundert Euro für alles«, sagte er und deutete auf die vier Stühle und den Tisch, die Kommode, die Registrierkasse und das Bauernbett.

»Okay«, willigte Leni ein, und sie besiegelten das Geschäft mit zwei kräftigen Schlucken aus dem Flachmann.

Anschließend rief Bernhard Paul und bat ihn, den Sprinter vorzufahren. Gemeinsam beluden sie das Fahrzeug und befestigten die Möbel mit Gurten. Als sie fertig waren, verabschiedete sich Paul, weil er noch einen Zaun reparieren wollte, und Leni und Bernhard setzten sich auf die Holzbank vor die Tenne, um die Frühlingssonne zu genießen.

»Ist es nicht schön hier?«, sagte Bernhard und streckte seine Beine von sich. »Ich verstehe gar nicht, wie man woanders leben kann. Bist du denn zufrieden in der Stadt?«

»Na klar«, erwiderte Leni. »In Berlin ist immer was los. Außerdem sind alle meine Freunde dort.«

»Für mich wäre das nichts. Der ganze Lärm und Dreck. Nee, da sitze ich doch lieber hier in der Sonne und genieße die Landluft.«

»Aber in der Stadt gibt es auch Natur«, widersprach Leni, »und weiter draußen dann Wälder und Seen ohne Ende.«

Bernhard nickte. »Das stimmt wohl. Um ehrlich zu sein, kann ich das natürlich gar nicht beurteilen, ich war noch nie in Berlin.«

»Echt nicht?«

»Ich kann hier halt nie weg. Es gibt einfach viel zu viel zu tun.«

5

Als Leni auf die Autobahn Richtung Berlin fuhr, ließ sie das Gespräch mit Bernhard noch einmal Revue passieren. Er hatte ihr erzählt, dass er plante, die leer geräumte Tenne wirtschaftlich sinnvoll zu nutzen, allerdings hatte er noch keine richtige Idee dafür. Natürlich hatte sie ihm nicht von ihrem nächtlichen Hirngespinst erzählt, aber wenn sie ehrlich war: Die Vorstellung eines eigenen Ladens ließ sie einfach nicht mehr los, erst recht nicht, seit sie Gut Schwansee verlassen hatte. Dieser Ort hatte etwas Magisches. Das alte Gebäude, die Pferde, die Nähe zum Strand und die bodenständigen Menschen. Kurz flackerte das Bild von Nathan vor ihrem inneren Auge auf. Andererseits freute sie sich darauf, nach Berlin zurückzukehren und Jannik ihre Einkäufe zu präsentieren. Er hatte sich noch gar nicht gemeldet. Vielleicht hatte er mit den Vorbereitungen für das Stadtfest einfach zu viel zu tun… Sie würde ihm auch nicht schreiben, sondern ihn einfach überraschen. Als sie um 18 Uhr endlich auf den Innenhof von Vintage Dream fuhr, sah sie tatsächlich das Auto ihres Freundes, ein Mercedes Coupé, das er günstig von einem Bekannten gekauft hatte, vor dem Eingangstor stehen. Licht schimmerte durch die hohen stählernen Sprossenfenster, aber niemand öffnete, als sie klingelte. Genervt ging sie zurück zu ihrem Sprinter, um den Ladenschlüssel zu holen, als plötzlich Jannik in der Tür stand.

»Was machst du denn hier?«

Leni versuchte, sich an ihm vorbei in den Laden zu schieben. »Ich freu mich auch, dich zu sehen«, erwiderte sie und wunderte sich zugleich über ihre Schlagfertigkeit. Normalerweise fielen ihr solche Sätze immer erst ein, wenn es schon zu spät war.

»Du, ich wollte gerade Schluss machen«, sagte ihr Freund und zog sie mit nach draußen. »Ich hab Hunger, lass uns was essen gehen.«

»Willst du gar nicht wissen, was ich eingekauft habe?«

»Das ist bestimmt alles ganz toll«, sagte er, legte seinen Arm um ihre Schulter und führte sie zu seinem Auto. »Wir können den Krempel morgen abladen, okay?« Er verzog seinen Mund zu einem verschmitzten Lächeln und strich ihr durchs Haar. »Nun schau mich nicht so beleidigt an. Ich bin fix und fertig. Mein Tag war wirklich anstrengend, und jetzt will ich einfach nur noch weg hier.«

Obwohl sie keine Lust hatte, ließ sich Leni auf seinen Vorschlag ein, und sie fuhren zu ihrem Lieblings-Inder am Nikolsburger Platz. Sie unterhielten sich über Belanglosigkeiten, und Leni wurde das Gefühl nicht los, dass Jannik ihre Ankunft ungelegen kam. Nach dem Essen setzte er sie zu Hause ab, weil er zu müde war, um noch mit nach oben zu kommen, wie er sagte, und war wenige Sekunden später mit seinem Auto um die Ecke gebogen.

Leni blieb einen Moment am Straßenrand stehen, bis sie endlich begriff, dass ihr Freund sie einfach rausgeschmissen hatte. Sie nahm ihre Reisetasche in die Hand, öffnete die Haustür und leerte den Briefkasten im Flur. Endlich in ihrer Wohnung angekommen, atmete sie erleichtert aus, als sie den ihr vertrauten Geruch wahrnahm – nach Waschmittel, Orangen-Neutralseifenreiniger und Ölfarbe. Kurz vor ihrer Abreise hatte sie damit begonnen, mal wieder ein Bild auf ihrer Staffelei im Wohnzimmer zu malen.

Als sie das Pling einer eingehenden Nachricht hörte, zog sie gedankenverloren ihr Handy aus der Tasche und gab auf den Weg ins Bad ihren Entsperrungscode ein. Aha, nun hatte sie doch eine Nachricht von Jannik bekommen. Sie seufzte erleichtert, während sie den Wasserhahn ihrer Badewanne aufdrehte, erstarrte aber nur eine Sekunde später. *Hi Süße! Sorry, wusste nicht, dass Leni so früh schon nach Hause kommt. Bis gleich.*

Diese Nachricht war eindeutig nicht für sie bestimmt, sondern für eine Frau, die Jannik *Süße* nannte und die er vielleicht gerade in diesem Moment in die Arme nahm. Leni spürte, wie sich ihr Magen schmerzhaft zusammenzog. Sie hatte Jannik immer vertraut, ihm nie nachspioniert oder heimlich sein Handy überprüft. Geschockt legte sie das Handy auf die Ablage des Spiegels und betrachtete ihr Gesicht. Ein Pickel bildete sich auf ihrer Stirn, und sie unterdrückte den Impuls, an der Stelle herumzudrücken. Stattdessen zog sie sich schnell aus, warf ihre Klamotten in den Wäschekorb und stieg in die Badewanne. Sie hoffte, dass genügend heißes Wasser vorhanden war. Sie hatte die

Hausverwaltung schon mehrmals gebeten, sich um die Warmwasserversorgung zu kümmern, bislang aber ohne Erfolg. Sie hatte Glück. Heißes Wasser gab es zur Genüge. Es vermischte sich mit ihren Tränen, die sie nicht zurückhalten konnte. War ja aber auch egal, schließlich sah kein Mensch, wie sie heulte.

Als sie fertig war, trocknete sie sich ab, schlüpfte in ihren Kuschelbademantel und fingerte ihre Einhorn-Hauspuschen aus dem Badezimmerschrank. Das musste einfach sein, sie fühlte sich wirklich hundsmiserabel. Im Kühlschrank war zum Glück noch eine halbe Flasche Sekt, die sie mit auf ihr kleines Sofa im Wohnzimmer nahm. Nachdem sie das Glas in einem Zug geleert hatte, füllte sie es ein zweites Mal. Dann holte sie ihr Handy aus dem Bad und las die Nachricht von Jannik erneut. Ab und zu hatte sie schon Nachrichten bekommen, die eigentlich nicht für sie bestimmt waren. Meistens hatte es sich um Harmloses gehandelt, zum Beispiel »Ich verspäte mich« oder »Alles klar bei dir?«, und die Absender der Nachrichten hatten ihr Versehen schnell erkannt und ein »Sorry, war nicht für dich bestimmt« hinterhergeschickt. Mittlerweile war es sogar möglich, eine schon abgeschickte Nachricht zu löschen. Ob Jannik seinen Irrtum bereits bemerkt hatte? Sollte sie ihm vielleicht zurückschreiben? Oder ihn einfach anrufen und fragen, für wen die Nachricht bestimmt war?

Eigentlich müsste sie ihn auch wegen der Quittung zur Rede stellen, aber sein ganzes Verhalten nach ihrer Rückkehr war so merkwürdig gewesen, dass sie überhaupt keinen Ansatzpunkt gefunden hatte, mit ihm darüber zu sprechen. Beim Essen hatte er die ganze Zeit nur von sich geredet und nicht einmal danach gefragt, was sie die letzten beiden Tage erlebt hatte.

Leni schniefte und schenkte sich den Rest des Sektes ein. Sie hatte überhaupt keine Lust darauf, die Initiative zu einer Aussprache zu ergreifen. Seufzend drückte sie den Kopf in das Sofakissen und streckte die Beine von sich. Sie fühlte sich vollkommen ausgepowert. Das vergangene Jahr hatten sie und Jannik fast pausenlos durchgearbeitet, selbst an den Wochenenden. Sie liebte ihren Job, aber es war auch sehr anstrengend, vor allem, wenn mehrere Aufträge zur gleichen Zeit fertiggestellt werden mussten. Eine kleine Auszeit wäre wirklich schön. Das würde Jannik aber bestimmt nicht gefallen, und meistens fehlte ihr der Mumm, etwas zu tun, womit er nicht einverstanden war.

Doch dieses Gut in Schleswig-Holstein hatte etwas in ihr ausgelöst. Im Oktober würde sie dreißig Jahre alt werden – kaum zu glauben. Vielleicht war genau jetzt der richtige Zeitpunkt gekommen, etwas in ihrem Leben zu ändern. Sie war noch nie sehr entscheidungsfreudig gewesen, sondern hatte bestimmte Situationen und Entwicklungen in ihrem Leben einfach auf sich zukommen lassen und akzeptiert, ohne sie weiter zu hinterfragen. Doch so konnte es nicht weitergehen. Leni schlüpfte in ihre Jacke. Sie musste unbedingt wissen, an wen Jannik diese Nachricht hatte schicken wollen.

»Leni?« Ihr Freund rieb sich die Augen, als er die Tür seiner Altbauwohnung in der Lützowstraße öffnete. Sie hatte minutenlang Sturm geklingelt und so sicher auch den ein oder anderen Nachbarn aus dem Schlaf gerissen. Für einen Moment verließ sie fast der Mut, aber dann duckte sie sich unter seinem Arm hindurch und betrat den Flur.

Meistens übernachtete Jannik bei ihr, deshalb fühlte sie sich in seiner Wohnung immer etwas fremd.

»Wir müssen reden.«

»Okay, klar ...« Er machte eine einladende Geste. »Wollen wir in die Küche gehen?«

Sie folgte ihm durch den langen Flur, der von Lampen aus gebürstetem Stahl indirekt beleuchtet wurde. An der dunkelgrau gestrichenen Wand hingen schwarz gerahmte Fotos, auch von ihr waren ein paar dabei. Die Tür zum Schlafzimmer auf der rechten Seite war nur angelehnt, ein schwaches Licht leuchtete dort. Sie verlangsamte ihre Schritte – am liebsten hätte sie sich dort einmal schnell umgeschaut, aber das ging jetzt natürlich schlecht. Sie erreichten die Küche.

»Möchtest du was trinken?« Jannik stand in Shorts und weißem T-Shirt barfuß vor dem Kühlschrank.

»Ja, gern.«

Er nahm eine halb volle Flasche Weißwein heraus und griff nach zwei Gläsern. »Also?«

Leni legte ihr Handy auf den Tisch und wartete ab, bis er den Wein eingeschenkt hatte. Auf dem Weg zu seiner Wohnung hatte sie sich die Sätze bereits zurechtgelegt, aber jetzt wusste sie nicht, was sie sagen sollte, deshalb hielt sie ihm nur das Handy mit seiner Nachricht entgegen.

Er setzte sich ihr gegenüber, dann nahm er es in die

Hand. Leni beobachtete ihn über den Rand ihres Glases hinweg. Seine Mimik verriet nichts darüber, was in seinem Kopf vor sich ging. Er scrollte mit dem Daumen hoch und runter, sagte aber nichts.

Leni hielt es nicht mehr aus: »Was ist das für eine Nachricht, Jannik? Wer sollte die bekommen?«

Er zwinkerte mit dem linken Auge, dann atmete er geräuschvoll aus. »Puh!« Er wirkte auf sie vollkommen gelassen, fast unbeteiligt. »Jasmin.«

»Und die nennst du ›Süße‹?«

»Warum nicht, das ist sie doch, oder?« Er trank einen Schluck Wein, stellte das Glas ab und verschränkte die Hände hinter dem Nacken.

»Läuft da was zwischen euch?«

Jannik stand auf. »Natürlich nicht! Wie kommst du da drauf? So schreibt man sich eben.«

»Das glaube ich dir nicht. Stell dir doch mal vor, ich würde einen anderen Mann ›Süßer‹ nennen, das fändest du doch auch nicht okay, oder?«

Jannik zuckte mit den Schultern. »Keine Ahnung.«

Leni nippte an ihrem Glas. Ihre Kehle brannte, aber sie wollte jetzt auf gar keinen Fall weinen.

»Vielleicht sollten wir uns mal eine Auszeit nehmen«, sagte sie schließlich leise.

Jannik blickte auf sie herab. »Bist du jetzt vollkommen übergeschnappt?«

Er trat auf sie zu, aber als sie zusammenzuckte, blieb er stehen.

»Ich glaube, das macht jetzt alles keinen Sinn.« Er deutete mit dem Kopf zur Tür. »Lass uns ein anderes Mal in Ruhe darüber reden, okay?« Er griff in eine Schüssel, die auf dem Regal stand und zog einen Geldschein heraus. »Hier, ich rufe dir ein Taxi.«

Als Leni am nächsten Morgen aufwachte, fühlte sie sich vollkommen deprimiert. Unglaublich, wie Jannik sie behandelt hatte – regelrecht rausgeschmissen hatte er sie!

Leni rieb ihre schmerzenden Augenlider. Die Beziehung zu ihm steckte in einer Sackgasse, sein abweisendes Verhalten verletzte sie immer mehr. Dabei ahnte sie, dass sie vielleicht nicht ganz unschuldig an der Situation war. Denn auch sie hatte sich in den vergangenen Monaten immer mehr in sich zurückgezogen, keine Nähe zugelassen. Vor allem, nachdem ...

Sie schob die schmerzhaften Erinnerungen beiseite. Auf einmal spürte sie eine Enge in der Brust. Sie ging in die Küche und schenkte sich ein Glas Wasser ein. Während sie trank, blickte sie durch das Fenster auf die Straße. Sie dachte an die Tage auf Gut Schwansee, und ihr wurde ganz warm ums Herz. Dort hatte sie sich entspannt und frei gefühlt, während sie sich hier in Berlin immer nur im Kreis drehte. Sie hatte noch über vier Wochen Resturlaub und jede Menge Überstunden. Plötzlich hatte sie eine Idee. Sie sprang aus dem Bett, nahm ihr Handy in die Hand und wählte Bernhards Nummer.

»Min Deern, schön, von dir zu hören.«

Ein euphorisches Gefühl durchströmte Leni, als sie die Stimme des Gutsbesitzers hörte.

»Was kann ich für dich tun?«

»Ich würde gern vier Wochen die Ferienwohnung mieten.«

»Na klar, kein Problem. Allerdings ist die nicht ganz billig.«

»Ja, das weiß ich. Aber ich hätte da eine Idee. Ich nehme mir die alte Tenne vor, miste alles aus, fahre die Sachen zum Sperrmüll oder überarbeite die Dinge, aus denen man noch was rausholen kann, und verkaufe sie. Du wirst natürlich am Umsatz beteiligt, und vielleicht kannst du mir für die Wohnung dann sogar einen Sonderpreis machen. Was meinst du?«

»Ja, warum eigentlich nicht. Da werden wir uns bestimmt einig. Willst du denn die Sachen, die du nach Berlin mitgenommen hast, wieder herbringen?«

Leni seufzte. »Das weiß ich noch nicht. Wahrscheinlich schon.«

»Na ja, komm erst mal her. Ich freu mich auf dich!«

Nathan zog das Brustblatt über Sultans Kopf und schnallte die Zugstränge an beiden Seiten fest. Der Wallach war ein erfahrenes Fahrpferd und ließ das Anschirren mit halb geöffneten Augen und herunterhängenden Ohren über sich ergehen. Die Kutsche, mit der er in einer halben Stunde ein frisch verlobtes Pärchen vor dem Herrenhaus abholen sollte, stand drei Meter entfernt. Paul hatte den Einspänner nach dem morgendlichen Füttern kurz abgespritzt, und nun trocknete das Gefährt in der Sonne. Nathan überprüfte den Sitz des Hintergeschirrs und rückte das Selett hinter Sultans Widerrist. Dann führte er den Wallach zur Kutsche und ließ ihn rückwärts zwischen die zwei Deichseln treten. Als er die Zugleinen durch die Ringe gezogen hatte, fiel ihm noch etwas ein. Er winkte Paul heran, der den Hof fegte, und bat ihn, kurz auf sein Gespann aufzupassen. Nathan ging in die Sattelkammer des Hengststalls und öffnete eine große Holztruhe, in der sich die frisch gewaschenen Sattel-, Regen- und Winterdecken der Pferde befanden. Er musste etwas wühlen, aber schließlich zog er ein kuscheliges Schafsfell heraus.

Als er die Kutsche wenige Minuten später auf den Innenhof lenkte, sah er, wie seine Fahrgäste bereits den Eingang des Herrenhauses verließen. Er hatte überhaupt keine Lust auf diese Tour, aber seiner Mutter bestand darauf, dass er sich auch um die Urlaubsgäste kümmerte. Da er hoffte, dass sie seine Pläne für Gut Schwansee in Zukunft unterstützen würde, tat er ihr eben den Gefallen.

Kies knirschte unter den Rädern, als er Sultan durch ein kurzes Anheben der Leinen das Kommando zum Halten gab.

»Moin!«, begrüßte er die beiden Frischverlobten, die sich an den Händen hielten und wie aus einem Munde seinen Gruß erwiderten.

»Moin, moin!«

Das zweite Moin ließ ihn innerlich zusammenzucken, aber die beiden kamen aus der Nähe von Köln und kannten die Gepflogenheiten hier oben nicht, zumal sie das erste Mal Urlaub in der Gegend machten.

Er befestigte die Leinen, hüpfte vom Bock, reichte ihnen nacheinander die Hand und half ihnen beim Aufsteigen.

»Schön festhalten«, sagte er. Sie sahen ein wenig blass um die Nase aus. »Sind Sie noch nie Kutsche gefahren?«

Das Paar schüttelte die Köpfe. Sie passten gut zueinander, denn sie waren ungefähr gleich groß und sehr schlank. Sie hatten ebenmäßige Gesichter, fast ein wenig zu perfekt, und trugen edle Markenklamotten in Grau und Blau. Ein wenig erinnerten sie ihn an Barbie und Ken.

Nathan nahm die Leinen in die Hand. »Es wird Spaß machen, das verspreche ich Ihnen.«

Mit einem kurzen Blick nach hinten vergewisserte er sich, dass sie es sich auf dem Schafsfell gemütlich gemacht hatten. Dann schnalzte er leise, und Sultan zog die Kutsche folgsam an.

Nathan wählte eine Abkürzung, um von dem Gut direkt auf den Reit- und Fahrweg in Richtung Moor zu gelangen. Links und rechts breiteten sich die gelb leuchtenden Rapsfelder bis zum Horizont aus, und weit und breit war kein anderes Gehöft oder Gebäude zu sehen. In der Ferne drehte sich das Windrad, das einen großen Anteil des Stroms für Gut Schwansee lieferte und sich fast genau an der Grundstücksgrenze zum Land der von Bardelows befand. Ein weiteres war geplant, deshalb würden in den kommenden Tagen Techniker auf dem Gut eintreffen, um das dafür vorgesehene Grundstück zu vermessen. Er hörte, wie seine Fahrgäste leise miteinander sprachen, und er war froh, sich nicht mit ihnen unterhalten zu müssen. Sie erreichten einen Sandweg, und Nathan ließ Sultan antraben.

Während die leise Unterhaltung seiner Fahrgäste an seine Ohren drang, ohne dass er irgendetwas verstand, wanderten seine Gedanken zu Leni. Er hatte gesehen, wie sie mit ihrem Sprinter vom Hof gefahren war, und irgendwie hatte es ihn geärgert, dass sie sich nicht von ihm verabschiedet hatte. Aber egal, er würde sie ohnehin nicht wiedersehen.

Nathan presste die Lippen aufeinander. Seine widersprüchlichen Gefühle irritierten ihn. Er konnte sich nicht erklären, warum seine Gedanken immer wieder zu Leni abschweiften und die Begegnungen mit ihr sich den ganzen Tag als kleine Filmsequenzen in seinem Kopf abspielten.

Der Weg machte eine Kurve, und Nathan ließ den Wallach wieder in den Schritt fallen. Das Pferd schnaubte zufrieden, und er ließ die Leinen etwas lockerer, damit es abkauen konnte. Er lenkte die Kutsche auf einen teilweise gepflasterten Weg, der durch ein Waldstückchen führte. Sultans Hufe klapperten auf den Natursteinen, ansonsten war es vollkommen still. Links und rechts ragten hohe Laubbäume in den Himmel, die Blätter raschelten leise im Wind. Eigentlich war die Durchfahrt auf diesem Weg verboten, denn sie durchquerten das Land der von Bardelows, aber Nathan liebte diese Strecke, die fast bis an die Ostsee führte. Ein Range Rover kam ihnen entgegen und blinkte zweimal auf.

»Mist«, fluchte Nathan. Es gab keine Möglichkeit, die Kutsche zu wenden, deshalb ließ er Sultan anhalten.

»Habe ich mir es doch gedacht.« Hektor lehnte sich aus dem Fenster und hob drohend die Faust. »Wie oft soll ich dir eigentlich noch sagen, dass du hier nichts zu suchen hast?«

Sein feistes Gesicht war vor Zorn gerötet, aber Nathan mutmaßte, dass er mit seinen Jägerkollegen auch schon ein paar Schnäpse auf dem Hochstand getrunken hatte. Beschwichtigend hob er die Hand. »Ich will nur kurz bis zur Landstraße fahren, das ist alles.«

Hektor schnaubte wütend. »Das kommt gar nicht infrage. Das ist mein Land, und das weißt du auch genau.« Er startete den Motor. »Sieh zu, dass du hinten bei der Lichtung wendest, und dann will ich dich hier nicht noch mal sehen, verstanden?«

Ohne eine Antwort abzuwarten, trat er so fest auf das Gaspedal, dass die Reifen kurz durchdrehten. Dann raste er davon.

༺༻

Lenis Herz klopfte erwartungsvoll, als sie auf die Landstraße in Richtung Gut Schwansee abbog. Als sie die sanft hügelige Landschaft mit den Raps- und Weizenfeldern erblickte, entspannte sie sich, und alle negativen Gefühle lösten sich in Luft auf. Stattdessen überlegte sie sich, was sie gleich erwarten würde. Hinten im Sprinter hatte sie alle Möbel verstaut, die sie zuvor nach Berlin mitgenommen hatte. Bald würde sie diese in der Tenne bearbeiten, darauf freute sie sich wie verrückt.

Nach zehn Minuten hatte sie endlich ihr Ziel erreicht. Sie durchfuhr die Hofeinfahrt und sah Bernhard, der vor der runden Koppel im Innenhof stand, auf dem ein schwarzes Pferd graste. Bernhard unterhielt sich mit Paul, aber als er ihr Auto sah, unterbrach er das Gespräch und winkte ihr zu. Leni war gerührt, dass er anscheinend auf sie gewartet hatte.

»Min Deern«, rief er ihr zu, kaum dass sie die Tür des Autos geöffnet hatte. »Schön, dass du wieder da bist.«

Er wies Paul an, die Möbel in die Werkstatt zu bringen, und trug zwei ihrer Taschen in die Ferienwohnung. Als er sie abgestellt hatte, wischte er sich kurz mit dem Handrücken über die Stirn.

»Du bist jetzt für vier Wochen hier eingebucht. Ich habe mich entschieden, dass du in dieser Zeit in der Tenne arbeiten kannst. Wenn du etwas verkaufst, bekomme ich zwanzig Prozent. Dafür kannst du hier kostenlos wohnen. Was meinst du?«

Leni strich sich lachend eine Strähne aus der Stirn. »Wow, das ist mehr, als ich erwartet habe, ich bin begeistert.«

Bernhard reichte ihr die Hand. »Dann schlag ein, ich freu mich, dass du wieder da bist.«

Nachdem Leni sich in der Ferienwohnung eingerichtet hatte, ging sie runter zum Hofcafé. Als sie eintrat, hob Sina, die hinter dem Tresen stand, den Kopf und winkte ihr lächelnd zu.

»Hey, schön, dass du zurück bist. Wohnst du wieder im Herrenhaus?«

Die beiden setzten sich gegenüber an einen Tisch.

»Ja, ist das nicht großartig? Bernhard hat mir einen guten Deal angeboten.«

Sina grinste. »Ja, ich glaube, er mag dich. Wie lange wirst du bleiben?«

»Vier Wochen auf jeden Fall, und dann sprechen wir noch mal.«

Zwei Arbeiter kamen durch die Tür. »Du, ich muss weitermachen. Wir sehen uns später, okay?«

Leni winkte Sina kurz zu, die bereits hinter dem Tresen stand, um die Bestellungen der beiden Männer aufzunehmen. Bernhard hatte ihr gleich nach ihrer Ankunft auf Gut Schwansee den Schlüssel für die Tenne in die Hand gedrückt und ihr mitgeteilt, dass er dort zwei Heißlüfter aufgestellt habe, falls es ihr doch zu kalt werden würde. Tagsüber sei es dort zu dieser Jahreszeit sehr warm, aber abends würde es oft schlagartig abkühlen. Typisches Ostseeklima eben.

Voller Vorfreude öffnete sie die große Holztür zur Tenne und betrat den Raum. Für einen Moment blieb sie stehen, schloss die Augen und atmete tief ein. Es roch nach Holz, aber auch etwas muffig und nach Staub. Erneut sah sie das Bild ihres Ladens »Überall« vor ihrem inneren Auge aufblitzen. Bei der Eröffnung könnte sie alles mit bunten Ballons und kleinen Vasen mit Wiesenblumen schmücken. Es würde Sekt und Biolimonade geben, selbst gebackene Muffins, Cupcakes mit verschiedenen Toppings und vielleicht Brezeln für diejenigen, die nicht so auf Süßes standen. Sie spürte einen Tatendrang wie schon lange nicht mehr. Sicher, auch bei Vintage Dream fühlte sie sich immer in ihrem Element, aber es war eben nicht ihr Laden, und Jannik hatte immer das letzte Wort, wenn es um neue Ideen oder das Angebot im Allgemeinen ging. Jannik! Er hatte ihren Urlaub per WhatsApp-Nachricht genehmigt und ihr eine schöne Zeit gewünscht. *Viel Spaß*, hatte er noch geschrieben, sonst nichts mehr. Sie würde ihn beim Wort nehmen.

Leni überlegte, was sie in der Tenne zuerst machen wollte. Sicher war hier seit langer Zeit nicht mehr ordentlich geputzt worden. Das würde sie auf jeden Fall in den kommenden Tagen erledigen. Dann würde sie eine Werkbank benötigen, einen Stuhl zum Sitzen und ein Regal für ihr Werkzeug und die Farben, die sie von Berlin mitgebracht hatte. In einem kleinen Raum waren eine Toilette und ein riesiges gemauertes Waschbecken untergebracht, also musste sie nicht immer in ihre Ferienwohnung gehen, wenn sie sich zwischendurch einmal frisch machen wollte. Außerdem gab es einen Tisch mit einem Waschbecken und einer Kochplatte. Sehr praktisch.

Sie holte ihr iPhone aus der Tasche ihrer Arbeitslatzhose, suchte nach ihrer Lieblingsplaylist und steckte sich die Stöpsel der Kopfhörer in die Ohren. Dann legte sie los: Sie stapelte Stühle gleicher Machart übereinander, rückte verschiedene Regale in eine Reihe und stellte einen langen Holztisch quer in die Ecke, die sich diagonal zur Tür befand. Dann würde sie konzentriert arbeiten können, aber sofort sehen, wenn jemand die Tenne betrat. Perfekt. Sie holte den Sprinter, parkte das Fahrzeug direkt vor dem Eingang und lud ihre Arbeitsmaterialien aus. Bernhard kam zwischendurch rein, brachte ihr eine Kanne Kaffee und versprach, gegen Nachmittag Putzsachen für sie zu besorgen.

Mittags holte sie sich ein paar belegte Brötchen aus dem Hofcafé und setzte sich damit auf die Bank vor der Tür. In der Sonne war es angenehm warm, sie genoss die frische, klare Luft und ließ den Blick über den Innenhof schweifen. Einige Radfahrer sammelten sich dort nach ihrem Besuch im Hofcafé. Die Männer und Frauen mittleren Alters winkten Leni fröhlich zu, als sie klingelnd an ihr vorbeifuhren. Ein Reiter führte ein schwarzes Pferd an dem Stall, der sich schräg gegenüber der Tenne befand, vorbei. Erst bei genauerem Hinsehen erkannte sie, dass es sich dabei um Nathan handelte. Er trug immer noch die gleichen Klamotten wie am Morgen, als sie sich kurz im Hofcafé begegnet waren. Lenis Herz klopfte schneller, und ein erwartungsvolles Ziehen breitete sich in ihrer Magengegend aus. Sie konnte nicht anders, sie musste wissen, wohin er das Pferd führte... und außerdem wollte sie ihn endlich besser kennenlernen.

6

Leni fand Nathan auf dem Springplatz, der sich hinter dem großen Stallgebäude befand. Er saß nun auf dem Pferd, dessen Muskelspiel unter dem glänzenden Fell deutlich zu erkennen war. Das Tier schnaubte, als Nathan ihm den Hals tätschelte. Leni hatte als Kind einige Jahre Ponyreitstunden genommen, und sie erinnerte sich, dass sie ihre schwarze Reitkappe immer unglaublich hässlich gefunden hatte. Außerdem schwitzte man darunter wie verrückt, und die Haare klebten nach dem Reiten am Kopf. Sie stand direkt an der Holzeinzäunung, und als er im Galopp vorbeirauschte, nickte er ihr zu. Leni hatte das Gefühl, dass er überrascht war, sie hier zu sehen. Die Bügel des Sattels waren kurz geschnallt, und Leni überlegte, ob er womöglich mit seinem Pferd über die aufgestellte Hindernisreihe springen wollte. Die Sprünge waren nicht sehr hoch, aber sie hielt trotzdem den Atem an, als Nathan nach der Ecke auf die Hindernisse zusteuerte. Sein Pferd spitzte aufmerksam die Ohren und hob den Kopf. Ohne Probleme meisterte es dann aber einen Sprung nach dem anderen, und als Nathan ihm danach erneut lobend den Hals tätschelte, machte das Tier einen kleinen Bocksprung. Nathan lachte und parierte das Pferd genau vor ihr durch. Lenis Puls beschleunigte sich, als Nathan sie von oben herab musterte.

»Kann ich Ihnen irgendwie helfen?«

Leni ignorierte den ironischen Unterton in seiner Stimme und zugleich das Kribbeln, das von ihrem Rücken bis zum Ansatz ihrer Nackenhaare hochkroch.

»Sie reiten wirklich sehr gut. Wie heißt denn Ihr Pferd?«

Er ließ die Zügel fallen und schwang sich herunter. Nun stand er ihr genau gegenüber.

»Moonlight«, antwortete er. »Aber er gehört nicht mir allein, sondern auch meinen Eltern. Wir hoffen, dass er in diesem Jahr als Hengst gekört wird.«

»Gekört?« Leni hatte diesen Begriff zwar schon irgendwann einmal gehört, aber sie hatte sich in der letzten Zeit nun wirklich nicht gerade intensiv mit Pferdezucht und Reitsport beschäftigt.

Nathan grinste, und dabei bildeten sich zwei Grübchen in seinen Wangen. »Für die Zucht zugelassen«, erklärte er und zog die Zügel über den Kopf des Pferdes. »Sind Sie schon mal geritten?«

»Als Kind«, sagte sie zögernd. »Aber nur auf Ponys.«

Nathan zog die linke Augenbraue hoch. »Soso, auf Ponys.« Er reichte ihr die Hand. »Kommen Sie, ich führe Sie eine Runde.«

Leni kletterte durch die Abzäunung auf die andere Seite, und er steckte ihr die Zügel in die Hand, um die Bügel auf die Länge ihrer Beine einzustellen. Dann forderte er sie auf, sich neben Moonlight zu stellen.

»Ah, einen Moment.«

Er öffnete mit beiden Händen den Verschluss seiner Kappe und setzte sie auf ihren Kopf. Die war für sie aber viel zu groß. Er nahm das Teil wieder ab, drehte an einem Rädchen, das sich hinten befand, und verkürzte den Kinnriemen.

»So passt es.«

Nathan beugte sich nach unten, um ihren linken Unterschenkel zu umfassen, und hob sie anschließend in den Sattel, als ob sie federleicht wäre. Dann zeigte er ihr, wie sie die Zügel zu halten hatte.

»Keine Angst, der Dicke ist lammfromm.«

Lenis Herz machte einen kleinen Hüpfer, als er das Pferd und sie auf den Hufschlag führte, und sie fasste unwillkürlich in die Mähne des Hengstes.

Nathan drehte sich um. »Immer schön atmen und mit den Bewegungen mitgehen. Er spürt Ihre Furcht, also entspannen Sie sich!«

Außer einem Nicken mit zusammengepressten Zähnen brachte sie nichts zustande, aber sie richtete sich auf und drückte ihre Schenkel zusammen, um besseren Halt zu haben.

Nach drei Runden fühlte sie sich schon einigermaßen sicher und war etwas enttäuscht, als Nathan Moonlight in die Mitte des Platzes führte, um ihr beim Absteigen zu helfen.

Nathan musterte sie. »Sie sind also wieder da?«

Leni öffnete den Verschluss der Reitkappe und überlegte kurz, ob dieser Satz als Feststellung oder Frage gemeint war. »Gut beobachtet«, erwiderte sie schließlich. »Was dagegen?«

»Warum sollte ich?«

»Keine Ahnung. So, wie Sie das gesagt haben, hörte es sich für mich so an, als ob Sie nicht gerade begeistert sind.«

»Aha, Sie glauben also, dass Sie durch die Art und Weise, wie ich rede, erkennen können, was ich *wirklich sagen* will?«

Leni biss sich auf die Unterlippe und spürte, wie ihr die Röte ins Gesicht schoss. Sie nickte mehrmals hintereinander, um Zeit zu gewinnen. Dieses Gespräch lief irgendwie aus dem Ruder.

»Also...«, begann sie. »Sie bringen mich mit Ihren komischen Bemerkungen ganz durcheinander.«

Sie schob das Kinn nach vorn und zwang sich, ihm direkt in die Augen zu schauen. Er hielt ihrem Blick stand, aber einer seiner Mundwinkel zuckte. Aha! Leni triumphierte innerlich, aber dann entstand eine Spannung zwischen ihnen, die ihr für einen Moment den Atem nahm. Sie schüttelte sich kurz und fuhr dann fort.

»Finden Sie es nun schön, dass ich wieder da bin, oder nicht?«

»Gute Frage.«

Sie lachte. »Ja, finde ich auch. Also?«

Statt einer Antwort, grinste er. Dann nahm Nathan seine Kappe entgegen, und dabei berührten sich für einen Bruchteil einer Sekunde ihre Hände. Sie sahen sich einen kurzen Moment in die Augen, und Leni hatte das Gefühl, als ob sich die Luft zwischen ihnen elektrisch auflud. Am liebsten hätte sie ihn noch einmal berührt, um die Spannung aufzulösen, aber Moonlight stupste Nathan von hinten an, und er wandte sich zu ihm um.

»Ja, Dicker, gleich geht es in den Stall.«

Leni nickte Nathan zu. »Ich muss jetzt auch weitermachen.«

Er zog wieder die linke Augenbraue hoch, und ihr Herz machte einen kleinen Hüpfer.

»Danke fürs Reiten. Hat Spaß gemacht.«

»Wenn Sie mögen, können wir morgen Nachmittag einen Ausritt an den Strand machen.«

»Was?« Sie hielt sich die Hand schützend vor die Stirn, weil die Sonne sie blendete. »Trauen Sie mir das denn zu?«

»Warum nicht? Sie können Lino nehmen, eines unserer Schulpferde.« Er blinzelte. »Und wir können uns gerne auch duzen?«

Lenis Herz klopfte. Sie nickte. »Ich bin Leni.«

Er reichte ihr die Hand. »Nathan.«

∞

Nachdem Nathan Moonlight abgesattelt hatte, führte er ihn zum Waschplatz und spritzte dessen Beine und Hufe ab. Als er ihm den Rücken zudrehte, um die Schlammspritzer vom Bauch zu waschen, beugte Moonlight seinen Kopf nach unten und knabberte an Nathans Haaren. Dann blies er ihm den warmen Atem in den Nacken, und Nathan schob ihn lachend beiseite.

»Dicker, nun lass das mal.«

Der Hengst schnaubte und schüttelte den Kopf. Dieses Pferd war der totale Kindskopf, aber er war auch erst drei Jahre alt – eigentlich noch ein Baby. Nathan träumte davon, Gut Schwansee zu einem herausragenden Gestüt für die Trakehner Zucht auszubauen und hier auch eine Besamungsstation und einen Ausbildungsstall zu etablieren. Dazu waren aber Investitionen nötig, insbesondere würde dies den Bau einer neuen großen Reithalle erfordern. Nur damit war es möglich, sich optimal auf Turniere vorzubereiten, und nicht wie jetzt in einer umgebauten kleinen und staubigen Scheune. Er führte Moonlight zum Paddock und ließ ihn sich dort wälzen. Mit den Planungen für den Hengststall in der Tenne wollte er möglichst bald beginnen. Die dunklen, engen Boxen, in denen die Tiere jetzt standen, waren einfach nicht mehr zeitgemäß. Pferde brauchten, auch wenn sie drinnen waren, Raum, um sich zu bewegen und sich hinzulegen. Außerdem benötigten sie genügend Licht und viel frische Luft. Genau genommen waren Pferde am besten auf Koppeln oder in großen Paddocks aufgehoben, denn dann konnten sie so viel herumlaufen, wie sie wollten. Er hatte sich umfassend mit dem Thema Haltung beschäftigt und sehr viel über sogenannte Aktivställe gelesen, in denen Pferde vierundzwanzig Stunden in einer Herde gehalten wurden. Aber das hatte alles noch Zeit. Am wichtigsten war erst einmal der Umbau der Tenne. Dann würde er weitersehen.

Als Leni am nächsten Morgen aufwachte, war es erst 6.30 Uhr. So früh war sie sonst nie auf den Beinen, in Berlin musste sie erst um 10 Uhr in der Werkstatt sein, und abends war sie oft noch lange unterwegs. Aber hier auf dem Land war es irgendwie anders.

Sie drückte den Kopf in ihr kuscheliges Kissen. Heute Nachmittag würde sie mit Nathan an den Strand reiten. Irgendwie kam ihr das alles nicht real vor, so als wäre sie plötzlich in ein ganz anderes Leben hineinkatapultiert worden. Sie knipste die Nachttischlampe an und ließ den Blick über den rosafarbenen Himmel ihres Bettes gleiten. Konnte es sein, dass sie mitten in einem Prinzessinnenmärchen steckte? Wie Nathan sie gestern angesehen hatte mit seinen graublauen Augen, als sich ihre Hände berührt hatten... Wow! Ja, sie fühlte sich von ihm angezogen, aber andererseits nervte sie seine selbstgefällige, überhebliche Art. Ach, sie konnte auch nicht genau sagen, was sie empfand. Außerdem war da immer noch Jannik, auch wenn sie nicht wusste, wie es mit ihm weitergehen sollte.

Sie sprang aus dem Bett und schaute aus dem Fenster. Draußen wurde es langsam hell. Von hier oben hatte sie einen tollen Blick über den Hengststall, das Hofcafé mit den hohen weißen Sprossenfenstern und den hölzernen Sitzplätzen davor, den Hofladen und die gegenüberliegenden Stallgebäude, hinter denen sich die Reithalle und der Außenplatz befand. Sie freute sich darauf, gleich in der Tenne arbeiten zu können. Gestern hatte sie damit begonnen, einen alten Nachttischschrank abzuschleifen, und sie nahm sich vor, diese Arbeit bis zum Mittagessen fertigzustellen. Voller Vorfreude auf den Tag duschte sie kurz, zog sich an und verließ ihre Wohnung.

Nachdem Leni im Hofcafé ausgiebig gefrühstückt hatte, betrat sie die Tenne. Erschrocken wich sie zurück, als jemand, den sie nicht kannte, auf sie zukam.

»Du bist bestimmt Leni?«

Vor ihr stand ein großer, schlanker junger Mann mit blonden Locken, die zu einem Pferdeschwanz zurückgebunden waren. Er trug eine dunkelblaue Seglerjacke, eine Destroyed-Jeans und abgewetzte Leinenschuhe. Der typische Surfer, dachte Leni und sah ihn fragend an.

Er streckte ihr die Hand entgegen. »Ich bin Hendrik.«

Sein Händedruck war fest, und seine Haut fühlte sich rau, aber angenehm warm an.

»Wohnst du auch hier auf dem Hof?«

»Eigentlich schon«, sagte er und verzog sein Gesicht zu einem breiten Grinsen. »Aber zurzeit bin ich mehr in unserem Wohnwagen auf dem Campingplatz. Da habe ich meine Ruhe.«

»Dann hast du mit den Pferden wahrscheinlich nicht so viel am Hut?«

»Nee, das hast du richtig erkannt. Als Kind bin ich viel geritten, aber jetzt verbringe ich meine Zeit am liebsten auf dem Wasser.«

»Surfen?«

»Ja genau.« Er strich sich eine Strähne aus der Stirn. »Außerdem kite ich, wenn genügend Wind ist. Und ab und zu fahre ich auch mit dem Segelboot raus.«

»Wow, das klingt toll! Segeln würde ich auch gerne

mal«, sagte Leni zu ihrer eigenen Überraschung und zeigte auf die provisorische Sitzecke, die sie gestern eingerichtet hatte. »Möchtest du etwas trinken?«

Hendrik schüttelte den Kopf. »Das ist lieb von dir, danke, aber ich muss jetzt los. Eigentlich bin ich nur hier, um dich im Auftrag meines Vaters zu einem Umtrunk im Herrenhaus einzuladen, um 20 Uhr heute Abend.«

»Dein Vater ...?«

»Ach, sorry, habe ich ganz vergessen zu sagen.« Er grinste und dabei bildeten sich rund um seine Augen Fältchen. »Ich bin der Sohn von Bernhard. Also, hast du Zeit?«

»Na klar. Ich freu mich. Gibt es einen bestimmten Grund dafür?«

»Nö, eigentlich nicht, aber meine Eltern möchten dich gern dabeihaben.«

Er wandte sich zum Gehen, aber Leni hielt ihn am Ärmel fest. »Hey, warte. Wo genau soll ich denn hinkommen?«

»In den Goldenen Saal.« Als er ihren erstaunten Blick sah, redete er schnell weiter. »Keine Angst, dort ist es nicht so prunkvoll, wie es sich vielleicht anhört. Es wird dir gefallen. Die anderen Feriengäste kommen auch. Alles ganz easy.«

Nachdem Hendrik die Tenne verlassen hatte, atmete Leni erleichtert aus. Goldener Saal. Dort hatten vor rund vierhundert Jahren bestimmt rauschende Feste stattgefunden mit Männern und Frauen in aufwendig geschneiderten

Gewändern aus Brokat und Seide, die sich auf die höfische Etikette in all ihren Facetten verstanden. Damals tanzten die Adligen Menuett – einen anmutigen Gesellschaftstanz im Dreivierteltakt – zur Musik von Jean-Baptiste Lully oder Joseph Riepel. Während ihres Kunstgeschichtestudiums hatte sie die Epoche des Barocks besonders fasziniert. Das Schloss Versailles, das sie bei einer Studienreise in Frankreich kennengelernt hatte, war ihr fast in allen Einzelheiten im Gedächtnis geblieben: der Spiegelsaal mit den funkelnden Kronleuchtern, die Gemächer des Königs und der Königin, aber auch die prächtigen Gartenanlagen mit den Springbrunnen, die ihre Fontänen in den Himmel katapultierten. Natürlich war ihr bewusst, dass Ludwig XIV., der Sonnenkönig, dies alles auf Kosten des Volkes realisiert hatte, aber er hatte dennoch etwas einmalig Schönes für die nachfolgenden Generationen geschaffen.

Leni war neugierig, wie der Goldene Saal von Gut Schwansee wohl aussehen würde. Ein bisschen Bammel hatte sie aber auch. Hoffentlich war Frau Cornelius so liebenswert wie ihr Mann. Diese Einladung war nett, aber auch etwas Angst einflößend. Sie hatte das Gefühl, kurz vor einer Prüfung zu stehen, ein Zustand, den sie das letzte Mal während ihres Studiums erlebt hatte. Prüfungen versetzten sie im Allgemeinen in Panik, das war schon immer so. Ihre Prüfungsangst war so schlimm, dass sie ihr Kulturwissenschaftsstudium schließlich abgebrochen und sich anschließend mit verschiedenen Jobs über Wasser gehalten hatte, bis sie von Jannik fest angestellt worden war. Seitdem hatte sie sich in ihrem Leben ganz gut eingerichtet, obwohl hin und wieder Versagensängste in ihr hochgestiegen waren. Ihre Mutter und ihr Stiefvater hatten ihr nie Vorwürfe gemacht, doch bei jedem Besuch erwähnten sie ausführlich die Erfolge ihrer Halbschwester Luise, die nach dem Betriebswirtschaftsstudium gleich bei einer Bank eingestiegen war und seitdem eine steile Karriere hingelegt hatte. Darüber hinaus war sie bereits seit einem Jahr mit Thorsten verlobt, und die beiden wohnten in einer schicken Eigentumswohnung in Potsdam am Neuen Garten. Leni war sich sicher: Sie konnte sich noch so viel ins Zeug legen, an Luises Erfolge würde sie in hundert Jahren nicht heranreichen können.

Sie seufzte, aber dann setzte sie ihre Arbeit fort und schliff sorgfältig die Oberfläche des alten Nachttischschrankes ab. Nachdem sie mit einem weichen Pinsel den Staub entfernt hatte, begutachtete sie ihr Werk. Die Holzmaserung war jetzt sehr gut zu sehen, und die Oberfläche schimmerte in einem warmen Goldbraun. Sehr schön, dachte sie zufrieden. Vielleicht war sie nicht so erfolgreich wie ihre Schwester, aber das hier konnte sie richtig gut.

7

Lino war wirklich ein liebes Pferd. Er hatte sogar freundlich gewiehert, als Leni ihn aus der Box geholt und dann mit Pauls Hilfe geputzt, gesattelt und aufgetrenst hatte. Jetzt konzentrierte sie sich darauf, den Wallach möglichst nicht zu stören, das hatte ihr Nathan, der mit Bel Amie, einem dunkelbraunen Trakehner mit weißer Blesse, vorweg durch den Wald ritt, empfohlen. »Lass ihn einfach in Ruhe, Zügel schön ruhig halten und immer mit der Bewegung mitschwingen. Er kennt den Weg.«

Ihre dunkelgrüne Reithose, die Stiefeletten, die Chaps und die Reitkappe stammten aus Bernhards Sammlung von Sachen, die Feriengäste vergessen, verloren oder einfach zurückgelassen hatten. Nathan hatte ihr aufmerksamerweise alles am Abend zuvor noch vorbeigebracht. Okay, die Kappe rutschte ihr ständig ins Gesicht, und die Reithose war zu weit, aber Leni war froh, überhaupt einigermaßen zweckmäßig gekleidet zu sein. Nachdem es morgens noch bewölkt gewesen war, schien jetzt die Sonne vom fast wolkenlosen Himmel, und es war sommerlich warm. Sie ritten einen schmalen Feldweg entlang, und Leni musste sich hin und wieder ducken, um herabhängenden

Zweigen auszuweichen. Der Raps auf den Feldern war fast vollkommen erblüht, und die Pflanzen verströmten einen frischen süßlichen Geruch. Wie lange sie wohl noch reiten mussten, bis sie die Ostsee und den Strand erreichen würden? Nathan hatte ihr gesagt, dass das Reiten dort in einer Woche, also Mitte Mai, nicht mehr erlaubt sein würde, da dann die Badesaison beginnen würde. Sehr schade.

»Alles klar bei dir?« Nathan hatte sich zu ihr umgedreht, die linke Hand auf den Sattel abgestützt. »Wir müssen jetzt noch ein Stück durch den Wald, und dann sind wir schon am Strand.«

Leni nickte und tätschelte Linos Hals, der daraufhin schnaubte und seinen Kopf nach vorne streckte. Im Wald war es angenehm kühl. Leni atmete den würzigen Duft ein, es roch nach Tanne und feuchter, ein wenig modriger Erde. Nathan bemerkte, dass man darauf gefasst sein musste, dass Wildschweine aus dem Gebüsch gerannt kamen. Na toll! Wieso fing er jetzt davon an? Das war doch wirklich überflüssig, oder wollte er ihr etwa Angst machen? Leni schnaubte und hob den Kopf. »Kein Problem.«

Sie presste die Waden etwas fester an Linos Bauch, atmete aber dann doch erleichtert aus, als sie am Ende des Waldweges angekommen waren. Nathan drehte sich erneut zu ihr um.

»Wir können jetzt auch nebeneinander reiten, wenn du magst.«

Er hielt sein Pferd für einen Moment an, und Leni trieb Lino energisch vorwärts. Als sie endlich neben Nathan ritt, berührten sich ihre Steigbügel, und das klirrende Geräusch bewirkte, dass sie ein Kribbeln in ihrem ganzen Körper spürte. Obwohl sie so lange nicht geritten war, fühlte sie sich immer sicherer. Okay, bis jetzt waren sie weder getrabt noch galoppiert, aber trotzdem: Sie hatte es drauf! Ihre damalige Reitlehrerin Uschi hatte ihr das prophezeit: »Reiten ist wie Fahrrad fahren, Leni, das verlernt man nicht.«

»Schau, dahinten ist die Ostsee!«

Tatsächlich: Der Feldweg endete direkt am Naturstrand, der sehr ursprünglich aussah mit dem wild wuchernden Dünengras und den kleinen und auch größeren Steinen im Sand. An einigen Stellen waren sie hintereinander aufgereiht und führten direkt ins Wasser, das dunkelblau und türkis schimmerte. Die Pferde ließen sich problemlos über den Strand reiten, und die beiden Wallache legten sogar an Tempo zu, als würden sie sich auf das Wasser freuen. Leni lauschte verzückt dem Rauschen des Meeres und dem Kreischen von zwei Möwen, die über ihre Köpfe hinwegsegelten. Als die Sonne für einen kurzen Augenblick hinter einer Wolke verschwand, veränderten sich die Farben von einer Sekunde auf die andere. Der Strand, der Himmel und das Meer wirkten dunkel, fast ein wenig bedrohlich, sodass Leni aufatmete, als dieser kurze Moment wieder vorbei war.

»Es ist wunderschön hier«, sagte sie, »ich habe mir schon immer gewünscht, am Strand und ins Meer zu reiten.«

»Und was hat dich bisher davon abgehalten?«

Leni nahm die Zügel in eine Hand und schob sich die

Kappe aus der Stirn. »Keine Ahnung, hat sich halt nie ergeben. In Berlin gibt es ja auch nicht so viele Strände.«

Sie hatten mit ihren Pferden den Spülsaum erreicht. Nathan deutete auf einen Landstreifen am Horizont. »Dahinten siehst du Schwedeneck, ein Freund von meinem Bruder hat dort eine Surfschule.«

Leni nickte, verkürzte dann aber die Zügel, weil Lino so herumzappelte.

Nathan lenkte Bel Amie ins Wasser. »Dann ist jetzt ja der richtige Zeitpunkt für deine Taufe gekommen.«

»Ähm, was …?«

Lino war einfach seinem Pferdekumpel gefolgt und binnen weniger Sekunden stand er fast bis zum Bauch im Wasser. Die Wellen schwappten an ihre Stiefeletten, und Leni wusste für einen Moment nicht, ob sie das nun lustig finden sollte oder nicht. Nathan und Bel Amie waren ein paar Meter entfernt, und sie fühlte sich etwas allein gelassen, vor allem als Lino plötzlich begann, mit den Vorderhufen zu scharren. Er hob sein rechtes Bein richtig hoch und ließ es dann ins Wasser fallen. Platsch!

Panik stieg in ihr hoch, und sie tätschelte den Hals des Pferdes: »Alles gut, Lino, alles gut!«

Doch Lino schien auf einmal richtig in seinem Element zu sein, denn jetzt war das andere Bein an der Reihe: Platsch, platsch! Das Wasser spritzte ihr bis ins Gesicht, sie schmeckte Salz zwischen den Lippen.

Verzweifelt blickte Leni zu Nathan. »Hilf mir doch mal!«

Aber Nathan lachte nur. Das war doch wohl das Allerletzte! Sie schnappte nach Luft. Gerade wollte sie ihm mal richtig die Meinung geigen, als sie nach hinten wegsackte. Was war nun los? Wollte sich das Pferd etwa hinlegen? Hier mitten in der Ostsee?

»Spring ab!«

Einen Moment verstand Leni nicht, was Nathan von ihr wollte, aber als er »Nun spring endlich!« nachsetzte, ließ sie ihre Füße aus den Bügeln gleiten, stützte sich am Widerrist ab, hob ihr rechtes Bein über die Kruppe des Pferdes und ließ sich hinuntergleiten. Brrr. Das eiskalte Wasser durchdrang sofort ihre Kleidung bis zu den Oberschenkeln. Zum Glück konnte sie wenigstens stehen. Himmel aber auch!

Lino machte einen Satz nach vorne, schüttelte den Kopf, blieb stehen und spitzte die Ohren.

»Warte doch, ich helfe dir.«

Leni blickte Nathan entrüstet an. »Und jetzt will er sich plötzlich nicht mehr hinlegen, oder was?«

»Es macht ihm halt nur Spaß, wenn jemand auf ihm sitzt«, entgegnete Nathan schmunzelnd.

Leni blinzelte ihn wütend an. »Du bist so was von daneben!« Sie wandte sich ab, dann watete sie durch das Wasser, ohne weiter auf Nathan zu hören. Sie zog Lino die Zügel über den Kopf und führte ihn zurück an den Strand. Als sie endlich das Ufer erreicht hatte, drehte sie sich um und sah, wie Nathan Bel Amie angaloppieren ließ. Das Wasser spritzte zu beiden Seiten hoch, und die Tropfen glitzerten in der Sonne wie kleine Diamanten. Ihr Puls schoss in die Höhe, aber sie zwang sich, einfach unbeteiligt wegzuschauen.

Im nächsten Moment war er schon neben ihr: »Sorry, da muss hier jeder durch.«

»Aha, sehr witzig. Ich bin klitschnass, spinnst du?«

Er sprang vom Sattel und stand schon neben ihr, ehe sie sich dagegen wehren konnte.

»Ich helfe dir hoch.«

»Auf gar keinen Fall, ich kann...«

Schwups, da war es schon geschehen. Seine Hand lag auf ihrem Oberschenkel und mit der anderen rückte er sie im Sattel zurecht, als wenn sie ein kleines Kind wäre.

»Wir reiten jetzt lieber schnell zurück, sonst erkältest du dich noch.«

Er ging zurück zu Bel Amie, der brav stehen geblieben war. »Traust du dich zu traben und zu galoppieren?«

Seine Überheblichkeit war wirklich nicht zum Aushalten. Leni ergriff die Zügel und blickte stur nach vorn.

»Okay, ich interpretiere das mal als ein Ja.« Er saß schon wieder im Sattel. »Dann kann es ja losgehen.«

Als Leni eine Stunde später endlich wieder in der Ferienwohnung war, riss sie sich sofort die nassen Klamotten vom Körper und stellte sich bibbernd unter die Dusche. Auf dem Rückweg hatte sie mit Nathan kein Wort gewechselt, weil sie stinksauer auf ihn gewesen war. Dann hatte sie noch die ganze Zeit hinter ihm herreiten müssen – erst im Schritt, dann im Trab und das letzte Stück bis zum Gut sogar im Galopp. Sie war fix und fertig und unendlich dankbar, als Paul ihr Lino abnahm, damit sie sich umziehen konnte.

»Ach, hat Nathan mit dir die Taufnummer abgezogen?«, hatte Paul gesagt und dabei gegrinst.

Na großartig. Jetzt machte sich wahrscheinlich noch der gesamte Hof über sie lustig.

Sie hatte noch eine knappe Stunde Zeit, bis sie bei dem Umtrunk der Familie Cornelius erscheinen musste. Mist, sie hatte ja gar keine Blumen besorgt, fiel ihr siedend heiß ein. Während sie unter der Dusche stand und das heiße Wasser über ihren Rücken laufen ließ, überlegte sie fieberhaft, was sich stattdessen so kurzfristig als Mitbringsel eignen würde. Dann hatte sie einen Geistesblitz: Das Windlicht, das sie gestern aus Resten von Beton angefertigt hatte! Sie hatte eine halbe Tüte des Baustoffes in einer Ecke der Tenne entdeckt und sich an ein DIY-Video, das sie mal bei YouTube gesehen hatte, erinnert. Das Pulver hatte sie mit Wasser angerührt und in eine kleine Plastikschüssel gefüllt. Dann hatte sie ein Teelicht in die fest werdende Masse gedrückt und wieder entfernt. Nach dem Trocknen hatte sie den Rand mit meerblauer Acrylfarbe in Wellenform bemalt und überschlüssige Kanten mit Schmirgelpapier entfernt. Sie nahm sich vor, das nächste Mal noch Muscheln und Steine vom Ostseestrand mit zu verarbeiten.

Leni stieg aus der Dusche, wickelte sich in eines der duftenden weichen Badetücher und begutachtete den Inhalt ihres Kleiderschrankes. Nach kurzem Nachdenken entschied sie sich für eine schwarze Jeans und die neue knallgelbe Carmen-Bluse – passend zur Rapsblüte. Sie öffnete die Spange, mit der sie ihre Haare zum Duschen hochgesteckt hatte, und schüttelte die dunklen Locken aus. Schließlich wählte sie noch ihre schwarzen flachen Schuhe mit den aufgestickten goldenen Krönchen aus, die sie besonders liebte, da sie bequem und auch noch superstylish waren. Ihre gute Laune kehrte zurück, und sie nahm sich vor, Nathan in Zukunft einfach aus dem Weg zu gehen. Auf seine Art von Humor konnte sie gut verzichten.

Als sie die Tür zur Tenne öffnete, stieß sie fast mit einer älteren molligen Frau im bunten Frühlingskleid zusammen, die ihr selbst kreiertes Beton-Windlicht in der Hand hielt. »Was kostet das hier?«

Leni schnappte kurz nach Luft. Was hatte diese Dame in ihrer Werkstatt zu suchen?

»Äh, wie bitte?«

Die Frau blinzelte. »Ach, entschuldigen Sie bitte, dass ich einfach so reingekommen bin. Ich habe gehört, dass Sie hier einen Laden eröffnen wollen, und ich war so neugierig. Stimmt das etwa gar nicht?«

»Doch, doch, aber das ist meine Werkstatt, zumindest vorrübergehend, und kein Laden.«

»Oh, das ist aber schade«, erwiderte die Frau und hielt ihr das Windlicht entgegen. »Verkaufen Sie mir das trotzdem? Es ist so entzückend, haben Sie das selbst gemacht?«

»Ja, habe ich, aber es ist gewissermaßen schon verkauft.«

Die Frau runzelte die Stirn. »Schade, da kann man nichts machen.« Sie hielt Leni das Windlicht hin.

»Aber kommen Sie doch gerne in ein paar Tagen noch mal vorbei. Dann habe ich bestimmt mehr Auswahl.«

»Gerne, ich bin sowieso öfter hier. Und wenn Sie noch ein paar von diesen bezaubernden Windlichtern herstellen könnten, wäre das wunderbar!«

Leni lächelte. »Das mache ich. Es freut mich, dass es Ihnen so gut gefällt. Bis bald.«

Die Frau verließ grüßend die Tenne, und Leni blieb einen Moment mit ihrem Windlicht in der Hand in der Tür stehen und schaute ihrer ersten potenziellen Kundin hinterher. Hatte sie gerade eben tatsächlich »Kundin« gedacht? Oje, sie verspürte Freude und Angst zugleich, das alles überforderte sie irgendwie. Sie hoffte inständig, dass der Umtrunk ein möglichst langweiliges Ereignis werden würde und sie es sich später noch ein wenig in ihrer Ferienwohnung gemütlich machen konnte.

Etwas außer Atem erreichte Leni die Tür zum Goldenen Saal, die bereits geöffnet war, deshalb betrat sie einfach unaufgefordert den Raum in der ersten Etage des Herrenhauses, in dem normalerweise Hochzeiten, Jubiläen und andere Festlichkeiten stattfanden. Das wusste sie von Sina. Doch so einen Prunk hatte sie nicht erwartet: Der bestimmt vier Meter hohe Raum war in einem hellen Beige gestrichen und die Wände mit aufwendig gestalteten goldenen Stuckelementen verziert. Der dunkelbraune, matt glänzende Parkettboden bildete dazu einen wunderschönen Kontrast. In einer Ecke stand ein schwarzer Flügel, und in einem offenen Kamin, über dem ein großer goldener Spiegel befestigt war, prasselte ein Feuer. Einige Gäste standen plaudernd an Stehtischen mit weißen Hussen. Ihr Blick fiel auf ein auffallend attraktives junges Paar, beide in Dunkelblau und Weiß gekleidet, die sich lächelnd zuprosteten.

Stimmengewirr drang durch den Raum, und leise Klavierklänge waren zu hören. Leni spürte, wie ihre Anspannung etwas wich.

Eine kompakt wirkende Frau in einem dunkelgrauen Flanellkostüm kam auf sie zu. »Sie müssen Frau Seifert sein. Schön, Sie kennenzulernen. Ich bin Susanne Cornelius.« Sie deutete auf Bernhard und Hendrik, die vor einem der hohen Fenster in ein Gespräch vertieft standen. »Meinen Mann und Hendrik haben Sie ja schon kennengelernt.«

Leni lächelte. »Nennen Sie mich einfach Leni.«

Sie hielt ihr das Windlicht entgegen. »Das habe ich selbst gemacht.«

Ihre Gastgeberin nahm das Geschenk entgegen, musterte es kurz und überreichte es dann einer jungen Frau mit einer weißen Schürze, die auf der linken Hand ein Tablett mit Gläsern balancierte. »Jennifer, könnten Sie das bitte an sich nehmen?« Dann nickte sie Leni kurz zu. »Wie aufmerksam von Ihnen.«

Susanne Cornelius machte eine einladende Geste und verzog ihren Mund zu einem Lächeln, das ihre Augen nicht erreichte. Etwas eingeschüchtert folgte Leni ihrer Gastgeberin zu einem runden Marmortisch, auf dem blitzsaubere Kristallgläser und ein Sektkübel standen. Daneben befanden sich Porzellan-Etageren, auf denen verschiedene Leckereien wie Minimuffins, Canapés und Sandwiches drapiert waren. Lenis Magen knurrte, sie hatte den ganzen Tag so gut wie nichts gegessen. Frau Cornelius nahm die Champagnerflasche in die Hand, und das klirrende Geräusch der Eiswürfel ließ Bernhard und Hendrik aufhorchen. Die beiden unterbrachen ihre Unterhaltung, hoben die Hände zur Begrüßung und sprachen dann weiter.

»Sie trinken doch Champagner?«

Frau Cornelius musterte Leni, und sofort fühlte sie sich unbehaglich. »Ähm, ja gern«, erwiderte sie und spürte, wie sie errötete.

»Haben Sie sich schon gut eingelebt?«

Leni nahm ihr Glas entgegen, nickte und sah dabei in die grauen Augen ihrer Gastgeberin. Sie hatte das Gefühl, als ob Frau Cornelius sie mit ihrem Röntgenblick durchleuchten wollte. Leni schätzte ihr Alter auf Mitte fünfzig, aber durch die streng nach hinten frisierten und mit einer Spange festgesteckten Haare wirkte sie irgendwie älter.

»Ich freue mich sehr, hier sein zu dürfen«, erwiderte Leni und nippte an ihrem Glas.

»Ja, mein Mann hat ein weiches Herz«, beteuerte Frau Cornelius, »vor allem, wenn es um junge Frauen geht.« Ihre Gastgeberin nahm einen Teller und hielt ihn vor Lenis Nase. »Nehmen Sie sich doch bitte etwas zu essen, Sie sehen etwas blass aus.«

Leni bedankte sich und wählte zwei Sandwiches und einen Muffin aus, während sich Frau Cornelius einem anderen Gast zuwandte. Als sie sich gerade wieder umdrehen wollte, bemerkte sie plötzlich ein Kribbeln im Nacken, das sich langsam über ihre Schultern und ihren Rücken ausbreitete. Sie hielt für einen Moment die Luft an und drehte sich langsam um. Nathan hatte gerade den Goldenen Saal betreten! Lenis Herz pochte erwartungsvoll. Er sah ganz anders aus als sonst. Statt der Reitklamotten trug er eine eng geschnittene Stoffhose und ein weißes, locker sitzendes Leinenhemd, aber keine Krawatte. Seine Haare hatte er offensichtlich gewaschen, denn die Locken waren am Nacken noch feucht und kringelten sich mehr als sonst. Er sah... er sah wirklich gut aus, das musste man ihm lassen. Als auch er sie bemerkte, zog er kurz die linke Augenbraue hoch. Dann nickte er zur Begrüßung und gesellte sich zu Bernhard und Hendrik, ohne sie weiter zu beachten. Frustriert biss Leni so beherzt in ihr Sandwich, dass die Salatcreme an ihrem Mundwinkel kleben blieb.

»Bitte, nehmen Sie! Das passiert mir auch immer.«

Die Frau im geblümten Sommerkleid, die fast Lenis erste Kundin geworden wäre, stand plötzlich vor ihr. Überrascht griff Leni nach der Serviette und tupfte sich den Mund ab.

»Danke, Sie haben mich gerettet.«

»Schön, Sie hier wiederzusehen«, fuhr die Dame fort. Sie zwinkerte Leni zu. »Jetzt verstehe ich auch, warum Sie mir das Windlicht nicht verkaufen wollten.« Sie lächelte vielsagend. »Es ist wirklich ein besonders schönes Gastgeschenk.«

Die Frau reichte ihr die Hand. »Ich bin übrigens Marlis.«

»Leni.« Sie legte die Serviette beiseite. »Machst du auch Ferien hier?«

Marlis grinste. »Nein, nein, ich kenne die Familie Cornelius schon seit Jahren. Mein geschiedener Mann ist ein guter Freund von Bernhard.«

»Oh, das tut mir leid«, sagte Leni und nippte an ihrem Champagnerglas.

»Was tut dir leid?«, prustete Marlis los. »Dass ich geschieden bin? Das braucht es nicht, Liebes. Mein Mann und ich haben uns nach dreißig Jahren Ehe im Guten getrennt. Als unsere Kinder aus dem Haus waren, hatten wir nichts mehr gemeinsam und uns auch nichts mehr viel zu sagen.« Sie griff nach einem Muffin und biss ein Stück ab. »Ich bin seitdem vollkommen zufrieden und habe jetzt eine Boutique in Eckernförde. Du kannst ja mal vorbeikommen, wenn du magst.« Sie strich sich eine Strähne ihres blondierten Haares aus der Stirn. »Ich interessiere mich übrigens auch für eine Kommode, die ich in der Tenne gesehen habe. Ich dekoriere nämlich gerade um, und die würde super in meinen Laden passen, wenn sie fertig ist?«

Leni nickte. »Ich reserviere sie gerne für dich. Es kann aber noch etwas dauern, bis sie fertig ist, ich bin gerade erst angekommen.«

Marlis stellte ihren Teller ab, öffnete ihre dunkelblaue Handtasche und kramte eine Visitenkarte hervor. »Hier steht alles drauf: die Adresse und die Öffnungszeiten. Komm doch morgen mal vorbei. Ab 17 Uhr ist bei mir Happy Hour, es gibt Sekt, und alles ist zwanzig Prozent billiger.«

»Oh, das ist ja eine Menge Rabatt«, erwiderte Leni geistesabwesend und nahm die Karte dankend entgegen.

Leni hatte aus den Augenwinkeln bemerkt, wie Frau Cornelius Nathan am Ärmel zog und mit dem Kopf in ihre Richtung wies. Panik stieg in ihr hoch. Sie hatte jetzt überhaupt keine Lust, sich mit diesem überheblichen Idioten zu unterhalten.

Marlis folgte ihrem Blick und tätschelte ihre Hand. »Ist alles in Ordnung mit dir?«

Leni machte eine abwehrende Handbewegung und fächelte sich mit der Visitenkarte Luft zu. »Jaja, alles gut, mir ist nur so heiß«, erwiderte sie und ließ ihren Blick zu Nathan und Frau Cornelius schweifen.

Marlis hatte auf der anderen Seite des Raums eine Bekannte entdeckt und verabschiedete sich. »Wir sehen uns, Leni. Komm mich auf jeden Fall besuchen!«

Leni sah sich suchend nach einem neuen Gesprächspartner um, und als sie sich wieder umdrehte, stand Frau Cornelius mit Nathan vor ihr.

»Meinen Sohn kennen Sie ja bereits. Ich habe gehört, was Nathan heute mit Ihnen angestellt hat. Das war natürlich absolut unangebracht, und er möchte sich in aller Form bei Ihnen entschuldigen.« Mit diesen Worten ließ sie die beiden stehen.

8

Mehrere Gäste drängten sich an Leni vorbei, um sich mit Champagner und Leckereien zu versorgen, sodass Nathan in ihre Richtung geschubst wurde und plötzlich nur wenige Zentimeter vor ihr stand. Er duftete dezent nach Sandelholz, und dort, wo ihr Körper seinen berührte, spürte sie ein Prickeln. Die Musik wurde lauter gedreht, und Gelächter und Stimmengewirr drang an ihre Ohren.

»Du bist Bernhards Sohn?«, brachte sie schließlich hervor, um ihn dann genauer zu betrachten: sein markantes Kinn, die Grübchen in den Wangen und seine Augen, die auf ihr ruhten.

»Was dagegen?«, erwiderte er, streckte die Hand aus und berührte ihre nackte Schulter. Mit seinem Zeigefinger strich er über ihre Haut. Sie erstarrte für einen Moment und hielt die Luft an.

»Ein Rapsglanzkäfer«, sagte er und hielt ihr das Tierchen unter die Nase. »Der frisst sich durch die Knospen und kann einen ganz schönen Schaden anrichten.«

»Äh, interessant«, erwiderte Leni und trank ihren Champagner in einem Zug aus. Dann setzte sie an, um ihre Frage zu wiederholen, aber Nathan kam ihr zuvor.

»Der dachte bestimmt, dass deine Bluse ein Rapsfeld ist.«

Leni blinzelte. »Das hättest du mir ruhig mal sagen können, finde ich.«

»Wieso? Für wen hast du mich denn gehalten?«, erwiderte er, und seine Stimme klang weich und einschmeichelnd.

Leni fühlte sich unbehaglich, aber sie wollte ihm keine Antwort schuldig bleiben. »Na, für jemanden, der hier angestellt ist.« Sie hielt einen Moment inne und reckte ihr Kinn nach vorn. »Zum Beispiel als Bereiter.«

Nathan prustete los. »Soso, als Bereiter.«

Leni stellte ihr Glas ab und verschränkte die Arme vor dem Oberkörper. »Deine Mutter hat gesagt, dass du dich bei mir entschuldigen willst.«

»Meine Mutter redet viel, wenn der Tag lang ist«, begann er, als sich eine junge, dünne Blondine in einem engen dunkelblauen Kleid zwischen sie drängte.

»Nathan, hier bist du also.« Sie küsste Nathan auf die Wange, streifte Leni mit ihrem Blick und sah ihn dann fragend an. Er wandte sich zu Leni: »Darf ich bekannt machen: Viky, die Tochter unserer Nachbarn.«

Leni streckte ihre Hand aus. »Ich bin Leni aus Berlin.« Sie fühlte, wie sie errötete, und hätte sich in diesem Augenblick am liebsten unsichtbar gemacht, aber die beiden schienen ihre Unsicherheit nicht zu bemerken.

Viky nickte nur, dann fiel sie Nathan um den Hals und zog ihn mit den Worten »Bitte entschuldige uns kurz« hinter sich her.

Leni schaute ihnen nach und erwischte sich bei der Überlegung, ob die beiden wohl ein Paar wären. Pff! Das ging sie erstens nichts an, und zweitens war es ihr auch vollkommen egal.

Sie nahm ihr leeres Glas in die Hand und griff nach der Flasche im Kübel, aber ein um die vierzig Jahre alter Mann mit buschigen Augenbrauen, bis zur Schulter reichenden graubraunen Haaren und einem verschmitzten Lächeln kam ihr zuvor, füllte ihr Glas und verwickelte sie in ein Gespräch über die politische Lage in Schleswig-Holstein, von der Leni natürlich keine Ahnung hatte, sodass sie nur wenig beitragen konnte. Das fiel ihrem Gesprächspartner aber überhaupt nicht auf, er redete einfach ohne Punkt und Komma. Leni nickte hin und wieder oder forderte ihn mit »Ach so, das wusste ich gar nicht«, »Wirklich?« und »Davon habe ich auch schon gehört« zum Weiterreden auf. Wenigstens musste sie nicht allein herumstehen und konnte trotzdem Nathan im Auge behalten, ohne dass das irgendjemandem weiter auffiel. Er stand mit dieser Viky am Kamin, auf dessen Sims jetzt Kerzen brannten. Die beiden unterhielten sich angeregt und ohne größere Pausen. Die mussten sich ja viel zu sagen haben.

Viky war wirklich sehr hübsch, aber auf eine natürliche, sympathische Art. Ihr blondes Haar fiel ihr in weichen Wellen bis auf die Schulter, und obwohl sie dünn war, hatte sie einen runden Po und lange, muskulöse Beine. Der Stoff ihres Kleides sah sehr edel aus, und ihre nudefarbenen Wildlederpumps passten perfekt dazu. Gerade hatte Nathan wohl etwas Witziges gesagt, sie warf den Kopf lachend zurück und zwirbelte eine Haarsträhne zwischen ihren Fingern. Als sich die beiden nun auch noch ihre Champagnergläser nachfüllen ließen, um sich dann mit einem Nicken zuzuprosten, konnte Leni endlich den Blick abwenden. Ihr Gesprächspartner hatte ihre Unaufmerksamkeit gar nicht bemerkt, sondern lachte gerade vergnügt über seine vorausgegangene Bemerkung.

»Das ist wirklich überaus interessant«, sagte Leni, und er zwinkerte ihr daraufhin wohlwollend zu.

»Sie sind aber auch eine fantastische Zuhörerin.«

Sie nutzte die kurze Redepause, die entstand, und entschuldigte sich mit dem Hinweis, kurz an die frische Luft gehen zu wollen. Puh! Jetzt hatte sie aber wirklich genug von diesem Umtrunk, den sie eher als herrschaftlichen Empfang bezeichnet hätte. Na ja, das war wahrscheinlich das typische Understatement der Menschen, die solche Anwesen bewohnten.

Leni stieß die schwere eisenbeschlagene Eingangstür auf, und eine frische Brise wehte ihr entgegen. Es war bereits dunkel, und jemand hatte auf beiden Seiten der Brücke, die über das Wasser führte, Fackeln aufgestellt. Für einen Moment blieb sie mitten auf der Brücke stehen, stützte ihre Hände auf dem Geländer ab und legte den Kopf in den Nacken. Der Himmel war sternenklar, und aus den geöffneten Fenstern des Herrenhauses drangen Musik und Gelächter. Der Schein des Feuers spiegelte sich flackernd auf der dunklen Wasseroberfläche des breiten Wassergrabens, der das Herrenhaus umgab.

Was Jannik jetzt wohl gerade machte? Er hatte sich

immer noch nicht bei ihr gemeldet, wahrscheinlich war er sauer, dass sie so einfach abgehauen war. Hatte er sie wirklich mit Jasmin betrogen? Als sie sich an ihr Gespräch in seiner Küche erinnerte, füllten sich ihre Augen mit Tränen. Sie spürte, dass er nicht die Wahrheit gesagt hatte. Dazu kannte sie ihn schon zu lange. Bei Kaufverhandlungen log er ständig. Er sah das nicht so eng. Seiner Meinung nach wollten die Menschen betrogen werden. Und er gab ihnen einfach nur das, was sie ohnehin erwarteten.

Doch es tat weh, dass er nicht um sie kämpfte. Trotz aller Probleme hatte sie mit ihm eine schöne Zeit gehabt. Er war lustig, sie hatte sich nie mit ihm gelangweilt, und wenn er wollte konnte er ein richtiger Gentleman sein. In Berlin war er außerdem bekannt wie der berühmte bunte Hund, da er viele Jahre in Kneipen und Restaurants gejobbt hatte, bevor er Vintage Dream gegründet hatte. Wenn man an seiner Seite einen Club oder ein Restaurant betrat, wurde man sofort von Türstehern, Kellnern oder Gästen begrüßt. Durch ihn hatte Leni die verrücktesten Leute kennengelernt, und das hatte ihr immer gut gefallen. Sie wusste nicht, was er über sie dachte. Ob er sie vermisste. Vielleicht hatte er sich einfach nur an sie gewöhnt und es als praktisch empfunden, sie als Mitarbeiterin und Freundin zu haben. Zwei Fliegen mit einer Klappe sozusagen. Und darüber hinaus hatte er sie die ganze Zeit offenbar um ihren Verdienst betrogen! Leni spürte ein schmerzhaftes Ziehen in der Brust und ärgerte sich, dass sie sich nicht noch ein Glas Champagner mit nach draußen genommen hatte.

Ein Lufthauch riss sie aus ihren Gedanken.

»Entschuldigung…«

Sie drehte sich um und erkannte Nathan, der ihr dieses Wort ins Ohr geflüstert hatte. Dabei hatte er mit seinen Lippen für den Bruchteil einer Sekunde ihre Haut gestreift. Sofort spürte sie dort ein Brennen, das sich entlang ihres Halses bis zu ihren Schultern wellenartig ausbreitete. Sie schnappte nach Luft, aber er war schon in der Dunkelheit des Innenhofes verschwunden.

Als Nathan seine Haustür öffnete und hineinging, stolperte er fast über Sherlock, der ausgestreckt auf den Fliesen des Flurs lag.

»Sherlock, was machst du denn hier?«

Sein Hund hob nur kurz den Kopf und würdigte ihn ansonsten keines Blickes.

»Du brauchst gar nicht beleidigt zu sein«, murmelte Nathan, stieg über ihn hinweg und strich ihm kurz durchs Fell. »Penn ruhig weiter.«

Sherlock hasste es, wenn er allein zu Hause bleiben musste. Nathan ging kurz in die Küche, um sich ein Glas Wasser zu holen. Er hatte etwas zu viel Sekt getrunken und befürchtete, am kommenden Morgen mit einem dicken Kopf aufzuwachen. Aber er hatte auch nicht damit gerechnet, dort Leni zu begegnen und dann auch noch Viky. Diese Situation hatte dazu geführt, dass er sich doch ein oder zwei Gläser zu viel gegönnt hatte. Mit der Tochter der Bardelows war er schon zusammen in die Grundschule gegangen, und sie war genauso pferdeverrückt wie er. Sie hatte ihm erzählt, dass ihr Vater total sauer auf ihn war, weil er mal wieder mit der Kutsche über deren Land gefahren war. Viky fand das »komplett daneben«, hatte Nathan jedoch geraten, Hektor nicht weiter zu reizen. Er wüsste doch, wie schnell der immer tobte. Besonders das geplante zweite Windrad war ihm ein Dorn im Auge. Nathan war gerührt, dass sie ihm das alles erzählt hatte, obwohl sie dadurch ihrem Vater gegenüber illoyal war. Sie war einfach klasse.

Aber wenn er ehrlich war, hatte er den ganzen Abend nur nach Leni Ausschau gehalten. Seine Augen hatten sich wie von selbst auf ihren Rücken geheftet, und als sie sich zu ihm umgedreht hatte, war er vollkommen von ihrem Anblick gefangen gewesen: diese dunklen Haare und der helle Teint… und dazu die gelbe Bluse, die von ihren Schultern gerutscht war… Ihm gefiel, dass sie sich ihrer erotischen Ausstrahlung offenbar gar nicht bewusst war. Nathan schmunzelte, als er sich an ihren Gesichtsausdruck erinnerte, als sie erfahren hatte, dass er Bernhards Sohn war. Sie hatte also gedacht, dass er auf Gut Schwansee der Bereiter sei. Haha, alles klar!

Er musste zugeben, dass ihm ihr Verhalten nach der Taufe am Strand imponiert hatte. Fast jede andere Frau hätte ihn einfach stehen lassen und wäre empört zu Fuß nach Hause gegangen. Aber sie hatte sich in den nassen Klamotten wieder aufs Pferd gesetzt und war mit ihm zurückgeritten. Sogar die letzte Galoppstrecke hatte sie ohne Murren absolviert.

Er stellte sein leeres Glas in die Spüle und fuhr sich mit der Hand durchs Haar. Es war nicht gut, dass diese Frau ihn dermaßen beschäftigte, er musste sich jetzt auf seine Ziele konzentrieren. Der Umbau der Tenne war das Wichtigste, und er nahm sich vor, endlich mit seinem Vater darüber zu sprechen. Er musste nur noch den passenden Moment erwischen.

Leni wachte auf, weil sie unglaublichen Durst und Kopfschmerzen hatte. Mist, das war doch etwas zu viel Alkohol gewesen, und jetzt bekam sie die Quittung dafür. Sie stolperte in ihre kleine Küche, öffnete den Kühlschrank, griff nach der eisgekühlten Mineralwasserflasche und trank in großen Schlucken. Dann wischte sie sich den Mund ab und kehrte zurück ins Schlafzimmer. Dieser Moment mit Nathan auf der Brücke hatte etwas Magisches gehabt. Wenn sie jetzt die Augen schloss und sich erinnerte, spürte sie seinen warmen Atem an ihrer Schläfe, und ihr Blut pulsierte in ihrem Ohr. Leni seufzte und ließ sich auf das kuschelige Bett fallen. Fahles Morgenlicht drang durch die Fensterscheibe, und sie hörte einen Vogel aufgeregt zwitschern. Es war wirklich idyllisch auf Gut Schwansee, und sie spürte, wie sie sich langsam entspannte. Es gab keinen Grund, sich schlecht zu fühlen. Im Gegenteil. Bernhard hatte sie eingeladen zu bleiben, und insofern war er auch ihr Ansprechpartner für alles, was mit der Tenne zu tun hatte. Es war also vollkommen egal, ob Nathan der

Bereiter, Stallbursche oder eben der Sohn des Gutsbesitzers war.

Obwohl: Er war der ältere der beiden Brüder und würde das Gut sicher irgendwann erben oder zumindest, wenn Susanne Cornelius und Bernhard das Rentenalter erreicht hatten, die Verantwortung übernehmen müssen. Ob er bereits bestimmte Vorstellungen davon hatte, was anders oder besser gemacht werden müsste, damit die Zukunft des Guts gesichert war? Schlösser, Burgen und Gutshäuser hatten Leni schon immer fasziniert. Schloss Neuschwanstein in Bayern zum Beispiel, natürlich Schloss Sanssouci in Potsdam und ganz besonders Schloss Moritzburg in der Nähe von Dresden, das als Kulisse für einen ihrer absoluten Lieblingsfilme gedient hatte – *Drei Haselnüsse für Aschenbrödel*. Hach, wenn Märchen wahr werden!

Aber natürlich wusste sie, dass solche Bauwerke nur mit sehr viel Geld zu unterhalten waren. Ein Klappern, das vom Innenhof herkommen musste, riss Leni aus ihren Träumen. Sie hüpfte zum Fenster und sah Paul, der eine große Karre mit Heu über den Hof schob. Mensch, sie hatte Lino immer noch keine Möhre gebracht. Das würde sie nach einem schnellen Frühstück nachholen.

Als sie den Stall betrat, winkte Paul sie heran. »Gut, dass du kommst, du kannst mir helfen.« Er drückte ihr die Mistgabel in die Hand. »Ich muss mal kurz eine rauchen.«

Dann hatte er sich auch schon umgedreht, und Leni schaute ihm überrumpelt hinterher. Er ging zügig und leicht nach vorne gebeugt durch die Stallgasse zum Ausgang und kramte dabei eine Zigarettenschachtel aus der Tasche seiner dunkelgrünen Arbeitshose, die auf seinen schmalen Hüften hing. Sie sah noch die Flamme seines Feuerzeugs vor dem Eingang aufleuchten, dann war er verschwunden. Leni atmete den würzigen, warmen Stallgeruch ein und lauschte den rhythmischen Kaugeräuschen der Pferde und Ponys, die ihre Portion Heu bereits bekommen hatten. Die meisten anderen hatten ihre Köpfe herausgesteckt und blickten sie erwartungsvoll an. Leni zögerte nicht lange und machte sich an die Arbeit. Sie schaute in eine der ungefähr dreißig Boxen, in der sich ein Heu fressendes Pferd befand, um die Menge abzuschätzen. Dann holte sie mit der Mistgabel zwei Portionen von der Karre und ließ sie auf den Boden fallen. Sie öffnete die nächste Boxentür, sagte »Zurück!« und schob den Haufen hinein. Alles ganz easy, dachte sie. Das Pferd, ein großer Schimmel, zupfte sich sofort ein großes Büschel heraus und begann, genüsslich zu kauen.

Dann war das nächste Pferd an der Reihe, eine Stute, die laut Boxenschild Emilia hieß und sie mit der Nase anstieß. Leni streichelte dem Tier über die weichen Nüstern, schob es dann aber energisch beiseite. »Mach mal Platz, Süße.«

Linos Box war fast am Ende der Stallgasse. Als er an der Reihe war, holte sie die Möhre hervor und klopfte seinen Hals.

»Das nächste Mal benimmst du dich aber, okay?«

Der Wallach schüttelte den Kopf, und Leni lachte auf.

»Das interpretiere ich jetzt mal als Zustimmung.«

Als sie mit dem Füttern fertig war, kam Paul von der Rauchpause zurück und drückte ihr einen Emaillebecher mit Tee in die Hand.

»Danke für die Hilfe«, sagte er und deutete mit der Schulter in Richtung der Boxen. »Sieht aus, als ob du das schon mal gemacht hättest.«

Leni nickte. »Hab ich auch. Mit meiner Freundin in dem Stall, in dem wir als Kinder einmal die Woche Unterricht hatten. Vor allem am Wochenende und in den Ferien. Dafür durften wir dann mal an einem Ausritt teilnehmen, das war für uns immer das Größte.«

»Haste auch Lust, mir beim Fegen zu helfen?« Paul grinste schief und fuhr sich durch sein strähniges, am Hinterkopf bereits schütteres Haar.

»Logo«, erwiderte Leni, stellte ihren Becher auf einem Strohballen ab und ergriff einen Reisigbesen. »Ich bin bereit, wenn du es bist.«

9

Nathan hatte schlecht geschlafen und war viel zu spät aufgewacht. Für ein Frühstück war ihm keine Zeit geblieben, also hatte er sich nur kurz einen Kaffee aufgebrüht, ihn im Stehen getrunken und dabei die Zunge verbrannt. Genervt überquerte er den Innenhof. Als Erstes wollte er im Hauptstall nach dem Rechten sehen.

Als er die Stallgasse betrat, schlugen ihm Musik und Gelächter entgegen. Leni und Paul fegten die Gasse und hatten dabei offensichtlich eine Menge Spaß. Sie hatten die Musik des kleinen Radios, das auf einer Ablage über dem Waschbecken stand, aufgedreht und tanzten mit ihren Besen über den Boden. Leni ließ ihre Hüften kreisen und nahm den Stiel des Besens zwischen ihre langen Beine, als wolle sie zur Walpurgisnacht fliegen.

»Was ist denn hier los?«, polterte er los, und Sherlock, der hinter ihm hergetrottet war, jaulte kurz auf.

Paul zuckte zusammen, stellte sofort den Besen zur Seite, drehte das Radio leiser und entschuldigte sich.

»Ich bring dann mal die Pferde raus.«

»Tu das und denk daran, dass in der Halle das kaputte Brett in der Bande ausgetauscht werden muss.«

Paul hob seine Hand zur Stirn, als wolle er salutieren. »Wird gemacht, Chef.«

»Was sollte das denn?« Leni stand vor ihm, die Hände in die Seiten gestemmt, und musterte ihn von oben bis unten.

»Im Stall wird nicht getanzt«, erwiderte Nathan und verschränkte die Arme vor seinem Oberkörper.

»Und warum nicht?«

»Weil es so ist.«

»Aha, weil es so ist.« Sie hielt einen Moment inne und blinzelte. »Weil es der Gutsherr so will, oder was?«

»Genau.«

Leni drückte ihren Besen gegen seine Brust. »Du kannst mich mal, aber echt.«

Sherlock, der die ganze Zeit neben Nathan gestanden hatte, legte den Kopf schief, gab ein grummelndes Geräusch von sich und trottete dann zu Leni. Er stupste sie an und legte sich vor ihre Füße. Leni ging in die Knie und streichelte ihn am Kopf, woraufhin er sich auf den Rücken legte. Nun reichte es aber.

»Sherlock, komm!«

Nathan drehte sich auf dem Absatz um, verließ die Stallgasse und machte sich auf den Weg zum Hengststall. Zuerst wollte er heute Moonlight reiten, die Hengstleistungsprüfung fand bald statt. Wichtig war jetzt, dass sein Pferd dort gut bewertet wurde. Sollte Leni doch so viel in den Ställen herumtanzen, wie sie wollte. Nicht sein Problem.

Leni war auch am nächsten Tag noch stinksauer auf Nathan. Seit sie mit ihm in der Stallgasse aneinandergeraten war, hatte sie ihn nicht mehr gesehen. Wütend kramte sie in ihrem Werkzeugkasten nach feinkörnigem Schleifpapier. Vormittags hatte sie Marlis in ihrer Boutique besucht, dort mit ihr einen Sekt getrunken und den Auftrag erhalten, die Kommode in ihrer Werkstatt für den Laden in einem matten Türkis zu streichen und dann anzuschleifen. Leni hatte sich gleich ans Werk gemacht und das Möbelstück mit Seifenlauge vor der Tenne erst einmal gründlich abgeschrubbt. Die Sonne hatte bis mittags geschienen, und so war das Holz innerhalb von zwei Stunden getrocknet. Zuerst machte sie sich daran, die Oberfläche mit grobkörnigem Schmirgelpapier zu bearbeiten und alte Farbreste und Unebenheiten zu entfernen. Sie steckte sich die Kopfhörer ihres Handys in die Ohren und arbeitete routiniert in kreisenden Bewegungen.

Wo Jannik jetzt wohl gerade war? Obwohl sie sich auf Gut Schwansee sehr wohlfühlte, fehlte ihr das Leben in Berlin ein bisschen. Die Cafés, ihre Freunde, ihre Lieblingsorte und auch ihre Wohnung. Sie musste unbedingt mit Jannik über diese Rechnung reden, das konnte sie wirklich nicht auf die lange Bank schieben. Sie war nicht besonders gut darin, unangenehme Dinge anzusprechen, aber sie wusste auch, dass es nicht leichter wurde, wenn man so etwas hinauszögerte.

Sie zuckte zusammen, als ihr jemand von hinten auf die Schulter klopfte, drehte sich um und fingerte die Stöpsel aus den Ohren.

»Hendrik, Mensch, musst du mich so erschrecken?«

Nathans Bruder grinste, und dabei bildeten sich kleine Fältchen um seine strahlenden Augen. »Sorry, alles klar bei dir? Kommst du mit zum Campingplatz am Strand?« Er lachte. »Keine Angst, ich werde dich nicht ins Wasser schubsen.«

Leni legte ihr Schmirgelpapier auf die Ablage. »Ach, dann hast du auch schon von meinem unfreiwilligen Bad in der Ostsee gehört?«

»Na klar, hier auf Gut Schwansee wird alles weitergetratscht.« Er deutete mit der Schulter zum Ausgang. »Wenn du willst, hole ich dich in einer halben Stunde ab, wir können dann mit dem Fahrrad runterfahren. Kannst das alte von meiner Mutter nehmen.«

Eine halbe Stunde später radelten sie die Landstraße entlang zur Ostsee. Sie fuhren hintereinander, und Leni ließ ihren Blick über die Rapsfelder und das Waldstück gleiten, durch das sie mit Nathan geritten war. Die Landschaft war traumhaft schön. Das Blau des Himmels, das Grün der Wälder und Wiesen sowie das satte Gelb des Rapses bildeten eine perfekte Einheit. Nur die Erinnerung an den Ausritt versetzte ihr einen kleinen Stich. Egal. Der Typ war wirklich keinen Gedanken wert!

Das Fahrrad von Susanne Cornelius war alt, funktionierte jedoch einwandfrei, zumal sie vor der Abfahrt noch die Reifen aufgepumpt hatten. Hendrik fuhr ein Mountainbike und legte ein Tempo vor, dem Leni nur mit großer Anstrengung folgen konnte. Nachdem sie einen kleinen Hügel hochgestrampelt waren, ging es jedoch nur noch bergab. Herrlich! Sie passierten, ohne anhalten zu müssen, den Eingang des Campingplatzes, die Schranke war nicht geschlossen. Das im typischen Schwedenrot gestrichene Häuschen, in dem man sich anmelden musste, war noch unbesetzt, aber die Schleswig-Holstein-Flagge daneben war bereits gehisst und flatterte im Wind. Vor dem flachen Gebäude mit drei spitzen Giebeln und einer breiten Fensterfront, das sich auf der gegenüberliegenden Seite befand, waren zwei Frauen in weißen Kitteln damit beschäftigt, die Tische und Stühle auf der Terrasse abzuwischen. Als sie die beiden erblickten, unterbrachen sie ihre Arbeit und winkten ihnen lachend zu. Hendrik verlangsamte sein Tempo, damit Leni aufholen konnte. Er deutete mit dem Kopf in die Richtung der beiden Damen, die sich nun an einen Tisch gesetzt hatten, um in der Sonne eine Zigarette zu rauchen.

»Das sind Ulli und Birte, ohne die beiden läuft hier nichts.«

»Gibt es hier denn viel zu tun?«

»Noch nicht, aber bald geht es mit der Saison los, dann kommen die Stammkunden und auch immer mehr Spontanurlauber. Campen ist gerade schwer angesagt.«

Sie fuhren nebeneinander die schmale Straße entlang, und Leni ließ den Blick über den gepflegten Platz gleiten, der sich direkt am Ostseestrand befand. Noch standen nur vereinzelt Wohnwagen und -mobile auf den Parzellen, und auf den Rasenflächen dazwischen tummelten sich Kaninchen.

»Wie süß«, rief Leni, aber Hendrik schüttelte den Kopf.

»Nee, gar nicht süß, das sind viel zu viele, die buddeln hier überall Löcher.« Er deutete auf vier Tiere, die vor ihnen ohne Scheu über die Straße hoppelten. »Das ist eine richtige Plage.«

Leni wusste nicht, was sie darauf antworten sollte, sie nickte nur. Hoffentlich war er nicht so wie sein Bruder und holte womöglich seine Flinte heraus, um auf Kaninchenjagd zu gehen.

Hendrik deutete auf einen silbernen Wohnwagen, der etwas abseits und fast direkt am Strand stand. »Da müssen wir hin.«

»Wow!«, erwiderte Leni und trat ordentlich in die Pedale, um hinterherzukommen. »Was ist das denn für ein tolles Teil?«

Hendrik stieg ab und klopfte auf das Metall.

»Das ist ein Airstream, cool, oder?«

Leni strich sich eine Strähne aus dem Haar und lehnte ihr Fahrrad vorsichtig an den Wohnwagen. »Das kann man wohl sagen. Gehört der dir?«

»Meinem Vater«, erwiderte Hendrik und fummelte ein Schlüsselbund aus der Gesäßtasche seiner Jeans. »Er hat das Teil mal in Zahlung genommen, von jemandem, dem er Geld geliehen hatte, aber der hat sich nie wieder gemeldet.«

Leni grinste. »Gut für euch.«

»Du sagst es.«

Er öffnete die Tür und ließ Leni als Erste eintreten. Der Wohnwagen war nicht sehr groß, aber der vorhandene

Raum wurde optimal genutzt. Ein Tisch mit zwei Sitzbänken mit gepolsterten Rückenlehnen befand sich dort, wo die Anhängerkupplung war. Gegenüber vom Eingang gab es eine Küchenzeile mit Gasherd, Spüle und einer kleinen Ablagefläche, auf der blaues Keramikgeschirr gestapelt war. Im Heck war ein Doppelbett untergebracht, und von dort aus konnte man durch drei Fenster aufs Meer schauen. Wie es wohl wäre, mit dem Liebsten dort zu liegen? Eng umschlungen und das Rauschen der Wellen in den Ohren? Sie ermahnte sich innerlich, sich nicht immer solchen albernen Tagträumereien hinzugeben, und lächelte Hendrik an, der ihr eine eisgekühlte Rhabarbersaftschorle in die Hand drückte, nachdem sie auf den Sitzbänken Platz genommen hatten.

Hendrik zog ihr augenzwinkernd die Flasche noch einmal aus der Hand. Er nahm ein Feuerzeug aus der kleinen Holzschale, die auf dem Tisch stand, schob das Ende unter das Metall, und mit einem Klick purzelte der metallene Verschluss hinunter.

Leni wartete, bis er auch seine Flasche geöffnet hatte. Die beiden prosteten sich zu. Sie stellte fest, dass Hendrik wirklich sehr gut aussah mit seinen blonden Locken und dem verschmitzten Lächeln – aber er war überhaupt nicht ihr Typ.

»Wollen wir runter ans Wasser?«, fragte er und nahm einen großen Schluck. »Ich bin ein echter Meister im Steineflitschen. Wenn du willst, kann ich es dir beibringen.«

Sie nahmen ihre Getränke mit an den Strand und stellten die Flaschen in den Sand. Dann begannen sie, nach möglichst flachen Steinen zu suchen. Schließlich hatten sie zwei gute Handvoll zusammen.

Hendrik nahm einen Stein zwischen Daumen und Zeigefinger, zielte, nahm Schwung und katapultierte ihn in einem flachen Bogen in Richtung Wasseroberfläche, die spiegelglatt war. Der Stein hüpfte sechsmal, bevor er in der Ostsee versank. Er stieß seine geballte Faust in die Luft. »Yes! Jetzt bist du dran«, forderte er Leni auf, deren erster Versuch allerdings vollkommen missglückte.

Sie hatte ihren Stein zu sehr von oben nach unten geworfen, wodurch er sofort ins Wasser geplumpst war.

»Typischer Frauenwurf«, kommentierte Hendrik, aber beim nächsten Mal stellte er sich dicht neben Leni und führte ihre Hand.

»Super, dreimal, da geht noch was.«

Sie ließen weiter Steine über die Wasseroberfläche flitschen, und mit jedem Versuch verbesserte Leni ihre Technik. Schließlich kehrten sie in den Wohnwagen zurück, und Hendrik stellte einen Wasserkessel auf den Gasherd.

»Magst du auch einen Tee?«

»Sehr gern, wenn es kein grüner ist.«

»Nee, den mag ich auch nicht, der schmeckt ja wie nasses Heu, finde ich.«

»Ja genau«, pflichtete ihm Leni bei und schob sich ein Kissen hinter den Rücken. »Einfach nur grässlich.«

Sie ging ins kleine Badezimmer, wusch sich die Hände, und als sie wieder zurückkehrte, füllte Hendrik gerade das

Wasser in zwei Keramikbecher. Sie setzte sich wieder auf ihren Platz.

»Was läuft da eigentlich zwischen dir und meinem Bruder?«, fragte Hendrik unvermittelt und stellte den Tee auf den Tisch.

Leni ergriff den Becher, pustete und nippte dann vorsichtig. »Mmh, lecker.«

Hendrik trank ebenfalls und sah sie fragend an. »Also?«

Leni stellte ihren Becher ab und verschränkte die Arme vor dem Brustkorb. »Da läuft gar nichts«, erwiderte sie. »Im Gegenteil. Er geht mir total auf die Nerven.«

»Wegen der Ostseetaufe?«

Leni hob abwehrend die Hand. »Ach, deswegen doch nicht. Es ist einfach seine Art. Er schaut einen so von oben herab an, das kann ich überhaupt nicht leiden, und außerdem ist er immer so steif, und Spaß versteht er auch keinen.«

»Du meinst gestern im Stall? Als du mit Paul dort rumgetanzt hast?«

»Ach, das hat sich auch schon herumgesprochen?«

»Wie ich schon sagte: Auf Gut Schwansee funktioniert der Landfunk eins a!«

»Was ist so schlimm daran, ein wenig Spaß zu haben?«

Hendrik blickte sie direkt an, und für einen kurzen Moment fühlte sie sich etwas unbehaglich, aber dann zwinkerte er ihr zu, und sie entspannte sich wieder.

»Mein Bruder ist eben ein ernsthafter Mensch, der immer straight seine Ziele verfolgt. Für ihn zählt in erster Linie Leistung, und er hat ja auch schon eine ganze Menge auf die Reihe gebracht: seine Ausbildung zum Pferdewirt, das Agrarwissenschaftsstudium und nun sein Job auf unserem Gut.«

Er hielt einen Moment inne, und Leni hatte das Gefühl, als erwarte er eine Reaktion von ihr. Sie hatte aber keine Lust, die Einschätzung Hendriks in irgendeiner Form zu bewerten. Schließlich kannte sie Nathan dazu viel zu wenig. Und überhaupt... Sie nahm den Becher wieder in die Hand und lächelte Hendrik an.

»Und was ist mit dir?«

Hendrik seufzte. »Ich bin in etwa das genaue Gegenteil. Nach dem Abitur bin ich erst einmal verreist. Work and Travel. Erst war ich in Australien, dann auf den Philippinen. Bulabog Beach auf Boracay ist der Hammer, sage ich dir.« Er schloss für einen Moment die Augen, dann schwärmte er weiter. »Dort ist es einfach traumhaft schön: türkisfarbenes Wasser, weißer Strand und optimale Bedingungen fürs Surfen.«

»Hört sich toll an«, sagte Leni, obwohl sie selbst nie das Bedürfnis verspürt hatte, die Welt zu bereisen. Jedenfalls nicht in Länder, die außerhalb Europas lagen.

»Und was machst du zurzeit so?«

»Ich jobbe als Surflehrer bei einem Kumpel von mir. Der hat eine Surfschule in Schwedeneck. Die Saison geht bald los, wenn du Lust hast, kann du ja mal mitkommen?«

Hendriks Handy, das vor ihm auf dem Tisch lag, brummte. Er strich auf dem Display nach oben und tippte auf eine Nachricht, die er bekommen hatte. »Verdammte Sch...«

»Ist was passiert?«

»Nathan hat mir geschrieben. Zwei unserer Stuten sind ausgebüxt. Los, wir müssen zurück und ihm helfen, sie wieder einzufangen.«

10

»Babuschka ist Richtung Moor gelaufen«, rief Nathan Hendrik zu, der mit seinem Mountainbike auf den Hof geprescht kam. Leni war an seiner Seite, auf dem alten Fahrrad ihrer Mutter. »Danke, dass ihr so schnell gekommen seid.«

»Kein Problem«, erwiderten die beiden wie aus einem Munde. Es versetzte Nathan einen Stich in der Brust, Leni mit seinem Bruder so vertraut zusammen zu sehen. Plötzlich wirbelte eine Windböe den Staub zwischen ihnen auf.

»Wir fahren schon einmal los«, rief sein Bruder gegen den Sturm an. »So weit ist es ja nicht.«

Bea, die er bereits wieder eingefangen hatte, tänzelte aufgeregt an seiner Hand. Ihr Fohlen drückte sich verängstigt an ihre Flanke und blähte die Nüstern. Nathan deutete zum Himmel. »Aber beeilt euch, ein Gewitter zieht auf.«

Hendrik nickte. »Alles klar, wir finden sie schon.«

Nathan übergab seinem Bruder ein Halfter mit Strick und führte dann die aufgeregte Stute mit ihrem Fohlen zum Stall. Auf die Weide konnten die beiden erst wieder zurück, wenn der Zaun repariert war.

Nathan blickte nach oben. Dunkle Regenwolken türmten sich am Himmel auf, und der Wind zerrte an seiner Jacke. Als Nathan endlich den Springplatz vor seinem Haus erreichte, kam ihm sein Vater entgegen.

»Paul hat die zweite Laufbox schon eingestreut«, sagte er. »Habt ihr Babuschka gefunden?«

»Nein, Leni und Hendrik suchen sie, ich fahre gleich mit dem Auto hinterher.«

Sein Vater nahm den Strick entgegen, und sofort beruhigte sich die Stute und ließ den Kopf hängen. »Na, meine Hübsche, jetzt bist du in Sicherheit.«

Nathan nickte ihm kurz zu, dann lief er zu seinem Jeep und startete den Motor. Einzelne dicke Regentropfen fielen bereits auf die Windschutzscheibe. Hoffentlich war Babuschka nichts passiert. Sie war hochträchtig und auch schon drei Tage über dem errechneten Geburtstermin. Es hatte lange gedauert, bis er seinen Vater dazu überreden konnte, die beiden Vollschwestern decken zu lassen. Wenn jetzt etwas schiefging, würde er sich in seiner Einschätzung bestätigt fühlen, dass die Pferdezucht ein absolutes Verlustgeschäft war. Nathan lenkte sein Auto auf den Feldweg Richtung Moor und trat aufs Gaspedal.

Leni hockte im hohen Gras und beobachtete Babuschka, die ein paar Meter von ihr entfernt fast bis zu ihrem runden Bauch im Moor eingesackt war. »Ruhig, gleich kommt Hilfe.«

Die Stute spitzte kurz die Ohren, aber dann weiteten

sich ihre großen dunklen Augen, und ihr Körper bebte. Sie wieherte kläglich und versuchte erneut, sich mit den Vorderbeinen freizustrampeln. Ohne Erfolg – im Gegenteil. Leni hatte den Eindruck, als ob sie sich dadurch nur noch tiefer eingrub, und sie überlegte, ob sie vielleicht zu Babuschka robben könnte, um sie festzuhalten, aber sie traute sich nicht. Womöglich versank sie sofort in dem dunklen Morast, in dem die Stute steckte.

Leni hatte sie ziemlich schnell im Moor entdeckt, und Hendrik war gleich losgeradelt, um Nathan zu Hilfe zu holen, sein Handy hatte kein Empfang, und sie selbst hatte ihres gar nicht zu der Fahrradtour mitgenommen.

Der Regen prasselte auf sie nieder, und ihre Klamotten waren bereits klitschnass. Mit den Händen rieb sie sich über die Oberarme, dann lehnte sich an einen kleinen Baum. Das Holz knackte, und Babuschka riss den Kopf hoch. Leni hob beschwichtigend die Hände. »Alles gut, alles gut.«

Sie hatte überhaupt keine Ahnung, was sie in einer solchen Situation tun konnte. In Berlin musste die Feuerwehr höchstens einmal ausfahren, um eine Katze von einem Baum zu retten. Hin und wieder las man auch in der Zeitung von Hunden, die aus der Spree gefischt werden mussten. Aber so etwas hier ... Hoffentlich kam Hendrik bald zurück.

Leni hörte ein Motorgeräusch und atmete auf. Als sie durch die Zweige der kleinen Bäume und Büsche hindurchspähte, entdeckte sie Nathan. Endlich! Sie sah, wie er die Tür seines Jeeps öffnete, und winkte ihm zu. »Hier sind wir, hieeer!«

Er nickte, und in wenigen Sekunden war er bei ihr.
»Alles klar bei dir?«

»Ja, ja, alles in Ordnung, aber der Stute geht es gar nicht gut. Sie steckt im Moor fest.«

»Ja, das habe ich bereits vermutet. Ich habe meine Kameraden alarmiert. Sie müssen jeden Moment eintreffen.«

»Deine Kameraden?«

»Von der Freiwilligen Feuerwehr.«

Er reichte ihr seine Hand und zog sie hoch. »Ist dir kalt?«

»Ein bisschen.«

Nathan öffnete den Reißverschluss seiner Jacke und streifte sie sich von der Schulter. »Hier, zieh die an!«

»Aber ...«

»Kein Aber«, fiel er ihr ins Wort, »mach schon.«

Er drehte sich um, lief zurück und winkte das Feuerwehrauto heran, das in einem Affentempo den Feldweg entlanggerattert kam. Dann ging alles ganz schnell. Nathans Kameraden parkten ihr Fahrzeug, stiegen aus und rollten die Feuerwehrschläuche aus. Einer von ihnen beseitigte mit einer Kettensäge größere Äste, die den Weg versperrten. Der Lärm war ohrenbetäubend. Ein anderer schleppte eine Leiter zum Unglücksort. Leni entfernte sich ein paar Meter, sie wollte nicht im Weg stehen.

Babuschka hatte aufgehört zu strampeln, und ein junger Mann, der wie die anderen Jacke und Hose aus einem wasserabweisenden Stoff mit neonfarbenen Reflektoren trug, schaufelte auf der Leiter liegend mit den Händen den Bauch der Stute frei. Es dauerte nicht lange, und sein ganzer

Oberkörper war mit Schlammspritzern bedeckt. Als er fertig war, zog er mithilfe seiner Kollegen die Schläuche unter dem Körper der Stute hindurch. Leni war beeindruckt, wie schnell und umsichtig die Männer handelten. Ein Schlepper kam angefahren, das Motorgeräusch dröhnte in Lenis Ohren. Die Stute strampelte mit den Beinen und wieherte schrill. Leni konnte das Weiße in ihren Augen sehen. In Windeseile befestigten die Feuerwehrmänner die Schläuche am Frontlader des Fahrzeugs. Der Einsatzleiter, ein großer Kerl mit einem Vollbart, dirigierte die ganze Aktion. »Langsam jetzt, gaaaanz langsam nach oben!«

Nach seinem Kommando setzte der Fahrer des Schleppers vorsichtig zurück, und die Schläuche, die um den Bauch der Stute gewickelt waren, spannten sich. Babuschka legte die Ohren an, wieherte noch einmal, aber diesmal hörte es sich für Leni eher an wie ein verzweifelter Schrei. Ein Schauder lief ihr über den Rücken.

Es quietschte, und der Frontlader bewegte sich nach oben. Einen Moment passierte gar nichts, aber dann hörte Leni ein quatschendes Geräusch, und der Pferdekörper bewegte sich zentimeterweise nach oben. Der Einsatzleiter nickte und wedelte mit der Hand. »Gut so, weiter!«

Nathan lag inzwischen auf dem Bauch auf der Leiter. Einer seiner Kollegen hielt seine Füße, damit er nicht wegrutschte. Nathan streckte den Arm aus, kraulte den Kopf der verängstigten Stute, bis sie schnaubte. Er zupfte an ihrem Schopf, der sich vollkommen mit Schlamm vollgesogen hatte. Leni wurde ganz warm ums Herz. Vielleicht war er gar nicht so tough, wie er sich nach außen gab?

Leni ließ ihren Blick wieder zu Babuschka gleiten, die jetzt in der Luft schwebte. Als sie plötzlich mit den Beinen strampelte, hielt Leni für einen Augenblick die Luft an, aber die Feuerwehrleute hatten alles im Griff. Die Männer stützten den Pferdekörper an verschiedenen Stellen ab und bugsierten ihn zu einem festen Untergrund. Dann ließen sie die Stute langsam hinunter. In dem Moment, als ihre vier Hufe den Boden berührten, wieherte sie leise. Nathan stellte sich sofort an ihre Seite und zog ihr vorsichtig ein Halfter über den Kopf, während seine Feuerwehrkameraden die Schläuche entfernten und wieder einwickelten. Leni half ihnen dabei, indem sie die jeweiligen Enden festhielt, bis eine transportfähige Rolle entstanden war. Als alles wieder ordnungsgemäß verstaut war, verabschiedete sich der Einsatzleiter bei Nathan, und dieser versprach, beim nächsten Dorffest ordentlich einen auszugeben.

Nathan gab ihm die Hand. »Danke noch mal.«

Der Einsatzleiter grinste. »Dafür nich.«

Die ganze Zeit über hatte sich Leni etwas fehl am Platz gefühlt. Nun, als alle Männer verschwunden waren, übergab Nathan ihr den Strick.

»Hier, führ du sie.« Er holte ihr Fahrrad, das an einem Baum lehnte, und schob es neben ihr her.

Schweigend kehrten sie zum Gut zurück. Der Wind hatte sich gelegt, und es nieselte nur noch. Als sie endlich die Stalltür überquerten, wieherte Bea ihrer Schwester entgegen, und Leni führte die Stute sofort in ihre Box. Danach half sie Nathan, das mit Schlamm vollgesogene Fell mit kleinen Strohbündeln trocken zu rubbeln. Als sie damit fertig waren, blieben sie schweigend vor der Box stehen. Bernhard hatte in der Zwischenzeit das Stroh an der Stallwand aufgeschüttet und einen riesigen Haufen Heu in die Ecke gelegt, aber die Stute stand einfach nur da und regte sich nicht.

»Vielleicht sollten wir doch den Tierarzt rufen?« Bernhard runzelte die Stirn.

Nathan schüttelte den Kopf. »Ihr geht es jetzt gut. Ich bleibe hier.« Er wandte sich zu Leni und seinem Vater. »Geht ruhig ins Bett, ich wecke euch, falls das Fohlen diese Nacht kommen sollte.«

»Leni… Leni…?«

Nein, sie wollte nicht aufwachen, auf gar keinen Fall. Es war gerade so kuschelig warm, gemütlich und… soooo schön. Sie galoppierte auf einem Schimmel über eine Blumenwiese der untergehenden Sonne entgegen und fühlte sich so leicht, so schwerelos… als könne sie fliegen. Aber diese Rüttelei störte gewaltig. Sie schob die Hand von ihrer Schulter, und als sie die Augen aufschlug, wusste sie für einen Augenblick nicht, wo sie war.

»Was ist los?« Ihr Herz klopfte bis zum Hals, und als sie sich aufrichtete, stieß sie mit jemandem, der sich über sie beugte, zusammen. »Autsch!«

Sie rieb sich die Augen. »Nathan?«

»Ja, genau so heiße ich.«

Seine plötzliche Nähe jagte Leni Stromstöße durch den Körper.

»Wo bin ich?«

»In deinem Bett.«

Sie schnappte nach Luft und unterdrückte den Wunsch, ihn näher an sich zu ziehen. »Und was tust du hier?«

Er reichte ihr die Hand. »Das Fohlen kommt.«

»Das ist ein Witz, oder?«

Nathan knipste die Nachttischlampe an. »Um diese Zeit mache ich keine Witze.«

Leni blinzelte, weil das Licht sie blendete.

»Wie bist du hier reingekommen?«

Er hielt ihr einen untertellergroßen Metallring, an dem um die zwanzig Schlüssel befestigt waren, vor die Nase.

»Beeil dich!«

»Ich muss mir nur noch schnell was anziehen.« Sie schob ihre Decke beiseite, der Träger ihres Tops rutschte dabei nach unten. Leni spürte, wie sein Blick für ein kurzen Augenblick über ihren Körper wanderte, und Hitze breitete sich in ihr aus. Schnell sprang sie aus dem Bett, griff nach ihrer Jeans und dem Kapuzenpullover, dann zog sie sich in Windeseile an. »Okay, wir können los.«

Nur wenige Minuten später standen sie vor Babuschkas Box. Die Stute wieherte leise, drehte sich dann aber unruhig im Kreis und scharrte mit den Hufen. Nach dem kurzen Spurt über den Innenhof war Leni jetzt hellwach und dankbar, dass Nathan sie geweckt hatte.

»Sollen wir irgendetwas machen?«, wisperte Leni und knöpfte ihre Strickjacke zu.

»Nur, wenn es Probleme gibt«, erwiderte Nathan, der dicht neben ihr stand. »Baba kriegt das schon allein hin.« Er deutete auf ein paar Strohballen in der Ecke. »Setz dich ruhig hin, ich hole uns einen Tee. Das kann noch dauern.«

Nathan lief zu seinem Haus, das wenige Meter vom Stutenstall entfernt war. Sherlock hob nur schläfrig eine Augenbraue, als er im Flur über ihn hinwegstieg. In der Küche stellte er den Wasserkessel auf den Gasherd und holte zwei Keramikbecher aus dem Hängeschrank. Seit er wusste, dass mit der Stute alles in Ordnung war, hatte sich seine Anspannung gelegt, und er war auch froh, Leni an seiner Seite zu haben. Die Geburt konnte sich noch ein paar Stunden hinziehen, und es war schön, im Stall Gesellschaft zu haben. Für ihren Einsatz bei Babas Rettung hatte sie es verdient, die Geburt des Fohlens mitzuerleben.

Als er mit den zwei Teebechern zurück in den Stall kam, wäre er fast mit ihr zusammengeprallt. Im letzten Moment streckte er beide Hände nach oben, aber ein paar Tropfen Tee landeten trotzdem auf seinen Händen. Er sog Luft zwischen seinen zusammengepressten Lippen ein und wollte gerade losfluchen, als er Lenis verängstigten Blick bemerkte.

»Nathan, endlich! Der Stute geht es nicht gut... Sie kann...« Leni nahm irritiert die Tasse Tee entgegen. »Äh... sie kann nicht mehr aufstehen.«

»Was? Das kann doch gar nicht sein.« Er schob sie beiseite und eilte zur Box.

Babuschka lag auf der Seite im Stroh, ihr runder Bauch hob und senkte sich regelmäßig. Leni, die sich neben ihn gestellt hatte, seufzte.

»Gerade eben sah das richtig schlimm aus.«

Er legte ihr die Hand auf die Schulter. »Alles gut, als ich das erste Mal bei einer Fohlengeburt dabei war, ging es mir so wie dir. Es kommt oft vor, dass eine Stute während der Geburt aufstehen will, es aber nicht schafft. Ich kann dich beruhigen. Mit Baba ist alles okay. Trink erst einmal einen Schluck, das kann noch dauern. Am besten wir verhalten uns ganz ruhig. Sollte irgendetwas nicht stimmen, kann ich Markus anrufen.« Er klopfte auf sein Handy, das aus der Brusttasche seiner Reitjacke herausragte. »Dann ist er spätestens in zehn Minuten hier.«

11

Die Vögel zwitscherten in den Bäumen. Ansonsten war auf Gut Schwansee kein Laut zu hören. Alles war so friedlich, als ob es auf der ganzen Welt keine Probleme und Sorgen gäbe.

Babuschka stand in der Dämmerung auf einer kleinen Weide, die an den Stutenstall grenzte, und hatte ein Hinterbein angewinkelt. Ihren Kopf hielt sie gesenkt, und ihre Augen waren halb geschlossen. Nathan hatte sie nach draußen gestellt, damit sie sich etwas freier bewegen konnte. Gerade war die Fruchtblase geplatzt, und Leni sah, wie plötzlich ein kleines Bein aus dem Hinterteil der Stute herausgestreckt wurde. Ein Teil der Eihaut, die das Fohlen im Bauch umhüllt hatte, war ebenfalls zu erkennen. Nathan hatte ihr erklärt, dass diese Hülle und auch die Nabelschnur von selbst reißen würden, und zwar spätestens, wenn das Fohlen den Mutterleib verlassen und die Stute oder ihr Baby aufstehen würden.

»Jetzt wird es höchstens noch dreißig Minuten dauern«, sagte Nathan, der neben ihr am Zaun stand.

Babuschka schüttelte sich kurz und drehte den Kopf nach hinten. Leni wagte kaum zu atmen, um die werdende

Mutter nicht zu stören. Als auch das zweite Bein zu sehen war, legte sich die Stute stöhnend auf die Seite, das heißt, eigentlich sah es mehr nach einem Plumpsen aus. Hoffentlich war das okay für das Pferdebaby... Plötzlich verspürte Leni ein Brennen in der Kehle. Ein Erinnerungsfetzen flackerte vor ihrem inneren Auge auf. Ihr Herz pochte wie wild, und sie bekam schlecht Luft. Sie atmete tief ein und wieder aus – genau so, wie sie es gelernt hatte, um aus solchen Attacken wieder rauszukommen. Einatmen und wieder ausatmen, einatmen, ausatmen. Okay, alles gut... alles gut...

»Was ist los mit dir?« Nathan legte den Arm um ihre Schulter. »Geht es dir nicht gut?«

Seine Fürsorge ließ ihr Herz flattern. »Alles okay, ich bin nur etwas müde.«

Nathan rückte noch etwas näher an sie heran. Die Wärme seines Körpers an ihrer Seite beruhigte sie. »Ist wirklich alles in Ordnung?«

Sie nickte.

Nathan deutete mit dem Kopf auf Babuschka. »Fohlen kommen immer mit den Vorderbeinen zuerst auf die Welt«, flüsterte er. »Gleich wirst du den Kopf sehen.«

Tatsächlich: Nur wenige Sekunden später erblickte Leni die Nüstern, das geöffnete Maul und die winzigen Zähne des Pferdebabys, das nun ordentlich mit den Vorderbeinen strampelte, um nach draußen zu gelangen. Sie hatte sich wieder gefangen und rückte noch näher an Nathan heran, der genau wie sie schweigend die Geburt beobachtete. Eigentlich war dies alles vollkommen normal, aber für sie geschah gerade etwas Besonderes, etwas, das sie nie vergessen würde. Da war sich Leni absolut sicher. Die Stute presste erneut, und der Rest des kleinen Pferdekörpers rutschte auf einmal auf die Wiese. Kurz danach landete ein Schwall Fruchtwasser im Gras. Geschafft! Die Stute wieherte leise und stieß das Neugeborene mit ihrer Nase an.

Am liebsten hätte Leni losgeheult, aber sie hielt sich lieber zurück. Nathan war bestimmt nicht der Typ für solche Gefühlsausbrüche.

»Das sieht alles gut aus«, sagte Nathan.

Leni lehnte sich erleichtert an ihn. Er ließ sie gewähren und verzichtete auch auf einen blöden Spruch.

Babuschka leckte das nasse Fell ihres Fohlens ab und knabberte an der Eihaut. »Müssen wir ihr nicht helfen?«

»Nein, das ist jetzt wichtig für die beiden«, erwiderte Nathan. »Durch das Lecken wird die Bindung zwischen ihnen aufgebaut.«

Nach ein paar Minuten streckte das Fohlen, das ganz dunkles Fell hatte, seine beiden Vorderbeine nach vorn, um aufzustehen. Babuschka stupste es sanft an, aber seine Kraft reichte nicht aus, und es fiel zur Seite. Sofort versuchte es, ein zweites Mal auf die Beine zu kommen, und diesmal gelang es in einem Rutsch. Es stand! Dann bewegte es sich nach vorne, zurück und wieder nach vorne, wobei die dünnen, staksigen Beinchen zitterten.

»Na los, das schaffst du!«, flüsterte Leni.

Als habe es verstanden, hopste das Fohlen nach vorn und verschwand dann schnell unter dem Bauch seiner

Mutter. Gerührt beobachtete Leni, wie der kleine Schweif im selben Takt hin und her zuckte.

Nathan atmete erleichtert aus, aber dann gähnte er. »Sorry, ich bin jetzt doch ziemlich fertig.«

»Ich auch«, gestand Leni. »Gibt es denn noch etwas zu tun?«

»Ja, ich muss warten, bis die Nachgeburt kommt.« Er kam ihr noch näher, bis er direkt vor ihr stand, und fixierte sie mit seinem Blick. »Geh du ruhig schlafen, das schaffe ich auch allein.«

»Okay«, erwiderte Leni. Wollte er sie nun loswerden, oder war er einfach nur fürsorglich?

»Du siehst müde aus«, sagte er. »Leg dich doch einfach noch einmal hin.«

Er strich ihr eine Haarsträhne aus dem Gesicht und sah ihr dabei in die Augen. Seine Hand brannte auf ihrer Haut, und ihr Herzschlag beschleunigte sich. Leni hatte das Gefühl, als ob die Luft zwischen ihnen vibrierte. Als er sanft über ihre Wange strich, immer noch den Blick auf sie gerichtet, lief ihr ein wohliger Schauder über den Rücken.

»In ein paar Stunden bringen wir Babuschka und Bea zurück auf die Koppel. Du kannst dabei sein, wenn du willst«, sagte er schließlich, und seine Stimme klang heiser. Langsam ließ er die Hand sinken.

»Das wäre schön«, erwiderte sie ein wenig enttäuscht darüber, dass Nathan sie nicht geküsst hatte, denn das hatte er doch eigentlich gewollt, oder? Andererseits war es bestimmt besser so, redete sie sich ein. Wo sollte das auch alles hinführen? Sie hatte den Stress mit Jannik noch gar nicht verarbeitet, vieles war unausgesprochen geblieben. Eine neue Beziehung kam für sie zurzeit ohnehin nicht infrage. Sie brauchte erst einmal etwas Abstand.

Als sie kurze Zeit später ihre Decke bis zur Nase zog, fühlte sie sich wieder besser. Im Grunde genommen ging es ihr doch auch so gut wie schon lange nicht mehr. Nathan war so nett gewesen, kein Vergleich zu seinem Verhalten, als sie ihm das erste Mal begegnet war. Sein Bruder und sein Vater waren ebenfalls sehr sympathisch, nur Susanne Cornelius wirkte auf sie kühl und unnahbar. Aber vielleicht täuschte sie sich auch. Auf jeden Fall war sie glücklich darüber, ihren Urlaub hier verbringen zu können. Berlin schien auf einmal ganz weit weg zu sein.

Da fiel ihr ein, dass Jannik ihr eine WhatsApp-Nachricht geschickt hatte: *Wann kommst du zurück?* Das war alles gewesen. Jannik hatte wirklich Nerven – er tat einfach so, als wäre nichts passiert. Ob er sie überhaupt vermisste? Er fehlte ihr... schon, irgendwie. Was sollte sie ihm nur schreiben? Darüber würde sie noch mal länger nachdenken müssen. Aber nicht jetzt. Sie gähnte und knipste dann das Licht aus, denn erst einmal wollte sie schlafen... sehr lange schlafen.

Nathan hielt nichts mehr im Bett. Für gewöhnlich war er immer pünktlich um 6 Uhr im Stall, genau wie Paul und die anderen Mitarbeiter von Gut Schwansee. Er hatte ein schlechtes Gewissen, dass er heute später dran war, aber schließlich hatte er die ganze Nacht Geburtshilfe geleistet.

Sherlock freute sich sichtlich, als sie das Haus verließen, schwanzwedelnd sprang er auf die Rückbank des Jeeps. Die große Stutenkoppel befand sich in der Nähe des Windrades, und Nathan wollte sich den Schaden des Zaunes genauer betrachten, da er am Tag zuvor nur kurz einen Blick darauf geworfen hatte. Er fragte sich, wie die Pferde die Umzäunung einfach hatten durchbrechen können.

Er lenkte sein Auto auf den Feldweg, der hinter dem Springplatz begann, und kurbelte das Fenster hinunter. Die Sonne schien vom fast wolkenlosen Himmel, und es war angenehm mild. Nathan liebte den Mai besonders, dann verwandelte der blühende Raps das Land in ein gelbes Farbenmeer. Er konnte sich keinen anderen Ort auf der Welt vorstellen, an dem er hätte leben wollen. Schwansen – so hieß die Region rund um Gut Schwansee – war eine Halbinsel, die im Osten von der Eckernförder Bucht und im Westen und Norden durch die Schlei begrenzt wurde. Wenn er mit seinem Jeep unterwegs war und die Orte Barkelsby, Karby oder Rieseby durchquerte, fühlte sich Nathan oft an Dänemark erinnert. Bereits im Kindergarten hatte er erfahren, dass die Halbinsel zunächst von Dänen und Jüten besiedelt worden war und daher die meisten Ortsnamen mit -by, dänisch für Dorf oder Stadt, endeten. Außerdem wurde hier neben Hochdeutsch und Platt auch teilweise noch Dänisch gesprochen. Alles ging seinen ruhigen Gang im Einklang mit den Jahreszeiten und der Natur. Es gab keine Autobahn, nur Landstraßen, die sich durch die sanft hügelige Landschaft schlängelten. Wer Schwansen kennenlernen wollte, musste sich eben Zeit nehmen.

Nathan erreichte die Stutenkoppel, ließ Sherlock heraus und kontrollierte den Zaun, bis er die Stelle fand, an der das Holz durchbrochen war. Er hob eine der Latten vom Boden auf, betrachtete das Ende und verglich es mit dem dazugehörigen anderen Teil. Nathan runzelte die Stirn und fuhr mit den Fingern über die beiden Kanten, die sich eher glatt und nicht wie erwartet ausgefranst oder zersplittert anfühlten. Konnte es sein, dass hier jemand nachgeholfen hatte? Er ließ seinen Blick zu dem Windrad schweifen, dessen Rotorblätter sich träge im Wind drehten. Bald sollte das zweite Windrad errichtet werden, die entsprechenden Anträge hatte sein Vater bereits abgegeben, aber das Genehmigungsverfahren war noch nicht vollkommen abgeschlossen. Eventuell würde es Probleme geben, da die von Bardelows Einwände gegen den Bau geltend machen wollten. Möglicherweise wollten sie sogar Klage einreichen. Das jedenfalls hatte sein Vater von Bürgermeister Karsten Andresen vergangene Woche beim Kniffelabend in der Waabser Mühle erfahren. Obwohl die meisten Menschen die Windenergie befürworteten, wollten sie die Windkraftanlagen nicht vor der eigenen Haustür haben. In vielen Gemeinden hatten sich schon Bürgerinitiativen gegen den Bau weiterer Windparks gebildet.

Nathan rief Paul an und bat ihn, das Werkzeug zur Koppel zu bringen. Die Reparatur war keine große Sache, und er freute sich schon darauf, die beiden Stuten mit ihren Fohlen nachmittags hierherzubringen – zusammen mit Leni. Er hatte die Zeit mit ihr sehr genossen. Dennoch musste er aufpassen, sich nicht zu sehr an sie zu gewöhnen. Gestern hätte er sie fast geküsst. Das ging gar nicht! Sie war ein Gast, und bald würde sie wieder nach Berlin zurückkehren.

Sherlock stupste ihn mit der Nase an, er beugte sich hinunter und kraulte ihm den Kopf. Sein Hund schloss kurz die Augen, aber dann spitzte er plötzlich die Ohren, hob den Kopf und sprang auf. Nathan blickte über die Koppel und griff sich sein Fernglas, das auf der Ablage des Jeeps lag. Jetzt verstand er, worauf sein Hund so reagiert hatte: Auf der gegenüberliegenden Seite standen zwei Männer am Zaun. Die beiden waren in ein Gespräch vertieft. Einen erkannte Nathan sofort: Es war Vikys Bruder, Erik Graf von Bardelow. Beim vergangenen Feuerwehrball hatte er sich die Kante gegeben und sich an alle Frauen rangemacht, die bei drei nicht auf den Bäumen waren. Irgendwann war er dazwischengegangen und hatte ihn vor die Tür befördert. Seitdem hatte sich ihr Verhältnis, das ohnehin nie besonders gut gewesen war, weiter verschlechtert. Aber egal. Was interessierte ihn von Bardelows Sohn. Er fragte sich nur, warum er überhaupt zu Hause war. Viky hatte ihm erzählt, dass seine Eltern ihn in einer Im- und Exportfirma eines Freundes in Mecklenburg-Vorpommern untergebracht hatten, um ihn endlich zur Raison zu bringen. Arbeiten war nämlich nicht seine Sache, lieber ließ er in Kampen die Korken knallen. Der Mann neben ihm, ein kräftiger Typ mit Hut, musste Manfred Schöller sein, dieser nervige Vogelschützer, der erst seit einem Jahr im Dorf wohnte, Sozialpädagoge war und sich selbst als Ökoaktivist bezeichnete. Er hatte eine Bürgerinitiative gegründet, die gegen den Bau von Windkrafträdern in der Region protestierte.

Nachdenklich ließ Nathan das Fernglas sinken. Dass Erik mit diesem Vogelschützer klüngelte, gefiel Nathan überhaupt nicht. Hoffentlich braute sich da nicht etwas zusammen. Er musste endlich einmal in Ruhe mit seinem Vater sprechen.

※

Marlis strich über das Holz der Kommode, die Leni mit dem Sprinter zur Boutique in Eckernförde gebracht hatte. »Das ist genau so geworden, wie ich es mir vorgestellt habe.« Sie nickte Leni anerkennend zu. »Die Farbe ist wirklich wunderschön.«

Leni atmete erleichtert aus. »Das freut mich. Es hat aber auch sehr viel Spaß gemacht.«

Marlis runzelte die Stirn und blickte Leni über den Rand ihrer halbrunden Lesebrille hinweg an. »Mhm, ja, aber es ist auch viel Arbeit gewesen, das kannst du ruhig zugeben und stolz auf dein Werk sein.«

»Ja, stimmt, du hast recht.« Leni lachte. »Du bist wirklich sehr motivierend, das tut echt gut.«

»Na, wir Frauen müssen doch zusammenhalten. Schau dich mal um: Das alles hier habe ich mir selbst aufgebaut, und das war kein Kinderspiel, sage ich dir. Aber ich habe nicht lockergelassen, habe zig Bücher zum Thema Selbstständigkeit gelesen und mir ganz genau überlegt, wie ich mein Geschäft aufziehen will.«

»Und warum hast du dich für diesen Laden entschieden?«

»Ich hatte schon immer ein Faible für Klamotten. Du musst mich mal zu Hause besuchen. Ich habe ein Ankleidezimmer, das ist so groß wie bei anderen das Wohnzimmer, und meine Schuhe füllen einen ganzen weiteren Raum.«

»Ach echt?« Marlis wurde Leni immer sympathischer.

Es bimmelte, und eine Kundin betrat die Boutique, deshalb entschuldigte sich Marlis und forderte Leni auf, sich in der Zwischenzeit in Ruhe in ihrem Laden umzuschauen. »Du hast doch noch etwas Zeit?«

Leni stieg eine kleine Treppe hoch, um dort ein wenig zu stöbern. Marlis hatte wirklich ein Händchen für Mode. Sie hatte viele Basics wie Hosen, Blazer, Blusen und Pullis ohne viel Schnickschnack, dafür aus hochwertigen Materialen und in schönen Farben wie Nougatbraun, Sonnengelb, Tomatenrot und Marineblau, aber auch flippige Teile mit Glitzerapplikationen und Fransen. Dazu gab es passende Accessoires wie Taschen, Gürtel, Tücher und Modeschmuck. Es musste großartig sein, allein entscheiden zu können, wie es im eigenen Geschäft laufen sollte. Andererseits trug man dann auch die volle Verantwortung dafür, wenn etwas schiefging.

Plötzlich hörte sie die Stimme von Marlis. »Leni, komm mal her! Ich habe eine neue Kundin für dich.«

12

Lenis Wangen waren gerötet, und ihre Augen glänzten. Die beiden Bettschränkchen für die Kundin von Marlis, die Petra hieß und einen kleinen Kiosk an der Strandpromenade betrieb, hatte sie bereits abgeschliffen und gründlich mit Seifenlauge gereinigt. Dann hatte sie die Tenne gefegt, die verschiedenen Möbel umgeräumt und auf der Treppe zum Dachboden Teelichter, die sie aus Beton hergestellt hatte, verteilt. Diesmal hatte sie Muscheln und kleine Steine, die sie am Strand vom Campingplatz gesammelt hatte, in den fest werdenden Beton gedrückt und die Ränder mit Acrylfarbe bemalt: mit zarten Streifen, Wellen und kleinen stilisierten Fischen. In einer Ecke hatte sie eine Tafel gefunden und ein Päckchen Kreide. *Überall*, schrieb sie gerade, als ihr jemand von hinten auf die Schulter tippte.

»Überall? Was soll das denn werden?«

»Hi, Nathan, schön, dich zu sehen.«

»Mhm. Also?«

»Das wird ein Schild für meinen Laden.« Eigentlich hatte sie Werkstatt sagen wollen, aber Laden klang einfach viel besser. Außerdem ging das Nathan überhaupt nichts an.

»Deinen Laden?«

»Ja genau.«

»Überall? So soll der heißen?«

»Du hast es erfasst.«

»Und den willst du hier in unserer Tenne aufmachen?«

»Tja…« Sie zog betont dramatisch ihre Augenbrauen hoch. »Warum eigentlich nicht?«

Nathans Miene verdüsterte sich. »Das kann doch nicht dein Ernst sein. Hat mein Vater dich auf die Idee gebracht?«

»Wie kommst du denn darauf? Er hat mir nur gesagt, dass er das Gebäude endlich mal wirtschaftlich sinnvoll nutzen will. Das ist alles.«

Nathan holte Luft, als wolle er etwas erwidern, aber dann wedelte er nur genervt mit der Hand. »Da ist aber noch nicht das letzte Wort gesprochen.«

»Das werden wir ja sehen«, entgegnete Leni, und sie wunderte sich selbst über ihre Streitlust. Dieser Rehmörder und selbstherrliche Gutsherr in spe hatte doch nicht alle Löffel im Karton. Oder hieß es Eier in der Schale?

Sie verschränkte die Arme vor der Brust und funkelte Nathan angriffslustig an. Dabei fiel ihr leider die Kreide aus der Hand, und als sie sich hinunterbeugte, um sie aufzuheben, stieß sie mit seinem Kopf zusammen. »Autsch!«

Nathan zischte kurz durch die Zähne. Er reichte ihr das Stück Kreide und drehte sich um. Ohne ein weiteres Wort marschierte er in Richtung Tür.

»Hey«, rief Leni ihm nach, »was wolltest du eigentlich?« Nathan hob abwehrend die Hand. »Hat sich erledigt.«

Kopfschüttelnd blickte sie ihm nach. Aber dieses Verhalten von Nathan hatte etwas in ihr ausgelöst. Die Worte *jetzt erst recht* flimmerten durch ihren Kopf wie eine blinkende Leuchtreklame. Sie holte tief Luft und vollendete ihr Werk:

Überall

Vintage-Möbel, Dekoartikel, Schönes

Leni lehnte die Tafel an ihre Werkbank, holte sich einen Schemel und ließ die Worte auf sich wirken. Ein warmes Gefühl durchströmte sie, und sie schnappte sich den Lappen, der auf einer Anrichte lag. Es gab noch eine Menge zu tun, und sie fühlte eine Energie in sich aufsteigen wie schon lange nicht mehr. Sie war auf dem richtigen Weg, nur wusste sie noch nicht, wohin dieser führen sollte. Aber das war ihr egal, sie war frei und konnte machen, was sie wollte. Jannik würde ihr nicht reinreden und Nathan erst recht nicht. Bernhard hatte ihr doch erzählt, dass er sich etwas Sinnvolles für die Tenne wünschte. Bestimmt könnte sie ihn von ihren Plänen überzeugen, und er war schließlich derjenige, der auf Gut Schwansee das Sagen hatte.

»Aha, hier sind Sie also.«

Leni erschrak, als sie Susanne Cornelius erblickte, mit ihr hatte sie in diesem Moment am wenigsten gerechnet. Nathans Mutter ließ ihren Blick durch die Tenne schweifen.

»Soso, das sind also die *Möbel*, die Sie sich ausgesucht haben.«

Leni gefiel es nicht, dass Susanne Cornelius so herablassend war, aber sie beschloss, sich nichts anmerken zu lassen. »Interessieren Sie sich dafür?«

»Nicht wirklich.« Sie rümpfte die Nase, während sie mit dem Zeigefinger über Petras Bettschränkchen fuhr. »Ich bevorzuge Antiquitäten.« Dann fiel ihr Blick auf Lenis Ladenschild. »Diesen Plunder wollen Sie hier also auch noch verkaufen?« Sie presste ihre schmalen Lippen aufeinander. »Da habe ich aber ein Wörtchen mitzureden.«

»Ihr Mann hat aber gesagt...«

»Das kann ich mir schon vorstellen.« Sie hob den Zeigefinger. »Sie hören von mir.« Dann machte sie auf dem Absatz kehrt und rauschte davon.

Nathan schnaubte vor Wut, als er zu seinem Haus stapfte, um Sherlock zu holen. Er brauchte jetzt unbedingt frische Luft und Zeit für sich. Eigentlich hatte er vorgehabt, mit Leni die Stuten und ihre Fohlen zur Koppel zu bringen, aber dazu hatte er jetzt keine Lust mehr.

Im Stall wartete Paul schon auf ihn, dem er, nachdem er aus der Tenne herausgerannt war, schnell eine WhatsApp-Nachricht geschickt hatte.

Nathan schnappte sich die zwei Halfter, die in der Ecke neben dem Eingang hingen. Babuschka blähte aufgeregt die Nüstern, als er sie auf den Hof führte. Ihr Fohlen war dicht an ihrer Seite, und als Paul mit Bea und ihrer Kleinen kam, konnte es losgehen.

Auf dem Weg zur Koppel beruhigte sich Nathan wieder etwas, aber die Gedanken rotierten trotzdem in seinem Kopf. Er verstand die Welt nicht mehr. Hatte Leni etwa vor, sich auf Gut Schwansee einzunisten? Sie konnte doch wohl nicht ernsthaft glauben, in der Tenne einen Laden eröffnen zu können? Er hatte sich – das musste er sich selbst eingestehen – noch keine großen Gedanken darüber gemacht, welchen Job sie eigentlich ausübte. War das Anmalen von Möbeln ein Beruf? Er kannte jedenfalls niemanden, der mit einer solchen Tätigkeit Geld verdiente. Seine Freunde waren fast alle Landwirte, oder sie arbeiteten als Bankangestellte oder Versicherungskaufleute. Das mit dem Laden musste er auf jeden Fall verhindern. Wer hatte ihr nur diesen Floh ins Ohr gesetzt? Doch nicht etwa sein Vater? Das wäre wirklich das Allerletzte.

Sie erreichten die Koppel, und Nathan wies Paul an, als Erstes durch das Tor zu treten. Bea war die Leitstute und würde durchdrehen, wenn Babuschka und ihr Fohlen den Vortritt hatten.

Paul nickte und zupfte an dem Strick. »Nun komm schon!«

Als Nathan ihm mit seinen Pferden gefolgt war, blieben sie einen Moment stehen, und beide Stuten schnaubten erwartungsvoll.

Nathan grinste. »Die können es gar nicht abwarten, was?«

»Allerdings.«

Nathan hob den Daumen, und beide Männer öffneten die Panikhaken der Stricke. Sofort galoppierten die Stuten mit hocherhobenen Schweifen los, buckelten und sausten über die Wiese. Die beiden Fohlen folgten ihren Müttern wiehernd. Nathan und Paul verließen die Koppel, zogen das Tor zu und beobachteten die Pferde, die Unterarme auf den Zaun gestützt, bis die Stuten sich beruhigt hatten und den Kopf ins hohe Gras steckten.

Paul verabschiedete sich, aber Nathan blieb noch stehen. Es war schön, dass die Stuten nach der langen Winterpause endlich wieder rauskonnten. Die neue Grünlandmischung, die er angesät hatte, machte einen guten Eindruck. Das Gras war schnell aufgelaufen, kräftig gewachsen und hatte sich gut verwurzelt. Das war wichtig, damit die Pferde nur das Grün abrupfen und nicht so leicht die Wurzeln ausreißen konnten. Der Händler hatte das Produkt zudem als besonders trockenheitsverträglich und ausdauernd angepriesen. Wenn das Wetter in diesem Jahr mitspielte, würden die Stuten mit ihren Fohlen Tag und Nacht draußen bleiben können und genügend zu fressen haben.

Zum Glück war Babuschka und ihrem Fohlen nichts passiert. Das hätte auch ganz anders ausgehen können. Nicht auszudenken, was geschehen wäre, wenn die Pferde in Richtung Landstraße gerannt wären.

Als er mit Sherlock wieder sein Haus erreichte, ging er in die Küche, um sich ein Bier zu holen. Er trank ein paar Schlucke und lehnte sich dann seufzend an den Kühlschrank. Seit Leni auf dem Gut war, kam er nicht mehr zur Ruhe. Diese Frau passte einfach nicht hierher, und er fragte sich, warum sie ihren Urlaub unbedingt auf Gut Schwansee verbringen musste. Wahrscheinlich hatte sein Vater dafür gesorgt. Er hatte eine Schwäche für junge Frauen... immer noch, obwohl er damit schon so viel Unheil angerichtet hatte. Nathan presste die Lippen aufeinander und schüttelte sich, um das Bild, das ihm immer wieder in den Sinn kam, zu vertreiben. Manchmal fragte er sich, ob es wirklich geschehen war oder ob er es sich nur einbildete. Schließlich war es schon so viele Jahre her.

Heute Morgen war er seinem Vater beim Frühstück begegnet, aber sie hatten sich nur über die Fohlengeburt unterhalten. Es war wirklich schwierig, einen passenden Moment für eine Aussprache zu finden, da Bernhard den ganzen Tag unterwegs war und ständig irgendwelche Leute etwas von ihm wollten: Lieferanten, Gäste, Dorfbewohner, Besucher des Hofcafés... Nathan ging ins Wohnzimmer, immer noch mit dem Gefühl, Dampf ablassen zu müssen. Als sein Blick auf den leeren Weidenkorb vor dem Ofen fiel, atmete er erleichtert aus. Auf einmal wusste er genau, was er jetzt brauchte.

Als Leni gegen Abend ihre Arbeit in der Tenne beendet hatte, ging sie zum Stutenstall, um Nathan zu suchen. Noch immer rätselte sie, warum er sich so merkwürdig aufgeführt hatte. Sie nahm sich vor, ihn darauf anzusprechen, denn eigentlich hatten sie sich doch die Nacht zuvor großartig verstanden. Seine Stimmungswechsel irritierten sie total, immerhin hatten sie sich… na ja, sie hatten sich fast geküsst.

»Nathan?«

Leni schaute in die beiden Laufställe, aber die Stuten und ihre Fohlen waren nicht mehr da. Was sollte das? Sie hatte sich so darauf gefreut, die Pferde auf die Koppel zu bringen, und genau das hatte Nathan ihr doch auch versprochen. Sie rief noch einmal seinen Namen, aber dann hörte sie ein lautes splitterndes Geräusch und lief nach draußen.

Auf dem Springplatz war Paul gerade dabei, den Sand mit der Harke zu glätten. In seinem Mundwinkel hing eine Zigarette, und kleine Rauchschwaden schwebten über ihn hinweg.

»Hi«, rief Leni und winkte ihm zu. »Hast du Nathan gesehen?«

Paul unterbrach seine Arbeit, stützte sich auf dem Stil der Harke ab und grinste breit. »Der ist in seinem Garten, hörst du doch.«

»Und wo ist sein Garten, wenn man fragen darf?«

Paul deutete auf das kleine Backsteinhaus hinter ihr. »Einfach durch das Tor.«

Leni fragte sich, ob es eine gute Idee war, unangemeldet bei Nathan aufzutauchen, aber dann war sie doch zu neugierig. Sie wollte unbedingt herausfinden, was er trieb. Sie öffnete das dunkelgrün gestrichene Tor und folgte einem kleinen, mit rund gewölbten Natursteinen gepflasterten Weg, der in den Garten führte. Links und rechts waren Beete angelegt, in denen Büsche und Stauden gepflanzt waren. Alles wuchs wild durcheinander, und es sah nicht so aus, als ob jemand dort regelmäßig mit einer Harke für Ordnung sorgte. Ein herunterhängender Zweig streifte ihr Gesicht, und ein Schwarm Mücken sammelte sich surrend über ihrem Kopf.

Dann endlich sah sie ihn: Nathan holte gerade aus und spaltete mit einer Axt ein Stück Holz, das senkrecht auf einem Baumstumpf im knöchelhohen Gras stand. Ein Schlag genügte, und zwei Teile fielen auf den Haufen, der sich daneben gebildet hatte. Da Leni halb hinter einem Baum stand, hatte er sie noch nicht entdeckt, und sie ergriff die Gelegenheit, ihn genauer zu betrachten. Er trug nur eine Jeans und ein eng anliegendes weißes Unterhemd, unter dem sich seine Muskeln deutlich abzeichneten. Als er erneut die Axt nach oben schwang, traten die Sehnen auf seinem Unterarm hervor. Seine Haare kringelten sich im Nacken, dort, wo sich durch die Arbeit besonders viel Schweiß gebildet hatte. Leni ließ ihren Blick über seinen Körper wandern und trat dabei von einem Fuß auf den anderen, bis es plötzlich knackte. Mist!

»Leni?«

»Äh, hi!«

Nathan ließ die Axt sinken und strich sich mit dem Unterarm über die Stirn. »Was machst du denn hier?«

Leni trat etwas hervor, blieb dann aber wieder zögernd stehen. Es war gar keine gute Idee gewesen, Nathan unangemeldet zu besuchen. Sie kam sich vor wie ein Eindringling.

»Ich wollte noch mal mit dir reden«, brachte sie schließlich hervor.

»So?«

Meine Güte, dieser unsensible Landbursche machte es einem aber auch wirklich nicht leicht. Leni straffte ihre Schultern und verließ ihr Versteck.

»Hast du mich beobachtet?«

Sie stutzte kurz, aber dann blickte sie ihm geradeheraus in die Augen. »Was? Natürlich nicht.« Sie blinzelte. »Warum sollte ich?«

Nathans Mundwinkel zuckten, und er betrachtete sie für einen Moment. Dann stellte er die Axt ab und griff sich ein Handtuch, das neben ihm im Gras lag. Er wischte sich damit kurz über das Gesicht, legte es sich dann über die Schulter und trat auf sie zu.

Leni unterdrückte den Wunsch, auf dem Absatz kehrtzumachen. Stattdessen blieb sie einfach stehen und wartete. Und dann stand er auf einmal vor ihr. Sie spürte seinen Atem auf ihren Wangen und ihrem Hals, und als er sich zu ihr hinunterbeugte, schloss sie einfach die Augen. Die Art, wie er sie ansah, wie er mit ihr sprach, gefiel ihr... irgendwie...

»Das glaube ich dir nicht«, flüsterte er ihr ins Ohr. Er ergriff ihre Hand. »Komm, ich zeig dir mein Haus.«

Nachdem Nathan die Tür geöffnet hatte, trat er zur Seite und machte eine einladende Geste: »Nach dir!«

Sherlock sprang hoch, um Leni zu begrüßen, und sie beugte sich zu ihm hinunter, um ihn hinter den Ohren zu kraulen. Er bedankte sich mit einem freudigen Bellen. Dann folgte sie Nathan ins Wohnzimmer, in dem es ziemlich kühl war. Sie trug nur ein T-Shirt und rieb sich über die nackten Oberarme.

»Ich geh nur kurz duschen, dann heize ich den Ofen an, okay?«

»Warum ist es um diese Jahreszeit hier eigentlich so kalt?«

»Das Haus ist über hundert Jahre alt«, erwiderte Nathan. »Ich habe es selbst renoviert, aber es ist natürlich nicht so gut isoliert wie Neubauten.«

»Ach so, aber gemütlich ist es trotzdem, finde ich.«

»Freut mich, wenn es dir gefällt«, antwortete er mit einem Augenzwinkern.

Als Nathan den Raum verlassen hatte, atmete Leni erleichtert aus und nutzte die Zeit, um sich ein wenig umzuschauen. Sie ließ sich auf den Sessel vor dem Ofen fallen und streckte die Beine von sich. Die Einrichtung war einfach, aber gemütlich. In einer Ecke befand sich ein abgewetztes dunkelbraunes Ledersofa, auf dem ordentlich zusammengelegte Wolldecken und Kissen lagen. Davor stand ein kleiner Holztisch mit einem Stapel Zeitschriften und diversen Fernbedienungen. Der dazugehörige Bildschirm war riesig und an der gegenüberliegenden Wand angebracht. Daneben erblickte sie zu ihrer großen Überraschung ein String-Regal. Sie fragte sich, ob Nathan es sich selbst ausgesucht hatte.

Leni stand auf und betrachtete das Möbelstück genauer. Sie war ein großer Fan der Arbeiten des schwedischen Architekten und Designers Nils Strinning, der das String-Bücherregalsystem mit seiner Frau Kajsa 1949 für einen Wettbewerb entworfen hatte, den der schwedische Buchverlag Bonniers Folkbibliotek ausgeschrieben hatte. Hintergrund dieser Ausschreibung war, dass der Verlag gehofft hatte, die Menschen würden mehr Bücher kaufen, wenn sie dafür geeignete Regale hätten.

Ein gerahmtes Foto erregte ihre Aufmerksamkeit. Es zeigte Nathan und eine Frau mit roten Locken, die ihr bis auf die Schulter fielen. Sie hatte ein strahlendes Lächeln und war wirklich sehr hübsch. Leni fühlte einen Stich im Herzen. Schnell wandte sie den Blick ab und ließ ihn stattdessen über die erstaunlich vielen Buchrücken gleiten.

Nathan kam zurück, er trug jetzt eine locker sitzende Jeans, ein weißes T-Shirt und war barfuß.

»Hast du die alle gelesen?«

»Die meisten schon«, erwiderte er, während er in die Hocke ging und die Holzscheite in den Ofen steckte. »Am liebsten lese ich Krimis.«

»Ich auch, wenn sie nicht zu grausam sind«, sagte Leni und kehrte zu ihrem Platz auf dem Sessel zurück. »Ich darf doch?«

Er sah zu ihr hoch, und Leni spürte ein Kribbeln, das sich in ihrem Körper ausbreitete, als sich ihre Blicke begegneten.

»Klar, setz dich!«

Binnen weniger Sekunden hatte Nathan ein Feuer entzündet, und die Flammen prasselten hinter der Glasscheibe. Er nickte Leni zu. »Ich hole uns mal was zu trinken. Bier oder lieber Wasser?«

»Ich nehme gern ein Bier.«

Als Nathan das Zimmer wieder verlassen hatte, schnappte sich Leni zwei Kissen vom Sofa und ließ sie mit etwas Abstand vom Ofen auf den Holzfußboden fallen. Bevor sie darüber nachdenken konnte, ob sie damit nicht womöglich eine Grenze überschritten hatte, war Nathan zurückgekehrt. Sie nahm die Bierflasche entgegen, und als sie beide auf ihren Kissen saßen, prosteten sie sich zu. Einen Moment war es still.

»Also«, sagte Nathan schließlich, »was willst du wissen?«

Leni rang mit den Worten.

»Hast du etwas gegen mich?«, fragte sie schließlich und pulte an dem Etikett ihrer Bierflasche.

»Mhm«, erwiderte Nathan und öffnete die Ofentür, um noch etwas Holz nachzulegen. Leni wurde heiß, und ihr war bewusst, dass das nicht nur am Feuer lag.

»Ich frage mich, was genau du hier eigentlich willst.«

»Das kann ich dir sagen: Ich arbeite in der Tenne.«

Nathan kehrte zu seinem Kissen zurück. »Ich verstehe das alles nicht. Du kommst hierher, suchst dir Möbel aus, düst nach Berlin, dann bist du wieder da und willst einen Laden eröffnen?« Er runzelte die Stirn. »Mit dem Namen ›Überall‹?«

»Überall ist Wunderland, überall ist Leben«, rezitierte sie, aber ehe sie ihren kleinen Vortrag beenden konnte, fuhr Nathan dazwischen. »Ich kenne Ringelnatz«, sagte er. Er fixierte sie mit seinem Blick. »Also?«

Leni stellte die Bierflasche ab und umschlang ihre Beine. »Das ist doch nur so eine Idee von mir...« Sie spürte, dass sich ihr die Kehle zuschnürte und ihre Augen sich mit Tränen füllten. Warum musste Nathan sich auch derart auf sie einschießen? Sie wischte sich kurz mit dem Handrücken über die Augen.

»Was für einen Job hast du eigentlich genau?« Seine Stimme klang plötzlich weicher. Leni stutzte kurz und fragte sich, ob er jetzt einfach zum Small Talk übergehen wollte. »Ich arbeite in einem Antiquitätenladen mit Werkstatt, schon seit zwei Jahren.«

»Und was hast du davor gemacht?«

»Ach, nichts Besonderes«, sagte Leni, der es unangenehm war, von Nathan so ausgefragt so werden. Dennoch erzählte sie ihm die Kurzfassung ihres Werdegangs, auf den sie nicht sonderlich stolz war. Im Grunde hatte sie außer ihrem Abitur nichts zustande gebracht. Keine Ausbildung, kein Studium. Nur ein paar Jobs und dann ihre Tätigkeit bei Jannik...

»Wollen wir nicht rüber zum Sofa gehen, da ist es bequemer?«

Sie folgte ihm dorthin und setzte sich mit angewinkelten Beinen in eine Ecke. Das Sofa war ziemlich lang und breit, sodass sie beide genügend Platz hatten, ohne sich berühren zu müssen.

»Und jetzt willst du hier einen Laden eröffnen?«

»Warum nicht, dein Vater hat nichts dagegen.«

»Das kann schon sein...«

Leni hatte das Gefühl, dass er über dieses Thema nicht sprechen wollte. Vielleicht war zwischen den beiden irgendetwas vorgefallen? Sie entschied sich, nicht weiter nachzuhaken.

»Du hast Agrarwissenschaften studiert?«

Nathan stutzte einen Moment, dann hellte sich seine Miene auf. »Das hat dir bestimmt Hendrik erzählt.«

»Ja, hat er und auch, dass du sehr straight bist.«

Nathan grinste, und dabei bildeten sich wieder diese unwiderstehlichen Grübchen in seinen Wangen. »Dazu gehört im Vergleich zu ihm nicht viel.«

»Wie meinst du das?«

»Na, er kriegt einfach nichts auf die Kette. Nicht dass du mich falsch verstehst. Auf meinen Bruder lasse ich nichts kommen, aber hier auf dem Gut kann man ihn nicht gebrauchen.«

»Du fühlst dich also für alles verantwortlich«, stellte Leni fest.

Nathan schien über ihren Satz nachzudenken.

»Dein Vater macht das, was getan werden muss, und deine Mutter kümmert sich um ihre Interessen. Aber du willst etwas bewegen, oder?«

»So etwas in der Art.«

Leni freute sich, dass er sich etwas mehr öffnete. Sie traute sich jedoch nicht, ihn noch weiter auszufragen, denn sie wollte die Vertrautheit, die zwischen ihnen entstanden war, nicht aufs Spiel setzen.

Nathan streckte seinen Arm auf der Lehne des Sofas aus. Ihre Fingerspitzen vibrierten und signalisierten ihr, seine Haut berühren zu wollen.

»Was ist mit deiner Familie? Hast du auch Geschwister?«

»Ja, eine Halbschwester. Luise, sie arbeitet in einer Bank und lebt mit ihrem Freund Thorsten in Potsdam.«

»Und deine Eltern?«

»Meine Mutter und mein Stiefvater sind beide Lehrer.« Sie hielt einen Moment inne. »Meinen richtigen Vater kenne ich nicht.« Sie räusperte sich. »Das macht aber auch nichts.«

»Kennst du denn seinen Namen?«

»Ja, meine Mutter hat ihn mir genannt, als ich achtzehn Jahre alt geworden bin. Er ist Engländer und heißt Peter Rice.«

Nathan schmunzelte. »Das hört sich an wie die englische Version von Peter Müller.«

Leni lachte. »Ja, das stimmt. Ich habe den Namen auch schon gegoogelt. Es gibt Hunderte Peter Rice. Allerdings hat mir meine Mutter auch verraten, dass er damals, als sie mit ihm zusammen war, in London lebte. Aber das ist ja nun schon über dreißig Jahre her.«

»So alt bist du also?« Seine Stimmte klang ehrlich interessiert.

»Na ja, fast. Im Oktober werde ich dreißig. Und wie alt bist du?«

»Dreiunddreißig, gerade erst geworden, vor zwei Wochen.«

»Oh, dann alles Gute nachträglich.«

»Danke.« Er ließ seinen Blick über ihr Gesicht gleiten, nur ganz kurz, aber Lenis Herz pochte wie wild, und sie kämpfte mit dem Bedürfnis, sich auf der Stelle an ihn zu schmiegen.

Sherlock trottete ins Wohnzimmer und stellte sich vor das Sofa, um von seinem Herrchen gekrault zu werden.

Er legte seinen Kopf auf die Sitzfläche, und Nathan strich ihm über sein wuscheliges Fell. Leni gefiel es, wie liebevoll er mit seinem Hund umging. Schließlich hatte sich Sherlock genügend Streicheleinheiten abgeholt und trottete zum Ofen.

Nathan wandte sich wieder Leni zu, doch der intime Moment war verflogen. »Also...« In diesem Moment klingelte sein Handy, das er auf dem Tisch vor dem Sofa abgelegt hatte. »Sorry...«, sagte er nur kurz und nahm es in die Hand. »Ich bin gleich wieder da.«

Aha, dachte Leni, so sieht es also aus. Sie hatte den Namen des Anrufers, der kurz aufgeleuchtet hatte, erkannt: Viky.

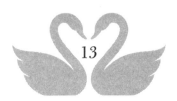

13

Viky oder auch: Viktoria Gräfin von Bardelow. Himmel aber auch! Dieser Name ging Leni nicht mehr aus dem Kopf, als sie zurück in der Ferienwohnung den Besuch bei Nathan Revue passieren ließ. Nachdem Nathan wieder ins Wohnzimmer zurückgekehrt war, hatte sie sich schnell verabschiedet. Die knisternde Stimmung war verflogen.

Nun hatte sie sich ein langes kuscheliges T-Shirt übergezogen, es sich auf dem Bett gemütlich gemacht und ihren Laptop auf dem Schoß platziert. Gott sei Dank gab es in der Ferienwohnung WLAN, denn sie liebte es, im Bett Netflix-Serien zu schauen.

Ihr Handy klingelte: ein eingehender Videoanruf von Jannik? Puh, darauf war sie nun gar nicht vorbereitet. Und sie hatte auch noch gar nicht auf seine WhatsApp-Nachricht reagiert. Sie checkte kurz den Chatverlauf. Sechs Nachrichten von Jannik waren in der Zwischenzeit eingegangen. Sie tippte auf *Annehmen*, und ein kleines Foto ihres Freundes erschien auf dem Display. War er überhaupt noch ihr Freund?

Der Empfang war überraschend gut. Jannik grinste und winkte ihr zu. »Na, jetzt bist du platt, was?«

»Mhm, geht so, ich wollte dich heute auch noch anrufen.«

Er strich sich durchs Haar, und das Bild verzerrte sich für einen kurzen Moment, aber dann war er wieder gut zu sehen und zu hören.

»Haste aber nicht.«

»Mhm. Stimmt, sorry...«

»Kannst du früher zurückkommen?«

Leni fühlte, wie ihr die Röte ins Gesicht schoss, genau diese Frage hatte sie befürchtet. Am liebsten hätte sie »Nein!« geschrien, aber stattdessen sagte sie nur: »Das geht nicht. Ich habe ja noch Urlaub.«

»Ich brauche dich hier«, sagte er, und als Leni nichts erwiderte, fuhr er fort: »Wenn du Montag nicht wieder in Berlin bist«, er zog an seiner Zigarette und blies den Rauch aufs Display, »dann suche ich mir eine andere.«

Leni schnappte nach Luft. »Wie meinst du das?«

»So, wie ich es sage.«

Leni rang mit den Worten, aber ihr wollte einfach nichts einfallen. Ihr Kopf war leer.

Ein pfeifendes Geräusch riss sie aus ihren Gedanken, die Verbindung funktionierte nicht mehr richtig.

»Leni, so läuft das nicht. Entweder du kommst oder...«

»Oder was?«

»Oder du brauchst dich hier gar nicht mehr blicken zu lassen.«

»Das ist Erpressung.«

»Genau.«

»Ich...« Sie hielt einen Moment inne. »Ich brauche noch etwas Zeit.«

Er machte eine wedelnde Handbewegung. »Zeit? Weißt du, was? Du kannst mich mal...« Er zog an seiner Zigarette. »Dann... dann kündige doch!«

Jannik blickte direkt in die Kamera, und Leni spürte, wie ihr kalt wurde. Er sah plötzlich irgendwie fies aus.

»Das meinst du jetzt nicht im Ernst, oder?« Ihr Mund war ganz trocken, und ihr Herz pochte bis zum Hals.

»Du machst doch hier die Zicken und nicht ich. Sieh zu, dass du hierherkommst oder eben nicht, ist mir dann auch egal. Deine Entscheidung...«

Dann war die Verbindung unterbrochen.

Zehn Minuten lang lag Leni regungslos auf dem Bett und starrte in den rosa Himmel mit den pinkfarbenen Punkten.

Sie fühlte sich plötzlich wie die totale Versagerin. Jannik wollte also, dass sie kündigte. Dabei sollte nach ihrem Plan alles ganz anders verlaufen. Sie hatte doch vorgehabt, ihn wegen der Quittung für den Schrank zur Rede zu stellen. Doch stattdessen war sie dieser vermeintlich unangenehmen Situation aus dem Weg gegangen und hatte sich aufs Land geflüchtet. *Gut gemacht, Leni!*

Sie stieg aus dem Bett und holte sich eine Flasche Wasser aus dem Kühlschrank. Was sollte sie jetzt nur tun? Sie hatte das unschöne Gefühl, dass Jannik nur auf diesen Moment gewartet hatte, um sie loszuwerden. Womöglich beschäftigte dieser Gedanke ihn schon viel länger. Aber vielleicht war es ja auch nur wieder einer seiner miesen Drohungen gewesen. *Wenn du dies nicht machst, dann passiert das...* Da war er echt ein Experte drin. Ihre

Freundinnen nannten dieses Verhalten emotionale Erpressung, aber die hatten gut reden. Sie war abhängig von Jannik. Zum einen war sie froh, einen Freund zu haben – sie hasste es, allein zu sein. Und zum anderen war er ihr Arbeitgeber. Ohne ihn war sie nichts!

Leni trank einen großen Schluck. Sie hatte sich in eine Situation hineinmanövriert, die ihr eine höllische Angst einjagte. Bevor sie nach Gut Schwansee gefahren war, hatte sie ein ganz normales Leben in Berlin geführt, und nun saß sie mitten in der Pampa in einer Ferienwohnung, ohne Freund und vielleicht bald auch ohne Job.

»Einen Hengststall? Wie kommst du denn auf so eine Idee? Wir haben doch einen.« Bernhard schüttelte den Kopf. »Und dann auch noch in der Tenne?« Er hob eine Kiste mit Kartoffeln hoch und platzierte sie auf dem Verkaufstresen des Hofladens.

Es war erst kurz nach sieben, aber der Lieferant war schon um sechs auf den Hof gefahren, und seitdem hatte Nathan seinem Vater beim Einräumen der neuen Ware geholfen. Er war froh, ihn endlich allein erwischt zu haben.

»Die Tenne ist perfekt dafür«, sagte er. »Der alte Stall ist zu dunkel, und die Boxen sind zu klein. Heutzutage wird ganz anders geplant und gebaut.«

Sein Vater hielt einen Moment inne und musterte ihn. »Das Thema Pferdezucht hatten wir doch schon«, sagte er, »das bringt alles nichts mehr. Die Leute wollen kein

Geld für Reitpferde ausgeben, erst recht nicht für Trakehner.«

»Wenn die Qualität stimmt, schon«, widersprach Nathan. »Denk an die Herbstauktion im vergangenen Jahr. Der Siegerhengst hat dreihunderttausend Euro gebracht.«

Sein Vater machte eine abwehrende Handbewegung. »Nun komm mir bloß nicht damit. Von diesem Wunderhengst hat man doch nie wieder was gehört. Lebt der überhaupt noch?« Er nahm einen Korb mit Äpfeln in die Hand. »Kannst du mir mal kurz die Tür aufhalten?«

Nathan nickte, hielt die Tür am Rahmen fest und ließ seinen Vater hindurchtreten. »Der Hengst lebt noch«, erwiderte Nathan, »er wird zwar nicht mehr auf Turnieren vorgestellt, aber er ist als Deckhengst im Einsatz.«

»Trotzdem«, sagte sein Vater, der von draußen einen leeren Korb mitgebracht hatte. »Kannst du den mal mit den restlichen Äpfeln füllen?«

»Ich bin überzeugt, dass wir hier auf Gut Schwansee etwas bewegen können. Moonlight hat eine Topabstammung, und wenn er gekört wird, könnten wir schon im kommenden Jahr die ersten Fohlen von ihm haben.«

Sein Vater schüttelte den Kopf. »Aber vorher müssten wir wieder jede Menge Geld reinstecken. Die Fohlen kriegt man nicht zu einem anständigen Preis verkauft, sondern muss sie drei Jahre aufziehen. Ein junges Pferd will auch keiner kaufen. Außerdem haben wir noch zwei Fohlen, die wir erst mal groß kriegen müssen.« Er blickte seinem Sohn fest in die Augen. »Schlag dir das aus dem Kopf, min Jung.«

Nathan hatte damit gerechnet, dass sein Vater von dieser Idee nicht begeistert sein würde. Aber er hatte sich vorgenommen, nicht lockerzulassen. Dazu war ihm das Ganze zu wichtig. Er stapelte die Lammfelle, die auf einem kleinen Holztisch lagen, ordentlich übereinander. Sein Vater nickte ihm zu.

»Sehr gut, das wollte ich auch schon machen.«
»Welche Pläne hast du denn für die Tenne?«
»Na, zurzeit ist dort doch Lenis Werkstatt drin.«
»Sie hat zu mir gesagt, dass du damit etwas vorhast.«
»Ja, das stimmt, aber noch nichts Konkretes.« Sein Vater stellte sich ihm gegenüber und fixierte ihn mit seinem typischen Gutsherrenblick. »Nathan, wir haben nun wirklich andere Probleme. Denk nur an die Fenster im Herrenhaus, die eigentlich schon längst ausgewechselt werden müssten. Der alte Schlepper hat einen Motorschaden, und die zweite Windkraftanlage muss auch noch finanziert werden.« Er hielt einen Moment inne und streckte dann seinen Zeigefinger in die Luft. »Und du willst hier einen auf Pferdezüchter machen?«

»Das ist mal wieder typisch«, erwiderte Nathan und bemühte sich, seiner Stimme einen ruhigen Klang zu verleihen, obwohl er innerlich kochte. »Immer geht es nur um das, was du willst. Warum sollte ich eigentlich Landwirtschaft studieren? Ständig habe ich doch von dir gehört, dass ich dein Nachfolger werden soll, oder etwa nicht? Aber immer, wenn ich Ideen habe, bist du dagegen.«

»Das sind keine Ideen, sondern Hirngespinste«, konterte sein Vater.

»Du hast ja keine Ahnung. Mit dir kann man einfach nicht vernünftig reden.«

»Und ob man das kann! Wenn etwas Hand und Fuß hat, kann man mich auch überzeugen ... Da würde ich ja schon lieber Leni die Tenne überlassen, die macht wenigstens was und schnackt nicht nur.«

»Ach«, presste Nathan hervor, »hat sie dich etwa um den Finger gewickelt?« Er musste jetzt wirklich aufpassen, nicht auszurasten.

»Und selbst wenn es so wäre, das geht dich gar nichts an.« Er schob sich an ihm vorbei. »Sieh zu, dass du in den Stall kommst. Ich brauche dich hier nicht mehr.«

Leni hörte, wie eine Tür laut zuknallte, und unterbrach ihre Arbeit für einen Moment. Neugierig trat sie nach draußen und sah gerade noch, wie Nathan aus dem Hofladen kommend in Richtung Hengststall stürmte. Kurz überlegte sie, ob sie ihm einen guten Morgen wünschen sollte, aber dann ließ sie es doch lieber bleiben. Er sah irgendwie genervt aus, und sie hatte keine Lust, sich mit einem schlecht gelaunten Nathan zu befassen. Ihr reichte, was sie gerade mit Jannik durchmachte. *Dann kündige doch!* Diese Worte drehten sich in Dauerschleife in ihrem Kopf, sie konnte gar nichts dagegen tun.

Nachdem sie gestern Nacht endlich eingeschlafen war, hatte sie geträumt, in einem Schlammloch zu versinken, ohne dass jemand kam, um sie zu retten. Ganz schlimm.

Schweißgebadet war sie aufgewacht und hatte danach auch nicht wieder einschlafen können. Wie gerädert war sie in der Morgendämmerung aufgestanden, hatte nur schnell einen Kaffee getrunken und war dann gleich in die Tenne gegangen, um die Bettschränkchen für Marlis' Bekannte Petra mit Wachs zu versiegeln. Die Arbeit würde sie auf andere Gedanken bringen.

Für den weißen Anstrich hatte sie Kreidefarbe benutzt und vorher eine Grundierung aufgetragen, um zu verhindern, dass sich gelbe Flecken bildeten. Früher hatte sie immer gleich die Farbe auf die gesäuberten und angeschliffenen Flächen gestrichen und sich maßlos darüber geärgert, wenn sich Substanzen aus dem alten Holz lösten und die ganze Arbeit zunichtemachten. Mittlerweile hatte sie aber Erfahrungen gesammelt, und es erfüllte sie mit tiefer Befriedigung, einem unscheinbaren Möbelstück zu neuem Glanz zu verhelfen.

Sie gab das Wachs auf einen Pappteller und tunkte den Pinsel mit Kunststoffborsten hinein. Nachdem sie eine kleine Fläche mit dem Wachs bestrichen hatte, nahm sie ein weiches, sauberes Tuch und bearbeitete diesen Bereich mit kreisenden Bewegungen, um überschüssiges Wachs zu entfernen und es zugleich noch besser in die Oberfläche einzuarbeiten.

Gerade als sie fast fertig war, klingelte ihr Handy. *Jannik!*

»Hast du es dir überlegt?«

»Äh... was?« Leni rang nach Worten, die sie zu einem Satz bilden konnte. Sie war buchstäblich sprachlos.

»Ob du kündigen willst, natürlich.«

»Willst du mich loswerden?«

Er antwortete nicht. Sie hatte das Gefühl, als würde sie sich selbst in einem Film betrachten. Ihr Magen zog sich schmerzhaft zusammen. »Und was ist dann mit uns?«, sagte sie schließlich.

»Na ja«, begann Jannik, und sie hörte, wie er an einer Zigarette zog, »da lief ja sowieso nicht mehr viel.«

»Aber du hast doch immer gesagt...« Leni war klar, worauf er anspielte, und sie hatte immer gehofft, dass sich das *Problem*, wie er es nannte, von selbst auflösen würde. Er war verständnisvoll gewesen und hatte ihr versichert, warten zu können. *Nimm dir die Zeit, die du brauchst.* Genau das hatte er gesagt, sogar mehrmals.

»Wenn du das so siehst«, sagte sie schließlich und kämpfte gegen die Bilder an, die sich mit voller Wucht in ihr Bewusstsein drängten.

»Hast du wieder eine deiner Panikattacken?« Auf einmal klang seine Stimme weicher.

»Nee, danke, alles gut.«

Es entstand eine Pause, und Leni hörte sich selbst atmen, aber am anderen Ende der Leitung war alles still. Hatte Jannik schon aufgelegt?

»Machs gut, Leni. Man sieht sich.«

Leni steckte ihr Handy zurück in die Seitentasche ihrer Arbeitslatzlose. Ihre Kehle schmerzte, aber sie wollte nicht weinen. Auf keinen Fall. Sie nahm ihren Pinsel und trug eine zweite Schicht Wachs auf. Langsam, mit kreisenden Bewegungen. Sie begriff einfach nicht, warum Jannik sich auf diese Weise von ihr trennen wollte, indem er ihr den Schwarzen Peter zuschob. Irgendwie hatte sie das Gefühl, als ob er nur auf einen Anlass gewartet hatte, das Ende ihrer Beziehung herbeizuführen.

Die Erinnerungen an die gemeinsame Zeit mit Jannik zogen an ihr vorbei wie bei einer Diashow: ihre erste Begegnung im Kumpelnest, Sylvester mitten auf dem Ku'damm und danach auf einer Technoparty irgendwo in Friedrichshain. Dann die erste gemeinsame Nacht in seiner Wohnung. Vom Hof aus drang laute orientalische Musik ins Schlafzimmer, und zwei Männer stritten sich stundenlang in einer fremden Sprache. Die Arbeit im Vintage Dream, ihre Streifzüge über die Flohmärkte in aller Herrgottsfrühe und ihre Zeit in den Clubs, Restaurants und Bars von Berlin – mit ihm an ihrer Seite immer ein Abenteuer mit ungewissem Ausgang. Aber dann hatten sie einmal vergessen zu verhüten...

»Hey, was ist denn los mit dir? Du weinst ja.«

Leni blinzelte. Vor ihr stand Sina. Die Jungköchin sah heute ganz anders aus, stellte Leni fest. Ihre blonden Haare umspielten ihr hübsches Gesicht, und sie trug eine enge Jeans, einen Kapuzenpulli und weiße Sneakers.

»Ist was passiert?«

Leni schluchzte laut auf, als Sina ihr ein Taschentuch reichte und ihr tröstend über die Haare strich.

»Ach, es ist wegen meines Freunds. Oder besser gesagt Ex-Freunds.«

Sina rückte sich einen alten Stuhl heran. »Willst du mir erzählen, was los ist?«

Leni schüttelte den Kopf. »Nein, jetzt nicht.« Sie umfasste Sinas Hand. »Es ist aber lieb, dass du fragst. Ein anderes Mal, okay?«

»Na klar, wann immer dir danach ist.« Sie grinste. »Wie wäre es mit einem schönen Stück Kuchen? Das ist immer noch das beste Rezept gegen Liebeskummer!« Sina zwinkerte ihr zu, verschwand durch die Tür und kehrte kurze Zeit später mit zwei großen Stücken Apfelkuchen und zwei dampfenden Kaffeebechern zurück.

»Mhm«, Leni schloss die Augen, als sie den ersten Bissen probierte. »Der ist himmlisch.«

»Das will ich wohl meinen. Apfelkuchen ist die beste Medizin. Geht es dir jetzt etwas besser?«

Leni nickte. »Sag mal, warum bist du eigentlich hier? So in Zivil? Musst du heute gar nicht arbeiten?«

»Nee, ich habe heute meinen freien Tag. Ich wollte dich fragen, ob du mich zum Tierarzt fahren kannst. Ich habe ja leider kein Auto, und mein Chef hat keine Zeit.«

»Dich? Wieso das denn?«

Sina grinste. »Nein, nicht nur mich natürlich. Ich muss mit meiner Katze dorthin. Die benimmt sich so komisch. Ich habe Angst, dass es etwas Schlimmes ist, sie ist ja nicht mehr die Jüngste. Du hast doch noch den Sprinter, oder?«

»Ja, kein Problem. Wann ist denn dein Termin?«

»Ich soll um 15 Uhr in die Sprechstunde kommen. Wäre das okay für dich?«

»Kein Problem, das geht klar.«

14

Nathan kraulte Sherlocks Kopf, als Anja ihn abhorchte und gleichzeitig seinen Puls fühlte. Das dauerte eine ganze Weile, und als sie einen Moment innehielt und ihre Stirn kräuselte, stieg seine innere Anspannung. *Hoffentlich ist es nichts Schlimmes...*

»Okay«, sagte sie schließlich, »da ist ein kleines Geräusch. Das muss aber noch nichts heißen. Bei älteren Hunden kann die Herzklappe erkranken, das müsste ich mit einer Ultraschalluntersuchung feststellen können.«

Nathans Puls schoss in die Höhe, und Sherlock legte den Kopf auf seine Hand. Er strich ihm sanft durchs Fell. »Alles gut, Sherlock, alles gut.«

Wuw.

Dann wandte er sich zur Tierärztin, die seinem fragenden Blick mit einem Lächeln begegnete.

»Mach dir keine Sorgen, das wird schon. Es ist eine Routineuntersuchung und reine Vorsichtsmaßnahme.«

»Ja, dann geht das in Ordnung, kein Problem.«

Anja winkte ihre Sprechstundenhilfe Nina heran, die wie ihre Chefin ein grünes Poloshirt mit der Aufschrift *Tierarztpraxis Dr. Anja Riepen und Dr. Markus Riepen* trug. Die junge Frau füllte mit ihren rundlichen Formen das Kleidungsstück vollkommen aus, während es bei Anja, die eine leidenschaftliche Läuferin war und penibel auf eine gesunde Ernährung achtete, sehr locker saß.

»Kannst du bitte einen Termin machen?«

Anja begleitete Nathan und Sherlock zum Empfang. Sie und ihr Mann kümmerten sich schon seit vielen Jahren um alle Vierbeiner auf Gut Schwansee. Markus war für die Großtiere – Pferde, Kühe und Schafe – zuständig, und seine Frau führte die Kleintierpraxis. Anja erkundigte sich nach Nathans Vater, gab Sherlock noch ein Leckerli aus dem großen Glas, das auf dem Empfangstresen stand, verabschiedete sich und betrat dann das Wartezimmer, um den nächsten Patienten aufzurufen.

Sein Hund lag neben ihm auf dem gefliesten Boden, die beiden Vorderbeine überkreuzt. Als ein älterer Herr mit seinem Dackel die Praxis betrat, zuckte er noch nicht einmal mit den Ohren. Er war total schlapp, Tierarztbesuche stressten ihn. Nathan rechnete es ihm aber hoch an, dass er sich immer sehr zusammenriss. Anja hatte ihn die ganzen Jahre ohne Probleme untersuchen und behandeln können, er hatte nie geknurrt oder geschnappt. Sherlock war einfach eine coole Socke.

Nina notierte den Termin für die Ultraschalluntersuchung auf einem kleinen Zettel. Nathan nahm das Papier entgegen, als sich um ihn herum etwas veränderte, so als ob sich die Luft in dem kleinen Raum auf einmal verdichtete. Er hielt abrupt in der Bewegung inne, drehte sich um und begegnete Lenis überraschtem Blick. Sie stand hinter dem

Dackelbesitzer zusammen mit Sina, die einen Transportkorb in der rechten Hand hielt. Für einen Moment verfing er sich in ihren weit geöffneten Augen und vergaß alles, was um ihn herum geschah. Ihr Anblick erinnerte ihn an ein Rehkitz, das er im vergangenen Jahr aus einem Weizenfeld gerettet hatte. Fast hätte Paul es mit dem Mähdrescher geschreddert, da es geduckt in einer kleinen Kuhle im Feld lag, aber er hatte es noch rechtzeitig gesehen. Das zitternde Tier hatte sich in seine Armbeuge gekuschelt und ihn mit großen Augen angesehen – so wie sie jetzt... Ein warmes Gefühl breitete sich in seiner Magengegend aus, und am liebsten hätte er sie in den Arm genommen. Auf dem Weg nach draußen blieb er kurz bei den beiden Frauen stehen und begrüßte sie eine Spur zu förmlich. Sein Hund hingegen stupste Leni freundlich an, und sie beugte sich hinunter, um ihn zu kraulen. Sherlock wusste eindeutig besser, wie er sich in Lenis Anwesenheit verhalten sollte. Er musste zweimal »Sherlock, komm!« rufen, ehe sein Hund gehorchte und ihm nach draußen folgte.

Die Begegnung in der Tierarztpraxis ließ Nathan auch auf dem Nachhauseweg nicht los. Er fragte sich, warum sich Leni gestern, nachdem er von seinem Telefonat mit Viky ins Wohnzimmer zurückgekehrt war, so komisch verhalten hatte. Richtig abweisend war sie plötzlich gewesen. Zuvor hatte es zwischen ihnen ganz schön geknistert. Andererseits: Er wollte keine Beziehung, auf gar keinen Fall. Schon gar nicht mit einem Stadtmenschen. Es gab schließlich auch hier auf dem Land genügend Frauen, in die er sich verlieben konnte. Ende Mai fand zum Beispiel das Rapsblütenfest auf Gut Schwansee statt. Höhepunkt der Veranstaltung war die Wahl der Rapsblütenkönigin, und im Anschluss daran sollte es eine Scheunenparty vom Feinsten geben, organisiert von der Landjugend des Kreises. Dort würden bestimmt sehr viele junge Singlefrauen aus der näheren Umgebung auftauchen.

Er durfte sich nichts vormachen: Leni würde ohnehin irgendwann nach Berlin zurückkehren, und er wollte es nicht noch einmal riskieren, sein Herz zu verlieren und dann enttäuscht zu werden. Die Erfahrung mit Laureen hatte ihm gereicht. Zuerst war sie auch total begeistert gewesen, aber dann hatte sie sich an seiner Seite immer mehr gelangweilt.

Er drosselte das Tempo, da die Straße sehr kurvenreich wurde. Er war eben nicht der Alleinunterhaltertyp. Er war schon als Kind eher zurückhaltend und wortkarg gewesen, aber in seinem Freundes- und Bekanntenkreis war das vollkommen in Ordnung. Frauen aus der Stadt fuhren wohl eher auf unterhaltsame Typen ab, die ihren Körper im Fitnessstudio stählten und von jedem Türsteher mit Handschlag begrüßt wurden. Nein, das mit Leni würde nicht funktionieren. Auf gar keinen Fall.

»Jeder kann backen, du auch.«

Sina drückte Leni das Rührgerät in die Hand. Sie hatte die Zutaten für den Apfelkuchen auf der Ablage ihrer

Miniküche aufgereiht: Margarine, Eier, Mehl, Zucker, Backpulver, Vanillezucker und Salz. »Wichtig ist, dass alle Zutaten Zimmertemperatur haben, damit sie sich gut miteinander vermischen können.«

Sie wies Leni an, zunächst die Margarine cremig zu rühren. Währenddessen fettete Sina die Springform und legte den Boden mit Backpapier aus.

»Deine Wohnung ist richtig gemütlich«, sagte Leni und schüttete den Zucker in die Schüssel.

»Ja, finde ich auch. Klein, aber ich habe hier alles, was ich brauche.«

»Und du hast es nicht weit zur Arbeit. Du musst ja nur die Treppe runtergehen, dann bist du schon im Hofcafé.«

Sina grinste. »Ja, das ist echt super«, sagte sie und schlug die Eier am Schüsselrand auf, »leider komme ich hier aber schlecht weg. Die Busverbindungen sind echt mies.«

Leni stupste sie in die Seite. »Jetzt hast du ja mich.«

»Ja, stimmt, und danke, dass du mich und Snow zum Tierarzt gefahren hast.«

»Aber gerne doch. Wo ist die Süße eigentlich?«

»Die hat es sich auf dem Sofa gemütlich gemacht.« Sina wog den Zucker und das Mehl ab und reichte Leni die Zutaten in kleinen Schüsseln. Danach schälten sie die Äpfel, schnitten die Oberflächen gitterförmig ein und verteilten die Früchte auf dem Teig. Sina öffnete den Herd und schob die Form hinein.

»Hast du Lust, etwas auf Netflix zu gucken, bis der Kuchen fertig ist?«

Kurze Zeit später saßen die beiden vor dem Fernseher und nippten an ihren Teetassen. Sina hatte Leni ein paar dicke rosa Wollsocken geliehen, und zwischen ihnen lag Snow und schlief tief und fest. Ihr kleiner Körper hob und senkte sich bei jedem Atemzug, und hin und wieder zuckte eins ihrer Ohren. Leni kraulte ihr durch das dichte weiße Fell.

»Zum Glück ist mit ihr alles okay.«

»Ja, ich bin auch froh, dass sie wahrscheinlich nur zu wenig getrunken hat. War aber trotzdem gut, dass wir zu Dr. Riepen gefahren sind. Witzig, dass wir Nathan mit Sherlock dort getroffen haben. Sag mal...« Sina streckte ihre Beine und betrachtete ihre Wollsocken, die ebenfalls rosa waren, allerding mit weißen Punkten bestickt. »Stehst du auf den?«

»Wie kommst du denn da drauf?«

»Na, so wie du ihn angestarrt hast...«

Leni verschränkte die Arme vor der Brust. »Habe ich gar nicht.«

Sina kicherte. »Dooooch, das hast du.«

»Na ja, vielleicht, aber ich habe zurzeit wirklich andere Probleme. Jannik, mein Arbeitgeber und Freund, will, dass ich kündige.«

»Das ist übel, vor allem, weil ihr zusammen seid. Was willst du jetzt machen?«

»Ich weiß es noch nicht.«

»Was ist mit deiner Wohnung in Berlin?«

»Keine Ahnung.« Sie seufzte. Snow hob den Kopf und blinzelte. »Ich habe überhaupt gar keinen Plan. Am liebsten würde ich hierbleiben.«

»Und warum machst du das nicht?«

Sinas Katze stand auf, rekelte sich, kletterte auf Lenis Schoß, trat ein paarmal auf der Stelle hin und her und rollte sich dann zusammen. Sie schnurrte, als Leni sie am Kopf kraulte.

»Wie stellst du dir das vor? Ich bin doch nur ein Feriengast und sonst nichts.«

Sina nahm sich ein Kissen und legte es sich auf den Schoß, um dort die Fernbedienung abzulegen. »Das sehe ich ein bisschen anders«, sagte sie und zappte sich durch das Programmangebot von Netflix. »Du werkelst jeden Tag an deinen Möbeln herum und hast doch sogar schon zwei Aufträge erledigt.« Sie hatte gefunden, was sie suchte, und der Vorspann einer Serie, die Leni noch gar nicht kannte, begann. »Ich jedenfalls finde, dass du super hierherpasst.«

»Das ist echt lieb von dir, aber ich kann mir das alles noch gar nicht richtig vorstellen. Außerdem glaube ich, dass Nathan etwas dagegen hätte.«

»Ach Quatsch, der ist gar nicht so, wie er immer tut. Die beiden Cornelius-Brüder sind echt okay, und Bernhard sowieso. Frau Cornelius ist nicht so mein Fall, aber glücklicherweise habe ich nicht viel mit ihr zu tun.«

Die beiden schauten zwei Folgen *Pretty Little Liars*, holten dann den Kuchen aus dem Backofen und aßen große, noch warme Stücke mit Sahne.

»Der ist richtig gut geworden, Leni«, lobte Sina. »Ich habe doch gesagt, dass jeder backen kann.« Sie grinste.

»Warmer Apfelkuchen macht glücklich.« Kauend hielt sie ihre Gabel in die Luft. »Da fällt mir gerade etwas ein: Du könntest mir doch auch im Hofcafé helfen, was meinst du?«

»Ja, warum nicht, aber eigentlich bin ich lieber in meiner Werkstatt. Wie sagt man so schön: Schuster bleib bei deinen Leisten.«

Sina stapelte die leeren Teller übereinander. »Da hast du natürlich auch wieder recht.«

Leni schob Snow vorsichtig von ihrem Schoß. Die Katze blinzelte, streckte die Vorderpfoten von sich und schlief auf der Seite liegend wieder ein.

Sie brachten das Geschirr in die Küche, und Sina ließ Wasser ins kleine Becken einlaufen. »Leider habe ich keine Spülmaschine.«

Leni warf sich ein rot-weiß kariertes Küchenhandtuch über die Schulter. »Kein Problem, kann losgehen.«

Als sie mit Spülen und Aufräumen fertig waren, holte Sina eine Flasche Cola light aus dem Kühlschrank. »Das haben wir uns jetzt verdient.«

Sie setzten sich gegenüber an einen kleinen Holztisch, der direkt am Fenster stand. Draußen ging die Sonne unter und tauchte den Raum in ein warmes orangegelbes Licht.

»Sag mal«, begann Sina, und zupfte an dem Etikett der Flasche. »Was ist jetzt eigentlich mit Jannik? Ich meine außer, dass er möchte, dass du kündigst?«

»Ich glaube, dass er mich betrogen hat.«

»Was echt? Mit wem denn?«

»Mit Jasmin, unserer Aushilfe. Sie ist sehr hübsch und viel jünger als ich.«

»Wie alt ist sie denn?«

»Siebzehn.«

»Oh, das ist wirklich jung.«

»Er hat ihr eine Nachricht geschickt«, fuhr sie fort. »Die ist aber bei mir gelandet.«

Leni zog ihr Handy hervor, entsperrte es und scrollte zum Chatverlauf. Dann schob sie das Handy über den Tisch.

Sina nahm es und las, was Jannik geschrieben hatte.

»Na, das ist doch eindeutig, oder?«

»So sehe ich das auch, aber er sagt, dass das nichts zu bedeuten hätte.«

Sinas Miene verdüsterte sich. »Das hört sich für mich nach einer klassischen Ausrede an.«

»Ja, finde ich auch. Ich bin mir auch ziemlich sicher, dass zwischen den beiden was läuft.«

»Wahrscheinlich hast du recht«, sagte Sina, »aber ich an deiner Stelle würde jetzt nach vorne blicken. Vielleicht ist es besser so. Du kannst dich jetzt auf Wichtigeres konzentrieren.«

Leni seufzte, und für einen kurzen Moment flackerte das Bild von Nathan vor ihrem inneren Auge auf.

Sie nickte. »Ja, das kann sein.« Sie legte kurz die Hand auf Sinas Arm. »Danke, dass du mir zugehört hast.«

»Aber gerne doch.« Sina lächelte. »Schön, dass wir uns gefunden haben.«

»Ja, das finde ich auch.«

Sie wechselten das Thema und unterhielten sich über das Leben auf Gut Schwansee. Beide waren sich einig, dass dieser Ort etwas Magisches hatte. Sie tranken ein zweites Glas, aber dann gähnte Sina hinter ihrer vorgehaltenen Hand.

»Entschuldige bitte, aber ich muss morgen wieder früh raus.«

»Kein Problem, ich bin auch müde. Zum Glück habe ich es nicht weit. War schön mit dir.«

»Ja, das müssen wir unbedingt wiederholen.«

Beschwingt schlenderte Leni über den Hof. Es war bereits dunkel, aber sie fühlte sich trotzdem sicher und geborgen. Hinter einigen Fenstern des Herrenhauses brannte Licht, und als sie die Stufen zu ihrer Ferienwohnung hochlief, hatte sie das erste Mal das Gefühl, nach Hause zu kommen.

15

Als Leni am nächsten Tag auf die Autobahn fuhr, war ihre ganze Energie und Zuversicht wieder verflogen. Sie hatte sich spontan entschlossen, nach Berlin zu fahren. Zuerst wollte sie nachschauen, ob mit ihrer Wohnung alles okay war, dann sich mit ihrer besten Freundin Mia treffen und sich mit Jannik aussprechen. Doch mit jedem Kilometer wuchs ihre Anspannung. Sie war so ein verdammtes Weichei. Bislang hatte sie sich nicht getraut, ihn anzurufen und ihm zu sagen, dass sie auf den Weg nach Berlin war. So oder so musste sie ihn noch einmal treffen. Es gab einfach zu viele unbeantwortete Fragen, die sie belasteten. Sie musste Gewissheit haben, sonst konnte sie sich nicht von ihrem alten Leben lösen. Andererseits wusste sie nicht, wie ihre Zukunft aussehen könnte. Sollte sie tatsächlich den Schritt wagen und sich ihren Traum eines eigenen Ladens verwirklichen? Sie hatte die Tage in ihrer Werkstatt sehr genossen und war stolz, ihre ersten beiden Aufträge erledigt zu haben, ohne dass ihr irgendjemand reingeredet hatte. Aber würde sie auch davon leben können? Außerdem war es schön gewesen, mit Jannik zusammenzuarbeiten, sie hatten sich perfekt ergänzt. Himmel aber auch, sie musste endlich aufhören, immer alle Vor- und Nachteile abzuwägen, sonst würde es ihr noch wie diesem Esel aus der Fabel ergehen, der zwischen zwei Heuhaufen verhungerte, weil er sich nicht entscheiden konnte.

Das Herz hämmerte in ihrer Brust, und ihre Wangen glühten. Sie zwang sich, tief ein- und auszuatmen, um sich zu beruhigen. Aber leider gelang es ihr nicht.

Als sie nach vier Stunden auf den Hof von Vintage Dream fuhr, fühlte sie sich heimisch und fremd zugleich. Sie parkte den Sprinter und ließ auf dem Weg zum Eingang ihren Blick über das kleine Beet mit den Pfingstrosen gleiten. Wenigstens waren die Blüten noch nicht verwelkt, die Erde sah feucht aus. Entweder es hatte vor Kurzem geregnet, oder jemand hatte die Pflanzen gegossen. Sie öffnete die Eingangstür, der vertraute Geruch nach Holz, Politur, Farben, etwas Muffigem und Kaffee strömte ihr entgegen. Plötzlich stieg Panik in ihr hoch. Ihr kam es vor, als ob ihr jemand zurufen würde: »Lauf weg, aber schnell!« Sie überlegte nicht lange und marschierte schnurstracks zu Janniks Büro, dessen Tür verschlossen war. Ihr Herzschlag beschleunigte sich, aber sie zählte innerlich bis drei, klopfte kurz und stieß dann die Tür auf. Jannik saß an seinem Schreibtisch, den Blick auf den Bildschirm gerichtet, und er befand sich nicht – wie sie es insgeheim erwartet hatte – in den Armen einer anderen Frau.

»Leni?«

Er drehte sich in seinem Schreibtischstuhl in ihre Richtung und hob beide Augenbrauen. »Was machst du denn hier?«

Ihr war es wirklich gelungen, ihn komplett zu überraschen, und insofern war ein Teil ihres Planes gelungen, aber wie sollte es nun weitergehen?

Plötzlich war ihr Mund ganz trocken, und ihre Zunge klebte am Gaumen.

»Komm erst einmal rein.« Er zog sie am Ärmel in den Raum. »Ich muss kurz telefonieren. Bin aber gleich wieder da, okay?«

Leni nickte. »Äh ja, kein Problem.«

Sie atmete auf, als die Tür ins Schloss fiel. Diese Gelegenheit durfte sie sich nicht entgehen lassen, aber es musste schnell gehen. Sie steuerte auf das Regal mit den ordentlich beschrifteten Ordnern zu, auch der mit den abgehefteten Rechnungen war dabei. Wenn es um Geld ging, war Jannik sehr pedantisch.

Leni hörte Stimmen draußen im Flur, ein leises Murmeln. Sicher würde Jannik bald zurückkommen, sie musste sich beeilen. Mit den Fingern glitt sie über die Rücken der Rechnungsordner, bis sie den aktuellen erreicht hatte. Schnell griff sie danach, ließ sich auf den Schreibtischstuhl fallen und blätterte von hinten nach vorne.

Als sie die Rechnung für den Schrank fand, den die Blondine mit der großen Sonnenbrille gekauft hatte, stutzte sie kurz und riss dann das Papier mit einem Ruck heraus.

»Was machst du da?«

Leni zuckte zusammen, als Jannik plötzlich vor ihr stand. Er griff nach der Rechnung, aber Leni war schneller und versteckte sie hinter ihrem Rücken.

»Drehst du jetzt vollkommen durch?«

»Vielleicht ein bisschen«, zischte sie. »Aber wenigstens bin ich keine Lügnerin.«

Sie hielt ihm das Papier entgegen. »Kommt dir das bekannt vor?«

Leni beobachtete ihn genau. Er war ein Meister darin, keine Gefühle zu zeigen, aber das winzige Zucken seines rechten Mundwinkels verriet ihn.

Leni beugte sich etwas nach vorn und deutete auf die Rechnungssumme. »Fünftausend Euro hast du für den Schrank abkassiert.« Sie zeigte mit dem Finger auf ihn. »Du hast mich betrogen.«

Jannik bewegte sich auf sie zu, aber Leni stieß sich mit den Füßen vom Boden ab, und der Schreibtischstuhl rollte nach hinten. »Fass mich bloß nicht an!«

»Ich kann dir alles erklären.«

Leni funkelte ihn an. »Da bin ich aber gespannt.«

Er trat noch näher an sie heran, beugte sich hinunter und umfasste die beiden Lehnen des Schreibtischstuhls. »Ich komm echt nicht mehr klar mit dir, weißt du das?«

»Und deshalb soll *ich* kündigen?«

Er blinzelte und strich sich mit einer Hand durchs Haar. Leni nutzte den Moment und schob sich an ihm vorbei. »Sag mir jetzt endlich die Wahrheit.«

Nathan ließ Samson an der langen Seite des Außenplatzes das Tempo im Galopp verstärken, indem er den Druck seiner Unterschenkel intensivierte. Er spürte, wie sein Berittpferd auf den Impuls reagierte und sich noch mehr ins Zeug legte. Vor der Ecke fing er ihn wieder ein, und an der zweiten langen Seite wiederholte er die Übung. Im Anschluss daran galoppierte er noch ein paar Runden im leichten Sitz, parierte dann in den Trab und ließ schließlich die Zügel aus der Hand gleiten, damit der Wallach sich vorwärts abwärts dehnen konnte. Samson schnaubte zufrieden, und Nathan beugte sich etwas nach vorne und lobte ihn ausgiebig.

Heute Morgen beim Frühstück im Hofcafé hatte Sina ihm erzählt, dass Leni nach Berlin gefahren sei, um etwas zu regeln. Er hatte nicht weiter nachgefragt, leider, denn nun überlegte er bereits den ganzen Tag, was Leni dort wohl vorhatte. Mit zusammengepressten Zähnen lenkte er Samson in Richtung Moor. Er ritt zur Stutenkoppel, stieg ab und kontrollierte die Umzäunung.

Paul hatte gute Arbeit geleistet, alles war wieder in Ordnung, und die beiden Stuten mit ihren Fohlen grasten friedlich in der Sonne. Babuschka hatte ihr Erlebnis im Moor gut überstanden. In gewisser Weise hatte sein Vater recht. Die Zucht und Ausbildung von Pferden war mit vielen Risiken verbunden, es konnte immer anders kommen, als man es geplant hatte, aber trotzdem war genau das seine Leidenschaft. Schon als Kind hatte er sich zu Pferden und Ponys hingezogen gefühlt, und sein Vater hatte ihn bereits in den Sattel gehoben, bevor er hatte laufen können. Viele Jahre waren sie zusammen ausgeritten und hatten an Turnieren teilgenommen, aber diese Zeiten waren jetzt vorbei. Sein Vater setzte andere Schwerpunkte, vor allem, weil er sich aus wirtschaftlichen Gründen dazu genötigt fühlte. Mittlerweile sah er den Umgang mit Pferden als Luxusbeschäftigung an.

Nathan seufzte und strich den beiden Stuten, die zu ihm an den Zaun gekommen waren, über den Kopf. Ihre Fohlen standen dicht nebeneinander hinter ihren Müttern und spitzten die Ohren. Babuschkas Fohlen war korrekt gebaut, mit einer natürlichen Aufrichtung und einer gut gewinkelten Hinterhand. Die Stute sah schon jetzt aus wie ein kleines Dressurpferd. Wichtig waren aber auch der Charakter und das Wesen des Tieres. Diese Eigenschaften wurden fast zu hundert Prozent von der Stute vererbt. Babuschka war ausgeglichen, verlässlich, aufmerksam und leistungsbereit, eben eine Stute, die immer alles richtig machen wollte. Ja, er war sehr zufrieden mit der Anpaarung, die er gewählt hatte. Er war froh, dass es ihm vor einem Jahr gelungen war, seinen Vater davon zu überzeugen, die Stuten decken zu lassen. Samson, der die ganze Zeit artig danebengestanden hatte, stupste ihn an. Nathan schwang sich in den Sattel und nahm die Zügel in die Hand. Er würde später noch einmal mit Leni zur Stutenweide kommen, das hatte er ihr ohnehin versprochen. Außerdem brauchte Babuschkas Fohlen noch einen Namen.

Die Animation der Firma Red Label war beeindruckend, aber auch irgendwie befremdlich. Leni starrte auf den

Bildschirm von Janniks Laptop. Das Gebäude im Gründerzeitstil sollte in der Nähe des Wasserturms am Prenzlauer Berg gebaut werden. Das jedenfalls erzählte die Sprecherin in einem melodramatischen Tonfall: »Hier entstehen Refugien für Menschen, die das Besondere lieben und die sich nur in einem exklusiven Ambiente zu Hause fühlen können. Zielgruppe unseres Projektes sind Berater, Manager und Spezialisten aus der ganzen Welt, die in Berlin nur vorübergehend leben, aber dennoch ein privates Umfeld einem Hotel vorziehen. Wir arbeiten nur mit Top-Architekten und Interior-Designern zusammen und garantieren, dass unsere Bauvorhaben einmalig, exklusiv und nachhaltig sind, aber auch eine beeindruckende Rendite bieten. Informieren Sie sich über dieses einmalige Investment...«

»Warum zeigst du mir das?«

»Du wolltest doch die Wahrheit wissen«, erwiderte Jannik, der neben ihr auf dem Sofa saß, den Laptop auf seinem Schoß.

»Ich habe unser Geld in dieses Projekt investiert.«

»Du hast was?«

Leni stützte beide Hände neben sich ab, um aufzustehen, Janniks Nähe stresste sie. Erst beim zweiten Versuch gelang es ihr, sich von ihm zu entfernen. Sie stand ihm gegenüber, die Arme vor der Brust verschränkt.

Jannik klappte den Deckel des Laptops zu. »Lass uns was trinken gehen, okay? Dann erkläre ich dir alles.«

Eine halbe Stunde später saßen sie sich in ihrer Lieblingskneipe Willy Bresch gegenüber. Leni strich über die grünweiß karierte Tischdecke und knibbelte dann an dem Bierdeckel. »Nun mach es nicht so spannend.«

Jannik strich sich durch das Haar und lehnte sich in seinem Stuhl zurück. »Es stimmt, ich habe fünftausend Euro für den Schrank bekommen...«

Leni hielt einen Moment die Luft an und nickte dann kurz, um ihn zum Weiterreden zu bewegen.

»Ich habe dir nicht ganz die Wahrheit gesagt«, fuhr er fort, »aber nur, weil ich dich mit diesen Gelddingen nicht belasten wollte.« Er berührte ihre Hand. »Du interessierst dich doch gar nicht so dafür.«

»Wenn es um Geld geht, das mir zusteht, schon«, presste sie hervor und zog ihre Hand weg. Sie starrte auf das dunkle Holzregal an der gegenüberliegenden Wand, auf dem Bierkrüge in verschiedenen Größen und Formen standen, die Andy, der Wirt, bereits zu DDR-Zeiten gesammelt hatte.

Jannik zündete sich eine Zigarette an, auch an den anderen Tischen wurde geraucht. Ein Grund, warum diese Kneipe immer gut besucht war.

»Das kann ich verstehen«, sagte er schließlich, »aber du brauchst dir keine Sorgen zu machen, dein Geld ist gut angelegt.«

»Um wie viel geht es hier eigentlich?«

»Ungefähr zwölftausend Euro.«

»Das heißt, ich hätte eigentlich jeden Monat fünfhundert mehr bekommen müssen?«

»Ja, aber jetzt haben wir eine Immo, Betongold, ist doch geil, oder?«

»Gar nichts ist geil«, zischte Leni, beugte sich nach vorn und schaute ihm direkt in die Augen. »Für wie blöd hältst du mich eigentlich? Du hast eine Immobilie gekauft und nicht ich. Mein Name taucht doch bestimmt nirgendwo auf, weder im Kaufvertrag noch im Grundbuch, oder?«

Jannik hatte gerade an seiner Zigarette gezogen und zu tief eingeatmet. Er hustete. Leni wartete, bis der Anfall vorbei war. Eine Antwort bekam sie trotzdem nicht.

»Ich will mein Geld«, sagte sie deshalb mit fester Stimme und etwas lauter, als beabsichtigt, »sonst zeige ich dich an.«

Einige der anderen Gäste hoben die Köpfe und blickten interessiert in ihre Richtung.

Jannik hob beschwichtigend die Hand. »Nun beruhige dich mal, wir können das alles regeln.«

»Nein, du musst das regeln«, sagte sie mit Nachdruck.

Jannik runzelte die Stirn, und Leni war stolz, dass sie ihm das erste Mal Paroli geboten hatte.

»Ich glaube, es ist wirklich besser, wenn wir unsere Beziehung endgültig beenden, ich meine in jeder Hinsicht.« Leni öffnete ihre Handtasche, zog ihr Portemonnaie heraus und legte einen Briefumschlag auf den Tisch. »Hier ist meine Kündigung«, sagte sie mit fester Stimme. »Überweise mir einfach das Geld, das mir zusteht, dann sind wir quitt.«

16

Auf Gut Schwansee hatten die Arbeiten für das Rapsblütenfest begonnen. Seit den frühen Morgenstunden wurden im Innenhof die Verkaufsstände aufgebaut, Paul fegte mit einem Reisigbesen den Hof, und Sina und Albert Lorenzen, der Chefkoch, bürsteten die Holztische ab, die Bernhard nach der langen Winterpause bereits gestern Abend in den Vorgarten des Hofcafés gebracht hatte.

Nathan saß an einem Tisch, der bereits sauber und trocken war, und nippte an seinem Kaffee. Vor ihm lag eine Liste mit Aufgaben, die bis zum Freitag erledigt werden mussten. An dem Tag würde Bürgermeister Karsten Andresen das Rapsblütenfest eröffnen. Am Samstagabend sollte die Rapsblütenkönigin gewählt werden, und im Anschluss fand die von der Landjugend des Kreises organisierte Scheunenparty statt. Dafür musste noch die Reithalle auf Vordermann gebracht und ein Teil des Bodens mit Holzdielen ausgelegt werden. Die Firma, die diesen Auftrag erledigen sollte, hatte sich für den späten Nachmittag angekündigt. Am Sonntag fand in der Dorfkirche ein Gottesdienst statt, und danach konnten sich die Besucher an den Verkaufsständen stärken, aber es gab auch Ponyreiten für die Kinder, Kutschfahrten und einen Hau den Lukas der Jugendfeuerwehr. Die Vorbereitungen liefen wie geplant, und Nathan freute sich auf das Rapsblütenfest, vor allem, weil für das Wochenende Sonnenschein und milde Temperaturen vorausgesagt worden waren.

»Hier steckst du also.« Sein Vater nahm auf der Bank ihm gegenüber Platz. Seit ihrer Auseinandersetzung waren sie sich aus dem Weg gegangen. »Es gibt Ärger«, sagte er und wies mit dem Kopf zum Parkplatz, der für die Teilnehmer des Festes mit rot-weißem Flatterband neben dem Hengststall abgegrenzt worden war. »Herr Dr. Bley von der Unteren Naturschutzbehörde ist im Anmarsch.«

»Um was geht es denn diesmal?«

»Seeadler.« Sein Vater runzelte die Stirn. »Ich kann mir schon denken, wer dahintersteckt.«

Nathan winkte Sina zu, die den Nachbartisch abwischte. »Bringst du uns bitte noch zwei Kaffee?«

»Hektor?«, fragte er, wieder an seinen Vater gewandt.

»Wer denn sonst. Dem würde ich sogar zutrauen, ein Seeadlerpaar auf seinem Land anzusiedeln, nur um mir eins auszuwischen.«

Nathan nickte. »Die Vögel stehen unter Naturschutz. Wenn hier wirklich welche brüten, dann haben wir ein Problem.«

Als Leni den Blinker zur Hofeinfahrt setzte, schlug ihr Herz vor Vorfreude schneller. Sie war von Berlin ohne Pause durchgefahren. Nach dem Treffen mit Jannik hatte sie Mia besucht. Ihre Freundin, die als Assistenzärztin im St.-Marien-Krankenhaus arbeitete, hatte allerdings nur zwei Stunden Zeit gehabt, da sie für eine Kollegin die Nachtschicht übernehmen musste. Trotzdem hatten sie sehr viel Spaß gehabt und sich gegenseitig auf den aktuellen Stand gebracht. Jannik hatte sie zwar nach ihrem Abgang, auf den sie immer noch stolz war, mit WhatsApp-Nachrichten bombardiert, aber sie war hart geblieben und hatte ihm nicht geantwortet. Als sie nun auf die Landstraße Richtung Gut Schwansee abbog, durchströmte sie ein warmes Gefühl des Nachhausekommens. Sie fuhr an mittlerweile verblühten Rapsfeldern und reetgedeckten Häusern vorbei, bis sie vollkommen unerwartet im rechten Augenwinkel einen Schatten bemerkte. Sie drosselte das Tempo. Direkt vor ihrem Auto sprang ein Hirsch aus dem Gebüsch, gefolgt von vier Rehen. Leni warf einen Blick in den Rückspiegel, bevor sie auf die Bremse trat. Sie wartete, bis die Herde die Straße überquert hatte, dann erst trat sie aufs Gaspedal. Die Bilder ihres ersten Besuchs auf Gut Schwansee flackerten vor ihrem inneren Auge auf. Seit ihrer ersten Begegnung mit Nathan war sehr viel Schönes und Aufregendes passiert, und sie hatte die Menschen, die auf dem Gut lebten, besser kennengelernt. Leni seufzte. Sie konnte es kaum erwarten, endlich anzukommen.

Zu ihrem Erstaunen war die Zufahrt durch den Torbogen versperrt, und ein Schild wies darauf hin, stattdessen den Parkplatz neben dem Reitstall zu benutzen. Leni setzte also zurück und fuhr auf der Landstraße weiter, bis sie ein blaues Parkplatzschild mit der Aufschrift *Für Besucher des Rapsblütenfestes* entdeckte. Richtig, jetzt fiel es ihr wieder ein. Sina hatte erzählt, dass kommendes Wochenende diese Veranstaltung hier stattfinden sollte. Sie parkte, schulterte ihre Tasche und ging hinter der Reithalle entlang, um auf den Innenhof zu gelangen. Vor dem Hengststall standen drei hölzerne Verkaufsstände mit spitzen Dächern, und als sie weiter in Richtung des Herrenhauses lief, bemerkte sie, dass vor dem Hofcafé Tische und Bänke aufgestellt waren. Ihr Blick streifte drei Männer, die dort in ein Gespräch vertieft waren, und als sie beim Näherkommen Nathan als einen von ihnen erkannte, pochte ihr Herz erwartungsvoll. Ihm gegenüber saß Bernhard, der ziemlich grimmig aussah, und ein älterer Herr mit Hut und grauem Trenchcoat, den sie noch nie auf Gut Schwansee gesehen hatte. Sie ging schneller, denn sie hatte keine Lust, in dieses Gespräch zu platzen, und außerdem wollte sie nach der langen Reise erst einmal duschen und sich umziehen. Als die Tür ihrer Ferienwohnung hinter ihr zufiel, atmete sie erleichtert aus. Sie sog tief den vertrauten Geruch ein, ließ ihre Tasche fallen, schenkte sich in der Küche ein Glas Wasser ein und blickte aus dem Fenster. Sie freute sich auf ihre Werkstatt und darauf, später Sina treffen zu können. Außerdem hatte sie noch einige Kisten aus ihrer Berliner Wohnung mitgebracht. Vielleicht war es möglich, abends, wenn die Arbeiter das Gut verlassen hatten, den Sprinter direkt vor den Eingang des Herrenhauses zu fahren, um alles auszuladen. Nach dem Gespräch mit Jannik hatte sie nämlich beschlossen, vorerst auf Gut Schwansee zu bleiben. Natürlich nur, wenn das für Familie Cornelius in Ordnung war. Sie hatte noch Geld auf ihrem Sparbuch, einige Wochen würde sie klarkommen, allerdings müsste sie noch das Thema Renten- und Krankenversicherung klären. Trotzdem: Es gab viel zu tun, und sie freute sich riesig darauf, endlich loszulegen.

Seit Nathan Leni über den Hof hatte gehen sehen, fiel es ihm schwer, sich auf das Gespräch mit Dr. Bley zu konzentrieren. Sie war wieder da… Erst jetzt merkte er, wie sehr er sie vermisst hatte, obwohl sie nur zwei Tage weg gewesen war. Verdammt noch mal!

»Sollten also tatsächlich Seeadler hier auf Ihrem oder dem Land der von Bardelows brüten«, referierte der Naturschutzexperte, »dann müssen wir in der Tat ein Gutachten erstellen, um das Für und Wider abzuwägen.«

»Das bedeutet?«, fragte Bernhard knapp.

Dr. Bley blätterte kurz in seiner Akte. »In dieser Phase bedeutet das erst einmal Baustopp für das zweite Windkraftrad.«

Bernhard schlug mit der Hand auf den Tisch. »Das können Sie doch nicht machen!«

»So ist aber nun einmal die Rechtslage«, erwiderte Dr. Bley und blickte auf sein Handy, das neben ihm auf dem Tisch lag. »Ich habe gleich noch einen weiteren Termin«, sagte er, während er sich bereits erhob. Dann fingerte er eine Visitenkarte aus seiner Manteltasche. »Sie können sich jederzeit bei mir melden.« Er nickte Nathan und seinem Vater aufmunternd zu. »Noch ist ja nichts entschieden. Aber Sie haben bestimmt als Landwirte Verständnis dafür, dass auch die Belange des Naturschutzes bei solchen Vorhaben berücksichtigt werden müssen.«

Nathans Vater ballte die Faust. »Vorhaben! Wenn ich das schon höre, dieses Bürokratendeutsch. Wir Landwirte müssen doch auch sehen, wie wir über die Runden kommen. Erst wollten alle die Windkraft, und nun gefällt es den Leuten nicht mehr. Erst recht nicht vor der eigenen Haustür.« Er schob sein Kinn nach vorn. »Klei mi ann Mors…«

Nathan legte seine Hand auf den Unterarm seines Vaters. »Lass gut sein.«

Dr. Bley hob den Zeigefinger. »Das will ich auch nicht gehört haben.« Er lüftete kurz seinen Hut. »Bis bald.«

Nathan und sein Vater verfolgten ihn mit ihren Blicken, bis er außer Hörweite war.

»Was hältst du von dem Ganzen?«

Sein Vater kratzte sich an der Stirn. »Das kommt doch alles nicht aus heiterem Himmel. Wenn du mich fragst, steckt Hektor dahinter, wer denn sonst? Oder sein Sohn, der hat es ja auch faustdick hinter den Ohren.«

»Erik? Der ist doch viel zu sehr damit beschäftigt, Frauen aufzureißen.«

»Mag sein, aber wenn es um die Interessen der Familie geht, kann Hektor auf ihn zählen.«

Sein Vater raufte sich die Haare, die danach in alle Richtungen abstanden. »Kümmerst du dich um die Angelegenheit? Wenn ich einen von den von Barelows sehe, vergesse ich mich.«

Nathan nickte. »Geht klar.« Er schaute seinem Vater in die Augen. »Wir kriegen das schon geradegebogen.«

Nathan ging kurz nach Hause, um Sherlock zu holen. Er brauchte frische Luft und Bewegung, um in Ruhe über alles nachdenken zu können. Es freute ihn, dass sein Vater ihn gebeten hatte, sich um das Windradprojekt zu kümmern, obwohl er bis dahin gar nichts damit zu tun gehabt hatte. Sein Vater hatte den Bau des ersten Windkraftrades komplett allein auf den Weg gebracht. Selbst seine Mutter hatte erst davon erfahren, als er ihre Unterschrift unter dem Kreditvertrag benötigte. Bislang war die Rechnung seines Vaters auch aufgegangen, da er in den vergangenen Jahren eine gesetzlich festgelegte Vergütung für jede Kilowattstunde Strom erhalten hatte und zudem die Stromversorger verpflichtet waren, den auf Gut Schwansee produzierten Strom abzunehmen. Mittlerweile hatte sich die Gesetzeslage aber geändert. Auch die Betreiber von Windenergieanlagen mussten ihren Strom jetzt an der Strombörse vermarkten. Außerdem gab es mittlerweile viele Gegner von Windkrafträdern, vor allem, wenn diese in ihrer Nachbarschaft gebaut wurden. Nathan befürwortete den Ausbau von regenerativen Energien und war überzeugt, dass in der Landwirtschaft ebenfalls ökologische Alternativen vonnöten waren. Wenn er entscheiden könnte, würde er auf Gut Schwansee auf Ökolandbau umstellen. Aber zurzeit hatte nun einmal sein Vater das Sagen. Er musste sich in Geduld üben und in der Zwischenzeit versuchen, seinen Plan eines erfolgreichen Zucht- und Ausbildungsstalles voranzutreiben.

Er war so in seine Gedanken vertieft, dass er in die falsche Richtung lief. Sherlock trottete neben ihm her, und als sein Hund ihn schließlich mit der Nase anstieß, stand er vor der Tenne, direkt vor dem Eingang zu Lenis Werkstatt. Er hielt einen Moment inne, aber bevor er es sich anders überlegen konnte, übernahm Sherlock die Regie und lief los.

»Sherlock! Kommst du mich besuchen?«

Leni saß auf einem Schemel vor einem kleinen Tisch und kam ihm entgegen.

»Nathan...?«

Einen Moment sahen sie sich in die Augen, und er spürte, wie sich seine Nackenhaare aufrichteten. Am liebsten hätte er sie in den Arm genommen und fest an sich gedrückt. Sie sah unglaublich sexy aus in ihrer mit Farbspritzern gesprenkelten grauen Latzhose, deren einer Träger heruntergerutscht war.

»Hi...«, begann er, aber dann fiel ihm nichts mehr ein.

Sie trat einen Schritt auf ihn zu, Sherlock an ihrer Seite, und berührte seinen Oberarm. »Alles klar mit dir?«

»Ähm, ja«, presste er schließlich hervor. »Ich wollte dich fragen, ob du mit zur Stutenweide möchtest.«

Er strich ihr eine Haarsträhne aus dem Gesicht, die sich aus ihrem Pferdeschwanz gelöst hatte.

Leni lächelte. »Ich dachte schon, dass du mich gar nicht mehr fragst. Gib mir zehn Minuten, okay?«

Endlich! Leni rannte zu ihrem kleinen Bad, streifte sich in Windeseile die Latzhose ab und zog ihre Jeans über. Sie wusch sich die Hände und bürstete sich die Haare. Noch etwas Lipgloss – dann war sie startklar. Nathan wartete vor der Tür, und als Sherlock sie sah, bellte er kurz auf und lief dann voran. Auf dem Weg zur Stutenkoppel unterhielten sie sich über das Wetter, das bevorstehende Rapsblütenfest und ihre Rückfahrt von Berlin. Eigentlich waren das unverfängliche Themen, aber Leni hatte das Gefühl, als ob sie zwischen den Zeilen über etwas sehr viel Persönlicheres, Intimeres sprachen. Obwohl die Sonne schien, fröstelte Leni und rieb sich die Oberarme. Nathan öffnete seine dunkelblaue Reitjacke und legte sie Leni über die Schultern. Sie hob protestierend die Hand, hatte aber kaum eine Chance. »Keine Widerrede, okay?«

Als sie die Stutenweide erreichten, hoben Bea, Babuschka und dann auch die beiden Fohlen, die etwas abseits von ihren Müttern spielten, die Köpfe. Leni stützte ihre Unterarme auf dem Zaun ab, und Nathan pfiff leise. Sofort kamen die beiden Stuten angetrabt und ließen sich die Köpfe streicheln. Nathan kletterte durch die Latten hindurch und hielt dann Leni seine Hand entgegen. »Komm!«

Gemeinsam gingen sie zu den Fohlen, Bea und Babuschka folgten ihnen mit einem Meter Abstand.

»Na, Bambi«, begrüßte Nathan Beas Tochter, und dann zeigte er auf das Stutfohlen von Babuschka. »Leider hat sie noch keinen Namen. Fällt dir etwas ein?«

Leni hielt dem Fohlen ihre Hand hin. »Na du...«

Die Kleine reckte ihren Hals und spitzte die Ohren. Leni verhielt sich ganz ruhig und wartete, bis das Tier den ersten Schritt wagte. Sie spürte die weichen Nüstern auf ihrer Haut, und als das Fohlen einen Schritt nach vorne machte, strich sie ihm durch das wuschelige Fell, das in der Sonne schwarz-bläulich glänzte. »Sie sieht aus wie ein frisch gebackener Blaubeermuffin«, sagte Leni.

Nathans Mundwinkel zuckten, und sein amüsierter Blick ruhte auf ihr. »Blaubeermuffin?«

Leni zog beide Augenbrauen nach oben. »So soll sie doch nicht heißen, Mensch. Aber vielleicht Blueberry?«

»Gar keine schlechte Idee.« Er tippte ihr auf die Schulter. »Warte hier, ich muss schnell was holen.«

Er schwang sich über den Zaun und war verschwunden.

Leni blieb noch einen Moment auf der Weide stehen, dann wurde sie ungeduldig und kletterte über den Zaun zurück. Sie fand einen Holzstamm, setzte sich darauf, schloss die Augen und hielt ihr Gesicht der Sonne entgegen. Es erstaunte sie immer wieder, wie still es auf dem Land war. Sie hörte das leise Rascheln der Bäume im Wind, ein Insekt, das summend an ihr vorbeiflog, und sonst... nichts. Keine Musik, keine Motorengeräusche von vorbeifahrenden Autos oder Lastwagen, kein Baustellenlärm. Sie lehnte sich an einen Baumstamm und streckte die Beine von sich. Dabei rutschte Nathans Reitjacke etwas nach oben, und ein würziger Duft drang in ihre Nase. Ein wohliges Gefühl durchströmte sie.

»Hey, schläfst du?«

Sie zuckte zusammen und hielt sich die Hand vor die Stirn.

»Quatsch, ich habe mich nur kurz entspannt.«

Nathan hielt eine kleine Flasche Sekt mit darübergestülpten Plastikbechern in der Hand.

»Komm, lass uns Babuschkas Fohlen taufen.«

Mit der anderen Hand zog er sie hoch, aber mit so viel Schwung, dass sie fast in seinen Armen landete. Im letzten Moment stützte sie sich an seiner Brust ab und spürte seine harten Muskeln unter ihren Händen.

»Ähm...« Sie richtete sich wieder auf und drückte ihre Schultern nach hinten. »Sorry.«

»Kein Problem...« Noch immer hielt er sie fest, und die Spannung, die zwischen ihnen entstand, war fast mit Händen greifbar.

Er neigte den Kopf nach vorn, aber im letzten Moment hielt er inne. Als er verhalten lächelte, ließ sie ihren Blick über seine ebenmäßigen Gesichtszüge gleiten, die ihr mittlerweile so vertraut waren, als ob sie ihn schon ihr Leben lang kennen würde.

Nathan strich ihr sanft über die Wange. »Es ist schön, dass du wieder da bist«, flüsterte er.

Dann beugte er sich weiter vor, bis seine Lippen ihre

fanden. Leni schloss die Augen, und sie spürte, wie ihr Körper erwartungsvoll auf ihn reagierte. Sie öffnete den Mund, und ihre Zungen berührten sich zunächst vorsichtig, dann aber fordernder. Ein kleines Feuerwerk explodierte in ihr, als Nathan sie noch enger an sich zog. Er fuhr mit den Händen durch ihre Haare, küsste sie leidenschaftlich, bis sich ihre Knie plötzlich ganz weich anfühlten. Schließlich löste er sich von Leni, umfasste mit beiden Händen ihr Gesicht und blickte ihr tief in die Augen.

»Das war schön«, wisperte er ihr ins Ohr.

»Mhm«, erwiderte Leni noch vollkommen in diesen Moment versunken.

Nathan strich ihr zärtlich über die Wange. »Komm, lass uns auf die Koppel gehen.«

Er nahm ihre Hand, zog sie hinter sich her und ließ sie erst los, als sie angekommen waren.

Nathan öffnete die Sektflasche. Die Stuten und ihre Fohlen standen im Kreis um sie herum und spitzten die Ohren. Er träufelte Sekt in Lenis Handfläche. Dann nickte er ihr zu. Sie lächelte und ließ die Flüssigkeit auf das Fell der kleinen Stute tropfen. »Ich taufe dich auf den Namen Blueberry.«

Nathan lachte. »Du darfst die Kleine jetzt knuddeln.«

Leni kniete sich vor das Fohlen und streckte die Hand aus. Blueberry reckte den Hals nach vorn, und als Leni den warmen Atem der kleinen Stute auf ihrer Haut spürte, fühlte sie sich vollkommen im Einklang mit dem Hier und Jetzt. Als habe das Fohlen ihre Gedanken gelesen, leckte es mit der Zunge über ihre Handfläche, und Leni wusste, dass sie diesen Glücksmoment niemals in ihrem Leben vergessen würde.

17

Marlis zupfte an dem Ausschnitt des Kleides herum, nahm etwas Abstand und musterte Leni über den Rand ihrer Brille hinweg.

»Hammer, einfach nur Hammer.«

Sina, die sie in die Boutique begleitet hatte, nickte zustimmend. »Sieht aus, wie für dich gemacht.«

Sie saß auf einem kleinen Sofa neben dem Spiegel, in dem sich Leni betrachtete. Nachdem Nathan Leni gestern offiziell zum Rapsblütenfest eingeladen hatte, war sie nun auf der Suche nach etwas Passendem zum Anziehen. Das Kleid, das Marlis für sie hervorgeholt hatte, war aus einem dunkelgrünen changierenden Stoff genäht. Es hatte halblange Ärmel, einen tiefen Ausschnitt, und ab der Hüfte fiel es in weiten Bahnen bis zu den Knien. Leni drehte sich um die eigene Achse, und der Stoff folgte ihrer Bewegung mit leisem Rascheln. Wow! Sie fühlte sich wie eine Prinzessin…

»Ja, es gefällt mir sehr«, sagte sie und strich mit den flachen Händen den seidigen Stoff glatt. »Aber ich habe überhaupt keine Schuhe, die dazu passen könnten.«

»Na, da werden wir wohl noch etwas finden.« Marlis schob mit dem Zeigefinder die Brille zurecht und verschwand zwischen den Regalen.

»Also, ich würde es nehmen«, sagte Sina und griff in die Schale mit den kleinen Schokoladentäfelchen, die neben dem Sofa auf einem silbernen Stehtischchen stand.

Leni drehte sich zur Seite und warf einen weiteren prüfenden Blick in den Spiegel.

»Was willst du eigentlich anziehen?«

Sina biss ein Stück Schokolade ab. »Ach, ich habe so viele Klamotten, da wird schon irgendetwas dabei sein. Wenn du Lust hast, kannst du ja nachher mit zu mir kommen und mir beim Aussuchen helfen.«

»Supergern, dann sehe ich auch Snow mal wieder.«

Marlis war mit ein paar Schuhkartons, einigen Handtaschen und Tüchern zurückgekehrt. »So, Mädels, genug geschnackt, jetzt wird anprobiert.«

Nach fast einer Stunde verließen sie Marlis' Laden mit mehreren Tüten und schlenderten zum Parkplatz. Sie verstauten ihre Einkäufe im Kofferraum, liefen zur Strandpromenade und unterhielten sich über die jüngsten Ereignisse auf Gut Schwansee, bis sie den Strand und die Ostsee erreichten. Die Sonne schien vom fast wolkenlosen Himmel, und eine schwache Brise wehte ihnen entgegen. Eine silberne Skulptur direkt am Ufer erregte Lenis Aufmerksamkeit.

»Guck mal, Sina!«

Die Figur war bestimmt vier Meter hoch und hatte große Brüste, ein ausladendes Becken und einen Fischschwanz.

»Das ist die Eckernförder Nixe«, erklärte Sina. »Hat irgendein Künstler gemacht, ich weiß aber nicht wer. Kann man bestimmt googeln.«

»Total schön, erinnert mich an die kleine Meerjungfrau.«

Leni liebte das Märchen von Hans Christian Andersen sehr, obwohl die Geschichte tragisch endete: Trotz ihrer vielen Opfer, die sie bringt, kann die kleine Meerjungfrau die Liebe des Prinzen nicht gewinnen und wird am Ende zu Meerschaum. Leni blickte über die Ostsee und beobachtete eine Handvoll Möwen, die laut kreischend über sie hinwegflogen. Sie atmete tief ein und breitete die Arme aus.

Sina stellte sich neben sie und grinste. »Jetzt bist du meerverankert.«

»Echt jetzt?« Leni spürte den Wind in den Haaren. »Und was heißt das?«

»Tja, das muss jeder für sich entscheiden. Für die meisten bedeutet es, dass es sie immer wieder zum Meer zurückzieht.« Sina nahm einen Stein, betrachtete ihn kurz und ließ ihn dann wieder ins Wasser plumpsen. »Ich kann mir jedenfalls nicht vorstellen, woanders zu leben.«

Leni seufzte. »Ja, ich weiß, was du meinst. Ich könnte mich auch daran gewöhnen.«

Leni und Sina liefen weiter am Strand entlang, bis sie den Hafen von Eckernförde erreichten. Die Sonne war mittlerweile hinter dunklen Wolken verschwunden, und es nieselte ein wenig. Verrückt, wie schnell das Wetter hier an der Küste umschlug. Zu ihrer Rechten, am Ende eines hölzernen Steges, stand ein rot-weiß gestreifter Leuchtturm, und an der Pier waren mehrere Segelschiffe verschiedener Größen parallel zum Land angetaut. Männer in grauen Arbeitshosen trugen Holzkisten ans Ufer, rollten Seile ein oder schrubbten das Deck ihres Schiffes. Ein kleiner struppiger Hund kläffte sie an, und der Besitzer, ein hagerer alter Mann mit einer Prinz-Heinrich-Mütze auf dem Kopf, bat murmelnd um Entschuldigung.

Sina stieß sie in die Seite. »Guck mal, wer da ist!«

Hendrik kam ihnen entgegen und winkte ihnen zu. »Hey, wo kommt ihr denn her?«

Sie erzählten in Kurzfassung abwechselnd von ihrem Shoppingtrip und ihrem Standspaziergang, und Hendrik schlug vor, noch einen Kaffee trinken zu gehen. In der Eckernförder Kaffeestube in der Speicherpassage gab es laut Hendrik den besten Cappuccino weit und breit. Sie hatten Glück und ergatterten den letzten freien Tisch. Es war eng, aber gemütlich in dem kleinen Laden. Auf dem großen Verkaufstresen aus dunkelbraunem Holz erblickte Leni kleine Tüten mit frisch gemahlenem Kaffee, aber auch Beutel mit Keksen und Kleingebäck. Es gab eine richtig altmodische kupferfarbene Waage, und der Kaffee wurde aus großen Behältnissen direkt in die Tüten abgefüllt und auf Wunsch auch frisch gemahlen. Sie bestellten alle drei einen Cappuccino bei einem jungen Mann mit gebeugten Schultern, der abwesend wirkte, als wäre er vollkommen in seine Gedanken vertieft. Er nickte nur kurz und kam dann tatsächlich mit drei Tassen wieder.

»Danke, Tobias«, sagte Hendrik.

»Mhm, lecker«, sagte Sina, stellte ihre Tasse ab und wischte sich den Milchschaum von der Oberlippe. »Ich glaube, du musst Leni mal aufklären.«

Hendrik nickte. »Ja, sorry, für uns ist das hier ja vollkommen normal.«

Er sprach etwas leiser weiter. »Die Kaffeestube ist nicht nur ein toller Laden, sondern auch ein Integrationsprojekt. Die Menschen, die hier arbeiten, haben alle ein Handicap.« Er nickte Tobias zu, der das Geschirr am Nebentisch wegräumte. »Tobias zum Beispiel ist Autist. Keiner hatte zunächst daran geglaubt, dass er Menschen bedienen kann.« Er grinste. »Aber klappt doch super, oder?«

Leni nickte, und Sina sagte, dass dies auch ein Grund sei, warum sie so gern herkäme. Danach unterhielten sie sich über das bevorstehende Rapsblütenfest, und Leni bemerkte, dass Hendrik ganz anders war als sein Bruder. Die Worte sprudelten nur so aus ihm heraus, und seine Augen leuchteten. Er gestikulierte, fuhr sich immer wieder mit der Hand durch sein lockiges Haar und zappelte mit den Füßen. Sina hörte ihm mit zur Seite geneigtem Kopf aufmerksam zu, ihre Wangen waren leicht gerötet, und sie drehte mit dem Zeigefinger eine Locke ihres hellblonden Haares ein. Leni lehnte sich in ihrem Stuhl zurück und beobachtete die beiden. Ja... da sprühten die Funken, zumindest von Sinas Seite aus.

Es war bereits 16 Uhr, als Leni ihren Sprinter auf den Besucherparkplatz von Gut Schwansee lenkte. Zuvor hatte sie Sina vor der gesperrten Toreinfahrt abgesetzt. Die Zeit mit den beiden hatte sie sehr genossen, und außerdem besaß sie jetzt ein Eins-a-Rapsblütenfestkleid. Sie hatte zwar viel Zeit vertrödelt, aber bereute es nicht. Als sie mit ihren Einkaufstüten den Hof erreichte, stand Nathans Jeep direkt vor dem Hofladen. Wie von selbst beschleunigten sich ihre Schritte. Da sie in beiden Händen Tüten trug, stieß sie mit den Schultern die Tür auf. Nathan kam ihr mit einem Rollstuhl entgegen, auf dem Bernhard saß, den rechten Arm mit einer Schlinge vor seinem Brustkorb fixiert.

Leni ließ die Tüten fallen. »O mein Gott, was ist passiert?«

Bernhard machte eine abwehrende Bewegung mit dem freien linken Arm. »Nichts Schlimmes, min Deern, bin nur von der Leiter gefallen«, sagte er und wies mit dem Kopf auf Nathan. »Nathan war mit mir im Krankenhaus. Mein Arm ist zum Glück nicht gebrochen, sondern nur verstaucht und ...« Er strich sich mit der Hand durchs Haar. »Mien Döts hett ook wat afkriegen.«

»Und deshalb brauchst du jetzt auch etwas Ruhe«, sagte Nathan und schob seinen Vater an Leni vorbei. »Ich komme gleich wieder. Wartest du so lange?«

Als die beiden den Hofladen verlassen hatten, schnappte sich Leni erst einmal ihre Einkaufstüten und verstaute sie in einer Ecke. Sie war bislang immer nur ganz kurz hier gewesen und war erstaunt über die große Auswahl. An zwei Seiten standen Regale aus Holz, auf denen selbst gemachte Marmeladen, Honig, Säfte und Bioweinflaschen standen. Es gab einen Kühltresen mit Wildspezialitäten, eingeweckter Wurst und verschiedenen Käsesorten. Dann entdeckte sie eine Auslage mit Gemüse und Obst: Äpfel, Birnen und verschiedene Sorten Kürbisse, Möhren, an denen immer noch Erde klebte, und eine Schütte mit Kartoffeln, die man mit einer Schaufel in Papiertüten abfüllen konnte. Leni kaufte in Berlin auch gern in Bioläden ein, aber das waren fast immer Filialen großer Ketten, und im Grunde unterschieden diese sich nicht mehr sehr von den anderen Supermärkten.

Sie schnupperte an einem rotbackigen Apfel, der fast ein wenig nach Rosen duftete. Auf dem handgeschriebenen Schildchen las sie, dass es sich um die Sorte Agathe von Klanxbüll handelte. Nie gehört.

»Das ist eine ganz alte Sorte«, rief ihr Nathan, der in diesem Moment durch die Tür kam, durch den Raum zu. »Probier ruhig mal!«

Sie nickte und biss beherzt zu. Mmh! Sie hatte nicht diese intensive Süße erwartet und auch nicht so eine feine Konsistenz. »Schmeckt toll«, sagte sie ehrlich überzeugt. »Ganz anders als die Äpfel aus dem Supermarkt.«

Er stand jetzt vor ihr, und sie spürte seine Nähe überdeutlich. Ganz kurz ließ sie ihren Blick über seine ebenmäßigen Züge und dann über seinen Oberkörper gleiten. Er trug ein kariertes Hemd, dessen Ärmel er hochgekrempelt hatte, und als er ebenfalls einen Apfel in die Hand nahm, streifte er ihre Schulter. Er hatte diese Berührung scheinbar gar nicht bemerkt, aber Leni zuckte zusammen und spürte ein Ziehen, das sich von ihrem Arm über die Schulter bis in ihre Brust ausbreitete.

Nathan biss in seinen Apfel und betrachtete sie mit seinen graublauen Augen.

»Papa wird erst mal nicht im Hofladen helfen können«, sagte er schließlich, »eigentlich bräuchten wir jemanden, der ihn vertritt, bis er wieder fit ist.«

Er stützte seinen Arm am Regal ab, und Leni war nun zwischen ihm und der Wand gefangen. »Ähm... ja und?«

»Hättest du nicht Lust, für ihn einzuspringen?«

Er fixierte sie mit seinem Blick. Leni verschlug es die Sprache. Wahrscheinlich hatte er sie verhext, der Mistkerl.

»Natürlich gegen Bezahlung«, fuhr Nathan fort. Er hielt einen Moment inne, dann sagte er: »Sina hat mir erzählt, dass du auf der Suche nach einem neuen Job bist.«

Leni ging einen Schritt zurück und verschränkte die Arme vor der Brust. »Ach, und deswegen meinst du, könnte ich hier Obstkisten schleppen?«

Sein linker Mundwinkel zuckte, aber ansonsten wirkte er vollkommen entspannt. Dieser Typ war wirklich ein Meister der Selbstbeherrschung. »So war das nicht gemeint. Außerdem ist das nicht meine Idee, sondern mein Vater würde sich freuen, wenn du ihn unterstützen würdest.«

»Aber ich habe ja auch noch meine Arbeit in der Werkstatt.« So einfach wollte Leni es dem Herrn Gutsbesitzer in spe dann doch nicht machen. Wirklich nicht.

»Die Werkstatt ist doch nebenan, da kannst du rübergehen, wenn im Hofladen nichts zu tun ist.«

»Ich überleg es mir, okay?«

»Sehr schön, das freut mich.« Nathan zog seinen Arm zurück.

»Mir würdest du damit auch einen großen Gefallen tun«, raunte er ihr ins Ohr, bevor sie sie sich an ihm vorbeischob und den Hofladen verließ.

Moonlight begrüßte Nathan mit einem Wiehern und steckte seinen Kopf aus der Boxenluke. Der kleine Wortwechsel mit Leni hatte ihn amüsiert, aber sie hatte etwas genervt gewirkt. Er öffnete die Boxentür, legte dem Hengst das Halfter an, befestigte den Strick und führte ihn in die Stallgasse. Nachdem er ihn angebunden hatte, ging er in die Sattelkammer, holte das Putzzeug und nahm den Hufkratzer aus dem Kasten. Als er sich hinunterbeugte, knabberte der Kindskopf an seiner Jacke.

»Hey, lass das, Dicker!« Moonlight legte kurz die Ohren an, aber als Nathan ihm einen strengen Blick zuwarf, spitzte er sie wieder. »Brav, so ist es gut.«

Nathans Gedanken kehrten zu Leni zurück. Er hatte es doch nur gut gemeint, als er ihr den Job im Hofladen angeboten hatte. Warum reagierte sie darauf so zickig? Okay, der Vorschlag seines Vaters war ihm, wenn er ehrlich war, sehr gelegen gekommen. Wenn Leni im Hofladen arbeitete, würde sie sich weniger ihrem Ladenprojekt widmen und ihm bei seinen Umbauplänen nicht länger im Wege stehen. Aber das musste sie ja nicht unbedingt wissen. Letztendlich war es auch in ihrem Interesse. Da war er sich absolut sicher.

»Hier steckst du also.«

Nathan hob seinen Kopf und ließ Moonlights Bein hinunter. Seine Mutter stand vor ihm. Sie trug einen karierten Wollrock, ein dazu farblich passendes Tweedjacket, blickdichte Strümpfe und Wildlederpumps. Kleider machen Leute, war einer ihrer Lieblingssprüche. Nathan hatte sie noch nie in einer Jogginghose gesehen.

»Ich muss mit dir reden«, sagte sie und stellte sich vor sein Pferd, allerdings mit einem Meter Abstand.

Nathan nickte. »Schieß los!«

»Was läuft da mit deinem Vater und dieser jungen Frau aus Berlin?«

Nathan griff sich eine Kardätsche und einen Striegel aus dem Putzkasten. »Wie bitte? Was soll da schon laufen?«, erwiderte er beiläufig und strich Moonlight durchs Fell. »Er mag sie und hat ihr angeboten, erst einmal hierzubleiben und in der Tenne an ihren Möbeln zu arbeiten.«

Nathan streifte die Bürste an dem Striegel ab und sah seiner Mutter in die Augen. »Was denkst du denn?«

Sie schnaubte. »Na, was wohl?«

Nathan hasste dieses Thema. Die Untreue seines Vaters war ein heikles Terrain, das er und Hendrik, so gut es ging, mieden. Seine Eltern waren erwachsen und sollten ihre Beziehungsprobleme nicht mit ihren Söhnen diskutieren.

»Ich glaube, da musst du dir keine Sorgen machen«, sagte er schließlich.

»Trotzdem: So ein Laden mit gebrauchten Möbeln und altem Kram passt nicht hierher.« Seine Mutter schüttelte den Kopf. »Und warum bitte soll diese ... wie heißt sie noch mal?«

»Leni, Leni Seifert.« Als er ihren Namen aussprach, fühlte er ein Kribbeln in der Magengegend. Verdammt noch mal!

»Also, warum soll Frau Seifert jetzt auch noch im Hofladen arbeiten?«

»Das ist doch erst einmal eine gute Lösung. Am Wochenende ist das Rapsblütenfest, und wir haben alle Hände voll zu tun. Papa kann mit seinem Arm nicht mit anpacken, schon gar nicht im Hofladen.«

Seine Mutter musterte ihn stirnrunzelnd. »Und dir kommt das auch sehr gelegen, oder?«

»Wie meinst du das?«

»Na, du willst doch aus der Tenne einen Hengststall bauen, oder?« Sie kräuselte ihre Stirn. »Ich finde, das ist eine weitaus bessere Idee. Trakehner und Gut Schwansee – das passt wenigstens zusammen.«

Darauf erwiderte Nathan lieber nichts. Immer wieder versuchte seine Mutter, ihn auf ihre Seite zu ziehen, um Bernhard eins auszuwischen. Aber nicht mit ihm.

»Wer soll Papa denn deiner Meinung nach vertreten?«

Seine Mutter zupfte an dem Revers ihres Tweetjackets.

»Keine Ahnung«, gestand sie, »aber das wird hoffentlich kein Dauerzustand. Diese jungen Frauen aus der Stadt kann man doch langfristig hier nicht gebrauchen.«

Sie wandte sich zum Gehen, drehte sich aber, bevor sie den Stall verließ, noch einmal um.

»Und für dich sind solche Frauen schon gar nichts, mein Junge.«

Nathan sog die Luft zwischen den Zähnen ein, aber ehe er etwas entgegnen konnte, setzte seine Mutter noch etwas nach.

»Denk an Laureen!«

18

Bürgermeister Karsten Andresen war ganz offensichtlich in seinem Element. Er stand auf einer kleinen Tribüne schräg gegenüber vom Herrenhaus und genoss die uneingeschränkte Aufmerksamkeit der Gäste, die sich um ihn herum versammelt hatten. Nathan hatte ihm ein Mikrofon besorgt, sodass seine sonore Stimme für jeden deutlich zu hören war. Nachdem er sich zunächst bei der Familie Cornelius für die Gastfreundschaft bedankt und alle Ehrengäste, darunter den Landrat des Kreises, begrüßt hatte, erklärte er das Rapsblütenfest für eröffnet.

Die Besucher tummelten sich vor den Verkaufsständen, die ersten von ihnen hatten sich bereits am frühen Morgen dort mit Kaffee und Mettbrötchen versorgt. Nathan hatte gestern noch mit Paul und einigen Aushilfen die Reithalle, in der die Scheunenfete stattfinden sollte, auf Vordermann gebracht. Nathan freute sich besonders, dass Leni sich bereit erklärt hatte, sowohl im Hofladen als auch im Kellergewölbe auszuhelfen. Der Arbeitsplan für alle Akteure war im Hofcafé hinter dem Tresen angepinnt. Jeder, der auf Gut Schwansee arbeitete, war eingeteilt worden, aber es gab auch viele Freiwillige aus dem Dorf und dem Freundeskreis der Familie, die an diesem Wochenende mit anpackten. Als der Bürgermeister alle Hände geschüttelt hatte, bat Nathan ihn für ein kurzes Gespräch ins Hofcafé. Dort war es noch angenehm ruhig, und sie setzten sich an einen Tisch in der Ecke. Nathan bestellte bei Sina zwei Tassen Kaffee und nachdem er mit dem Bürgermeister einige Small-Talk-Floskeln ausgetauscht hatte, kam er gleich zur Sache.

»Wer steckt eigentlich hinter dieser Seeadler-Geschichte, Karsten?«

Der Bürgermeister zuckte kaum merklich zusammen. »Ach, dann hast du schon davon gehört…«

Nathan nickte Sina dankend zu, die zwei Kaffeetassen abstellte. Als sie wieder hinter dem Tresen stand, fuhr Karsten mit gedämpfter Stimme fort.

»Das ist eine ganz heikle Angelegenheit.« Er beugte sich noch etwas weiter nach vorn. »Es gibt Filme und Fotos von Seeadlern auf dem Land eurer Nachbarn.«

Nathan ballte die Fäuste und befahl sich, Ruhe zu bewahren, aber am liebsten hätte er seinen Feuerwehrkameraden am Kragen gepackt und ordentlich durchgeschüttelt. Warum hatte er ihn nicht längst darüber informiert? Unglaublich!

»Seit wann weißt du davon?«, presste er schließlich hervor.

»Seit ein paar Wochen schon«, erwiderte Karsten. Er sprach noch etwas leiser weiter. »Hektor ist fest entschlossen, den Bau eurer zweiten Windkraftanlage zu verhindern, und da kam ihm der Hinweis dieses Vogelschützers sehr gelegen, so hat er das jedenfalls dargestellt.«

Karstens Handy, das vor ihm auf dem Tisch lag, brummte. Er linste kurz auf das Display, nahm es in die Hand und stellte es auf lautlos. »Das kann warten.«

»Wie steht ihr in der Gemeindevertretung dazu?«

»Natürlich müssen wir das prüfen.« Er runzelte die Stirn und zupfte an seiner grasgrünen Krawatte. »Es gibt hier viele Menschen, die sich für den Umweltschutz einsetzen…«

»Vor allem Neubürger«, unterbrach ihn Nathan. »Die Leute aus den Neubaugebieten, die keine Ahnung vom Leben auf dem Land haben.«

Er presste die Lippen aufeinander. »Die lesen die *Landzauber*, oder wie diese Zeitschriften alle heißen, und denken, das sei die Realität.«

Karsten legte seine Hand auf Nathans Unterarm. »Ganz so ist es nun auch wieder nicht. Da sind auch viele Vernünftige dabei, die hier einfach mal für frischen Wind sorgen.«

Nathan lehnte sich in seinem Stuhl zurück. »Das ist doch ein abgekartetes Spiel. Hektor gönnt uns nicht die Butter auf dem Brot.«

»Es ist noch gar nichts passiert«, beschwichtigte ihn der Bürgermeister. Er trank den Rest seines Kaffees in einem Zuge aus. »Lass uns noch mal schnacken, wenn das Rapsblütenfest zu Ende ist.« Er erhob sich und griff nach seinem Handy. »Wir sehen uns!«

Am nächsten Nachmittag stand Leni vor der Tür des Hofladens und beobachtete, wie sich in kürzester Zeit der Innenhof mit Menschen füllte. Sie hatte um 6.30 Uhr mit der Arbeit begonnen und bereits alle Regale neu aufgefüllt, den Kühltresen gesäubert und den Boden gewischt. Alles sah picobello aus, und seit den Morgenstunden hatte sie bereits einige Kunden bedient.

Leni wunderte sich, wie schnell sie sich eingearbeitet hatte. Es machte ihr Spaß, mit den Menschen zu sprechen, die Waren anzupreisen und zu kassieren. Bernhard war auch kurz vorbeigekommen, hatte ihr aber überhaupt nicht helfen können, da sein Arm immer noch sehr wehtat und er weiterhin die Schlinge tragen musste. Nur Nathan ließ sich nicht blicken. Eigentlich waren sie sich schon sehr nahe gewesen, deshalb fragte sie sich, ob es einen Grund dafür gab, dass er auf Distanz ging. Hatte sie irgendetwas falsch gemacht? Leni rieb sich die Hände an der Schürze ab. Heute sollte die Rapsblütenkönigin gewählt werden. Es gab drei Kandidatinnen, die sich gerade auf der kleinen Bühne dem Publikum vorstellten. Die Besucher konnten danach einen Wahlzettel abgeben, und jeder, der an der Wahl teilnahm, hatte die Chance, einen Einkaufsgutschein für einen Supermarkt im Ort zu gewinnen.

»Na, Leni, willst du nicht auch mal zur Bühne?« Sie hatte Paul gar nicht bemerkt, der neben dem Eingang stand und sich eine Zigarette aus der Packung fingerte.

»Eigentlich schon, aber ich kann hier nicht weg.«

Paul ließ sein Feuerzeug klicken. »Nun lauf schon, ich pass solange hier auf.«

Leni öffnete den Knoten ihrer Schürze. »Danke, Paul, du hast was gut bei mir.«

Sie eilte zur Bühne und schlängelte sich durch die Menschenmenge nach vorne.

»Bitte stell dich kurz dem Publikum vor!«

Jetzt endlich hatte Leni eine gute Sicht auf die Bühne. Dort stand der Moderator, der seinen Kopf zu den Kandidatinnen gewandt hatte und ein Mikrofon in der Hand hielt. Die drei jungen Frauen waren alle ungefähr gleich groß, schlank, langhaarig und trugen hübsche Kleider. Eine von ihnen war besonders attraktiv und stahl den beiden anderen Kandidatinnen eindeutig die Show: Viky!

Leni hielt für einen Moment den Atem an. Viky nahm das Mikrofon in die Hand.

»Hallo«, sagte sie, und lächelte anmutig von der Bühne herab. »Ich bin Viktoria Cecila und achtundzwanzig Jahre alt, mache gerade meinen Master in Deutsch und Geschichte und möchte Lehrerin werden...« Anerkennendes Nicken im Publikum. Sie strich sich eine Strähne ihres blonden Haares aus dem Gesicht. »Ich würde mich sehr darüber freuen, wenn Sie mich zur Rapsblütenkönigin wählen würden.« Für einen kurzen Moment hielt sie inne und ließ ihren Blick mit einem warmherzigen Lächeln über die Menge gleiten. »Es wäre mir eine große Ehre, unsere Gemeinde und unser geliebtes Schwansen zu repräsentieren. Wie Sie und ihr wisst, bin ich hier geboren und aufgewachsen.« Sie ließ ihren Blick in die Ferne schweifen. »Hier auf Gut Schwansee haben meine Großeltern und mein Vater als Kinder gelebt. Die Älteren von euch werden sich vielleicht daran erinnern.« Ein Raunen ging durch die Menge. Einige nickten mit dem Kopf, andere zuckten mit den Schultern. »Jetzt sind wir Nachbarn, aber sind wir das nicht alle? Im Kleinen wie im Großen? Von Dorf zu Dorf, von Stadt zu Stadt und von Land zu Land? Ich möchte auch in anderen Städten, Dörfern und Regionen für ein friedliches Miteinander werben, so wie wir es hier alle in unserer Gemeinde und in unserem wunderschönen Schwansen täglich leben.«

Tosender Befall brach los, und auch Leni klatschte in die Hände. Die beiden anderen Kandidatinnen wirkten neben Viky dagegen blass und strahlten keine besondere Überzeugungskraft aus. Nach der Vorstellungsrunde drängten sich die Besucher vor den Ständen, an denen sie ihre Stimme abgeben konnten.

Leni eilte zurück zum Hofladen, in dem Paul noch immer stand und sie vertrat. Sie bedankte sich noch einmal überschwänglich und versprach, für ihn einen Stalldienst zu übernehmen. Innerhalb weniger Minuten war es im Hofladen proppenvoll, und Leni sauste hin und her, wog Äpfel und Kartoffeln ab, beriet und kassierte. Dann waren innerhalb weniger Sekunden alle Kunden wieder verschwunden, denn draußen vor der Bühne sollte jeden Moment die Siegerehrung stattfinden.

Leni ging vor die Tür und stellte sich auf die Zehenspitzen, doch leider konnte sie nichts sehen. Paul war verschwunden, und sie wollte den Hofladen nicht unbeaufsichtigt lassen, vor allem wegen der mittlerweile gut gefüllten Kasse.

Die Besucher klatschten und johlten, als eine Kutsche, die von zwei Schimmeln gezogen wurde, auf den Hof gefahren kam. Nathan saß oben auf dem Bock, hoch aufgerichtet und mit einem ernsten Gesichtsausdruck. Er lenkte die beiden Pferde zur Bühne, hielt an und stieg hinunter. Wenige Sekunden später half er der neuen Rapsblütenkönigin hinauf. Oben drehte sie sich noch einmal um und winkte. Jetzt erkannte Leni endlich, wen die Besucher gewählt hatten: natürlich Viky. Sie trug eine gelbe Schärpe quer über ihren Oberkörper und eine mit Strasssteinen besetzte Krone, die in der Sonne funkelte. Himmel aber auch!

»Wir gratulieren der neuen Rapsblütenkönigin Viktoria Cecilia Gräfin von Bardelow und wünschen ihr viel Erfolg!« Die Stimme des Moderators dröhnte über die Köpfe der Menschenmenge hinweg, bis die Musik einsetzte.

Die Besucher jubelten und winkten der neuen Rapsblütenkönigin zu, die an Nathans Seite saß. Als die Kutsche am Hofladen vorbeifuhr, hob Leni kurz die Hand, aber weder Nathan noch Viky bemerkten sie.

Nathans Nackenmuskeln schmerzten, er strich mit der Hand darüber, aber das bewirkte nicht sehr viel. Der Tag war anstrengend gewesen, vor allem, weil er ständig Fragen hatte beantworten müssen: Wo sind die Toiletten? Gibt es hier auch Bier? Dürfen meine Kinder mal reiten?

Nun stand er mit Hendrik am Rand der Tanzfläche, die sich langsam füllte. Eine Discokugel, die der DJ mitgebracht hatte, drehte sich im Kreis, und kleine Nebelschwaden waberten durch die Luft. Nathan nippte an seinem Gin Tonic, den der Barmann mit einer Gurke verfeinert hatte. Ein Typ in einem Ed-Hardy-T-Shirt rempelte ihn an, entschuldigte sich leicht lallend und kehrte zu seinen Freunden zurück, die sich gerade an der Bar im Chor ihre Getränke bestellten: »Wir sind bereeeeit, gib uns Korn und Spriiiite!«

»Ist ja schon gut was los hier, nicht?« Sein Bruder grinste. »Was trinkst du da?«

»Gin Tonic mit Gurke.«

»Oje, nee, ich hol mir lieber ein Bier.« Hendrik lief los, wurde aber von zwei jungen Frauen in engen Minikleidern aufgehalten, die ihn auf die Tanzfläche zerrten.

Der DJ drehte die Musik etwas lauter, und noch mehr Männer und Frauen ließen sich vom Beat mitreißen.

Seit gestern hatte er Leni nicht mehr gesehen, er war die ganze Zeit beschäftigt gewesen. Sein Vater hatte ihm nur kurz mitgeteilt, dass sie im Hofladen gute Arbeit geleistet hatte. Sosehr er sich auch bemühte, er musste die ganze Zeit an sie denken. Er hoffte, dass sie vielleicht noch auf dem Scheunenfest erscheinen würde, aber bislang hatte er sie nicht gesehen.

Eine junge Frau, die mit ihrer Freundin ebenfalls am Rand der Tanzfläche stand, warf ihm einladende Blicke zu, aber er hatte partout keine Lust auf einen Flirt mit einer Unbekannten. Seine Gedanken wanderten stattdessen zu der Begegnung mit Leni im Hofladen. Als er sie zwischen seinen Armen festgehalten hatte, waren die Funken nur so hin und her geflogen. Hoffentlich würde er sie bald wiedersehen, denn er wünschte sich nichts sehnlicher, als dort weiterzumachen, wo sie aufgehört hatten.

Leni strich ihr Kleid glatt und schob sich durch die Menge der Gäste in Richtung Tanzfläche. Sie hatte sich zuvor noch lange mit Sina in ihrer Wohnung unterhalten und dabei die Zeit vollkommen vergessen. Ihre Freundin war kurz in Richtung Toiletten verschwunden, hatte aber versprochen an diesem Abend mit ihr einmal richtig abzutanzen. Die beiden hatten sich gegenseitig die Haare mit dem Lockenstab eingedreht und beim Schminken unterstützt. Wenn schon, denn schon! Ein Song, den sie schon oft im Radio gehört hatte, erklang, und sie wippte zum Rhythmus mit. Sina war nirgends zu sehen, und auch sonst entdeckte sie niemanden, den sie kannte. Auf der Tanzfläche waren viele Paare, die Discofox tanzten, und zwar richtig gut. Sie musste schmunzeln. Sie konnte sich nicht erinnern, wann sie das letzte Mal Paare bei diesem Tanz beobachtet hatte.

Leni schaute den anderen noch einen Moment zu, dann wollte sie sich etwas zu trinken holen. Ein neuer Song setzte ein, und als sie sich umdrehte, entdeckte sie Nathan, der auf der gegenüberliegenden Seite der Tanzfläche stand. Ihre Blicke verfingen sich über die Entfernung hinweg. Lenis Herz schlug ihr bis zum Hals, und jede Zelle ihres Körpers drängte sich ihm entgegen. Der DJ ließ einen Spot über die Köpfe der Tanzenden gleiten, und im selben Moment bildete sich ein schmaler Korridor. Sie setzte einen Fuß nach vorn und dann noch einen. Wie an einem Band gezogen kam Nathan auf sie zu. Sie blieben beide nur wenige Zentimeter voneinander entfernt stehen, ohne sich zu berühren. Nathan beugte sich etwas nach vorn, strich ihre eine Locke aus dem Gesicht und grinste. »Willst du tanzen?«

Sie nickte, und er ergriff mit seiner linken Hand ihre rechte. »Du siehst toll aus«, flüsterte er ihr ins Ohr.

Leni spürte, wie sie errötete.

»Danke! Du aber auch.«

Als er seinen linken Fuß nach vorne schob, wich sie mit ihrem rechten zurück. Sie widerholten den Schritt, dann führte er sie auf die gleiche Weise wieder zurück.

Zu ihrem eigenen Erstaunen war sie in wenigen Augenblicken in ihrem Element, denn eigentlich liebte sie Paartanz über alles. Das wurde ihr erst jetzt wieder bewusst. Als junges Mädchen hatte sie an mehreren Kursen und Bällen teilgenommen, und sie besaß sogar das Tanzabzeichen in Silber. Nathan hielt seinen rechten Arm an ihrer Hüfte, und ihre linke Hand hatte sich wie von selbst auf seinen Oberarm gelegt. Nach einigen Takten kamen Drehungen und weitere Figuren, deren Namen sie vergessen hatte, dazu, und die übrigen Gäste wichen etwas zurück. Nathan drehte Leni von sich weg, holte sie wieder zurück, ließ sie vor seinem Körper von links nach rechts gleiten und wirbelte sie mit einer Bewegung seiner beiden Arme zu sich heran. Sie spürte die Hitze seines Körpers auf ihrer Haut und seinen Atem an ihrer glühenden Wange.

Dann war das Lied zu Ende, und sie blieben eng umschlungen auf der Tanzfläche stehen, auch als die ersten Takte des nächsten Musikstückes erklangen. Nathan schob sein Bein etwas nach vorn, um Leni noch enger an sich zu ziehen, und sie neigte ihren Kopf zur Seite...

»Nathan!« Hendrik stand plötzlich neben ihnen. »Du musst kommen«, schrie er gegen die Musik an. »Es gibt Ärger.«

19

Nathan lief neben seinem Bruder in Richtung Hengststall, während seine Gedanken weiter um Leni kreisten. Als er sie dort am Rande der Tanzfläche erblickt hatte, war es um ihn geschehen. Dieses Kleid, das im Licht der Scheinwerfer schimmerte, ihre schlanken langen Beine und dann diese dunklen Locken, die ihr hübsches Gesicht umspielten. Er konnte gar nicht den Blick von ihr wenden.

»Dort hinten sind sie.«

Hendrik deutete auf eine Gruppe von Männern, die sich ein paar Meter vor dem Hengststall gruppiert hatten. Nathan blieb stehen und hielt sich die Hand schützend vor die Augen, weil ihn das Licht der Außenbeleuchtung blendete.

»Ah, die Cornelius-Brüder...«

»Erik, was soll das?«

Hektors Sohn löste sich von der Gruppe und wankte auf Nathan zu. »Der Gutsherr persönlich, dann kann es ja losgehen.« Er war angetrunken, aber wenigstens hatte er diesmal noch nicht so viel intus.

»Hatten wir das nicht schon letztes Jahr?«

Nathan wusste, dass Erik auf eine Schlägerei aus war.

Das gehörte für ihn und seine Freunde zu einem gelungenen Abend einfach dazu. Er und Hendrik standen dicht nebeneinander. In solchen Situationen konnte er sich auf seinen Bruder verlassen.

»Wenn du Ärger willst, dann komm doch her«, rief Nathan mit unterdrückter Wut. Dieser verwöhnte Graf von Bardelow war gerade dabei, ihm den Abend zu verderben, und das ging ihm gehörig gegen den Strich.

Erik hob die Fäuste. »Wenn hier einer zu kommen hat, dann bist du das…«, grölte er, und seine Freunde jubelten.

Nathan wollte nach vorne preschen, aber dann ballte er nur die Fäuste zusammen.

Erik lachte. »Komm doch her, du Weichei!«

Nathan machte ein paar Schritte nach vorn. Sie standen sich jetzt gegenüber, und es entstand ein Moment der Stille. Nathan roch Eriks Fahne und drehte angewidert den Kopf zu Seite.

»Du bist ja total besoffen.«

Erik lachte schallend. »Na und?« Er rieb sich mit dem Handrücken über den Mund. »Ich vertrag wenigstens was. Du kippst ja schon nach zwei Bierchen aus den Latschen.« Wieder Gegröle und lautes Lachen.

»Ihr verschwindet jetzt von unserem Land, haben wir uns verstanden?«

»Euer Land?«

Erik spuckte aus, und Nathan packte ihn am Kragen.

»Ihr habt es uns gestohlen«, setzte Erik nach. Er schüttelte den Kopf, ruderte mit einem Arm in der Luft, und Nathan musste ihn wieder loslassen.

»Pass bloß auf, was du sagst...«

Erik verschränkte die Arme vor der Brust. »Dein Großvater ist ein Dieb und dein Vater ein Hurensohn! Der legt doch jede flach, die nicht bei drei auf den Bäumen ist...«

Jetzt reichte es! Nathans Faust landete direkt auf dem Wangenknochen dieses Flegels, aber fast zeitgleich gelang Erik ein Treffer auf seiner Nase. Der Schmerz trieb Nathan die Tränen in die Augen, aber auch seinen Wutpegel in die Höhe. Er stürzte sich auf Erik, sodass dieser nach hinten wegkippte.

Sie wälzten sich hin und her, angefeuert von Eriks Freunden. Jemand griff nach seiner Schulter, aber er hatte sich mit seinem Widersacher derart verkeilt, dass derjenige gar nichts ausrichten konnte. Nathan und Erik rollten über den Hof, bis Erik die Oberhand gewann, sich auf Nathan draufsetzte und zum nächsten Schlag ausholte. Dann ertönte plötzlich ein lauter Knall.

»Seid ihr verrückt geworden?« schrie sein Vater, und sofort war es mucksmäuschenstill. »Sowat kann blots in die Büx gahn«, fuhr er fort und befahl allen, sofort von seinem Hof zu verschwinden. Auch als Nathan sich endlich aus Eriks Umklammerung befreit hatte, hielt er sein Jagdgewehr immer noch mit der linken Hand in die Höhe.

Nathans Gegner hatte sich mittlerweile ebenfalls aufgerappelt. »Glück gehabt, Cornelius«, zischte er, und wies mit Blick auf seine Freunde zur Torausfahrt. »Abmarsch.«

Leni zuckte zusammen, als sie den Knall hörte. Sie blickte zum Himmel, konnte aber keine explodierenden Feuerwerkskörper entdecken. Aus der Reithalle drang immer noch dröhnende Musik zu ihr, zu der die Gäste lauthals mitsangen. Gerade spielten sie irgendeinen Schlager. Seit Nathan seinem Bruder gefolgt war, hatte sie ihn nicht mehr gesehen. Kurz hatte sie überlegt, den beiden Cornelius-Brüdern hinterherzugehen, aber Sina hatte ihr davon abgeraten. »Männerangelegenheit.«

Die Erinnerung an ihren gemeinsamen Tanz flirrte wie ein Kurzfilm in Lenis Kopf. So etwas hatte sie noch nie erlebt: Sie hatten von Beginn an harmonisiert. Es gefiel ihr, wie Nathan die Führung übernommen hatte, und sie sehnte sich nach einer Fortsetzung...

Sie leerte ihr Sektglas, kehrte kurz in die Reithalle zurück, um sich von Sina zu verabschieden, und holte sich dann ihre Stola von der Garderobe ab. Zum Glück brauchte sie nur über den Hof zu gehen, dann war sie schon zu Hause, im Gegensatz zu den anderen Gästen, die mit Shuttle-Taxis den Heimweg antreten mussten.

Es war weit nach Mitternacht, und der Himmel sternenklar. Ihre Füße schmerzten ein wenig in den neuen Schuhen, aber sie gefiel sich in ihrem Outfit, vor allem in dem Kleid, das der Wind leicht aufblähte. Sie strich über den Stoff, und als sie wieder hochschaute, stand Nathan plötzlich vor ihr. Ein aufgeregtes Flattern regte sich in ihrer Brust, und am liebsten hätte sie den Kopf an seine Schulter gelehnt. Stattdessen streckte sie ihre Hand aus und berührte seine Wange. »Du blutest.«

Er tupfte sich mit den Fingern auf die linke Augenbraue. »Nicht der Rede wert.«

»Was ist denn passiert? Hast du dich geprügelt?«

Sein linker Mundwinkel zuckte. »Erzähle ich dir später.«

Er ergriff ihre Hand. »Ich bring dich zu deiner Wohnung, okay?«

Sie runzelte besorgt die Stirn. »Ja, dort kann ich dich dann auch verarzten.«

Sie überquerten den Innenhof, als sich plötzlich die Außenbeleuchtung mit einem lauten Knacken ausschaltete. Leni zuckte erschrocken zusammen.

»Du brauchst keine Angst zu haben«, sagte Nathan, »das Licht geht immer um diese Zeit aus.«

Leni schmiegte sich noch etwas näher an ihn. Nathan ließ daraufhin ihre Hand los und legte seinen Arm um ihre Taille. Die Stille vibrierte zwischen ihnen, aber Leni war viel zu aufgeregt, um irgendetwas zu sagen, bis sie vor der schweren Eingangstür zum Herrenhaus standen. Er öffnete die Tür und ließ sie als Erste eintreten.

Der Flur war nur schwach beleuchtet, und es roch nach Bohnerwachs. Die Stufen knarrten, als sie nebeneinander die Treppe hochstiegen. Endlich hatten sie die Tür zu ihrem Apartment erreicht. Leni stellte sich mit dem Rücken zu ihrer Tür, sie war sich nicht sicher, was er eigentlich vorhatte.

Nathan betrachtete sie einen Moment, und sie hielt den Atem an. Dann stützte er seine linke Hand neben ihrem Kopf ab. Als er seine Rechte auf der anderen Seite platzierte, war sie zwischen seinen Armen gefangen. Sie sog seinen ihr mittlerweile so vertrauten Geruch ein und hob den Kopf. Er neigte sich zu ihr hinunter und streifte mit seinen Lippen ihren Mund. Nur ganz kurz, dann hielt er inne, und sein Blick ruhte auf ihr. Schließlich ließ er seinen rechten Arm fallen, umfasste ihre Taille und zog sie langsam an sich heran. Leni streckte sich ihm entgegen, als sich ihre Lippen erneut berührten, aber dann überließ sie ihm die Führung.

Als sich ihre Zungen fanden, breitete sich ein euphorisches Gefühl in ihr aus. Es war ein fordernder Kuss, und als er sein Bein zwischen ihre Schenkel schob, gab sie sich einfach nur noch ihren Gefühlen hin. Sie verlor sich in seinen Berührungen und umschloss seinen Nacken mit ihren Händen, zog ihn noch dichter an sich heran.

Plötzlich löste sich Nathan von ihr. »Wollen wir reingehen?«

Leni fingerte ihren Schlüssel aus der Umhängetasche, öffnete die Tür und betrat die Ferienwohnung. Als Nathan sie im Flur wieder küsste, diesmal noch intensiver und leidenschaftlicher, stieg plötzlich Panik in ihr hoch. Sie spürte ein schmerzhaftes Ziehen in der Magengegend und drückte Nathan mit den Händen leicht von sich weg.

»Ist alles okay?«

Lenis Kehle schmerzte.

Nathan strich ihr mit dem Daumen über die Wange. »Hey«, flüsterte er leise, »wir tun nichts, was du nicht willst.«

Leni presste ihre Lippen aufeinander. Sie rang nach Worten, wusste aber nicht, wie sie ihre Gefühle halbwegs verständlich artikulieren sollte. Sie hatte Angst. Wahnsinnige Angst.

»Möchtest du etwas trinken?«

Er grinste. »Hast du ein Bier?«

Er folgte ihr in die kleine Küche, die durch eine Lichterkette, die am Kühlschrank befestigt war, erleuchtet wurde.

»Hast du die angebracht?«

»Ja.«

»Sieht schön aus, sehr gemütlich.«

Leni öffnete den Kühlschrank, holte zwei Flaschen Bier heraus und stellte sie auf den kleinen Tisch. Nathan nahm den Flaschenöffner, der in einer blauen Keramikschale auf dem Tisch stand.

Leni lächelte zaghaft. »Möchtest du ein Glas?«

»Nicht nötig.« Sie blickten sich im Halbdunkeln in die Augen, und dann nahmen sie beide einen Schluck aus der Flasche.

»Was ist los, Leni?«

Seine Stimme klang weich, und sie entschied, sich ihm anzuvertrauen. Was hatte sie schon zu verlieren.

»Ich hatte eine Fehlgeburt...«, begann sie und fixierte ihn mit den Augen, um seine Reaktion abzuwarten. Er wirkte weiterhin aufmerksam und entspannt, deshalb fuhr sie fort. »Das ist jetzt über zwei Jahre her. Ich wollte eigentlich nicht schwanger werden, wir...«

»Du und dein... Freund?«, unterbrach er sie.

»Ex-Freund«, erwiderte sie leise. »Jannik und ich haben uns gerade erst getrennt. Er ist...« Sie schniefte, dann sprach sie weiter. »Er war auch mein Chef.«

»Okay, das wusste ich nicht.«

Sie sah ihn an. »Ich habe noch nie mit jemandem darüber geredet, weißt du?«

»Ich würde mich freuen, wenn du mir vertraust.«

Sie seufzte. »Es ist einfach passiert. Aber dann habe ich mich gefreut.« Sie nippte an ihrem Bier und blickte gedankenverloren aus dem Fenster.

»Das kann ich mir vorstellen.«

Sie lächelte, und ein Bild von ihr mit einem Baby im Arm blitzte vor ihrem inneren Auge auf.

Er nickte ihr zu. »Erzähl weiter, was ist passiert?«

»Ich bin von der Treppe gestürzt. Da war ich im vierten Monat. Erst war alles okay, mir ist überhaupt nichts passiert, aber dann ...«

»Ja?«

»Ich hatte plötzlich Blutungen, musste in die Klinik, und dort haben sie eine Ultraschalluntersuchung gemacht.«

Leni spürte, wie sich Tränen in ihren Augen sammelten, aber es war auch ein gutes Gefühl, endlich mal darüber reden zu können. »Ich musste mein Kind gebären, obwohl es ...«

Nathan ergriff ihre Hand und nickte ihr aufmunternd zu.

Sie seufzte. »Obwohl es bereits gestorben war.«

Endlich hatte sie es ausgesprochen. Tränen rannen ihr über die Wangen. Jannik hatte das alles nicht hören wollen.

»Hattest du seitdem keinen Sex mehr?«

Seine Direktheit traf sie mitten ins Herz, und sie

wünschte sich so sehr, dass er sie jetzt in den Arm nehmen würde, um dort weiterzumachen, womit sie im Flur aufgehört hatten. Sie brauchte nicht zu antworten, Nathan zog sie zu sich herüber auf seinen Schoß und umschloss sie mit seinen Armen.

»Was tust du nur mit mir?«, flüsterte sie in sein Ohr. Leni lehnte ihren Kopf an seinen Oberkörper und hörte sein Herz schlagen.

»Was war das eigentlich für ein Knall vorhin?«, murmelte sie irgendwann schläfrig. »Hast du deswegen geblutet?«

»Es gab Streit mit Erik, Vikys Bruder.«

»Und um was ging es da?«

»Ach, das ist eine lange Geschichte«, erwiderte er und schob sie auf seinen Oberschenkeln etwas nach vorne. »Den von Bardelows gehörte Gut Schwansee bis in die Fünfzigerjahre. Aber Eriks Großvater, Gregor Philipp Graf von Bardelow, war ein Spieler und Lebemann, der das gesamte Vermögen der Familie durchbrachte. Deshalb mussten sie das Gut verkaufen, und zwar an meinen Großvater, Artur Cornelius.«

»Aber das war dann doch alles ganz korrekt?«

»Eigentlich schon, aber trotzdem besteht seitdem zwischen unserer Familie und den von Bardelows nicht gerade das beste Verhältnis.«

»Aber mit Viky verstehst du dich schon, oder?«

Nathans Mundwinkel zuckten, und Leni fühlte einen Stich in ihrem Herzen.

»Mit Viky ist es etwas anderes. Wir kennen uns schon

so lange, außerdem ist sie eine sehr gute Reiterin. Wir trainieren oft zusammen und sind schon häufig gemeinsam zu Turnieren gefahren. Sie ist wie ein guter Kumpel...«

»Und jetzt ist sie die Rapsblütenkönigin«, sagte Leni leise.

»Ja, jetzt ist sie die Rapsblütenkönigin.«

Sie schwiegen eine Weile. Schließlich lösten sie sich voneinander, und Nathan schob Leni behutsam von sich herunter. »Ich lass dich jetzt allein«, sagte er bestimmt.

Sie hob protestierend die Hände.

»Wir haben alle Zeit der Welt, und es ist schon spät.« Er wandte sich zum Gehen. »Bringst du mich noch zur Tür?«

Sie nickte, und kurz bevor er die Wohnung verließ, küsste er sie noch einmal und versprach, sich gleich am kommenden Morgen zu melden. Warum konnte er nicht einfach hierbleiben und sie im Arm halten?

Als Leni eine halbe Stunde später im Bett lag, fühlte sie sich buchstäblich wie im siebten Himmel. Nathan zu küssen, hatte sich verdammt gut angefühlt. Sie war so aufgeregt, dass sie überhaupt nicht schlafen konnte. Er war der erste Mensch, dem sie von ihrer Fehlgeburt überhaupt erzählt hatte, noch nicht mal ihre Eltern, ihre Schwester und ihre Freundinnen wussten davon. Jannik hatte, als er sie von der Klinik abgeholt hatte, eigentlich nur kurz gefragt, ob mit ihr alles in Ordnung sei. Danach hatte er das Thema nie wieder angesprochen. Die Erinnerung an dieses Erlebnis war plötzlich wieder allgegenwärtig. Die Schwestern waren sehr einfühlsam gewesen, und der Gynäkologe hatte ihr genau erklärt, was geschehen würde. Die Geburt musste eingeleitet werden, es war sogar eine Hebamme dabei, die ihr Mut zugesprochen hatte. Sie hatte Schmerzen gehabt, aber andererseits war alles wie in einem Film abgelaufen, und sie hatte das Gefühl gehabt, sich selbst von der Decke des Krankenhauszimmers zu beobachten. Am schlimmsten war die absolute Stille danach gewesen.

»Möchten Sie es sehen?«, hatte die Hebamme gefragt, als es vorbei gewesen war. Sie war nicht dazu in der Lage gewesen, und heute fragte sie sich, ob es die falsche Entscheidung gewesen war.

Sie hatte viele Wochen gebraucht, um einigermaßen in ihr Leben zurückzufinden. Ihre Arbeit hatte einen großen Teil dazu beigetragen, und auch ihr turbulentes Leben mit Jannik. Aber immer wenn er sie berührte hatte, war sie zusammengezuckt, und irgendwann hatte er es aufgegeben, sich ihr zu nähern. Das war für Jannik bestimmt auch nicht leicht gewesen.

Leni stieg aus dem Bett und holte sich aus der Küche ein Glas Wasser, bevor sie sich wieder unter die Decke kuschelte. Es war normalerweise okay für sie, allein zu schlafen, aber heute sehnte sie sich nach... nun ja, sie sehnte sich mit allen Fasern ihres Körpers nach Nathan.

20

Im offenen Kamin prasselte ein Feuer und verbreitete eine angenehme Wärme. Der Gewölbekeller befand sich unterhalb des Herrenhauses und bestand aus mehreren Räumen, die allesamt aus roten Backsteinen gemauert waren und von alten Holzbalken gestützt wurden. Leni wischte die Holztische mit einem Lappen ab, und Nathan und Paul stapelten die Stühle, die anschließend ins Lager sollten. Draußen demontierten Arbeiter die Verkaufsstände, und Bernhard war mit Sina und dem Chefkoch Albert Lorenzen in der Reithalle, um den Holzboden abzubauen. Es herrschte eine fröhliche und ausgelassene Stimmung, denn das Rapsblütenfest war ein voller Erfolg gewesen.

Sina betrat den Gewölbekeller mit einem großen Blech Butterkuchen, und alle unterbrachen ihre Arbeit und ließen es sich an den Stehtischen schmecken.

Normalerweise fanden hier Hochzeiten, Geburtstagsfeiern und Jubiläen statt. Leni hatte von Sina erfahren, dass Susanne Cornelius diese Events organisierte und abwickelte. Sie hatte, bevor sie Gutsherrin geworden war, Betriebswirtschaft studiert und ein Händchen für Zahlen. Leni überlegte, ob sie Nathans Mutter um Rat für ihren

Laden Überall fragen sollte. Vielleicht hatte sie einen Tipp, ob und wie sie sich betriebswirtschaftlich fortbilden könnte. Heute Morgen hatte sie sich online bei ihrer Bank eingeloggt und festgestellt, dass Jannik ihr bislang kein Geld überwiesen hatte. Was hatte sie auch anderes erwartet? Außerdem wusste sie nicht, wie sie ihre Tätigkeiten in der Werkstatt mit ihrem Job im Hofladen in Einklang bringen sollte. Übergangsweise, also bis Bernhards Arm wieder in Ordnung war, war das kein Problem, aber langfristig war es für sie keine Option, zwei Jobs zu haben.

»Na, woran denkst du?« Nathan reichte ihr einen Stapel mit Tellern, die sie in einen gelben Transportbehälter aus Plastik stellte.

»Nichts Besonderes«, erwiderte sie vage und lächelte ihn an.

»Ich habe mir was überlegt«, sagte er und neigte sich etwas nach vorne, damit nicht alle, die sich im Raum befanden, mithören konnten. »Wenn du Lust hast, kann ich dir Reitstunden geben.«

»Natürlich habe ich Lust. Das wäre toll!« Sie faltete ihren Lappen zu einem Viereck. »Aber hast du überhaupt Zeit dafür?«

»Na klar. Kein Problem. Ich habe nämlich etwas vor mit dir.«

Als Leni am späten Nachmittag auf Lino saß, war ihre anfängliche Euphorie bereits verflogen. Den Reitunterricht bei Nathan hatte sie sich anders vorgestellt. Er stand in der Mitte des Außenreitplatzes und korrigierte sie in einem fort: Hände ruhig halten, nicht so mit den Beinen wackeln, schau nach vorne, nimm die Zügel kürzer... Lenis Gesicht brannte, und der Schweiß lief ihr den Rücken hinunter. Es war etwas vollkommen anderes, während eines Ausrittes hinter jemandem herzureiten, als mit einem Schulpferd ordentlich durch die Bahn zu traben oder sogar zu galoppieren.

»Leni, das ist kein Fahrradlenker, das sind Zügel!«

Nathan ließ sie einfach nicht in Ruhe, dabei gab sie wirklich ihr Bestes. Er bat sie, in der Ecke anzugaloppieren, aber Lino hatte keine Lust mehr. Er galoppierte zwar, aber sehr langsam, fast auf der Stelle. »Wenn du noch langsamer reitest, geht Lino gleich rückwärts.«

Als ihr strenger Reitlehrer die Stunde endlich für beendet erklärte, atmete Leni erleichtert auf. Sie klopfte Linos Hals und ließ die Zügel aus der Hand gleiten.

»Das war doch schon ganz gut.«

Nathan winkte sie in die Mitte. »Versuch das nächste Mal, einfach noch mehr den Kopf auszuschalten, okay?«

»Ich habe gar nicht so viel nachgedacht.«

»Doch, hast du«, erwiderte er grinsend. »Reiten hat ganz viel mit Gefühl zu tun, okay?« Er legte seine Hand an ihren unteren Rücken. »Immer schön in der Mittelpositur mitschwingen.«

»Was soll ich?« Davon hatte Leni noch nie etwas gehört.

»Die Mittelpositur ist dein Becken. Es ist die wichtigste Verbindung zwischen dir und deinem Pferd. Im Idealfall soll dein Becken immer locker mitschwingen, egal ob im Schritt, Trab und Galopp.«

»Okay.«

Er zog seine Hand zurück, aber Leni spürte trotzdem noch die Wärme, die sich an der Stelle gebildet hatte.

»Das wird schon«, sagte Nathan schließlich und klopfte ihr auf den Oberschenkel. »Du kannst Lino ja noch trocken reiten, und dann bringst du ihn auf die Schulpferdekoppel, in Ordnung?«

Als sie Lino in die Stallgasse führte, um ihm die Trense abzunehmen und ihn abzusatteln, konnte Leni kaum noch gehen. Die Innenseiten ihrer Oberschenkel brannten, und ihr Po schmerzte höllisch. Nathan war ein ganz gemeiner Schinder. Mit letzter Kraft schleppte sie den Sattel und die über ihren Arm gelegte Trense in die Sattelkammer. Als sie in den Stall zurückkehrte, scharrte Lino schon ungeduldig mit den Hufen.

»Ich bin ja schon da«, sagte Leni und klopfte ihm auf den Hals.

Sie nahm eine Bürste aus dem Putzkasten, der mit seinem Namen beschriftet war, und strich ihm ein paarmal durchs Fell. Dann kratzte sie ihm seine Hufe aus und brachte ihn zurück auf die Schulpferdekoppel. Kaum hatte sie den Strick gelöst, raste er mit hocherhobenem Kopf zu seinen Pferdekumpels. Aha, auf einmal konnte er also richtig flott galoppieren.

Leni nahm sich vor, sich beim nächsten Mal noch etwas mehr anzustrengen. Zu gern hätte sie gewusst, was genau Nathan mit ihr vorhatte. Aus ihm wurde sie einfach nicht schlau. Gestern hatten sie sich geküsst und heute... Sie wusste auch nicht genau, was sie eigentlich erwartet hatte, aber sicher nicht so ein zurückhaltendes Verhalten wie beim Aufräumen. War er vielleicht einfach ein Mensch, der in der Öffentlichkeit nicht so gern seine Gefühle zeigte?

Eine Stunde später war Leni vollkommen in ihre Arbeit in der Werkstatt vertieft. Sie rührte den Zement für die Teelichter an, die sich zu einem Verkaufsschlager entwickelt hatten, füllte die Masse in verschieden große Plastikschüsseln, drückte die Vertiefung für das Teelicht in die Mitte und verzierte die Ränder mit Muscheln und Steinen.

»Aha, hier stecken Sie also.«

Susanne Cornelius betrat die Werkstatt und steuerte direkt auf Leni zu. »Ach, Sie basteln gerade...«

Leni ließ sich von ihrem herablassenden Tonfall nicht einschüchtern, reichte ihr die Hand und nutzte die Chance, ihre Frage loszuwerden. »Können Sie mir vielleicht einen Tipp geben, ob es hier in der Gegend eine Möglichkeit gibt, sich fortzubilden?«

Frau Cornelius hob eine Augenbraue und zupfte an ihrem dunkelgrünen Tuch, das sie über die Schulter drapiert hatte. »Wozu bitte brauchen *Sie* denn eine Fortbildung?«

Leni nahm einen Lappen und rieb sich die Hände trocken. »Ich möchte etwas über Buchführung, Rechnungswesen und so weiter lernen«, erwiderte sie. »Für meinen Laden.«

»Na, ich glaube, das ist Zeitverschwendung«, erwiderte Frau Cornelius. »Schließlich ist das hier nur eine vorübergehende Sache.«

Leni stand auf, es fühlte sich sehr unangenehm an, dass Nathans Mutter auf sie herabblickte. »Wieso sind Sie sich da so sicher?«

»Nathan möchte die Tenne zu einem Hengststall umbauen. Hat er Ihnen das nicht gesagt?«

Leni spürte, wie sie errötete. »Nein, hat er nicht.«

Frau Cornelius lachte kurz auf. »Na, das ist mal wieder typisch für ihn. Mein Sohn und seine kleinen Geheimnisse.«

Sie fixierte Leni. »Nathan kam es sehr gelegen, dass sie im Hofladen ausgeholfen haben.« Sie holte kurz Luft. »Also, Mädchen, ich gebe Ihnen mal einen Rat von Frau zu Frau. Am besten Sie schlagen sich Ihre Pläne aus dem Kopf und kehren dorthin zurück, wo Sie hergekommen sind.«

Leni klingelte Sturm. Als Nathan endlich die Tür öffnete, drängte sie sich an ihm vorbei. »Wir müssen reden!«

»Ich freue mich auch, dich zu sehen.«

»Deine Mutter hat mir gerade einen Besuch abgestattet.«

Er grinste schief, und es bildeten sich diese zwei unwiderstehlichen Grübchen in seinen Wangen. Leni zwang sich, den Blick von ihm abzuwenden. Sie folgte ihm ins Wohnzimmer.

»Sie hat mir von deinen Plänen erzählt.« Das Herz hämmerte ihr gegen die Brust. »Du willst in meinem Laden einen Hengststall bauen.«

»Sollen wir uns nicht erst einmal setzen?«

Er deutete auf das Sofa, und widerwillig folgte Leni seiner Einladung. Eigentlich hatte sie nicht vor, lange zu bleiben.

Er nahm ihr gegenüber Platz und faltete die Hände auf dem Schoß. »Aha, meine Mutter.«

»Warum hast du mir nicht von deinen Plänen erzählt?«, brach es aus Leni heraus. »Du wusstest doch, dass ich mir hier eine neue Existenz aufbauen will, oder?«

»Eigentlich nicht. Ich dachte, dass du hier nur in deinem Urlaub an den Möbeln arbeitest.«

»Aber du hast doch gesehen, dass ich ein Schild gemalt habe?«

»Ja, das stimmt schon«, erwiderte Nathan gedehnt, und Leni war kurz davor zu explodieren. »Meine Pläne habe ich aber nicht erst seit gestern«, fuhr er fort. »Allerdings ist mein Vater überhaupt nicht begeistert von meinen Ideen. Und deshalb war er auch so froh, als du gekommen bist.«

Leni seufzte. »Und warum hast du mir nichts davon gesagt?« Sie spürte, wie sich ihre Kehle zuschnürte. Nur jetzt nicht heulen!

»Ach, Leni«, sagte Nathan, und seine Stimme klang sanft wie eine Liebkosung. »Ich wollte eben erst einmal abwarten. Ehrlich gesagt habe ich nicht damit gerechnet, dass du tatsächlich überlegst hierzubleiben. Ich meine, du kommst aus Berlin, und ihr Frauen aus der Stadt...«

Leni horchte auf. »Was ist mit uns Frauen aus der Stadt?«

»Für euch ist das Landleben auf Dauer nichts...«

Leni verschränkte die Arme vor dem Brustkorb. »Du sprichst aus Erfahrung?«

Nathan erhob sich. »Ich hole uns mal was zu trinken.«

Leni folgte ihm in die Küche. »Jetzt lenk nicht ab. Hast du irgendwelche schlechten Erfahrungen gemacht?«

Nathan holte tief Luft. Sie nickte ihm aufmunternd zu. Leni ließ kurz ihren Blick über seine breiten Schultern und seinen Oberkörper gleiten, rief sich dann aber wieder zur Ordnung.

Sie hob den Blick und sah ihm direkt in die Augen. »Also?«

»Ich war letztes Jahr mit einer Frau aus Hamburg zusammen… Laureen. Sie hat hier mit einer Freundin Urlaub gemacht, und zwischen uns war gleich etwas.« Er nahm einen Schluck aus der Flasche.

»Und weiter? Muss ich dir jetzt jedes Wort aus der Nase ziehen?«

»Wir waren ein Paar«, sagte Nathan schließlich. »Ich war sehr verliebt und sie am Anfang auch, aber nach ein paar Monaten wurde ihr alles zu langweilig.« Er hielt einen Moment inne, dann gestand er. »*Ich* war ihr zu langweilig.«

Leni prustete los. »Na, das scheint ja eine ganz schöne Tussi zu sein, sorry.«

»Ja, vielleicht hast du recht. Sie hat sich jedenfalls gleich danach so einen Hamburger Schnösel geangelt.«

»Und jetzt hast du Angst, dass ich genauso bin?«

Er ergriff ihre freie Hand und zog Leni zu sich heran.

»Ich weiß es nicht«, flüsterte er ihr ins Ohr, und ein Schauder lief über ihren Rücken.

Nathan umfasste ihre Hüfte, dann ließ er seine Finger über ihren Rücken nach oben wandern, bis er ihren Nacken erreichte. Ihre Haut prickelte, und ein erwartungsvolles Ziehen durchzuckte ihren Körper. Nathan strich ihr sanft eine Strähne aus dem Gesicht, bevor er ihr Kinn berührte und mit seinem Daumen über ihre Haut strich. Leni schloss die Augen, und als sie endlich seine Lippen spürte, kam sie ihm erwartungsvoll entgegen. Nathan küsste sie vorsichtig, als wolle er erst einmal ihre Reaktion abwarten, aber als sie sich fest an ihn presste, hob er sie hoch und trug sie zum Sofa.

Mittlerweile dämmerte es, und Leni war froh, dass es in seinem Wohnzimmer nicht mehr so hell war, das war gemütlicher. Sie lagen sich gegenüber, und die Hitze zwischen ihnen brannte auf ihrer Haut. Seine Hände wanderten unter ihr T-Shirt, und als er vorsichtig ihre Brüste umfasste, stöhnte sie kurz auf.

»Leni...«, raunte er ihr ins Ohr und zog sie noch etwas fester an sich. Dann drehte er sich auf den Rücken, und sie ließ sich auf ihn gleiten. Die Klamotten störten gewaltig. Leni zog an Nathans T-Shirt, doch im selben Moment drang ein fieses Klingeln an ihre Ohren.

»Da ist jemand an der Tür...«

Leni wollte ihn noch bitten, das Geräusch zu ignorieren, aber Nathan war schon aufgestanden. Frustriert richtete sich Leni auf und strich sich durch die Haare.

Nur wenige Augenblicke später kam Nathan mit seinem Bruder an der Seite zurück. »Hendrik weiß, wie die Seeadler hierhergekommen sind.«

»Was denn für Seeadler?«

»Jemand hat welche auf dem Grundstück unserer Nachbarn ausgesetzt.«

Leni verstand kein Wort. Nathan nickte ihr zu. »Ich erkläre dir alles später. Es geht um unsere geplante Windkraftanlage. Die will jemand, den wir sehr gut kennen, unbedingt verhindern.«

21

»Kannst du etwas sehen?«

Nathan und Hendrik lagen Schulter an Schulter im hohen Gras und blickten durch ihre Ferngläser auf den See. Etwa fünfundzwanzig Meter von ihnen entfernt stand eine kleine Hütte, die von Besuchern des Gebietes aufgesucht wurde, um Vögel zu beobachten. Mit ein wenig Glück konnte man hier besonders in den frühen Morgenstunden Kiebitze, Löffelenten, Sandregenpfeifer, Austernfischer und noch viele andere Arten entdecken. Ein schmaler Landstreifen, die Nehrung, trennte das kleine Gebiet von der Ostsee. Nathan und sein Bruder waren schon um fünf Uhr morgens aufgebrochen, um Manfred Schöller zur Rede zu stellen.

Hendrik stupste Nathan in die Seite. »Da ist er!«

Der Mann, auf den sie es abgesehen hatten, kam den schmalen Wanderweg entlanggeschlendert. Er trug beigefarbene Hosen, eine Weste, kniehohe Stiefel, und in den Händen hielt er eine Karte, die er eingehend studierte. Nathan und Hendrik robbten im Gras nach vorn. Langsam, um keinen Vogel aufzuschrecken. Hendrik hob die Hand. »Jetzt!«

Er und sein Bruder sprangen hoch, schnappten sich Schöller an seiner Weste, und schon lag er wie ein gefällter Baum im Gras.

Er japste nach Luft. »Was wollt ihr von mir?«

Hendrik zog ihn am Kragen seiner Weste ein Stück nach oben. »Na, Manfred, kannst du dir das nicht denken?«

Nathan stellte mit Genugtuung fest, dass sich die Wangen des Mannes röteten.

»Ihr seid doch die Cornelius-Brüder...«

»Na, da haben wir ja einen ganz Schlauen«, erwiderte Hendrik und griff dem Hobbyornithologen unter die Achsel. »Du kommst jetzt mal mit.«

Schöller ruderte mit dem anderen Arm, aber Nathan war sogleich zur Stelle und griff ihm ebenfalls unter die Achsel. Auf dem kurzen Weg zur Hütte beschimpfte er sie als Verbrecher, Gewalttäter, Schweine und schwor, sie anzuzeigen. Nathan und Hendrik ließen sich davon jedoch nicht beirren. Wenn jemand eine solche Behandlung verdient hatte, dann war es dieser miese Hilfssheriff.

Nathan stieß die Tür zur Hütte auf. Ein muffiger Geruch strömte ihnen entgegen, und während sein Bruder Schöller auf die kleine Bank drückte, stieß er mit dem Unterarm das kleine Fenster auf. Das fahle Morgenlicht erhellte den kleinen Raum, in dem außer der Bank ein Tischchen stand, auf dem Infobroschüren gestapelt waren. An einer Wand war mit Kupfernägeln eine Karte des Naturschutzgebietes angeheftet, die an den Rändern rissig war.

Manfred Schöller schob sein wulstiges Kinn nach vorn.

»Das werdet ihr bereuen. Wenn ich das dem Grafen...« Er biss sich auf die Lippe und verschränkte dann die Hände vor seinem Bauch. »Ich sage gar nichts mehr.«

»Das musst du auch nicht«, erwiderte Hendrik und stellte sich breitbeinig vor ihm hin. »Wir wissen, dass du die zwei Seeadler umgesiedelt hast.«

Nathan bemerkte ein nervöses Zucken um Schöllers Mundwinkel. Sie spielten hier ein wenig auf Risiko, denn Hendrik hatte nur einen anonymen Anruf auf seinem Handy erhalten. Der Mann oder die Frau – die Stimme hatte sich verzerrt angehört – hatte ihm auf seine Mailbox gesprochen. Nathan beugte sich zu ihm hinunter. »Am besten, du gibst es zu, dann verzichten wir auf eine Anzeige.«

»Anzeige? Ihr spinnt wohl. Ihr solltet angezeigt werden. Besonders dein Vater, der hier ein Windrad nach dem anderen bauen will. Euch ist es doch vollkommen egal, wenn Vögel in die Rotoren fliegen.« Er holte tief Luft und schrie. »Das sind Vogelschredderanlagen!«

»Darum geht es hier nicht«, sagte Nathan. »Wir wissen, dass du im Auftrag des Grafen von Bardelow zwei Seeadler umgesiedelt hast, um den Bau unserer zweiten Windkraftanlage zu boykottieren.«

Manfred Schöller runzelte die Stirn, und Nathan konnte geradezu sehen, wie es in seinem Gehirn ratterte.

»Na und?«, sagte er schließlich. »Von Bardelow setzt sich für den Schutz unserer heimischen Vögel ein. Er hat unserem Verein fünftausend Euro...« Er hielt sich die Hand vor den Mund. »Ich habe nichts gesagt.«

Hendrik schnaubte. »Das reicht jetzt. Du bringst noch heute die Seeadler dorthin zurück, wo du sie hergeholt hast, sonst zeigen wir dich und deinen Grafen an.«

Schöller lachte, aber es klang nicht mehr ganz so selbstsicher. Nathan deutete mit dem Kopf in Richtung Tür. »Und jetzt sieh zu, dass du Land gewinnst.«

Nathan und Hendrik verfolgten Manfred Schöller mit ihren Blicken, bis er verschwunden war.

»Idiot«, stellte Hendrik fest. »Hast du alles aufgenommen?«

Nathan grinste und hielt sein Handy in die Luft.

Leni reichte dem Kunden eine Tüte über den Verkaufstresen. »Dann lassen Sie sich die Äpfel schmecken.«

Sie blickte auf die Zeitanzeige ihres Handys. Es war bereits nach 13 Uhr, also konnte sie jetzt rüber in die Werkstatt gehen. Sie zog ihre Schürze aus, hängte sie an den Haken neben der Kasse, öffnete die Tür und drehte das im Rahmen angebrachte Schild auf: *Geschlossen. Mittagspause von 13 bis 15 Uhr.*

Mit beschwingten Schritten ging sie zur Tenne. Kurze Zeit später fuhren zwei Freundinnen mit den Fahrrädern auf den Hof, betraten die Werkstatt, stöberten ein wenig, und Leni unterhielt sich mit den beiden über das Wetter. Eine der beiden, eine hochgewachsene Frau mit kurzen Haaren, hielt ihr eine kleine Garderobenleiste entgegen, die Leni mit roter Kreidefarbe bearbeitet und mit neuen verschnörkelten Haken versehen hatte. »Was soll die kosten?«

»Fünfunddreißig Euro«, erwiderte Leni.

Die Frau drehte das Möbelstück prüfend in der Hand. »Für dreißig Euro nehme ich sie mit.«

»Okay«, sagte Leni und nahm die Garderobe von der Kundin entgegen, um sie in Seidenpapier einzuwickeln.

»Wirklich ein toller Laden«, sagte die Frau und legte drei Zehneuroscheine auf ihren kleinen Verkaufstresen. »Sie müssen mehr Werbung machen. Das, was sie hier anbieten, gefällt doch bestimmt auch vielen Frauen aus der Stadt.« Dann verließen die beiden Freundinnen ihren Laden mit einem »Tschüss«.

Als Leni wieder allein war, brühte sie sich eine kleine Kanne Kaffee auf. Sie ärgerte sich im Nachhinein ein wenig, dass sie sich von der Kundin hatte herunterhandeln lassen. Ihr fehlte die Übung, im Vintage Dream war immer Jannik derjenige gewesen, der sich um den Verkauf gekümmert hatte. Aber wenigstens wusste sie jetzt genau, wie viel Geld sie eingenommen hatte.

Ihr Handy klingelte. Jannik! Konnte er etwa Gedanken lesen?

»Hi.« Sie nahm ihre Tasse und ging zurück in die Werkstatt. »Was willst du?«, fragte sie, immer noch irritiert darüber, dass sie eben noch an ihn gedacht hatte.

»Ich wollte dir nur sagen, dass ich dein Geld so schnell wie möglich überweise...«

»Was heißt das? Ich brauche das Geld nicht so schnell wie möglich, sondern sofort.«

»Du kriegst es ja auch, aber ich habe zurzeit ein paar Engpässe.«

»Die hast du doch immer«, erwiderte Leni eisig. Damit würde sie Jannik nicht durchkommen lassen. »Ich will mein Geld...« Ihre Stimme zitterte, und sie presste die Lippen aufeinander.

Dann tippte sie auf *Anruf beenden*, und als Jannik sie erneut anrief, stellte sie ihr Handy lautlos.

Ihr Kaffee war mittlerweile nur noch lauwarm. Leni ging zurück in ihre Küche und schenkte sich aus der kleinen Thermoskanne einen neuen ein. Sie brauchte jetzt dringend frische Luft.

Als sie draußen auf ihrem Stuhl in der Sonne saß, hatte sie sich wieder einigermaßen beruhigt. Jannik brachte sie dermaßen auf die Palme mit seiner Hinhaltetaktik. Vielleicht sollte sie einen Anwalt oder, besser noch, eine Anwältin mit dieser Angelegenheit beauftragen. Je länger sie über alles nachdachte, desto sicherer war sie sich, dass Jannik das Geld nicht freiwillig herausrücken würde.

»Du siehst betrübt aus, min Deern.« Bernhard kam vom Innenhof auf sie zugesteuert. Er trug seinen rechten Arm noch immer in der Schlinge, sah aber ansonsten fit aus. »Hast du einen Moment Zeit?«

»Klar. Habe ich.« Sie winkte ihn zu sich heran. »Komm, lass uns mal draußen auf die Bank setzen.«

»Segg mol, war meine Frau bei dir?«

Leni nickte und nippte an ihrer Tasse.

»Nathan ist ein guter Junge.« Er strich sich durch die

Haare und zwinkerte ihr zu. »Lass dir von meiner Frau nichts anderes einreden.«

»Aber es stimmt doch, dass Nathan hier lieber einen Hengststall bauen würde, oder?«

»Ja, das stimmt schon, aber er würde seine Interessen niemals hintenherum durchsetzen. So ein Typ ist er nicht.« Er streckte seine Beine von sich. »Ach, ist das nicht herrlich hier?«

»Aber trotzdem gefällt es ihm nicht, dass ich die Tenne für mich beanspruche. Was meinst du? Sollte ich lieber wieder nach Berlin zurückkehren?«

»Wie kommst du denn darauf? Auf gar keinen Fall, du bleibst schön hier.«

Bernhard klopfte ihr mit der linken Hand auf die Knie. »Da wird sich schon irgendeine Lösung finden.« Er zwinkerte ihr erneut zu. »Schön wäre es nur, wenn du mir ab und zu im Hofladen hilfst.« Er hielt seinen rechten Arm in die Luft. »Nächste Woche kommt das Ding ab, und dann steige ich wieder ein.«

Er stemmte sich hoch. »Wi snackt en annermol, ik mutt los.«

Leni schaute Bernhard noch eine Weile hinterher und kehrte dann in ihre Werkstatt zurück. Kaum hatte sie ein Stück Schleifpapier in die Hand genommen, stand Nathan vor ihr. Heute ging es bei ihr wirklich zu wie in einem Taubenschlag. Sie erhob sich, und als sie sich gegenüberstanden, flammten die Gefühle vom Vorabend in ihr auf. Am liebsten hätte sie die Zeit zurückgespult und sich wieder auf das Sofa in Nathans Haus katapultiert.

Er nahm ihre Hand und strich mit dem Finger über ihre Handfläche. Ein Kribbeln breitete sich von dort über ihren Arm, ihre Schulten bis zu ihrer Brust aus. »Ich habe dich vermisst«, sagte er leise.

»Ich dich auch.«

Er verschränkte seine Finger mit ihren. »Komm, lass uns ein wenig spazieren gehen.«

Eigentlich hatte sie erwartet, dass er sie mit zur Stutenkoppel nehmen wollte, aber stattdessen führte er sie zu seinem Jeep und fuhr mit ihr runter an den Strand beim Campingplatz. Er parkte neben dem Wohnwagen, in dem sie mit Hendrik Tee getrunken hatte, und dann gingen sie Hand in Hand zur Ostsee hinunter.

Der Strand war am frühen Abend menschenleer, und eine laue Brise wehte ihnen entgegen. Auf einmal wurde Leni bewusst, dass es schon Anfang Juni war. Kaum zu glauben, wie schnell die Zeit auf Gut Schwansee vergangen war. Sie stellte sich an den Spülsaum und breitete die Arme aus.

Nathan lachte. »Was machst du da?«

»Ich verankere mich mit dem Meer.«

»Schön«, sagte Nathan nur und stellte sich neben sie. »Immer wenn es mir nicht gut geht, komme ich hierher.«

Sie nickte. »Das kann ich gut verstehen.« Sie ließ ihren Blick über die Wasseroberfläche gleiten und sah, dass sich weiße Schaumkronen auf den Wellen gebildet hatten. »Das Meer hat so etwas Beruhigendes.«

Leni fröstelte ein wenig, denn sie hatte nur ihren Pulli und keine Jacke an.

»Ist dir kalt?« Nathan legte seinen Arm um ihre Schulter. »Wollen wir reingehen?«

Als sie den Wohnwagen erreichten, fror Leni so richtig, und sie war froh, als Nathan sich den Schlüssel aus dem Versteck holte und die Tür öffnete. Er schaltete das Licht und danach die Elektroheizung an, und innerhalb kürzester Zeit verbreitete sich eine wohlige Wärme. Sie setzten sich an den kleinen Tisch, und Nathan rieb seine Hände gegeneinander.

»Was hältst du von einem Glas Wein?«

Leni nickte und zog den Ärmel ihres Sweatshirts über ihre Hand. »Na, da will ich mal gucken, ob mein Bruder hier noch irgendeine Flasche bunkert.«

Leni spürte, wie ihr Herz schneller schlug. Sie linste in Richtung des Schlafraumes und fragte sich, ob sie an diesem Abend dort mit Nathan landen würde. Einerseits stellte sie es sich wunderschön vor, andererseits wusste sie nicht, ob sie schon dazu bereit war, mit ihm zu schlafen. Ihr Körper signalisierte ihr allerdings grünes Licht, vor allem, als Nathan ihr ein Glas mit gekühltem Weißwein reichte und sich ihre Hände berührten. Er sah so sexy aus in seinen lässigen Jeans und in dem karierten Hemd mit den hochgekrempelten Ärmeln. Sie prosteten sich zu, und Leni kostete den Wein, der fruchtig schmeckte, aber auch ein wenig Säure enthielt. »Ist das ein Riesling?«

Er grinste und betrachtete das Etikett. »Jep, du hast recht.« Er stellte die Flasche auf den Tisch. »Ich bin ja mehr ein Biertrinker.«

»Was ist eigentlich aus der Seeadler-Geschichte geworden?«

Er schilderte kurz ihre kleine Aktion am See, und Leni fragte sich, ob die beiden Brüder damit nicht zu weit gegangen waren, behielt ihre Meinung aber für sich. »Glaubst du, dass er die Seeadler wieder zurückbringt?«

»Wenn nicht, dann müssen wir uns etwas Neues überlegen.«

Leni spürte, wie ihr der Alkohol zu Kopf stieg.

»Ist es denn so wichtig für euch, dass die zweite Windkraftanlage gebaut wird?«

»Auf jeden Fall«, erwiderte Nathan und musterte sie über den Rand seines Glases hinweg. »Wir haben die voraussichtlichen Einnahmen schon fest in unseren Wirtschaftsplan aufgenommen.«

»Ich kann mir irgendwie gar nicht vorstellen, dass Graf Bardelow zu solchen Aktionen fähig ist. Ich dachte immer, dass Adlige ihre Werte und Tugenden pflegen?«

Nathan lachte. »Schön wäre es«, erwiderte er. »Sicher ist er so erzogen worden, aber seit die von Bardelows ihr Gut an uns verloren haben, scheint er alles vergessen zu haben. So sieht es jedenfalls mein Vater.«

Leni seufzte. »Wärst du auch gern adelig?«

»Wieso, bin ich dir nicht gut genug? Wäre dir ein Graf lieber?«

»Noch lieber wäre mir ein Prinz«, konterte sie. Sie nahm einen Schluck aus ihrem Glas und lehnte sich zurück. »Auf einem Schimmel selbstverständlich.«

»So wie in *Aschenbrödel*?«

»Du kennst das Märchen?«

»Na klar, aber ich kann damit nicht so viel anfangen. Ich meine: ein Prinz in Strumpfhosen? Das kann doch nicht dein Ernst sein.«

Sie hob kichernd den Zeigefinger. »Mach dich nicht darüber lustig.«

Er schenkte erst ihr und dann sich selbst noch einmal Wein nach, und Leni genoss das Gefühl, sich langsam zu entspannen. *Nathan ist ein guter Junge!* Bernhards Worte hatten sie sehr berührt. Sie mochte Nathans Vater wirklich.

»Deine Eltern haben aber nicht so ein gutes Verhältnis, oder?«

»Wie kommst du darauf?«

»Ist nur so ein Gefühl...« Sie strich sich eine Strähne hinter die Ohren. »Die beiden sind so unterschiedlich.«

»Ja, vielleicht«, erwiderte Nathan. »Aber sie sind auch ein gutes Team.«

»Deine Mutter wirkt irgendwie...«, begann Leni, und sie überlegte kurz, um das passende Wort zu finden. »Angespannt«, sagte sie schließlich.

»Mein Vater hat sie betrogen.« Nathan presste die Lippen aufeinander. »Mehrmals sogar.«

»Hast du davon etwas mitbekommen?«, fragte Leni leise und berührte seine Hand.

Leni spürte, wie Nathan mit sich rang. Sie konnte ihn verstehen. Wer plauderte schon gern über das Intimleben seiner Eltern?

»Ich habe ihn mit einer anderen Frau gesehen...«, begann er. Er strich sich durchs Haar und biss sich auf die Unterlippe. »Sie war Hauswirtschafterin bei uns.«

»Wie alt warst du da?«

»Ich muss so elf oder zwölf gewesen sein.«

»Oje, das war bestimmt ein Schock für dich?«

»Ja, das stimmt«, antwortete er zögerlich. »Auf jeden Fall werde ich die Bilder nicht mehr los.«

22

Als Leni zur Toilette ging, trat Nathan vor die Tür, um Luft zu schnappen. Es dämmerte bereits, alles war ruhig, und weit und breit war niemand zu sehen. Er atmete die salzige Luft ein, die vom Meer zu ihm heraufwehte, und legte den Kopf in den Nacken. Plötzlich erinnerte er sich überdeutlich. Er war in den Hengststall gegangen, weil er seinen Vater etwas fragen wollte. Aus einer der freien Boxen waren seltsame Geräusche gedrungen. Auf Zehenspitzen hatte er sich angeschlichen, weil er dort ein verwundetes Tier, vielleicht einen verirrten Marder, vermutete. Sein Herz hatte gerast, und als er zwischen den Gitterstäben hindurchgeblickt hatte, hatte er den nackten Hintern seines Vaters erblickt, der sich rhythmisch auf und ab bewegte. Er war rausgerannt, hatte sich hinter einer Kutsche versteckt, und kurze Zeit später waren erst sein Vater und danach ihre damalige Hauswirtschafterin aus der Stalltür gekommen.

Die Tür des Wohnwagens quietschte leise. »Nathan?«
»Ich bin hier.«

Er kehrte zurück in den Wohnwagen, und als er Leni sah, fühlte er sich auf einmal auf eine sehr intensive Weise mit ihr verbunden. Er nahm sie in den Arm und drückte sie fest an sich. Dann schob er sie ein Stück von sich weg und schaute ihr in die Augen. »Hast du Lust, hier zu übernachten?« Sie riss die Augen weit auf, deshalb strich er ihr sanft über ihre dunklen Haare. »Keine Angst«, flüsterte er, »wir tun nichts, was du nicht willst.«

Kurze Zeit später lag Nathan unter der Decke und wartete auf Leni, die sich noch die Zähne mit einer Gästezahnbürste putzte. Er hatte ihr eines seiner T-Shirts gegeben, die er im Wohnwagen immer liegen hatte, und sich ebenfalls eins übergezogen. Nun lag er mit hinter dem Kopf verschränkten Armen da und blickte aus dem Fenster. Er liebte diesen Wohnwagen über alles. Unzählige Stunden hatten er und sein Bruder hier verbracht, wenn ihnen die Arbeit auf Gut Schwansee zu viel geworden war.

Als Leni vor dem Bett stand, in seinem T-Shirt, das ihr nur knapp über den Po reichte, hob er die Decke an. Sie kuschelte sich in seine Armbeuge, und er fragte sich, als er die Wärme ihres Körpers spürte, ob es ihm wirklich gelingen würde, sich zurückzuhalten.

»Bist du schon mit anderen Frauen hier gewesen?«

»Nein, du bist die Erste.«

Sie stupste ihn in die Seite. »Und das soll ich dir glauben?«

Er grinste breit. »Es ist die Wahrheit.«

Leni rollte sich auf den Rücken und starrte an die Decke des Wohnwagens. Er ergriff ihre Hand. »Woran denkst du?«

Sie seufzte. »Ich frage mich gerade, ob ich für immer hier leben könnte.«

Nathan drehte sich auf die Seite und betrachtete sie im Halbdunkeln. »Und? Bist du schon zu einem Ergebnis gekommen?«

Sie schwieg einen Moment, dann drehte sie sich ebenfalls in seine Richtung, und als sie ihre Lippen leicht öffnete, hätte er sie am liebsten gepackt, um sie unter seinen Körper zu ziehen. Sie sah einfach zu verführerisch aus mit ihrem hellen Teint und den langen dunklen Haaren, die in Wellen auf ihre Schulter fielen. Ihre Brüste zeichneten sich unter dem dünnen Stoff des T-Shirts ab, und seine freie Hand wanderte wie automatisch zu ihrem Hals. Er strich mit dem Zeigefinger über ihre zarte Haut und streichelte sanft ihre nackte Schulter. Der Stoff war heruntergerutscht, und das sah verdammt sexy aus.

»Würdest du das denn wollen?«, fragte Leni leise, und er hielt einen Moment inne und betrachtete sie.

»So wie die Dinge jetzt stehen, Milady, würde ich mich sehr darüber freuen.« Er beugte sich über sie. »Glaubst du mir etwa nicht?«

»Du hast doch gesagt, dass für Stadtfrauen das Leben auf dem Land nichts ist.«

Er zeichnete die Linie ihres Schlüsselbeins nach. »Vielleicht bist du ja eine Ausnahme?«

Sie ließ seine Hand los und rückte etwas näher an ihn heran. Langsam ließ er seine Hände unter ihr T-Shirt gleiten.

»Ich weiß es nicht...«, murmelte sie. Er griff behutsam

in ihr Haar, zog ihren Kopf näher heran und ließ seine Zunge über ihre Lippen wandern. Sie kam ihm entgegen und erwiderte seinen Kuss zunächst abwartend, dann aber fordernder, bis er aufstöhnte. Sie nahm daraufhin seine Hand und führte sie zu ihrem Bauch.

»Willst du das wirklich?«

Als sie nickte, umkreiste er zunächst ihren Bauchnabel mit seinen Fingern, dann fuhr er ihren Rippenbogen entlang, bis er schließlich ihre Brüste erreicht hatte. Er umfasste sie vorsichtig, strich mit dem Daumen langsam über ihre Brustwarzen, und als sie sich halb aufrichtete, zog er ihr das T-Shirt über den Kopf. Sie lag jetzt neben ihm, lang gestreckt, nur mit einem schwarzen Spitzenslip bekleidet. Okay, langsam...

Sein Herz hämmerte gegen seine Brust. Er betrachtete ihre helle Haut und ihre langen Beine, die sich jetzt um seine Hüfte schlangen. Er schob sie ein Stück von sich weg. »Bist du dir sicher?«

Als sie nickte, zog er die Decke vom Bett. Sie schob sich etwas hoch und steckte sich das Kissen hinter den Nacken. »Hast du...«

Nathan grinste, als er sah, wie Leni leicht errötete. Statt einer Antwort schwang er seine Beine über die Bettkante.

»Du wartest hier!«

Trotz Nathans Aufforderung war Leni viel zu unruhig, um liegen zu bleiben. Leise stand sie auf und schlich sich an

Nathan heran, der im Wohnbereich gerade in einem kleinen Kasten auf einem Regal kramte. Sie gab ihm einen sanften Kuss auf den Nacken, woraufhin er sich blitzschnell umdrehte und sie in seine Arme zog.

Leni ließ ihre Hände unter sein T-Shirt gleiten und schob es nach oben. Dann zog er es sich mit seiner freien Hand über den Kopf, während er sie anhob und auf dem Tisch der Sitzecke wieder absetzte. Er war jetzt nur noch mit Boxershorts bekleidet, und die deutliche Ausbuchtung darunter signalisierte Leni, dass er sie genauso begehrte wie sie ihn. Leni war nun wirklich keine Jungfrau mehr, und mit Jannik hatte sie, bevor sie schwanger geworden war, einiges ausprobiert. Aber...

»Ich bin etwas aus der Übung«, hauchte sie an seiner Brust, die sich heiß und muskulös unter ihrer Wange anfühlte. Sein rötlich blondes Brusthaar kitzelte sie, und zwischen ihren Beinen verspürte sie ein Pochen, das ihr Verlangen noch weiter entfachte. Nathan trug sie zurück in den Schlafraum und legte sie vorsichtig auf dem Bett ab. Sie rekelte sich wohlig, während er diskret das Kondom auspackte.

Sie wandte kurz den Blick ab, und als sie ein knisterndes Geräusch hörte, sah sie, dass er eine Kerze angezündet hatte, die auf dem kleinen Nachttisch stand. Der Raum füllte sich mit einem warmen Licht, und als er sich endlich zu ihr legte, ergriff sie seine Hand und führte sie zu ihrem Slip. Er streichelte sie durch den transparenten Stoff, während Leni sich an seinen Oberschenkel drängte. Nathan verließ ihre empfindlichste Zone und zog sie auf seinen lang gestreckten Körper. Er ließ seine Hände ihren Rücken entlangwandern und streifte ihren Slip nach unten. Leni half ihm dabei, und als sie endlich nackt aufeinanderlagen, fühlte sie sich vollkommen losgelöst. Sie spürte nur sich, Nathan und das Bedürfnis, mit ihm eins zu sein. Als sie sich mit den Händen etwas abstützte, zog er sanft, aber mit Nachdruck ihre Knie nach vorn, sodass sie auf ihm zum Sitzen kam.

Er lächelte schief und umfasste ihre beiden Brüste, während sie ihn reizte, indem sie sich sehr langsam vorwärts- und rückwärtsbewegte, ohne ihn aus den Augen zu lassen.

»Leni...«, presste er mit einem gequälten Gesichtsausdruck hervor. Als er schließlich langsam und gefühlvoll in sie eindrang, ließ sie sich nach vorne fallen. Ihre Haare breiteten sich wie ein Fächer auf seiner Brust aus, und als er sie mit seinen Fingern geübt stimulierte, spürte sie, wie sich ihr Höhepunkt anbahnte.

Sie drängte ihren Unterkörper gegen seine Hand, und als sie in langen Wellen kam, schrie sie auf. Wie durch einen diffusen Nebel registrierte sie, wie Nathan sein Gewicht verlagerte und sie auf ihrem Rücken landete. Sie spürte ihn immer noch und bewegte sich zu seinen Stößen, während sie sich an seinen Schultern festhielt. Er stöhnte an ihrem Mund, als er ebenfalls kam, und strich ihr danach liebevoll durchs Haar. Sie lehnte ihren Kopf an seine Schulter, schmiegte sich an ihn und atmete seinen Duft ein. Irgendwann schlief Leni in Nathans Armen ein, und als sie erwachte, hatte sie sich keinen Millimeter von ihm wegbewegt.

Die Sonne schien vom fast wolkenlosen Himmel, als Leni den Innenhof von Gut Schwansee überquerte. Sie und Nathan hatten im Morgengrauen den Wohnwagen verlassen und waren unbemerkt zurückgekehrt. Nur widerwillig hatten sie sich getrennt, aber sie waren sich darüber einig, ihre Gefühle füreinander nicht gleich an die große Glocke zu hängen. Sie hatten schließlich noch jede Menge Zeit.

Waren sie jetzt ein Paar? Leni wusste darauf keine Antwort, aber eigentlich war es ihr auch im Moment nicht wichtig. Sie hatte die ganze Nacht nicht ein einziges Mal an ihr schlimmes Erlebnis gedacht. Sie öffnete die Tür zur Tenne und brühte sich dann einen Kaffee auf. Ihren Becher nahm sie mit zur Werkbank und holte sich eines der Betonwindlichter, die mittlerweile gut getrocknet waren. Sie griff nach dem Schleifpapier und rieb unebene Stellen glatt. Schließlich entfernte sie den Staub mit einem Tuch, säuberte sorgfältig ihre Arbeitsfläche und holte die Acrylfarben aus einem Schränkchen, in dem sie ihre Malutensilien aufbewahrte. Sie wählte einen feinen Pinsel aus, tunkte die Borsten in schwarze Farbe und setzte den ersten Strich.

»Hey, das sieht ja toll aus.« Sina beugte sich über ihren Arbeitsplatz. »Hast du das wirklich selbst gemalt?« Sie nahm eines der von Leni bereits fertiggestellten Windlichter und hielt es in die Höhe. »Du bist ja eine richtige Künstlerin.«

Leni wischte sich die Hände an ihrer Arbeitsschürze ab. »Nun übertreibst du aber.«

Sina stellte das Windlicht zurück an seinen Platz. »Nein, ganz sicher nicht.«

»Ich wollte das nur mal ausprobieren.«

»Die kleinen Seejungfrauen und Seemänner werden deinen Kunden gefallen.« Sina hob eine Augenbraue. »Und dann noch die ganzen Herzchen. Das ist wirklich zuckersüß.« Sie musterte Leni nachdenklich. »Bist du etwa verliebt?«

Leni rückte ihre Werke zurecht. »Wie kommst du denn darauf?« Sie bemerkte selbst, dass sich dieser Satz alles andere als überzeugend anhören musste.

»Lass mich raten« sagte Sina dann auch prompt. »Nathan?«

Statt einer Antwort, seufzte Leni nur. »Aber bitte behalte es für dich. Das muss noch keiner wissen, ist ja alles noch ganz frisch.«

»Na, von mir erfährt es keiner«, erwiderte Sina und wandte sich zum Gehen. »Aber so, wie ihr beide auf dem Rapsblütenfest getanzt habt, wird sich der eine oder andere sowieso seinen Teil denken.«

Leni sah Sina zerstreut an. »Weshalb bist du eigentlich gekommen?«

Sina blieb stehen und fasste sich kurz an den Kopf. »Ach, gut, dass du mich erinnerst. Morgen ist Sperrmüll. Hast du Lust, mit mir auf Schatzsuche zu gehen?«

Leni saß am Steuer ihres Sprinters und scannte mit geübtem Blick die Tische, Stühle, alten Fahrräder, Regale und Sofas, Kisten und Gartengeräte, die am Straßenrand standen.

»Guck mal, was hältst du von dieser Lampe dahinten?« Sina deutete auf eine Ansammlung von alten Möbeln, die vor einem schmucken reetgedeckten Backsteinhaus ordentlich aufgereiht waren.

Leni nickte, hielt an, und Sina sprang als Erste hinaus. Ein großer weißer VW-Bus mit einem polnischen Kennzeichen parkte ebenfalls direkt an der Straße. Zwei ältere Typen in grauen Arbeitsklamotten stiegen aus und nahmen die Möbel in Augenschein. Leni schob sich an den Männern vorbei. Nicht dass diese Kerle ihr ein gutes Fundstück vor der Nase wegschnappten.

Sina hielt ihre Beute bereits in die Luft. »Was meinst du?«

Auf den ersten Blick ordnete Leni die Bodenlampe als Art-déco-Objekt ein. Zwanziger- bis Dreißigerjahre, ja das könnte stimmen. Der Schirm war halbrund, dunkelgrün und wies weder Flecken noch Risse auf. Der Fuß und der halb gebogene Ständer glänzten messingfarben. Leni beugte sich hinunter und rieb mit ihrem Zeigefinger über die Oberfläche, die an einigen Stellen fleckig war, sich aber ansonsten in einem einwandfreien Zustand befand.

»Einpacken!«, sagte Leni nur, und Sina grinste.

»Jawohl, Chefin.«

Als sie wieder im Auto saßen, blickte Leni in den Rückspiegel und sah, wie die zwei Polen ein altes Fahrrad in ihr Auto packten. »Die sind wohl nur auf Altmetall aus.«

»Ist doch gut, so kommt man sich nicht in die Quere.«

Sie fanden noch einen Korbsessel, eine Kiste mit Kristallgläsern, ein altes Schaukelpferd und einen Sonnenschirm in Originalverpackung.

»Was die Leute alles wegschmeißen«, sinnierte Sina. »Das sind doch alles noch super Sachen.«

»So ist es, und vieles lässt sich auch sehr gut weiterverkaufen.«

»Ist das euer Geschäftsmodell gewesen? Ich meine, das von dir und Jannik?«

»Ja, aber nicht nur. Wir haben auch auf Flohmärkten eingekauft, und oft sind uns Sachen direkt angeboten worden.«

Sina wickelte sich ein Kaugummi aus. »Ist doch toll«, sagte sie kauend. »Vermisst du das manchmal?«

»Na ja, Jannik und ich waren schon ein gutes Team…«

»Aber?« Sina blickte sie von der Seite an.

»Das ist vorbei«, erwiderte Leni, und sie spürte, dass das die Wahrheit war.

23

Lino schüttelte den Kopf, als wolle er sich über das schlechte Wetter beschweren. Ein fieser Wind fegte über den Reitplatz und trieb den Nieselregen in Lenis Gesicht. Sie schniefte und hoffte, dass die Reitstunde bald vorbei sein würde. Nathan stand mit verschränkten Armen in der Mitte und verfolgte sie mit seinem Blick.

»Lächeln, Leni! Reiten macht Spaß.«

Sie blickte stur nach vorne, hob den Kopf und trieb Lino korrekt durch die Ecke. Dass sie nicht in »Schönheit sterben« sollte, wie Nathan zu sagen pflegte, hatte sie mittlerweile kapiert, deshalb fasste sie noch einmal die Zügel nach, die ihr aufgrund der Nässe immer wieder aus den behandschuhten Händen rutschten. Noch zwei Runden Galopp, dann war Nathan endlich zufrieden.

»Okay! Loben und Zügel aus der Hand kauen lassen.«

Er winkte sie in die Mitte. »Ich glaube, jetzt bist du so weit«, sagte er. »Morgen kanns losgehen.«

»Willst du mir nicht sagen, was du geplant hast?«

Er schüttelte den Kopf. »Überraschung, Milady.«

Am nächsten Morgen stand Leni um zwanzig Minuten vor sechs in Reitklamotten in ihrer kleinen Küche. Ihre Reitkappe und eine Regenjacke hatte sie in einer Umhängetasche verstaut. Sie war so unglaublich neugierig auf das, was sie erwartete. In den vergangenen Tagen hatte sie sich immer wieder mit Nathan getroffen, meistens heimlich, um den Gut-Schwansee-Nachrichtendienst nicht zu befeuern. Ihre Begegnungen waren intensiver und vertrauter geworden, sie hatte sich immer mehr fallen lassen können und Nathans Eigenheiten besser kennengelernt. Er war – ganz im Gegensatz zu ihr – ein Morgenmuffel und erst ansprechbar, wenn er einen Kaffee getrunken hatte. Sein erster Blick am Morgen galt zwar ihr, aber dann checkte er gleich seine Wetter-App. Sie fand es lustig, dass es für ihn immer etwas zu meckern gab. Entweder war es zu trocken, zu nass oder zu stürmisch. Das optimale Wetter musste für Nathan Cornelius, Master der Agrarwissenschaft, offensichtlich noch erfunden werden. Wenn sie mit ihm zusammen war, fühlte sich alles vertraut und selbstverständlich an. Sie konnte sich mit ihm über alle möglichen Themen unterhalten, aber auch schweigen, ohne dass sich das unangenehm anfühlte.

Leni warf einen Blick auf ihr Handy, das sie auf der Arbeitsplatte abgelegt hatte. Genau in diesem Augenblick ging eine Nachricht von Nathan ein. *Du kannst kommen.*

Als sie die kleine Brücke überquerte, die vom Herrenhaus zum Hof führte, kam er ihr bereits entgegen und nahm sie kurz in den Arm. Dann gingen sie gemeinsam zur Reithalle, vor der Nathan seinen Jeep geparkt hatte, an dem ein Pferdehänger angekoppelt war. »Wohin fahren wir?«

»Lass dich überraschen.«

Auf dem Weg zum Stall begegneten sie Paul, der die beiden mit einem wissenden Grinsen begrüßte. »Heu habe ich hingelegt, Chef.«

»Sattelzeug ist schon im Auto, wir müssen nur noch die Pferde verladen«, sagte Nathan und reichte ihr ein Halfter mit einem Strick. »Hol du Lino, ich kümmere mich um Bel Amie.«

Leni nickte und öffnete die Boxentür ihres Schulpferdes. Lino blickte sie mit großen Augen an und spitzte die Ohren. Nur widerwillig ließ er sich von seinem Frühstücksheu wegziehen, aber Leni versprach ihm, dass er im Anhänger würde weiterfressen können. Sie band ihn an, um ihm die Hufe auszukratzen und das Fell auszubürsten. Nathan half ihr, die vier Transportgamaschen anzulegen, und dann führte sie den Wallach nach draußen. Es dämmerte bereits, und in den Bäumen zwitscherten die Vögel. Laut Vorhersage sollte es an diesem Tag wechselhaft werden, was immer das zu bedeuten hatte.

Leni brachte Lino zu dem Anhänger, dessen Rampe bereits hochgeklappt war. Die Trennwand war zur Seite geschoben, und ein gefülltes Heunetz hing im hinteren Bereich parat. Ihr Herz klopfte vor Aufregung, denn ihr war der Anhänger nicht ganz geheuer. Prompt blieb Lino stehen und stemmte die Vorderbeine in den Boden.

»Er merkt, dass du unsicher bist«, erklärte Nathan ihr und wies sie an, es einfach noch einmal zu versuchen.

Sie drehte mit dem Pferd also eine kleine Runde, hob den Kopf und blendete ihre Zweifel aus. Sie wollte, dass Lino diesen Anhänger hochging und sonst nichts. Einen klitzekleinen Moment verlangsamte der Wallach seine Schritte, aber als Leni energisch am Strick zupfte, schnaubte er und folgte ihr die Rampe hoch.

»Ich komme gleich zu dir«, rief Nathan und schob geschickt die Trennwand samt Bügel in die Verankerungen.

Leni fand, dass Lino jetzt nicht gerade viel Platz hatte, aber er reckte seinen Hals zum Heunetz und wirkte eigentlich ganz zufrieden. Nathan kam durch die Seitentür, nahm Leni den Strick aus der Hand und befestigte ihn in null Komma nichts. Sie schlüpfte unter der vorderen Stange durch und half Nathan, Bel Amie zu verladen. Der hübsche Trakehner mit der weißen Blesse lief wie am Schnürchen die Rampe hoch, als hätte er sein ganzes Leben nichts anderes gemacht. Danach stemmten sie die Laderampe nach oben und schoben die Riegel in die entsprechenden Öffnungen. Endlich konnte es losgehen.

»Kommt Sherlock nicht mit?«, fragte Leni, als sie im Jeep saßen.

Nathan startete den Motor. »Nein«, erwiderte er und schaute kurz in den Rückspiegel. »Viele Reiter nehmen ihre Hunde mit, aber das ist eigentlich nicht erlaubt. Sherlock kommt schon klar. Er darf mit meinem Vater heute unsere Tannenschonung inspizieren.«

»Bei euch wachsen Weihnachtsbäume?«

Nathan setzte den Blinker. »Na klar, die schönsten in ganz Schwansen.«

Sie fuhren eine Landstraße entlang, die links und rechts von Laubbäumen gesäumt war, dann erblickte sie ein gelbes Hinweisschild: *B76, Schleswig.*

»Fahren wir irgendwo zum Ausreiten hin?«, wollte Leni wissen, die ihre Neugierde nun wirklich nicht mehr im Zaum halten konnte.

Nathan schmunzelte. »Wie gesagt: Lass dich überraschen.«

»Sind wir denn lange unterwegs?«

»Bestimmt zwei Stunden, wenn es keinen Stau gibt.«

»Und die Pferde? Halten die das so lange aus?«

Nathan grinste und deutete auf einen kleinen Bildschirm, der neben dem Rückspiegel angebracht war.

»Hey, da sind sie ja.«

Nathan grinste. »Praktisch, nicht?«

Leni lehnte sich in ihrem Sitz zurück und beobachtete die zwei Pferde, die sich immer noch das Heu schmecken ließen. Dann döste sie ein wenig vor sich hin, bis Nathan sie ansprach und um einen Kaffee bat, der sich in der Thermoskanne auf dem Rücksitz befand. Sie nahm sich ebenfalls eine Tasse und trank in kleinen Schlucken, während sie die flache Landschaft an sich vorbeirauschen sah. Sie fuhren weiter in Richtung Husum. Es nieselte etwas, und der Scheibenwischer quietschte bei jeder Bewegung.

Mittlerweile hatte Leni eine Ahnung, wohin dieser Ausflug sie führen würde.

»Fahren wir an die Nordsee?«

»Genau«, erwiderte Nathan, »nach Sankt Peter-Ording.«

Sie hätte schreien können vor Begeisterung, aber sie hielt sich zurück. Hoffentlich blamierte sie sich nicht.

»Darf man da denn jetzt reiten?«

»Das ganze Jahr über, aber nur zwischen Dorf und Böhl.«

»Was für ein Dorf?«

»Ach, so heißt ein Ortsteil von Sankt Peter.«

Nach gut zwei Stunden hatten sie endlich ihr Ziel erreicht. Es regnete noch immer, aber Leni war solches Wetter durch ihre Open-Air-Reitstunden mittlerweile gewohnt. Kurz nach dem gelben Schild *Sankt Peter-Böhl Abfahrt zum Strand* bogen sie links ab und fuhren eine schmale Straße entlang. Als ihnen ein Bus entgegenkam, steuerte Nathan das Auto und den Anhänger an den Rand und hielt einen Moment an. Jannik fuhr oft mit überhöhter Geschwindigkeit und drängelte, Nathan dagegen war die Ruhe in Person. Mit ihm würde sie bis ans andere Ende der Welt fahren.

Die nächste Abzweigung führte direkt zum Strand.

»Wow, ist der breit.«

Leni kurbelte ihr Fenster herunter und reckte den Kopf nach draußen. Sie sah nur Sand, wahrscheinlich kilometerweit, und in der Ferne ein oder zwei Holzhäuser, die auf Pfählen standen. Das waren also die berühmten Pfahlbauten von Sankt Peter-Ording.

Nathan zeigte auf eine Reihe von Pfählen, die aus dem cremefarbenen Sand ragten. »Dort parken wir.«

Leni streckte sich, stieß dann die Tür auf und holte erst

einmal tief Luft. Vor ihr breitete sich der Strand fast bis zum Horizont aus. Graue Wolken trieben über den Himmel, und ganz in der Ferne sah sie einen bläulichen Streifen. Das musste dann wohl die Nordsee sein. »Wir haben Ebbe«, sagte Nathan, der jetzt neben ihr stand. »Deshalb wollte ich so früh los. Dann hat man nämlich mehr Platz zum Reiten.«

Gemeinsam luden sie die Pferde ab, und während Leni die beiden an ihren Stricken festhielt, holte Nathan die Sättel und Trensen, an denen gelbe Plaketten befestigt waren, aus dem Auto. Nathan hatte ihr schon auf der Autofahrt erklärt, dass man eine Gebühr bezahlen musste, um an diesem Strandabschnitt reiten zu dürfen. Die Pferde blähten die Nüstern, hoben die Köpfe und trippelten auf der Stelle.

»Am besten steigen wir gleich auf, dann beruhigen sie sich schnell.«

Sie ritten zunächst im Schritt den Strand entlang, dicht nebeneinander, um sich und die Pferde mit der ungewohnten Umgebung vertraut zu machen. Es nieselte, und ein böiger Wind wirbelte Sandkörner spiralförmig auf. Nach einigen Minuten hatten sich die Pferde beruhigt und schnaubten nacheinander ab. Nathan hatte mit Bel Amie die Führung übernommen, und Leni folgte den beiden mit einigem Abstand. Sie konzentrierte sich nur auf Linos Bewegungen, achtete darauf, in der Mittelposition mitzuschwingen, und hielt die Zügel kurz. In der Ferne entdeckte sie eine Gruppe von Reitern, die über den Strand trabten, und hin und wieder begegneten sie vereinzelten Spaziergängern, deren Jacken sich im Wind aufblähten wie kleine bunte Segel.

Nathan gab das Zeichen zum Antraben, und Lenis Herz schlug schneller. Hoffentlich ging Lino jetzt nicht durch... Aber schnell merkte sie, dass ihre Befürchtungen unbegründet waren. Lino, ganz das lang gediente Schulpferd, trottete brav hinter seinem Kumpel hinterher. Sie klopfte seinen Hals und lobte ihn.

Nathan hob seine Hand und parierte zum Schritt durch. Dann drehte er sich um, die Hand auf den hinteren Teil des Sattels gestützt. »Bereit für einen Galopp?«

Leni nickte, und ehe sie es sich anders überlegen konnte, ging es schon los. Im langsamen Tempo ritt Nathan einen großen Kreis, den er mit jeder Runde vergrößerte. Leni war dankbar, dass er auf diese Weise auf sie Rücksicht nahm, denn wahrscheinlich hätte er, wenn er allein gewesen wäre, gleich richtig Gas gegeben.

Leni stützte ihre Hände auf Linos Widerrist ab und lehnte ihren Oberkörper nach vorne. Den leichten Sitz hatte sie mit Nathan zur Genüge geübt, und jetzt spürte sie, wie angenehm es war, so zu reiten. Wenn Lino zu schnell wurde, setzte sie sich einfach etwas tiefer in den Sattel, und schon drosselte der Wallach das Tempo. Langsam wurde sie mutiger. Wenn es nach ihr ginge, konnten sie ruhig lospreschen.

Erneut parierte Nathan durch, und sie ritten im Schritt weiter, bis sie eine riesige Wasserfläche erreichten, die trotz der Ebbe nicht abgeflossen war. Dahinter breitete sich das Watt aus – so weit das Auge reichte. Wahnsinn! Sie lenkten ihre Pferde langsam ins Wasser, und als Lino mit den Vorderhufen zu scharren begann, blitzte die Erinnerung an ihren ersten Ausritt mit Nathan auf. So weit würde sie es diesmal nicht kommen lassen, sie hatte in den Wochen auf Gut Schwansee eine Menge dazugelernt. Sie fasste die Zügel kürzer und presste ihre Unterschenkel fester zusammen. Das Wasser spritzte hoch, als sie antrabten und dann sogar angaloppierten. Ein Glücksgefühl durchströmte Leni, als sie zu Nathan blickte, der jetzt neben ihr ritt.

»Danke!«, schrie sie ihm entgegen, und dann blickte sie wieder nach vorn, um nicht die Balance zu verlieren.

Kurz bevor sie das Wasser wieder verließen, brach die Sonne zwischen den Wolkentürmen hindurch, und binnen Bruchteilen von Sekunden änderte sich alles. Der Sand leuchtete auf einmal fast weiß, und das Wasser glitzerte wie perlenbesprenkelt im hellen Licht.

Sie hätte immer so weiterreiten können, aber die Pferde brauchten eine Pause. Außerdem hatten sie fast das Ende des Gebietes erreicht, in dem man reiten durfte. Sie kehrten also um, und als sie ein paar Spaziergänger hinter sich gelassen hatten, fragte Nathan: »Bereit zum Fliegen?«

Sie nickte und rückte die Reitkappe zurecht. Erst galoppierte sie hinter Nathan und Bel Amie, aber dann hob Nathan erneut seine Hand, und nun jagten sie über den Strand in einem Tempo, das Leni den Atem nahm. Ihr Herz klopfte, und ihre Ohrläppchen glühten, aber sie ließ sich von den rhythmischen Bewegungen ihres Pferdes mitreißen. Sie wich einer Pfütze aus und einem kleinen Stück Treibholz, aber dann spornte sie Lino weiter an. Die Hufe der Pferde donnerten über den glatten Meeresboden, und als sie wieder die Wasserfläche erreichten, spritzte ihr das Wasser nicht nur bis zu den Knien, sondern mitten ins Gesicht. Sie blinzelte und leckte sich die Lippen, die herrlich salzig schmeckten. Nathan hatte recht. Es fühlte sich wie fliegen an.

Das letzte Stück bis zum Auto ritten sie nebeneinander Schritt, damit die Pferde vor dem Verladen trocknen konnten. Als sie ihren Ausgangspunkt erreicht hatten, waren fast alle Wolken vom Himmel verschwunden, und es war so warm, dass Leni in ihrer Jacke schwitzte. Sie sattelten und trensten die Pferde wieder ab, führten sie noch ein paar Runden, und dann übernahm Nathan das Verladen, weil Leni fix und fertig war. Sie setzte sich an der Längsseite des Jeeps auf ihre ausgebreitete Jacke, streckte die Beine aus und hielt den Kopf in Richtung Sonne. Ihr Magen grummelte. Seit sie von Gut Schwansee losgefahren waren, hatte sie nichts mehr gegessen.

Nathan stieß die Tür des Anhängers auf. Kurz danach steckte Bel Amie seinen schönen Kopf durch die kleine Lücke. Aus seinem Maulwinkel ragte ein Büschel Heu heraus, und sein Kiefer bewegte sich malmend.

»Hunger?« Nathan sah frisch und kein bisschen erschöpft aus, und Leni beneidete ihn um seine Energie. Er ging auf die andere Seite des Autos und kam mit einem Korb, einer Flasche Wasser und einer eingerollten Decke zurück.

»Du bist ein Schatz«, sagte Leni und biss mit geschlossenen Augen in ein zusammengeklapptes Körnerbrötchen mit Käse und Tomaten. Nathan deutete eine Verbeugung an.

»Ganz zu Ihren Diensten, Milady.«

»Was hast du nur immer mit diesem Milady?«

Er schmunzelte. »Der Titel passt irgendwie zu dir.« Er nahm einen Schluck aus der Wasserflasche. »Außerdem arbeite ich gerade hart daran, deinen Erwartungen gerecht zu werden.« Er blinzelte ihr zu, als sie fragend ihre linke Augenbraue hob. »Mich in einen Prinzen auf einem Schimmel zu verwandeln.«

24

Nathan schob sein Handy auf die Mitte des Tisches, an dem er mit Bürgermeister Karsten Andresen und seinem Vater saß. Ihnen gegenüber hatten Hektor Graf von Bardelow und sein Sohn Erik Platz genommen. Während Nathan und Bernhard keine Miene verzogen, zupfte Karsten nervös an seiner Krawatte, und die von Bardelows sahen so aus, als würden sie jeden Moment einen ihrer Wutanfälle bekommen. In dieser Hinsicht waren sie sich ähnlich.

Nathan ließ die Sprachaufnahme, die er am See von Manfred Schöller gemacht hatte, ablaufen. Ihre beiden Kontrahenten wirkten eher unbeteiligt, rückten aber kaum merklich auf ihren Stühlen hin und her. Nathan war sehr gespannt darauf, wie die beiden reagieren würden. Als die Worte des Hobbyornithologen verklungen waren, breitete sich eine unangenehme Stille in dem ohnehin nicht gerade gemütlichen Bürgermeisterzimmer aus. Schräg gegenüber des Besuchertisches, an dem sie alle saßen, befand sich Karsten Andresens Schreibtisch, und an einer langen Seite reihten sich verschiedene ordentlich beschriftete Aktenordner in einem schlichten Holzregal. Eine großformatige Landkarte von Schleswig-Holstein, auf der die Halbinsel

Schwansen rot eingekreist war, bildete den einzigen Farbtupfer in dieser schlichten Amtsstube.

Andresen räusperte sich. »Also, meine Herren...« Er wandte sich Hektor und Erik zu. »Stimmt das? Habt ihr Geld gespendet, damit dieser Manfred Schöller Seeadler umsiedelt? Auf euer Land?«

Hektors rotes Gesicht verfärbte sich um eine Nuance. Er ballte die breiten Hände und schlug mit der Faust auf den Tisch. Der Siegelring der von Bardelows, ein gekrönter Greif, den er an seinem rechten Ringfinger trug, verursachte dabei ein dumpfes Klopfen. »Was soll das Ganze hier?« Er ließ seinen Blick von einem zum anderen wandern. »Was genau wird mir hier eigentlich vorgeworfen? Vogelraub?« Er lachte donnernd. »Das soll doch wohl ein Witz sein?«

Karsten Andresen straffte seine Schultern und setzte seine offizielle Bürgermeistermiene auf. »Wie du weißt, neige ich überhaupt nicht zu Späßen. Hier geht es um eine Gemeindeangelegenheit, und zwar um die eigentlich bereits genehmigte zweite Windkraftanlage der Familie Cornelius, deren Bau...« Er setzte seine Lesebrille auf und blätterte in der vor ihm liegenden Akte. Dann fuhr er fort: »Deren Bau vorerst gestoppt wurde, weil auf eurem Land zwei Seeadler gesichtet wurden.«

Hektor lehnte sich in seinem Stuhl zurück. »Ich weiß nichts von irgendwelchen Vögeln...«

»Nu maak mol halflang«, fiel ihm Nathans Vater ins Wort. »Wullt du uns op'n Arm nehmen?«

Nathan zupfte ihn am Ärmel. »Lass gut sein. Alle, die

wir hier sitzen, wissen, dass du damit etwas zu tun hast, Hektor«, erklärte er dann mit fester Stimme. »Natürlich sind die Seeadler jetzt wieder weg, weil dein Handlanger Manfred Schöller sie dorthin zurückgebracht hat, wo er sie hergeholt hat.«

»Pass bloß auf, was du sagst«, zischte Erik, dessen linke Augenbraue mit einem Pflaster beklebt war. Wahrscheinlich hatte er sich nach dem Rapsblütenfest noch irgendwo anders ausgetobt.

»Wir wollen jetzt dein Wort, dass du unser Vorhaben nicht mehr sabotierst.«

Hektor grinste. »Das hättest du wohl gerne.«

Karsten Andresen räusperte sich ein zweites Mal. »Also, meine Herren, so kommen wir nicht weiter. Hektor, ich halte jetzt Folgendes fest: Die Seeadler, die auf deinem Land gesichtet wurden, halten sich dort nicht mehr auf. Stimmt das?«

Erik stieß seinen Vater mit dem Ellenbogen an, woraufhin dieser widerwillig nickte.

»In Ordnung«, sagte Andresen. »Ich schreibe dann einen entsprechenden Aktenvermerk und werde diesen dann auch Dr. Bley von der Unteren Naturschutzbehörde zukommen lassen. Dem Bau der zweiten Windkraftanlage steht damit nichts mehr im Wege.« Er nickte in die Runde. »Einen schönen Tag noch, meine Herren.«

Leni hatte bis nachmittags im Hofladen geschuftet und sich danach in ihrer Ferienwohnung komplett angezogen aufs Bett fallen lassen. Sie musste eingeschlafen sein, denn als sie die Augen wieder öffnete, war es bereits dunkel. Sie blickte auf die Zeitanzeige ihres Handys, das auf dem Nachttisch lag. Mist, es war ja schon fast neun. Schnell schwang sie die Beine über die Bettkante, torkelte ins Bad und zog sich aus. Ihre Klamotten stopfte sie in den Weidenkorb, der in der Ecke stand, und stellte sich dann unter die Dusche. Himmel, tat das heiße Wasser gut. Ihre Schultern schmerzten, und die Innenseiten ihrer Oberschenkel fühlten sich von ihrem Ausritt immer noch wund an. Sie ließ Shampoo auf ihre Handfläche laufen, schäumte sich die Haare ein und spülte mit Wasser nach, als sie plötzlich ein Geräusch wahrnahm. Klopfte da jemand an der Tür? Sie stellte kurz das Wasser ab und schob die Schiebetür der Dusche zur Seite.

Tatsächlich, es klopfte wieder. Schnell verließ sie die Dusche, trocknete sich in Windeseile ab, drehte sich ein Handtuch ins Haar und warf ihren weißen Bademantel über. Auf dem Weg durch den kleinen Flur verknotete sie den Gürtel. »Ich komme ja schon.«

»Hi …« Nathan stand an den Türrahmen gelehnt. Er grinste. »Da komme ich ja genau richtig.«

Er schob sie mit seiner freien Hand in die Wohnung und zog dann die Tür hinter sich zu.

»Leni …« Nathan zog sie fest an sich. »Ich musste dich einfach sehen.«

Er presste sie gegen die Wand und strich ihr sanft über

die Wange. Dann half er ihr dabei, das Handtuch, das sich schon halb aus ihren Haaren gelöst hatte, von ihrem Kopf zu wickeln.

Er nahm ihre Hand. »Komm mit«, sagt er leise und zog sie hinter sich her in die kleine Küche. »Ich bin gleich wieder da.«

Leni rubbelte ihre Haare, schob die beiden Seiten des Bademantels wieder zusammen, die sich durch Nathans Umarmung geöffnet hatten, und tippte mit ihren nackten Zehen auf den warmen Holzfußboden. Zum Glück hatte sie morgens den Heizkörper hochgestellt, denn nun war es in der normalerweise recht kühlen Küche angenehm warm.

Als Nathan zurückkehrte, hielt er ihre Haarbürste in der Hand. »Milady, ich bin bereit, wenn Sie es sind.«

Leni stellte das kleine Radio an, das sich in dem Regal oberhalb der Spüle befand. Klaviermusik erfüllte den Raum, ein instrumentaler Poptitel, den Leni schon einmal gehört hatte, der aber bestimmt schon einige Jahre alt war. Sie summte die Melodie mit und setzte sich auf einen Stuhl. Nathan nahm die Bürste, stellte sich hinter sie und strich ihr vorsichtig durchs Haar. Leni schloss die Augen. Noch nie war sie von einem Mann auf eine so unschuldige Weise verwöhnt worden.

»Wie war dein Tag?«, fragte sie schließlich, und er berichtete ihr von seiner Begegnung mit den von Bardelows beim Bürgermeister.

»Schön, dann könnt ihr ja endlich die zweite Windkraftanlage fertig bauen.«

»So ist es.«

Er arbeite sich weiter durch ihr verknotetes Haar. »Und was hast du heute so gemacht?«

»Ich habe im Hofladen geholfen, heute war eine Menge los.« Sie fasste sich an ihre Schulter und drückte auf ihre schmerzenden Muskeln. »Hat aber Spaß gemacht.«

Nathan legte die Bürste beiseite. »Lass mich das machen.«

Sanft strich er ihr den Bademantel von der Schulter, und als Leni seine warmen, starken Hände auf ihrer Haut spürte, seufzte sie. »Schön...«

Nathan presste auf die verhärteten Stellen, fand die richtigen Punkte und massierte sie ausdauernd. Es war einfach himmlisch! Wenn es nach ihr gegangen wäre, hätte er stundenlang so weitermachen können.

»Was soll denn nun aus der Tenne werden?«, fragte sie.

Vielleicht war jetzt der richtige Zeitpunkt, um darüber zu reden. In den letzten Tagen hatte sie öfter darüber nachgedacht, ob sie Nathan doch den Vortritt lassen und sich für ihren Laden einen anderen Ort suchen sollte. Sie wollte ihm bei seinen Plänen nicht im Weg stehen. Auch wenn das bedeutete, dass ihre Zeit auf Gut Schwansee zu Ende ging.

Nathan seufzte. »Wollen wir jetzt darüber reden?«

»Schon, denn es belastet mich, wenn ich ehrlich bin. Ich bin glücklich, dass ich in der Tenne arbeiten kann, aber mich quält der Gedanke, dass du deshalb dort nicht deinen Hengststall bauen kannst.«

»Wir werden schon eine Lösung finden, die für uns beide gut ist.«

»Meinst du wirklich?«

Statt einer Antwort beugte er sich zu ihr hinunter und ließ seine Lippen über ihre Schulter gleiten. Leni stellte ihr Glas auf dem Boden ab, drehte sich zu ihm und schlang die Arme um seinen Hals. Das Thema Tenne spielte plötzlich keine Rolle mehr. Er hob sie hoch und trug sie ins Schlafzimmer. Durch das hohe Fenster drang das Licht der Außenbeleuchtung und warf unregelmäßige Schatten an die gegenüberliegende Wand. Leni streckte sich auf der Matratze aus, und während Nathan sich seiner Klamotten entledigte, öffnete sie den Gürtel ihres Bademantels.

»Komm her!«, forderte sie ihn leise auf und zog ihn zu sich aufs Bett.

Nathan stützte sich, halb auf der Seite liegend, mit einer Hand ab und betrachtete sie. Sie rutschte etwas näher an ihn heran, mit einem Lächeln auf den Lippen, legte kurz ihren Arm um seine Schulter und ließ dann ihre Finger langsam an seiner Wirbelsäule entlanggleiten. Sie spürte seine Muskeln, kleine raue Stellen und Unebenheiten, bis sie eine fingerkuppengroße Vertiefung erreichte.

»Da hat mich mein Bruder vom Baum geschubst.« Er legte sanft seine Hand auf ihren Bauch. »Bin auf einen abgebrochenen Ast gefallen.«

»Mist, das hat sicher richtig wehgetan.«

»Ja, war schon heftig.«

»Aber du hast bestimmt nicht geweint, oder?«

Nathan schüttelte den Kopf, während er seine Hand weiter nach unten wandern ließ, und Leni sich ihm wohlig entgegenstreckte.

»Natürlich nicht! Lieber hätte ich mir die Zunge abgebissen.« Er rollte sich zwischen ihre Beine, und sie hob ihren Oberkörper, damit er ihren Bademantel abstreifen konnte. »Ein Indianer kennt keinen Schmerz.«

Als Leni am nächsten Morgen erwachte, war Nathan verschwunden. Doch er hatte einen Zettel auf dem Nachttisch zurückgelassen: *Einen wunderschönen guten Morgen, Milady! Ich komme dich später in der Werkstatt besuchen. Kuss.*

Nachdem sie sich geliebt hatten, war sie in seinen Armen eingeschlafen. Diesmal war es besonders schön gewesen, so vertraut und gefühlvoll, aber trotzdem leidenschaftlich. Himmel aber auch! Sie zog die Bettdecke bis zu ihrem Kinn und blickte aus dem Fenster. Am liebsten wäre Leni einfach im Bett geblieben. Aber für Gut-Schwansee-Verhältnisse – es war kurz nach sieben – war sie schon spät dran. Also raus aus den Federn!

Als Leni über die Brücke ging, hörte sie ein leises Plätschern. Sie blieb stehen, stützte ihre Unterarme auf die Mauer und blickte über den breiten Wassergraben, der das gesamte Herrenhaus umschloss. Ein Schwanenpaar und fünf grauweiße Küken ließen sich über die glatte Wasseroberfläche gleiten. Ein warmes Gefühl breitete sich in ihr aus, und sie fragte sich, warum sie die Vögel nicht schon früher gesehen hatte. Der Anblick dieser kleinen Familie zauberte ihr ein Lächeln auf die Lippen. Irgendwo hatte sie einmal gelesen, dass Schwäne ihrem Partner ein Leben lang treu blieben, und wenn einer von ihnen vorzeitig starb, der andere selten einen neuen fand.

Leni beugte sich noch ein wenig weiter über die Mauer. Die beiden Schwäne ließen sich, die Köpfe einander zugewandt, auseinanderdriften. Die Küken drängten in die Mitte, und als sich ihre Eltern reckten, um sich mit den Schnäbeln zu berühren, bildete sich aus ihren Hälsen ein Herz.

Leni kämpfte mit den Tränen, als ihr bewusst wurde, wie sehr sie sich genau dies wünschte. Einen Partner zu finden, der ihr ein Leben lang treu blieb – in guten wie in schlechten Zeiten. Sie fragte sich, ob ihr Vater, der irgendwo in England lebte und den sie noch nie gesehen hatte, diese Vorstellung auch geteilt hatte, als er ihrer Mutter begegnet war. War sie ein Kind der Liebe oder das Resultat einer kurzen Bettgeschichte? Zu gern hätte sie die Antwort gewusst und natürlich, welche Eigenschaften sie von ihrem leiblichen Vater geerbt hatte. Ihre Mutter hatte nie auf ihre Fragen geantwortet. Für sie war diese Episode in ihrem Leben abgeschlossen.

Nachdem Leni fast den ganzen Tag konzentriert in der Werkstatt gearbeitet hatte, ging sie zum Hofcafé hinüber. Auf dem Weg dorthin kam sie an der runden Weide vorbei, auf der heute Nathans Hengst Moonlight graste. Sein schwarzes Fell glänzte in der Sonne, und als sie am Zaun stehen blieb, hob er den Kopf, hielt in seiner Kaubewegung inne und musterte sie mit einem Büschel Gras im Mundwinkel. Leni, die sich mittlerweile einige You-

Tube-Videos über die Trakehner Zucht angeschaut hatte, konnte verstehen, warum Nathan sich von ihm so viel erhoffte. Bei diesem Hengst passte alles perfekt zusammen: Er war bildschön, temperamentvoll, aber nicht wild, sondern gutmütig und leicht zu reiten. Sie hatte erfahren, dass die Trakehner bereits im 17. Jahrhundert in Ostpreußen für die Kavallerie gezüchtet worden waren und heute als die Aristokraten unter den Reit- und Sportpferden galten.

Mittlerweile verstand sie immer mehr, weshalb Nathan einen besseren Stall für seine Zucht- und Ausbildungspläne benötigte. Dieses Thema musste zwischen ihnen unbedingt geklärt werden. Aber erst einmal wollte sie Sina besuchen.

Ihre Freundin stand mit einem Geschirrtuch hinter dem Tresen und hielt ein Sektglas prüfend in die Luft.

»Gut, dass du kommst«, sagte sie und bat Leni, einen Moment zu warten. Sie verschwand in der Küche und kam danach mit einem Tablett zurück, das sie auf dem Tresen abstellte. »Ich habe ein neues Rezept ausprobiert.«

Leni nahm sich einen Blaubeermuffin und biss mit geschlossenen Augen hinein. Das Kleingebäck war noch warm, schmeckte buttrig, ein wenig nach Vanille, und war angenehm fluffig. Die Säure der Blaubeeren gaben der Komposition das gewisse Etwas. »Himmlisch.«

Sina strahlte. »Finde ich auch.« Sie schob die übrigen Muffins auf dem Tablett zurecht. »Die sind mir echt gut gelungen.«

In diesem Moment betrat Hendrik das Hofcafé. In den

knielangen Shorts mit Palmenaufdruck, den Turnschuhen ohne Socken und einem ausgeblichenen Poloshirt sah er aus, als würde er gerade von einem Shooting für eine Modezeitschrift kommen. Nathans Bruder griff sich einen Muffin vom Brett, und als Sina protestierend die Hände hob, zwinkerte er ihr zu. »Nur den einen. Du weißt doch, dass ich deinen Backkünsten nicht widerstehen kann. Habt ihr zwei Lust auf einen Ausflug?«

Mit vollem Mund lud Hendrik sie ein, mit ihm zu einem Freund zu fahren, der ein paar Kilometer entfernt eine Surfschule betrieb.

»Ich habe ihm ein paar gebrauchte Bretter abgekauft«, sagte er kauend. »Die will ich jetzt abholen.« Er grinste. »Also, Mädels, seid ihr dabei?«

Zehn Minuten später saßen sie zu dritt auf dem Vordersitz von Nathans altem VW-Bus und knatterten in Richtung Eckernförde. Albert Lorenzen hatte, eine halbe Kippe im Mundwinkel, Sina mit den Worten »mook dat« in den vorzeitigen Feierabend entlassen, und Leni brauchte ohnehin niemanden um Erlaubnis zu fragen. Nun saß sie am Fenster und ließ sich die frische Luft um die Nase wehen, während Sina und Hendrik neben ihr darüber diskutierten, welche Musik sie hören wollten. Ihre Freundin wühlte im Handschuhfach, in dem Hendrik seine Sammlung selbst gebrannter, beschrifteter und mit Filzstift illustrierter CDs aufbewahrte. »Wer hat denn heute noch CDs?«, neckte Sina ihn und las laut vor: »Roskilde 2010, Surfsongs, Wacken 2012…«

»Hau mal den Reggae-Mix rein.«

Sina schob die CD in den Schlitz des eingebauten CD-Players. »Kannst du hier nicht streamen?«
Er schüttelte den Kopf.
»Hast du denn kein Spotify?«
»Nö, muss ich das?«
Die Musik dröhnte aus den selbst eingebauten Lautsprechern, die hinten im Auto schief anmontiert waren, und bereits nach den ersten Takten summten alle mit. Die Songs hörten sich bekannt an, aber keiner konnte sagen, wer die Interpreten waren. Bis auf Bob Marley natürlich. Den kannte ja nun wirklich jedes Kind. Leni und Sina wippten mit ihren Füßen im Takt. Wenn man mit Hendrik unterwegs war, fühlte sich das Leben so viel unbeschwerter an.

Sie fuhren durch Eckernförde, vorbei am Hafen, etwas später parallel zum Strand und dann weiter in Richtung Schwedeneck. Als Hendrik schließlich links abbog, konnte Leni schon von Weitem die Ostsee erkennen, der sie sich über eine schmale Landstraße im gemächlichen Tempo näherten.

Leni musste plötzlich an Jannik denken, der ein ähnliches unbekümmertes Naturell wie Nathans Bruder hatte, obwohl Hendrik natürlich weitaus liebenswerter war. Wie oft hatte sie von Jannik »Chill mal, Leni« gehört, wenn sie ihn um irgendetwas gebeten hatte oder seine Hilfe benötigte. Jannik ließ die Dinge gern auf sich zukommen, hasste Pläne und verabscheute Menschen, die schon genau wussten, wann ihr Bausparvertrag fällig war und sie sich ihr Eigenheim kaufen konnten, die sich schon kurz nach dem Schulabschluss verlobten und für die schon seit Kindesbeinen an klar war, dass sie Arzt, Banker, Lehrer oder Tischler werden wollten. Verantwortung übernehmen, nein danke! Hendrik hingegen war immer zur Stelle, wenn Nathan ihn brauchte, und das gefiel ihr sehr.

»Wir sind da.« Hendrik sprang aus dem Auto, umrundete seinen VW-Bus und half ihnen herunter. Dann ging er voraus über eine Schotterpiste, die den Parkplatz mit dem Surfcamp seines Freundes verband.

Zwei junge Männer in schwarzen Neoprenanzügen und mit Surfbrettern unter den Armen kamen ihnen entgegen, grüßten mit Moin und gingen weiter zum Strand hinunter. In der Mitte einer großen Rasenfläche, die von bunt bemalten Bretterzäunen begrenzt wurde, saß eine Gruppe Surfschüler, die auf ihren ersten Einsatz auf dem Wasser warteten. Ein cremefarbener kleiner Hund mit wuscheligem Fell kam ihnen schanzwedelnd entgegen.

Hendrik beugte sich zu ihm hinunter und strich ihm durchs Fell. »Na, Pilo, wo ist denn der Chef?«

Sie folgten dem Hund zu einem kleinen Holzhaus, in dem auf der linken Seite die verschiedenen Surfbretter gelagert wurden und sich rechts offenbar ein Büro befand. Hendrik schob die Tür auf und ließ Sina und Leni eintreten. Der Chef saß dort, die Beine auf seinem Schreibtisch abgestützt, und telefonierte. Als er seine Gäste sah, winkte er ihnen kurz zu und verabschiedete sich von dem Anrufer. Dann sprang er Hendrik entgegen. Die beiden Männer klopften sich gegenseitig auf die Schulter, danach reichte er erst Sina und dann Leni die Hand.

»Ich bin Hinnerk.« Er ließ seinen Blick über Lenis Gesicht gleiten und grinste. »Dich kenn ich doch irgendwoher...«

25

Nathan ließ Moonlight angaloppieren. Der Hengst hob den Kopf, spitzte die Ohren und sprang dann über die drei kleinen Hindernisse, die er an der langen Seite der Reithalle aufgebaut hatte. Danach buckelte sein Pferd dreimal hintereinander, verfiel kurz in den Trab, bis es in der Ecke vor den kleinen Sprüngen von selbst wieder losgaloppierte. Nathan lobte den Hengst und winkte ihn in die Mitte der Bahn. Ausnahmsweise gab er ihm ein Stück Möhre zur Belohnung. »Super gemacht, Dicker.«

Normalerweise vermied er es, seine Pferde aus der Hand zu füttern, dadurch trainierte man ihnen schnell Unarten wie zum Beispiel das Scharren mit den Vorderhufen an. Aber Moonlight kaute nur genüsslich sein Leckerli und stand ansonsten artig vor ihm und wartete, bis er wieder in seinen Stall zu seinem Heuhaufen zurückdurfte. Als er ihn nach ein paar Runden im Schritt über den Innenhof zum Hengststall führte, ratterte ein Land Rover mit der Aufschrift *Hinnerks Surfschule* durch die Hofeinfahrt.

Komisch, dachte Nathan, Hendrik war heute morgen nach Hamburg gefahren, mit ihm konnte er also nicht verabredet sein, es sei denn, er hatte sich im Termin geirrt. Er hob die Hand, und Hinnerk winkte zurück. Dann steuerte er Lenis Laden an und öffnete die Tür. Nathans Miene verfinsterte sich, denn er wusste, dass Leni und Sina gestern bei Hinnerk in der Surfschule gewesen waren. Was hatte das zu bedeuten?

Er führte sein Pferd in die Stallgasse, und als er Moonlights Hufe auskratzte, ärgerte er sich wieder einmal über die Enge und die Dunkelheit in dem Gebäude. Es musste jetzt endlich mal was passieren. Da die Hengste nicht in einer Herde gehalten werden konnten, durften sie nur nacheinander auf die kleine Koppel inmitten des Hofes, und das war alles andere als optimal. Für den neuen Hengststall plante er geräumige Boxen, aus denen die Pferde nach Bedarf auf ein Paddock gehen konnten. Ein separater Waschplatz und ein Pferdesolarium standen ebenfalls auf seiner Wunschliste. Er hatte dafür schon Geld zurückgelegt und mit seinem Berater bei der Bank über eine Finanzierung gesprochen, die grundsätzlich möglich wäre. Allerdings würde er einen Bürgen oder eine Immobilie als Sicherheit benötigen. Er konnte es drehen und wenden, wie er wollte: Ohne die Zustimmung seiner Eltern lief gar nichts.

Außerdem musste er mit Leni unbedingt noch einmal über ihren Laden sprechen. So ging es nicht weiter. Je länger er das alles laufen ließ, desto schwieriger würde es werden, seinen Anspruch auf die Tenne geltend zu machen. Er hätte viel früher intervenieren müssen. Aber noch ließ sich bestimmt eine Lösung finden. Schließlich gab es auf Gut Schwansee noch andere nicht genutzte Räumlichkeiten, und zur Not könnte man auch etwas Neues bauen. Er seufzte. Seine Gedanken kreisten ständig um Leni, und als die Erinnerung an die vorletzte Nacht in der Ferienwohnung aufblitzte, wäre er am liebsten gleich zu ihr gelaufen. Aber so ein Typ war er nun einmal nicht. Er benötigte Zeit, um seine Gefühle zu ordnen oder gar zu offenbaren. Die Angst, erneut enttäuscht zu werden, war einfach zu groß. In dieser Hinsicht bewunderte er seinen Bruder, der unbekümmert auf Frauen zuging und keiner Affäre abgeneigt war. Hendrik fiel es leicht, sich zu öffnen. Er erzählte einfach drauflos, ließ seinen Charme spielen, und Abfuhren nahm er nicht persönlich.

Als Nathan Moonlight zurück in die Box gebracht hatte und aus der Tür ging, ließ er seinen Blick über den Hof schweifen. Hinnerks Land Rover stand noch immer vor Lenis Laden. Er musste unbedingt wissen, was die beiden dort machten. Ehe er sich's versah, lief er schon über den Hof und stieß die Tür mit den Ellenbogen auf.

Leni stand mit Hinnerk neben der Werkbank. Die beiden waren in ein Gespräch vertieft und hoben fast gleichzeitig die Köpfe, als er hineingestürmt kam.

»Hey«, begrüßte Leni ihn lächelnd.

In diesem Moment wurde ihm bewusst, wie blöd er sich gerade verhielt. Es ging ihn ja eigentlich überhaupt nichts an, mit wem Leni sich in der Tenne traf. Aber nun musste er das Beste aus der Situation machen. Er räusperte sich, aber dann durchbrach der Kumpel seines Bruders die kurze Stille.

»Hey, Nathan«, sagte Hinnerk und klopfte ihm auf die Schulter. »Nett, dich mal wiederzusehen.«

»Ähm, ja. Ich wusste gar nicht, dass ihr euch kennt«, erwiderte Nathan und verschränkte die Arme vor der Brust.

Leni strahlte ihn vollkommen unbekümmert an. »Stell dir vor, Hinnerk und ich sind zusammen zur Schule gegangen. Ist das nicht ein Zufall?«

»Echt verrückt, dass wir uns ausgerechnet hier wiedergetroffen haben«, stimmte Hinnerk ihr zu. »Ich will einen Aufenthaltsraum für meine Schüler und Mitarbeiter bauen, Leni will mir mit den Möbeln helfen.«

»Ach ja? Gute Idee«, erwiderte Nathan betont freundlich, »das kann sie auch richtig gut.«

Dann wandte er sich an Leni, die sich sichtlich über das Lob freute. »Ich wollte dich eigentlich nur fragen, ob du in dieser Woche noch eine Reitstunde nehmen willst?«

»Ja gern, wenn du Zeit hast?«

»Na klar! Ich lasse euch dann mal in Ruhe weitermachen.« Nathan nickte den beiden zu, bevor er sich umdrehte und die Tenne verließ.

An seinem Haus angekommen, schnappte er sich Sherlock und lief in Richtung Stutenkoppel. Fest stand: Er hatte sich gerade wie der letzte Idiot verhalten. Es gab überhaupt keinen Grund, Leni zu misstrauen, und vor allem ging es ihn überhaupt nichts an, mit wem sie in ihrem Laden zusammensaß. Trotzdem schmerzte es ihn, sie mit einem anderen Mann zu sehen. Er nahm einen Ast und warf ihn ein paar Meter weit nach vorne. Sherlock lief jedoch nicht, wie er es als junger Hund immer getan hatte, sofort hinterher, sondern sah zu ihm hoch und blieb dann stehen.

Nathan tätschelte den Kopf seines Freundes. »Alles klar, ich habe schon verstanden.«

Nebeneinander liefen sie wie ein altes Ehepaar weiter, bis sie die Stutenkoppel erreichten. Nathan stellte sich an den Zaun, stützte seine Unterarme auf der oberen Holzplanke ab, und Sherlock legte sich hechelnd neben ihn. Die Stuten grasten in der Sonne, ihre Fohlen lagen nebeneinander ein paar Meter entfernt im Gras. Sehr schön... Dann schweiften seine Gedanken wieder zu Leni. Er konnte es kaum erwarten, sie wiederzusehen.

Leni umarmte Hinnerk, bevor er die Werkstatt verließ, um zurück zur Surfschule zu fahren.

»Schön, dass wir uns wiedergefunden haben«, sagte er.

Leni nickte und versprach, sich zu melden, sobald eines der Möbel, die er sich ausgesucht hatte, fertig sein würde. Sie winkte ihm noch nach, bis er vom Hof gefahren war. Danach kehrte sie in die Tenne zurück.

Die Welt ist wirklich ein Dorf, dachte sie. Sie und Hinnerk waren in Bremen zusammen eingeschult worden, aber nach der dritten Klasse war er mit seinen Eltern weggezogen. Nach Schleswig-Holstein – daran hatte sich Leni noch erinnern können. Als Steppke war er ziemlich klein und schmächtig gewesen, aber schon damals hatte er sich immer super mit den Mädchen in der Klasse verstanden.

Er war schon als Kind ein echter Charmeur gewesen. Tja, und jetzt war er Surflehrer und lebte nur ein paar Kilometer von Gut Schwansee entfernt. Verrückt. Ihre Eltern wohnten hingegen immer noch in ihrer Altbauwohnung. Sie nahm sich vor, demnächst mal dorthin zu fahren, um sie zu besuchen. Weihnachten hatte sie es nicht geschafft, nach Hause zu fahren, aber zum Glück hatten ihre Eltern sich spontan entschlossen, über die Feiertage nach Österreich zu reisen. Trotzdem plagte sie ihr schlechtes Gewissen.

Leni schob die Möbel, die er sich ausgesucht hatte, zusammen und überlegte, wie sie vorgehen wollte. Hinnerk hatten ihre Arbeiten mit Kreidefarben besonders gut gefallen, allerdings wünschte er sich einen karibischen Stil. Leni entschied, in den nächsten Tagen bei dem Farbenladen im Eckernförde vorbeizuschauen. Dort konnte sie, wenn sie nichts Passendes fand, auch Farben bestellen, die nach nur wenigen Tagen direkt zu ihr in die Werkstatt geliefert wurden. Als sie alles fertig aufgeräumt hatte, verschloss sie die Tenne, ging zur Ferienwohnung, duschte und zog sich frische Klamotten an. Immer wieder prüfte sie ihr Handy, um zu sehen, ob Nathan ihr nicht doch eine WhatsApp-Nachricht geschickt hatte. Doch er ließ nichts von sich hören. Um sich abzulenken, setzte sie sich an ihren Laptop, rief ihre Mails ab und schaute sich ein paar YouTube-Videos an. Schließlich hielt sie es nicht mehr aus. Sie zog sich ihre Jeansjacke über, steckte Schlüssel und Handy ein und verließ das Herrenhaus. Leni überquerte den Innenhof und lief an den Stallungen vorbei in Richtung Reithalle, die allerdings leer war. Plötzlich hörte sie Stimmen, die vom Außenplatz kamen. Als sie um die Ecke bog und dort Viky und Nathan sah, blieb ihr fast das Herz stehen. Sie stellte sich von den beiden unbemerkt hinter einige Büsche, die einen Meter entfernt wuchsen. Von dort hatte sie einen guten Überblick über den Reitplatz, auch wenn sie ihren Hals nach oben recken musste und sich ihre Nackenmuskulatur verspannte. Viky saß auf einem großen Schimmel mit raumgreifenden, federnden Bewegungen, der geradezu über den hellen Sandboden schwebte. Sie trug ein eng anliegendes T-Shirt zu ihrer schwarzen Reithose, deren Bund mit Glitzersteinen verziert war. Die matt glänzenden dunkelbraunen Lederstiefel und eine Reitkappe in derselben Farbe bildeten dazu den perfekten Kontrast. Ihr blonder Zopf wippte auf und ab, und sie folgte der Bewegung des Pferdes aus der Mittelposition heraus, als ob sie mit ihm zusammengewachsen wäre. Nathan stand in der Mitte des Platzes und schien sehr zufrieden mit Vikys Leistung zu sein. Leni biss sich in ihrem Versteck auf die Lippen, bis sie Blut schmeckte.

»Etwas mehr den äußeren Zügel annehmen.« Nathan verfolgte Viky mit seinem Blick. »Ja genau und jetzt den inneren Schenkel ... perfekt!«

Keine Rede von »nicht in Schönheit sterben«. Viky musste auch nicht die »bezahlten« Ecken ausreiten und »einen Gang zulegen«. Am liebsten hätte sie laut losgeheult. Mit den Händen schob sie vorsichtig die Äste auseinander und lugte durch die Blätter. Viky stand jetzt mit ihrem Pferd in der Mitte des Reitplatzes, dicht neben

Nathan. Er hatte die Hand auf ihren Oberschenkel gelegt...

Leni hatte genug gesehen und gehört. Sie ließ die Äste los, und als diese mit einem leisen Rascheln zurück auf ihre Ausgangsposition flutschten, hob Vikys Schimmel abrupt den Kopf und blähte die Nüstern. Sie hörte Nathan ihren Namen rufen, aber Leni reagierte nicht darauf, sondern lief schnurstracks zurück zum Herrenhaus. Sie wollte nur noch in ihre Wohnung, sich ins Bett legen und irgendeine Serie anschauen. Am liebsten alle Folgen und Staffeln auf einmal.

Als Leni die Tür zu ihrer Ferienwohnung hinter sich zugezogen hatte, atmete sie erleichtert aus. Sie ging ins Schlafzimmer und zog sich die Klamotten aus. Danach schlüpfte sie in ihre Lieblingsjogginghose und ein bequemes T-Shirt. Die Wollsocken, die ihre Schwester gestrickt hatte, fand sie zusammengeknüllt unter dem Bett. Nun fühlte sie sich schon etwas besser. Die Wohnung würde sie heute nicht mehr verlassen und auch keinen hereinbitten, schon gar nicht Nathan Cornelius, diesen Blödmann. Leni ging in die Küche, riss den Kühlschrank auf, schenkte sich ein Glas Wasser ein und kippte alles in einem Zug hinunter. Bisher hatte sie gar nicht gewusst, dass er Viky ebenfalls Reitunterricht gab. Dieses Gesäusel und diese Lobeshymnen... einfach nur daneben. Wahrscheinlich hatte er Leni die ganze Zeit innerlich ausgelacht. Na klar, sie war ja nur die dumme Stadttussi, die man mit ein paar Reitstunden und einem Ausritt an den Strand um den Finger wickeln konnte.

Damit war Schluss. Sie würde sich jetzt um ihre Arbeit

kümmern und die Möbel für Hinnerks Surfschule aufarbeiten. Richtige Kunstwerke würde sie daraus machen. Sie wusste, dass sie dazu fähig war.

Leni schnappte sich ihren Laptop, setzte sich im Schneidersitz auf das Bett und gab *Karibik* in die Suchmaschine ein. Dann klickte sie auf *Bilder* und ließ sich inspirieren. Die leuchtenden Farben nahmen sie sofort gefangen. Natürlich sahen diese an den Wänden der Häuser in der Karibik besonders schön aus, weil dort fast immer die Sonne schien. Aber hier in Schleswig-Holstein war das Licht oft sehr außergewöhnlich, das war ihr schon mehrfach aufgefallen, als sie an der Ostsee gewesen war. Wenn der Sandboden nicht von Steinen bedeckt war und kaum Algen im Wasser schwammen, leuchtete das Wasser türkisfarben. Ja, sie würde die Möbel für Hinnerk in richtige Schmuckstücke verwandeln.

Als Nathan sich von Viky verabschiedet hatte, blickte er auf sein Handy. Keine Nachricht von Leni. Warum war sie einfach weggelaufen? Er schrieb ihr eine Nachricht, ob sie jetzt Zeit hätte, bei ihm vorbeizukommen. Normalerweise antwortete sie sofort. Aber nun? Keine Antwort.

Nathan ging zu seinem Haus, begrüßte Sherlock und legte ein paar Holzscheite in seinen Ofen. Er holte sich eine Wasserflasche aus dem Kühlschrank, und als er sich auf seinen Sessel niederließ, brannte das Feuer bereits hinter der Glasscheibe.

Normalerweise benötigte er nach einem anstrengenden Arbeitstag nicht viel mehr. Aber seit Leni in sein Leben gestürmt war, hatte sich einiges geändert. Wie es wohl wäre, mit ihr zusammenzuleben?

Er streckte seine Beine aus und blickte zu dem String-Regal, vor dem Leni gestanden hatte, als sie ihn das erste Mal besucht hatte. Er war sich nicht sicher, ob das klassische Beziehungsmodell für ihn überhaupt infrage kam. Verliebt, verlobt, verheiratet – war das heutzutage noch erstrebenswert? Sein Freund Torsten hatte vor drei Jahren seine Inga geheiratet. Mittlerweile war das zweite Kind unterwegs, und wenn er mit ihm mal ein Bier trinken war, was selten genug vorkam, wirkte Torsten immer sehr gestresst. Nathan nahm noch einen Schluck aus der Flasche. Laureen war die erste Frau in seinem Leben gewesen, mit der er sich eine längerfristige Beziehung hätte vorstellen können, aber sie hatte sich hier auf dem Land nie richtig heimisch gefühlt.

Mit Leni war es etwas anderes. Obwohl sie erst ein paar Wochen auf Gut Schwansee lebte, hatte sie sich sehr gut eingelebt. Sie passte hierher, das hatten ihm auch schon Hendrik und sein Vater gesagt. Dennoch hatte er das Gefühl, dass Leni sich immer noch nicht von ihrem Leben in Berlin gelöst hatte. Okay, die Beziehung zu ihrem Ex, diesem Jannik, war wohl beendet, aber sie war natürlich noch in Berlin gemeldet, hatte dort ihre Wohnung und bestimmt viele Freunde, außerdem lebte ihre Schwester mit ihrem Freund in Potsdam. Im Grunde genommen wusste er noch nicht allzu viel über sie. Er fragte sich, ob ihre Gefühle ihm gegenüber stark genug waren, um sich für ein Leben auf dem Land zu entscheiden.

Er hielt für einen Moment seine Gedanken an und fühlte in sich hinein. Auf einmal war alles ganz einfach. Nathan sprang aus seinem Sessel. Er würde darum kämpfen, dass sie bei ihm blieb. Hier auf Gut Schwansee.

26

Als Leni am darauffolgendem Tag erwachte, ging es ihr wieder besser. Sie hatte tief und fest geschlafen und nur von wunderbaren karibischen Farben geträumt. Am Abend zuvor hatte Leni noch eine Nachricht von Nathan erhalten, diese aber nicht beantwortet. Mittlerweile war ihr Ärger auch schon wieder etwas verflogen.

Leni zog sich an, aß in der Küche ein Müsli im Stehen, schaute kurz bei Sina im Hofcafé vorbei und ging dann hinüber in die Tenne. Sie brühte sich einen Kaffee auf, zwirbelte sich ihre Haare hoch und trug einen der Stühle, die Hinnerk sich für seinen neuen Aufenthaltsraum ausgesucht hatte, zu ihrer Werkbank. Mit einem Stück Schleifpapier bearbeitete sie gerade eine kleine Stelle, um zu sehen, welches Holz sich unter dem hässlichen grünlich grauen Anstrich befand, als sich plötzlich die Tür öffnete und Viky den Laden betrat. Was will die denn hier, schoss es Leni durch den Kopf. Das hatte ihr jetzt gerade noch gefehlt.

»Hi, du bist Leni, oder?« Viky streckte ihr die Hand entgegen. »Ich bin Viky. Wir haben uns neulich bei dem Empfang im Goldenen Saal getroffen, erinnerst du dich?«

»Ja, ich erinnere mich. Wie kann ich dir helfen?«, fragte sie kühl.

Viky lächelte zaghaft.

»Hast du viel zu tun?«

Leni fühlte sich ein wenig überrumpelt. »Geht so...«

»Ich würde mich mit dir mal gern unterhalten? Außerdem wollte ich dir schon die ganze Zeit mal unser Gut zeigen. Was meinst du?«

»Okay, warum nicht.«

Kurze Zeit später saß Leni neben Viky in ihrem Golf Cabriolet und ließ sich den Wind um die Ohren sausen. Sie fuhren zunächst auf der Landstraße in Richtung Damp, bogen aber bereits nach wenigen Minuten auf eine Allee ab, die zu dem Herrenhaus der von Bardelows führte. Links und rechts von der Straße sah Leni Felder, auf denen Getreide wuchs – so weit das Auge reichte.

»Ist das euer Land?«, fragte Leni und strich sich ihre durcheinandergewirbelten Haare aus dem Gesicht. Langsam wich ihre innere Anspannung.

»Ja, wir bauen Weizen und Raps an, haben aber auch Grünland«, schrie Viky gegen den Fahrtwind an.

Sie fuhren über einen Kiesweg, und Leni hörte, wie die Steine unter den Rädern des Autos knirschten. Am Ende sah sie das Herrenaus aus rotem Backstein mit einem Erker, zu dem eine Treppe führte, die sich nach oben verjüngte. Das Dach war, wie das Herrenhaus der Familie Cornelius, zweimal abgeknickt. Von Nathan wusste sie, dass es sich um ein sogenanntes Walmdach handelte. Die

Rahmen der Sprossenfenster waren weiß gestrichen, und eine Schleswig-Holstein-Fahne, die am Dach angebracht war, wehte im Wind. Im Vergleich zu Gut Schwansee wirkte das Gebäude klein, aber dennoch sehr einladend. Viky parkte direkt davor.

»Ich passe hier zurzeit auf, meine Eltern sind nämlich für ein paar Tage verreist. Eigentlich wohne ich in Kiel, ich komme nur zum Reiten hierher. Hast du Lust, dir meine Pferde anzugucken?«

Leni nickte. »Na klar, sehr gern.«

Sie gingen nebeneinander einen Kiesweg entlang, der zum Stallgebäude führte.

»Sag mal, warum bist du denn einfach weggerannt, als Nathan mir gestern Reitunterricht gegeben hat?«

»Na ja, ich hatte irgendwie das Gefühl, dass zwischen euch was läuft.«

Viky lachte kurz auf. »Was? Nein! Da brauchst du wirklich keine Angst zu haben. Nathan ist wie ein Bruder für mich.« Sie lächelte: »Wie ein Lieblingsbruder.«

Dann zog sie ihr Handy aus der Gesäßtasche ihrer Jeans, blieb stehen und zeigte Leni ein Foto.

»Das ist Lukas«, erklärte sie, und Leni bemerkte, dass Viky auf einmal sehr verletzlich wirkte. »Wir waren im vergangenen Jahr ein Paar«, fuhr sie fort, und ihre Stimme klang heiser.

»Was ist passiert?«

»Er hat sich in Lara verliebt. Die beiden werden im Herbst heiraten.«

»Und woher weißt du das?«

»Lara ist...«, begann sie, aber dann verdüsterte sich ihre Miene. »Sie war meine beste Freundin.«

Leni schluckte. Also auch so eine Schönheit wie Viky hatte Liebeskummer. Wie leicht ließ man sich doch von einer perfekten Fassade blenden!

Sie erreichten das Stallgebäude, in dem sich nur die zwei Reitpferde von Viky und ein altes Pony befanden, das seine Nase den beiden Frauen neugierig entgegenstreckte.

»Das ist Max. Auf ihm habe ich Reiten gelernt.« Sie grinste. »Er hat mich tausendmal abgeworfen, aber irgendwann haben wir uns zusammengerauft.« Sie streichelte ihm über die grauschwarze Stirn. »Komm, dich bringen wir als Erstes raus.«

Die Koppel befand sich hinter dem Herrenhaus und war weiß eingezäunt. Mehrere große Laubbäume boten ausreichend Schatten, und als Viky den Strick löste, rannte das Pony buckelnd los und steckte dann den Kopf ins hohe Gras.

»Es ist wunderschön hier«, sagte Leni.

»Ja, eigentlich geht es uns hier wirklich gut«, bestätige Viky ihre Worte, während sie zum Stall zurückliefen. »Mein Vater hat es aber leider immer noch nicht überwunden, dass unsere Familie Gut Schwansee verkaufen musste.«

Sie öffnete die Boxentür, hinter der ihr Schimmel darauf wartete, endlich nach draußen zu kommen.

»Am schlimmsten ist für ihn und auch für meinen Bruder, dass nun Bürgerliche auf unserem ehemaligen Landsitz leben.«

»Kaum zu glauben«, erwiderte Leni und prustete los. »Aber die wissen schon, dass wir im 20. Jahrhundert leben?«

Nachdem die beiden auch das zweite Pferd auf die Koppel gebracht hatten, zeigte Viky Leni noch den Rest des Anwesens. In einem Nebengebäude entstanden gerade mehrere Ferienwohnungen, und in der Scheune sollte demnächst eine Saunalandschaft errichtet werden. Viky führte Leni zu einer Wildblumenwiese, die an die Scheune grenzte.

»Hier bauen wir einen Schwimmteich. Das wird bestimmt richtig toll.«

Leni war beeindruckt. »Ihr habt ja wirklich eine ganze Menge auf die Beine gestellt.«

»Stimmt. In dieser Hinsicht ziehen wir alle an einem Strang.« Sie deutete auf ein Schild, das an der Scheunenwand befestig war. Darauf war ein Foto der Familie von Bardelow zu sehen.

»*Wellness verpflichtet*«, las Leni laut vor. »Toller Slogan, das passt.«

Sie setzten sich auf eine Bank, die am Rande der Wiese stand, und hielten ihre Gesichter in die Sonne.

»Sag mal«, begann Viky und beugte sich nach vorn, um einige Blumen und Gräser zu pflücken. »Sind die Seeadler wieder dort, wo sie hingehören?« Sie grinste vielsagend.

Leni sah sie erstaunt an. »Du hast Hendrik den Tipp gegeben?« Sie stupste Viky in die Seite.

»Ich wollte ihnen helfen. Natürlich würde ich immer zu meiner Familie stehen. Aber das, was mein Vater und Erik da durchgezogen haben, geht gar nicht.« Sie sprang auf. »Die beiden werden mir noch dankbar sein. Glaub mir.«

Als Viky sie schließlich nach Hause gefahren hatte, fühlte Leni sich zwar etwas müde, aber sie kehrte trotzdem gerne in ihre Werkstatt zurück. Wie gut, dass Viky auf sie zugekommen und das Missverständnis geklärt war. Nun, da sich ihre Eifersucht aufgelöst hatte, sehnte sie sich danach, endlich wieder Zeit mit Nathan zu verbringen.

Sie nahm das Schleifpapier in die Hand und arbeitete konzentriert zwei Stunden, bis sie den alten Anstrich einigermaßen entfernt hatte. Sie nahm einen Besen, fegte die Werkstatt durch und wusch sich danach die Hände, die ganz spröde geworden waren.

Als sie zurückkam, stand Nathan im Laden. Ihr Herz machte einen kleinen Sprung. Endlich!

»Leni...« Er schlang seine kräftigen Arme um sie, hob sie hoch und wirbelte sie einmal herum. »Ich habe dich vermisst«, flüsterte er ihr ins Ohr.

»Ich dich auch...«

Sie presste den Kopf an seine Brust und atmete seinen herben Geruch ein, während er den Träger ihrer Arbeitslatzhose herunterstreifte. Ihr Atem beschleunigte sich, als er ihr T-Shirt hochschob und mit seiner rauen Handfläche über ihren Bauch strich. Dann griff er in ihre Haare, zog sanft, aber bestimmt ihren Kopf nach hinten und presste seine Lippen auf ihren halb geöffneten Mund. Sie kam ihm entgegen, zerrte an seiner Jacke und zog sie ihm von den Schultern.

Das Licht in der Werkstatt hatte sie bereits gelöscht, nur ein fahler Schein drang vom Badezimmer in den Raum. Sie deutete schwer atmend zur Tür, und er ließ kurz von ihr ab.

»Bin gleich wieder da.«

Er eilte zur Tür, drehte den Schlüssel um und kehrte dann wieder zu Leni zurück. Sie hatte sich inzwischen ihre Hose von den Beinen gestreift und stand nur noch mit ihrem Slip und dem T-Shirt bekleidet vor ihm. Sie zog ihn an seinem Hosenbund zu sich heran, öffnete seine Gürtelschnalle und sah ihm dabei tief in die Augen.

»Du bist so sexy«, flüsterte er ihr ins Ohr und küsste ihr Ohrläppchen, ihren Hals und dann ihre Lippen. Seine Hand wanderte in ihren Slip, und Leni stöhnte auf. Sie protestierte leicht, als seine Hände wieder nach oben wanderten, um den Verschluss ihres BHs zu öffnen. Er umfasste ihre Brüste, während er sie mit der anderen Hand hochhob und sie ihre Beine um seine Hüften schlang.

Sie deutete auf einen Tisch, der an der kurzen Seite der Werkstatt stand. Nathan nickte und trug sie quer durch den Raum, seinen Mund fest auf ihren gepresst. Sie spürte die Kante des Tisches an ihrem Po und stützte sich mit den Armen nach hinten ab.

»Hast du…?«, begann sie, aber sie musste den Satz nicht beenden, weil Nathan schon in seine Jeanstasche griff.

Sie halfen sich gegenseitig dabei, die letzten störenden Klamotten loszuwerden, bis sie sich endlich nackt aneinanderpressten. Sie fühlte seine Erektion zwischen ihren Beinen, und sie genoss es, sich seinen Liebkosungen hinzugeben. Er berührte sie mal zärtlich, dann wieder fordernder, küsste sie und rieb über ihre empfindlichsten Stellen, sodass sie alles um sich herum vergaß. Dann drang er in sie ein, und Lenis Augenlider flatterten. Sie bewegten sich erst langsam, dann schneller, aber immer im Einklang miteinander. So etwas hatte Leni noch nie erlebt. Sie fanden einen gemeinsamen Rhythmus, hielten wieder inne, sahen sich im Halbdunkeln in die Augen und lächelten sich an. Dann folgten sie dem Verlangen ihrer Körper, ließen sich mitreißen, und als sie beide fast gleichzeitig ihren Höhepunkt erreichten, schluchzte Leni auf. Sie presste sich an seine Schulter, während er liebevoll über ihren Rücken strich.

Langsam lösten sie sich aus ihrer Umarmung. Nathan bat Leni, sitzen zu bleiben. Er kehrte mit einer Decke zurück, legte sie über ihre Schulter und trug sie zu einem der Sofas, die Leni noch nicht bearbeitet hatte.

»Möchtest du etwas trinken?«

Sie nickte, und er schlüpfte in seine Jeans, tapste barfuß über den Steinboden und kehrte mit zwei Gläsern eiskaltem Wasser zurück.

Sie war fast verdurstet. »Danke, das tut gut.«

»Wie war dein Tag?«, fragte er schließlich und zog die Decke, die sich von ihrer Schulter gelöst hatte, wieder zurück an ihren Platz.

»Gut, ich habe einiges geschafft und...«

»Ja?«

»Viky war hier. Wir sind zu ihrem Gut rübergefahren und haben uns unterhalten. Sie ist wirklich ganz nett.«

»Das freut mich«, sagte er leise. »Ich bin froh, dass du dich mit meiner besten Freundin verstehst. Denn das ist sie. Aber mehr nicht.«

»Trotzdem hat es mich verletzt, wie du...«

Sie hielt einen Moment inne, aber als er nickte, fuhr sie fort. »Wie du ihr Reitunterricht gegeben hast. Bei mir meckerst du immer nur rum, aber bei ihr bist du richtig einfühlsam.«

Nathan grinste und ergriff eine Locke ihres Haares. »Viky reitet schon viel länger als du. Nimm meine Kritik nicht zu persönlich, okay? Du brauchst auf sie wirklich nicht eifersüchtig zu sein. Sie ist außerdem in einen anderen Typen verknallt.«

»Ja, das hat sie mir auch erzählt.«

Er beugte sich zu ihr hinunter und stellte sein Glas auf dem Boden ab. »Wobei... dass du eifersüchtig bist, gefällt mir eigentlich.« Seine Augen blitzten.

»Ach ja?« Leni ließ absichtlich die Decke von ihren Schultern fallen. »Und warum, wenn ich fragen darf?«

Er ließ seine Fingerspitzen über ihr Dekolleté gleiten. »Weil das der Beweis dafür ist, dass du mich magst, Milady.«

Sie lächelte. »Vielleicht. Vielleicht ein ganz kleines bisschen.«

27

Nathan zupfte an seiner Krawatte. Er saß an einem Zweiertisch im Café Heldt und studierte die Menükarte. Sherlock lag zu seinen Füßen und schlief, sein leises Schnarchen drang an seine Ohren. Nathan war schon lange nicht mehr hier gewesen, aber viel hatte sich seitdem nicht verändert. Er liebte die gemütliche, fast etwas altmodische Atmosphäre. Im vorderen Bereich war der Verkaufstresen mit frisch gebackenen Torten und Kuchen, und daran schlossen sich mehrere in dunklen Tönen gestrichene Räume an, in denen die Gäste an Tischen mit gepolsterten Stühlen und Sofas frühstücken und Kaffee trinken konnten. An den Wänden hingen gerahmte Ölgemälde mit Motiven aus Schleswig-Holstein, und Kronleuchter an der Decke sorgten für ein angenehmes, warmes Licht. Man fühlte sich fast wie in einem großen Wohnzimmer, und das war bestimmt auch ein Grund, warum dieses Traditionscafé in der St.-Nicolai-Straße so beliebt war.

Er blickte auf sein Handy. Im selben Moment traf eine WhatsApp-Nachricht von Leni ein, indem sie ihm einen schönen Tag auf Gut Panker wünschte. O Mann! Er hatte ein schlechtes Gewissen, dass er ihr nicht *ganz* die Wahrheit gesagt hatte. Er würde zwar heute dorthin fahren, um sich eine Stute, die zum Verkauf stand, anzuschauen, aber erst musste er das hier erledigen.

Die Tür ging auf, und da war sie. Sein Puls beschleunigte sich bei ihrem Anblick, aber er hatte sich schnell wieder im Griff. Sie sah toll aus mit ihrem dunkelblauen Kostüm, den passenden Pumps und der Sonnenbrille – sehr hanseatisch. Über ein Jahr hatte er sie jetzt nicht gesehen, aber sie hatte sich kaum verändert. Außer, dass sie vielleicht noch etwas dünner geworden war. Als sie ihn entdeckt hatte und auf ihn zukam, erhob er sich. »Hallo, Laureen.«

Leni parkte ihren Sprinter auf dem großen Parkplatz in der Nähe der Strandpromenade. Nur widerwillig hatte sie sich gestern von Nathan getrennt. Sie hatten noch lange in eine Decke eingehüllt auf dem Sofa gesessen und miteinander geredet. Über ihre Kindheit, ihre Träume als Jugendliche und ihre Pläne für die Zukunft. Irgendwann hatten sie kichernd ihre Klamotten, die überall verstreut in der Werkstatt herumlagen, aufgesammelt, hatten sich angezogen und sich dann vor der Tür ihres Ladens verabschiedet. Eigentlich war sie ein wenig enttäuscht, dass er sie nicht zu sich eingeladen hatte, aber nun gut, vielleicht ein anderes Mal.

Sie lief die Strandpromenade entlang bis zur Hafenspitze und bog dann in die Ottestraße ein, die in die Altstadt mit den ehemaligen Fischerhäusern führte. Ihr gefielen die engen kopfsteingepflasterten Gassen und Vorgärten, in denen Stockrosen und Hortensien blühten. Leni schlenderte weiter, bis sie die Innenstadt erreichte, wo sich das Farbengeschäft befand. Karibische Nuancen gab es dort leider nicht, aber sie nahm sich Kataloge von verschiedenen Herstellern mit, dann konnte sie sich zu Hause ganz in Ruhe etwas aussuchen.

Jetzt Anfang Juni begann langsam die Saison, und Leni stellte sich vor, wie es wohl hier an der Ostsee im Hochsommer wäre. Es musste toll sein, einfach spontan nach Lust und Laune ans Meer zu fahren, vielleicht abends noch baden zu gehen oder sich den Sonnenuntergang in einem der Strandkörbe anzuschauen. In Berlin war es im Sommer oft sehr drückend, und die Seen und Freibäder stets überfüllt. Dennoch hatte sie diese Jahreszeit dort immer geliebt, weil sich das gesamte Leben draußen abspielte, und das rund um die Uhr.

Sie steckte den Katalog in ihre Umhängetasche, ging weiter in Richtung Rathausplatz und stöberte in einem Laden mit schönen maritimen Dekoartikeln. Es gab Seesterne aus Ton, verschieden große Briefbeschwerer, in denen künstliche Quallen eingeschlossen waren, und mit Muscheln gefüllte Windlichter. Spontan kaufte sie einen Kaffeebecher mit der Aufschrift *Ahoi* für ihre Werkstatt. Ein Stück Kuchen noch, dann würde sie sich auf den Heimweg machen.

Sie öffnete die Tür zu einer Konditorei, an der sie auf ihrem Weg zurück zur Standpromenade vorbeikam. Der verheißungsvolle Duft von frisch Gebackenem strömte ihr entgegen. Hier war sie genau richtig. Das Angebot war verführerisch: Marzipantorte mit Nusssahne, Schwarzwälder Kirschtorte, Kopenhagener, Mohnschnecken, Eclairs und Kokoshütchen mit Schokoladenüberzug. Sie konnte sich nicht entscheiden, aber als die anderen Kunden hinter ihr unruhig wurden, wählte sie schließlich zwei Butterkuchen aus. Die ließen sich auch im Auto am besten transportieren. Sie legte einen Geldschein auf die Ablage, während die Verkäuferin ihre Auswahl verpackte. Als Leni wieder hochsah, ließ sie ihren Blick kurz durch das Café schweifen und erstarrte.

An einem der Tische saß Nathan mit einer jungen, sehr attraktiven Frau. Ein Sektkühler stand auf ihrem Tisch. Die beiden unterhielten sich, lachten und prosteten sich zu. Die Frau, die ihr irgendwie bekannt vorkam, warf ihre roten gelockten Haare nach hinten, lachte erneut und schob dann langsam ihre Hand in Nathans Richtung... Leni hörte plötzlich ein Piepen im Ohr.

»Ist alles in Ordnung mit Ihnen?« Die Verkäuferin musterte sie besorgt.

Leni schüttelte den Kopf, nahm ihren Kuchen entgegen und schob die Eingangstür mit ihrem Ellenbogen auf. Sie musste an die frische Luft, aber schnell. Als sie schon draußen war, kam ihr die Verkäuferin nach. »Sie haben Ihr Wechselgeld vergessen.«

Leni fühlte sich, als würde sich alles um sie herum in Zeitlupe bewegen. Ihr Herz raste, und ihr Magen rebellierte. Sie eilte durch die belebte Einkaufsstraße, vorbei an

Schuh- und Bekleidungsgeschäften, Blumenläden, Eisdielen und Marktständen, an denen Händler Obst, Gemüse und Schnittblumen anboten. Fast wäre sie mit einem jungen Mann zusammengeprallt, der mit Stöpseln im Ohr in sein Handy sprach, und erst im letzten Moment wich sie einem Rollstuhlfahrer aus. Als sie ihren Sprinter erreichte, hämmerte ihr Herz in der Brust.

Leni setzte sich in ihr Auto und ließ den Kopf auf das Lenkrad sinken. Sie fragte sich, ob sie sich womöglich vollkommen in Nathan geirrt hatte. Vielleicht war er gar nicht der, für den er sich ausgab. Denkbar wäre doch auch, dass er sie einfach nur um den Finger gewickelt hatte, um sie ins Bett zu kriegen. Womöglich traf er sich die ganze Zeit parallel mit anderen Frauen? Ihre Gedanken fuhren Karussell. Konnte es sein, dass Nathan Cornelius sie komplett verarschte?

Ihr war schrecklich heiß. Sie kurbelte das Fenster herunter. Wer war diese Frau, und warum traf er sich heimlich mit ihr?

Eins stand jedenfalls fest: Nathan hatte sie angelogen. Er war definitiv nicht auf Gut Panker, um sich ein Pferd anzuschauen.

Als Nathan nach dem Treffen im Café Heldt zunächst nach Kiel und dann in Richtung Lütjenburg fuhr, summte er leise zur Musik im Radio. Er hoffte inständig, dass alles so klappen würde, wie er es sich vorstellte. Außerdem war er froh, dass er Laureen auf diese Weise hatte wiedersehen können, denn dadurch war ihm endgültig klar geworden, dass er mit ihr abgeschlossen hatte. Bevor Leni in sein Leben gewirbelt war, hätte er das nicht für möglich gehalten.

Nach seinem Besuch auf dem Trakehner Gestüt in Panker fuhr er gemütlich nach Hause. Die Stute hatte ihm sehr gut gefallen. Sie hatte raumgreifende Bewegungen und ein so gut wie perfektes Exterieur. Sie war sechs Jahre alt, hatte aber bereits zwei Fohlen bekommen, die beide vom Verband prämiert worden waren. Im Sport war sie in der Dressur »Reitpferde A« platziert. Zu einem Kauf hatte er sich allerdings noch nicht durchringen können, erst wollte er seinen Vater überzeugen. Er hatte sich die Papiere der Stute kopiert und mit seinem Handy Fotos und ein Video von ihr gemacht, aber er hatte es nicht eilig. Außerdem wollte er noch über den Preis verhandeln. Der war nämlich eindeutig zu hoch.

Als Nathan Gut Schwansee erreichte, dämmerte es bereits. Er parkte vor seinem Haus, ließ Sherlock aussteigen und öffnete die Haustür. Sein Hund trottete vor ihm in den Flur, stellte sich neben seine Näpfe und blickte ihn erwartungsvoll an.

»Ja, du bekommst ja gleich was.«

Er holte das Trockenfutter, und während sich Sherlock darüber hermachte, füllte er frisches Wasser in den zweiten Napf. Als er wieder hochblickte, stand Leni plötzlich vor ihm.

»Hallo.« Unsicher machte sie einen Schritt auf ihn zu, blieb dann aber stehen. »Die Tür war offen.«

»Hi. Du bist hier jederzeit willkommen.«

Sie sah etwas blass aus und wirkte irgendwie bedrückt.

»Ist alles okay bei dir?«

Er legte die Hände auf ihre Schultern, aber sie wich einen Schritt zurück, als wäre ihr die Berührung unangenehm.

»Ja, schon.«

Langsam ließ er die Arme sinken. »Willst du nicht reinkommen?«

»Nein, lieber nicht.« Sie zupfte an ihrem Halstuch. »Wie war es denn heute in Panker?«

»Gut«, begann er zögernd. »Die Stute ist toll. Ich werde sie wahrscheinlich kaufen.«

»Und?« Leni stützte sich am Türrahmen ab. »Hast du sonst noch etwas unternommen?«

»Nein. Warum fragst du?«

»Nur so. Aus Interesse.«

Er blickte sie fragend an, doch statt einer Erklärung hob sie nur die Hand. »Ich muss los.«

Ein ungutes Gefühl machte sich in ihm breit. Konnte es sein, dass Leni ihm misstraute?

Nathan sah ihr stirnrunzelnd nach, bis sie verschwunden war, dann schüttelte er den Kopf. Er ging ins Wohnzimmer und legte sein Handy auf dem Tisch ab. Sein Blick fiel auf das gerahmte Foto, das immer noch in seinem Bücherregal stand. Er nahm es in die Hand und betrachtete sich und Laureen. Hendrik hatte es mit dem Handy geschossen, als sie zusammen auf einem Blues-Konzert in

Eckernförde gewesen waren. Dann legte er den Rahmen in die Schublade der Kommode, die im Flur stand. Diese Episode in seinem Leben würde er in größtenteils guter Erinnerung behalten, aber sie war abgeschlossen.

Was ihn nun viel mehr beschäftigte, war die kurze Begegnung mit Leni. Irgendetwas stimmte nicht. Sie hatte sich wirklich merkwürdig verhalten. Distanziert, ja fast schon abweisend. Hatte er etwas gesagt oder getan, womit er sie verletzt haben könnte? Nathan beschloss, morgen noch einmal in Ruhe mit ihr zu reden.

༄

Ein fieses Geräusch drang an Lenis Ohren, und sie zog sich die Bettdecke über den Kopf. Sie hatte ganz furchtbar geträumt. Von Nathan und einer anderen Frau. Die beiden hatten zusammen getanzt und sich geküsst. Als sie sie angesprochen hatte, waren sie in hämisches Gelächter ausgebrochen. Was war nur los mit ihr?

Das nervende Geräusch hörte und hörte nicht auf. Sie griff nach ihrem Handy, das auf dem Nachttisch lag.

»Leni, endlich.«

»Jannik?«

»Ja, wer denn sonst?«

Leni richtete sich in ihrem Bett auf.

»Was willst du?«

»Ich bin in der Gegend. Lass uns mal frühstücken. Ich schicke dir gleich die Adresse, okay?«

Bevor sie etwas erwidern konnte, hatte er aufgelegt. Leni schloss die Augen und ärgerte sich nicht zum ersten Mal über Janniks bestimmende Art. Doch dann siegte ihre Neugier über sein plötzliches Auftauchen. Schließlich schuldete er ihr noch etwas.

Eine halbe Stunde später stellte der Kellner zwei Tassen mit dampfendem Kaffee auf den Tisch. Jannik bedankte sich und nickte Leni, die ihm gegenübersaß, zu.

»Danke, dass du gekommen bist.«

Sie saßen im Café Emmas draußen in einem Strandkorb unter einem riesigen Sonnenschirm. Leni fragte sich, warum er sich unbedingt mit ihr hatte treffen wollen. Small Talk war normalerweise nicht sein Ding.

Jannik strich sich durch die Haare, die er jetzt deutlich kürzer trug. Dann schob er ihr einen Umschlag zu. Sie nahm ihn entgegen, blickte hinein, stutzte, schaute ihren Ex-Freund an und dann wieder den Inhalt. »Was soll das?«

»Das ist das Geld, das ich dir schulde.«

Er beugte sich nach vorn. »Zwölftausend Euro. In *großen* Scheinen. Haha.«

Leni lehnte sich zurück. »Und das bringst du mir jetzt einfach mal so vorbei?«

»Nur Bares ist Wahres, Süße. Du kennst mich doch. Außerdem war ich hier gerade in der Nähe.«

Leni nickte und steckte den Umschlag in ihre Handtasche.

Jannik beugte sich nach vorn und berührte ihre Hände. »Wir hatten doch eine schöne Zeit, oder? Ich möchte, dass es dir gut geht. Das Geld kannst du doch bestimmt gut gebrauchen, vielleicht für einen Neuanfang?«

Leni ließ für einen Moment ihre Gedanken schweifen. Ein Lächeln huschte über ihr Gesicht. Jannik wusste nicht, wie recht er damit hatte. Sie unterhielten sich noch eine Weile, aber als Jannik loswollte, war Leni erleichtert. Sie würden in Kontakt bleiben, aber mehr auch nicht.

28

Als Leni später wieder in der Werkstatt war und in dem Farbenkatalog blätterte, fühlte sie sich auf einmal vollkommen verloren. Sie hatte zuvor mit ihrer Freundin Mia in Berlin telefoniert und erfahren, dass sie sich in ihren Chef verliebt hatte. Es war so schön gewesen, mit ihrer besten Freundin zu quatschen. Sie seufzte. Sollte sie wirklich die Stadt verlassen, in der sie fast ihr ganzes Leben verbracht hatte?

Lustlos schliff sie die Oberfläche einer Kommode ab, räumte ein paar Stühle um, trank einen Kaffee im Stehen und holte sich bei Sina ein belegtes Brötchen. Nathan hatte sich seit gestern nicht gemeldet. Sie musste endlich wissen, wer diese Frau war, mit der er sich getroffen hatte. Sie war bereit, die Wahrheit zu erfahren, alles war besser, als diese quälende Ungewissheit. Aber so, wie sie jetzt aussah, würde sie ihm nicht gegenübertreten. Sie schloss die Werkstatt ab, ging zum Herrenhaus in ihre Ferienwohnung, duschte, föhnte sich die Haare und zog sich ein dunkelblaues Sommerkleid über. Dazu wählte sie weiße Leinenschuhe aus, schminkte sich dezent und sprühte sich etwas Parfüm hinter die Ohren.

Als sie die kleine Brücke überquerte, ließ sie den Blick über den Teich gleiten, aber die Schwäne mit ihren Küken waren nicht zu sehen. Sie schlenderte über den Innenhof, blieb kurz vor dem Hengststall stehen, um mit Paul ein paar Worte zu wechseln, und ging dann weiter zu den Stallungen. Sie streichelte Lino, der jetzt in einer Außenbox stand, über den Kopf, beobachtete einen Hahn mit fünf Hühnern, die den Weg zur Reithalle überquerten, und blieb an der Führanlage, in der Moonlight seine Runden drehte, stehen.

Als sie den Außenplatz erreichte, verschwand die Sonne hinter den Wolken, aber es wurde nicht kühl, sondern schwül und drückend. Sie ballte ihre Hände zu Fäusten, spazierte zu Nathans Haus und blieb abrupt stehen, als sich die Tür öffnete. Im nächsten Moment überschritt er die Schwelle.

Leni wollte gerade auf sich aufmerksam machen, doch dann stockte sie. Nathan war nicht allein. Hinter ihm trat die Frau mit den dunkelroten Locken aus der Tür und hakte sich bei ihm unter. Ohne nachzudenken, ging Leni hinter einem Busch in Deckung und beobachtete, wie die beiden in Nathans Jeep stiegen. Sie schaute dem Fahrzeug hinterher, bis es verschwunden war. Dann erst löste sie sich aus ihrer Erstarrung und rannte los in Richtung Stutenkoppel.

Ihr Herz raste, und Tränen rannen ihre Wangen hinunter. Außer Atem erreichte sie ihr Ziel. Sie kletterte unter dem Zaun durch und lief mit ausgestreckter Hand zu den beiden Stuten mit ihren Fohlen. Die Pferde hoben ihre Köpfe, fraßen dann aber weiter.

Sie setzte sich ins Gras, zog ihre Beine an, verschränkte ihre Arme um die Knie und schaukelte hin und her. Blueberry schritt langsam auf sie zu, blieb stehen, schaute zu ihrer Mutter und lief dann weiter. Sie war so eine Hübsche, mit ihren kleinen flauschigen Ohren, den großen Augen und ihren weichen Nüstern. Leni streckte ihre Hand aus. Blueberrys warmer Atem auf ihrer Haut fühlte sich tröstend an. Sie schloss die Augen und versuchte, die bittere Enttäuschung zurückzudrängen. Noch eine Weile blieb sie so sitzen, dann wischte sie sich entschlossen mit dem Handrücken die Tränen ab und rappelte sich hoch. Ihr Entschluss war gefasst: Sie würde endlich Ordnung in ihr Leben bringen. Sie wollte nicht mehr länger ihr Glück von der Zuneigung oder Liebe eines Mannes abhängig machen.

Leni ging über die Koppel zurück zum Zaun und erblickte Sina, die zielstrebig in Richtung Wald lief. Ihr Winken schien sie nicht zu bemerken. Leni runzelte die Stirn, kletterte über den Zaun und folgte Sina mit schnellen Schritten.

Als sie ihre Freundin endlich eingeholt hatte, glänzte ihre Stirn vor Schweiß.

Jetzt erst bemerkte sie, dass Sina einen Karton und einen Spaten in den Händen hielt, und ahnte Schlimmes.

»Was ist passiert?«

Sina schluchzte. »Snow ist tot.«

»O mein Gott!« Leni rieb ihrer Freundin über die nackten Oberarme. »Das tut mir so leid. Darf ich dir helfen, sie zu begraben?«

Sina nickte schluchzend und wies in Richtung Moor. Leni nahm ihr den Spaten ab. Schweigend liefen sie nebeneinanderher, während der Wind auffrischte und das Laub der Bäume über ihren Köpfen raschelte.

»Was ist nur mit dem Wetter los?«, fragte Leni.

Sina schniefte. »Im Radio kam vorhin eine Sturmwarnung.« Sie blickte in den Himmel. »Aber so schlimm wird es ja wohl nicht werden.«

Leni runzelte die Stirn. »Hoffentlich.«

Als sich Sina etwas beruhigt hatte, erzählte sie Leni, dass sie den leblosen Körper ihrer Katze im Wohnzimmer gefunden hatte. Snow hatte sich offenbar nicht gequält, sondern war friedlich eingeschlafen.

Nach einigen Minuten erreichten sie das Feld, auf dem sich die Windkraftanlage von Gut Schwansee drehte. Sina wies auf ein kleines Wäldchen.

»Dort dürfen wir sie beerdigen.«

Sie liefen über den unebenen Boden, der mit kniehohem Gras und Büschen bewachsen war. Am Rande des Wäldchens begann ein Trampelpfad, dem sie folgten. Sie erreichten eine kleine Lichtung, auf der bereits einige aus Zweigen und kleinen Holzstücken gefertigte Kreuze standen. Sina stellte den Karton vorsichtig ab. »Das ist ja wie auf dem Friedhof der Kuscheltiere«, sagte sie leise.

Leni stellte sich Sina gegenüber, nahm sie kurz in den Arm, umfasste ihre Schultern und drückte sie sanft. »Darf ich Snow noch einmal sehen?«

Sinas Augen füllten sich mit Tränen, aber sie nickte. Leni öffnete den Deckel des Kartons. Der Körper der

Katze lag auf der Seite, die Augen waren geschlossen, als würde sie nur schlafen.

»Sie wirkt aber sehr friedlich«, wisperte Leni mit erstickter Stimme. Dann nahm sie den Spaten in die Hand und wies auf einen Baumstamm. »Setz dich erst einmal hin, ich mache das schon.«

Zum Glück war der Waldboden locker, sodass sie gut vorankam. Als das Loch breit und tief genug war, legten sie Snow dort hinein und blieben einen Moment mit gefalteten Händen am Rand stehen. Der Wind pfiff über ihren Köpfen, und plötzlich wurde es um sie herum noch dunkler.

Leni ergriff Sinas Hand.

»Leb wohl, kleine Snow!«, wisperte Sina.

Sie sammelten noch ein paar Zweige und füllten die Grube damit aus. Schließlich schob Leni die Erde darüber, und Sina bastelte aus zwei Zweigen und einigen Gräsern ein kleines Kreuz.

»Irgendetwas liegt in der Luft«, sagte Sina leise, »findest du nicht auch?«

»Ja, richtig düster wird es auf einmal.«

Als sie auf dem Trampelpfad zurückgingen, hörten sie in der Ferne ein dumpfes Grollen.

»Jetzt aber schnell«, rief Leni und ergriff Sinas Hand. Sie erreichten das Feld, blieben aber im Schutz der Bäume stehen, da ihnen plötzlich eine heftige Böe entgegenkam. Der Wind zerrte an ihren Kleidern, und ein weiteres Grollen ließ sie zusammenzucken.

»Wir können jetzt nicht zurücklaufen«, rief Leni gegen den Wind an.

»Ja, das ist zu gefährlich.«

»Aber hier sind wir auch nicht sicher.«

Als es plötzlich still wurde, blickten sie nach oben. Ein Blitz durchzuckte den dunklen Himmel und erhellte für den Bruchteil einer Sekunde das Feld vor ihnen. Einen Wimpernschlag später prasselte der Regen los und peitschte gegen ihre Gesichter.

»Was sollen wir denn jetzt machen?«, schrie Leni, aber Sina antwortete nicht, sondern packte sie am Arm.

»Wir müssen von den Bäumen weg...«, rief sie. »Komm!«

Sina zog Leni hinter sich her, während es um sie herum ohrenbetäubend laut krachte und der Wind durch die Bäume pfiff.

»Dahinten ist eine Hütte, da können wir hin.«

Sie erreichten den mannshohen Unterstand, der sich am Rand des Wäldchens befand. Das Holz knarrte, als eine weitere heftige Windböe über das Land fegte. Sie standen dicht nebeneinander, vollkommen durchnässt, und zitterten.

So ein Gewitter hatte Leni noch nie erlebt. Der Sturm trieb Blätter, Äste und kleine Steine vor sich her, sodass sie sich weiter in die Hütte zurückzogen. Drinnen gab es eine schmale Box, die mit mehreren übereinander angebrachten Holzbalken abgetrennt war. Wahrscheinlich hatten hier mal Schafe Unterschlupf gefunden. Sie liefen hinein und hockten sich auf den mit trockenem Heu bedeckten Untergrund. Aus der Ferne ertönte ein tiefes Grollen, als ob eine riesige Welle auf sie zukommen würde.

»Was ist das?«

Leni und Sina klammerten sich aneinander, als die Hütte von dem Sturm regelrecht in die Zange genommen wurde. Erst quietschte und knackte es, bis die andere Hälfte ihres Unterstandes plötzlich krachend einknickte.

Leni und Sina schrien auf. Dann war es auf einmal stockdunkel.

Nathan rüttelte an der Tür zur Tenne. Er trug eine Regenjacke, die vom Wasser glänzte. Zuvor war er auch schon in Lenis Ferienwohnung gewesen und hatte fast den ganzen Hof nach ihr abgesucht. Er fluchte. Nichts rührte sich, und er bekam allmählich Panik. Der Orkan wütete jetzt schon seit fast fünfzehn Minuten über dem Gut, und er hatte wirklich Angst, dass Leni irgendetwas passiert war. Er drehte sich um, dann sah er seinen Bruder, der über den Innenhof auf ihn zukam.

»Hey«, schrie Hendrik gegen das Getöse an. »Sina ist auch verschwunden. Ihre Katze ist gestorben, das hat mir Paul vorhin erzählt.«

Nathan legte seine hohle Hand ans Ohr, um Hendrik besser verstehen zu können.

»Papa vermutet, dass die beiden zum Tierfriedhof gegangen sind.«

Als zwei Ziegel vor ihnen auf den Pflastersteinen zerschellten, riss Nathan ihn unter den Dachvorsprung und nickte.

»Vielleicht sind sie im Wald, wir müssen etwas unternehmen.«

»Schnell! Wir dürfen keine Zeit verlieren.«

Hendrik zog sich die Kapuze seiner Segeljacke über den Kopf. Dann rannten sie mit eingezogenen Köpfen zu Nathans Haus und sprangen in den Jeep. Der Regen prasselte gegen die Windschutzscheibe, und als Nathan das Auto auf den Feldweg lenkte, drückte sie eine Windböe fast ins Feld. Er presste die Zähne aufeinander und steuerte entschlossen weiter.

»Alles in Ordnung, Sina?«, fragte Leni und tastete nach ihrer Freundin.

»Ja, ich glaube schon.«

Sie rappelten sich gemeinsam auf, aber sehen konnten sie nicht viel. Ihre Augen gewöhnten sich nur langsam an die Dunkelheit. Sina holte ihr Handy hervor, aktivierte die Taschenlampenfunktion und ließ den schmalen Lichtstrahl durch den Raum wandern. Sie waren komplett eingeschlossen, ohne Hilfe von außen würden sie nicht wieder rauskommen.

»Scheiße!«

Leni nickte. Eigentlich hatten sie Glück gehabt, nur die andere Hälfte der Weidehütte war in sich zusammengebrochen. Die kleine Box, in der sie sich befanden, war komplett unversehrt geblieben. Leni rüttelte an der Holzwand, und Sina versuchte, einen Balken, der wohl zur Dachkonstruktion gehört hatte, beiseitezuschieben – ohne Erfolg.

Leni stöhnte. »Funktioniert dein Handy?«

Sina schüttelte verzweifelt den Kopf. »Kein Netz.«

Nathan und Hendrik erreichten das Feld, auf dem sich das kleine Wäldchen befand. Der Sturm hatte sich etwas gelegt, aber es regnete immer noch heftig. Die Stuten und ihre Fohlen hatten sie zuvor zur Sicherheit in den Stall gebracht, und Paul hatte alle Außenluken der Boxen fest verschlossen. Besorgt blickte Nathan zur Windkraftanlage, aber erstaunlicherweise schien alles in Ordnung zu sein.

Sie stiegen aus und überquerten das Feld, auf dem sich riesige Wasserlachen gebildet hatten. Der Schlamm spritzte hoch, aber sie kamen trotzdem gut voran.

Nathan wollte nur eins: Leni in seine Arme schließen. Für sie würde er alles tun, das wusste er inzwischen, und er machte sich große Sorgen. Sie liefen den Trampelpfad entlang, der zu dem kleinen Tierfriedhof führte. Als sie außer Atem die kleine Lichtung erreichten, entdeckten sie das frische Grab, aber Sina und Leni waren nicht mehr da.

Nathan ließ seinen Blick über die Kreuze gleiten. Hier lagen einige Tiere, die auf Gut Schwansee gelebt hatten. Kurz blieb sein Blick am Grab von Beppo hängen, seinem ersten Hund, der ihn bis zu seinem fünfzehnten Lebensjahr begleitet hatte. Er war lange nicht mehr hier gewesen, denn er hasste Friedhöfe.

Sie kehrten um und liefen wieder zurück zum Auto, aber dann blieb Hendrik plötzlich stehen.

»Hier in der Nähe ist doch dieser alte Schafstall. Vielleicht haben sie sich dort untergestellt?«

Leni wollte endlich raus aus diesem Gefängnis. »Hörst du das auch?« Sie sprang hoch, hielt ihr Ohr an die Wand und lauschte. »Da kommt jemand.« Sie klopfte an das Holz. »Hier sind wir!« Da draußen waren Stimmen, ganz eindeutig. Sie nickte Sina zu. »Wir müssen uns bemerkbar machen.«

Leni trommelte nun auf das Holz. »Hilfe, Hilfeee!«

»Hallo? Leni? Sina?«

Das war Nathan! Erleichtert atmete sie auf. »Wir sind hier drin!«

»Bleibt ganz ruhig. Geht es euch gut?«

Es war so schön, Nathans Stimme zu hören. »Ja, wir sind okay. Wir kommen hier bloß nicht raus.«

Leni unterdrückte ein Schluchzen. Wie gern hätte sie Nathan jetzt in die Arme geschlossen. Bei ihm fühlte sie sich geborgen und sicher. Doch das war vorbei.

»Haltet durch. Wir holen Hilfe.«

»Hast du sie gefunden?« Das musste Hendrik sein. Ein Glück, die beiden wussten sicher, was zu tun war.

»Sie sind da«, rief Leni Sina zu, bekam aber keine Antwort.

Sie tastete sich zu ihrer Freundin vor, die auf dem Boden

saß. Als sie ihre Stirn berührte, fühlte sie etwas Feuchtes an den Fingern. »Du blutest ja!«

»Ja, aber es ist nicht so schlimm, nur ein Kratzer.«

Leni zog Sinas Kopf auf ihren Schoß. »Es wird alles gut. Wir kommen hier raus.«

Draußen donnerte und blitzte es, und die Bäume über ihnen ächzten bei jeder Böe, die durch das Wäldchen raste. Hendrik und Nathan zogen an den Balken und Holzlatten, aber diese waren vollkommen ineinander verkeilt.

»Ruf die Feuerwehr!«, schrie Nathan. »Das schaffen wir nicht allein.«

Hendrik stellte sich gegen den Wind, und seine Jacke blähte sich wie ein Segel.

Nathan hämmerte noch einmal gegen die Wand, hinter der Leni und Sina auf ihre Rettung warteten. »Es dauert noch etwas, haltet durch.«

»Ja, okay! Bitte beeilt euch.« Das war Leni, die geantwortet hatte. Nathan biss die Zähne aufeinander. Sie hatte sich ängstlich angehört. Es war jetzt wichtig, keine weitere Zeit zu verlieren. Womöglich brach die letzte Wand auch noch zusammen. Das durfte einfach nicht passieren.

»Die Feuerwehr hat gerade alle Hände voll zu tun«, schrie Hendrik. »Sie kommen, sobald sie können, aber das kann noch dauern.«

»So ein Mist!« Nathan rieb sich mit dem Handrücken über die Augen. Es donnerte, und eine heftige Böe zerrte an ihm und seinem Bruder. Sie hielten sich gegenseitig fest, bis es vorbei war.

»Wir brauchen einen Traktor!«, entschied Nathan.

»Unserer ist doch immer noch in der Werkstatt.« Hendrik rüttelte an einem Balken. »Wo kriegen wir denn jetzt einen her?«

Nathan überlegte nicht lange. »Ich hole Hilfe. Beruhige die beiden solange. Ich bin gleich wieder da.«

Er sprang ins Auto, drückte seinen Fuß aufs Gaspedal und raste zu dem Feldweg, den er das letzte Mal mit der Kutsche befahren hatte. Die Erinnerung an die unerfreuliche Begegnung mit Hektor blitzte kurz in seinem Kopf auf, aber er schob alle Bedenken beiseite.

Als er das Gut der Familie von Bardelow erreichte, atmete er kurz durch und rannte die Treppe hoch. Er klingelte Sturm, und als Viky ihm schließlich öffnete, erklärte er ihr kurz die Lage. Sie warf sich eine Regenjacke über und preschte los. Kurze Zeit später kam sie schwer atmend zurück. »Papa ist in der Scheune. Er wird euch helfen.«

Nathan umarmte seine Freundin und bat sie, im Haus zu bleiben. »Der Sturm ist noch nicht vorbei.«

Er erreichte die Scheune und sah Hektor, der gerade den Traktor bestieg. Er kurbelte das Fenster herunter.

»Danke!« Dann wies er mit dem Kopf in Richtung Gut Schwansee. »Fahr mir einfach hinterher.«

Als sie den Schafstall erreichten, kam ihnen Hendrik bereits entgegen. Es regnete noch immer, aber die drei Männer arbeiteten konzentriert und ohne große Worte. Sie befestigten Seile an den zerbrochenen Holzteilen, und dann zog Hektor eins nach dem anderen heraus. Nathan befürchtete, dass der intakte Teil der Hütte womöglich zusammenbrechen würde, aber Hektor winkte ab.

»Wir kriegen sie da raus. Keine Sorge!«

Endlich hatten sie es geschafft. Hektor hob die letzte Latte mit seinem Traktor beiseite. Hendrik und Nathan atmeten auf, als sie Leni und Sina in der Ecke der Box sitzen sahen. Sie waren durchnässt und sahen erschöpft aus.

»Nathan!« Leni half Sina aufzustehen und kam ihm dann auf wackligen Beinen entgegen. Dann warf sie sich in seine Arme.

Er drückte sie, strich ihr über das nasse Haar. Doch dann spürte er, wie sie sich versteifte und zurücktrat.

»Danke, dass ihr uns gerettet habt.«

Diese Geste versetzte Nathan einen Stich. Warum war sie plötzlich so abweisend? Er seufzte. »Das ist doch wohl selbstverständlich.«

Hendrik und Nathan halfen den Frauen hinaus und führten sie zum Jeep. Sie bedankten sich bei Hektor, der sich gerade auf den Traktor schwang. Als sie Gut Schwansee erreichten, kam ihnen Bernhard winkend entgegen. Nathan stoppte und kurbelte das Fenster runter.

»Gott sei Dank, ihr habt sie gefunden«, sagte sein Vater außer Atem. Er zeigte in Richtung Außenplatz. »Bringt die Deerns mal erst ins Trockene. Aber dann müsst ihr euch die Reithalle anschauen. Das glaubt ihr nicht.«

Nathan fuhr zu seinem Haus, die Brüder halfen Leni und Sina beim Aussteigen und begleiteten sie hinein bis ins

Wohnzimmer. Während Hendrik Sinas Kopfwunde verarztete, holte Nathan für beide Frauen trockene Klamotten aus seinem Schrank. Er setzte heißes Wasser für Tee auf, und als er mit dem Tablett zurück ins Wohnzimmer kam, saßen Leni und Sina bereits in Wolldecken gehüllt auf dem Sofa. Er merkte, dass Leni seinem Blick auswich und in ihm schrillten die Alarmglocken. Nathan nickte seinem Bruder angespannt zu. »Dann wollen wir uns mal den Schaden angucken.« Er wandte sich den beiden Frauen zu. »Ruht euch erst einmal aus. Wir sind bald wieder da, okay?«

In der Reithalle wartete ihr Vater schon auf die beiden Brüder.

»O mein Gott«, entfuhr es Nathan.

Der Sturm hatte das Dach der Halle fast komplett abgerissen. Das Restgebäude sah aus wie eine mit Wucht geöffnete Sardinendose. Wellblech und Teile von Teerpappe hingen an den Seiten herunter, und der Rest des Daches lag in verschieden großen Teilen in einem Radius von mehreren Metern um die Reithalle herum verstreut. Sein Vater nickte ihnen zu. Gemeinsam lugten sie vorsichtig in die Reithalle.

»Da ist wohl nicht mehr viel zu machen«, mutmaßte Hendrik.

Nicht nur das Dach war abgerissen, auch die Verkleidung im Inneren schien fast vollkommen zerstört.

»Wahrscheinlich war das eine Windhose oder eine Fallböe«, sagte ihr Vater. »Das kam vorhin in den Nachrichten.«

Der Innenhof sah auch nicht viel besser aus. Ziegelsteine hatten sich gelöst und lagen zerbrochen auf dem ganzen Gelände verteilt. Fetzen von Plastikplanen wehten in den Bäumen, der Wind wirbelte Holzteile, Äste und Blätter durch die Luft. Das Herrenhaus, die Stallungen, das Hofcafé, der Hofladen und die ehemalige Tenne waren bis auf die Schäden an den Dächern zum Glück unversehrt geblieben. Aber die Reithalle war zerstört.

Bernhard brachte es auf den Punkt. »Dat is all 'n schöönen Schiet.«

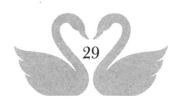

29

Leni spürte, wie die Wärme langsam in ihre Glieder zurückkehrte. Sie saß immer noch neben Sina auf Nathans Sofa, während die beiden Brüder den Ofen anheizten. Als sie zurückgekehrt waren, hatten sie kurz vom Zustand der Reithalle berichtet.

»Ihr habt verdammt Glück gehabt«, beteuerte Hendrik, »das hätte viel schlimmer ausgehen können.«

»So einen Sturm habe ich hier noch nie erlebt«, sagte Sina, und die anderen nickten.

»Das war ein richtiger Orkan. Auf dem Campingplatz sind mehrere Wohnwagen umgekippt und Zelte weggerissen worden.«

Leni horchte auf. »Aber doch hoffentlich nicht euer schöner Airstream, oder?«

Hendrik schüttelte den Kopf. »Nee, der hat nichts abbekommen. Aber es gibt jetzt trotzdem jede Menge zu tun. Morgen fangen wir mit dem Aufräumen an. Außerdem muss eine Liste der Schäden geschrieben werden.«

Sinas Miene hellte sich auf. »Wenn ihr Hilfe braucht, ich bin dabei.«

Leni hob ihre Hand. »Ich würde auch gern mitmachen«, sagte sie halbherzig, denn sie hatte nicht länger einen Grund, noch auf Gut Schwansee zu bleiben. Dafür hatte Nathan gesorgt. Wie es aussah, gab es hier keine Zukunft für sie.

Die vier tranken Tee, im Ofen knisterte das Feuer, und als sie Hunger bekamen, orderte Nathan vier Pizzen beim Lieferservice. Als die duftenden Schachteln auf dem Tisch lagen, bemerkte Leni erst, wie hungrig sie war. Seit dem Frühstück hatte sie nichts mehr gegessen. Den anderen ging es wohl ähnlich, im Nu hatten sie alles verputzt.

Sinas Wangen waren gerötet, aber sie sah trotzdem sehr erschöpft aus. Als sie mit den Fingern ihre Schläfe massierte, bot Hendrik ihr an, sie nach Hause zu bringen. Ihre Augen strahlten, als er ihr in die Jacke half. Nathan brachte beide zur Tür, und in der Zwischenzeit entsorgte Leni die Kartons und begann, den Tisch abzuwischen.

»Lass mich das machen«, sagte Nathan, als er wieder zurückkam. Er nahm ihr den Lappen aus der Hand und schob sie zurück zum Sofa. »Du ruhst dich jetzt aus.«

Nathan setzte sich ihr gegenüber. Sie fühlte sich unbehaglich unter seinem prüfenden Blick.

»Dich bedrückt doch etwas?«

»Ich habe dich mit einer anderen Frau gesehen.«

Jetzt war es raus. Erleichtert atmete sie aus.

Nathan hob eine Augenbraue. »Im Café Heldt?«

Sie nickte. »Wer war das?«

»Laureen. Ich habe dir von ihr erzählt.«

»Ja«, presste sie hervor. »Deine Ex-Freundin.« Sie hielt einen Moment inne. »Die aus Hamburg«, fügte sie mit

Nachdruck hinzu. »Ihr wart so vertraut miteinander, und es sah aus, als hättet ihr etwas zu feiern...« Sie spürte, wie sich ihre Kehle zuschnürte. Noch ein paar Worte mehr, und sie würde losheulen, aber diese Blöße wollte sie sich auf gar keinen Fall geben.

Nathan beugte sich zu ihr hinüber, und als sie seine Wärme spürte, fieberte jede Zelle ihres Körpers danach, sich an ihn zu schmiegen. Er umfasste ihre beiden Hände.

»Lass es mich dir erklären«, sagte er. »Bleib, wo du bist, ich komme gleich wieder.«

Leni zog die Knie seitlich nach oben. Wieder einmal war sie enttäuscht und belogen worden und musste darauf vertrauen, die Wahrheit zu erfahren. Plötzlich fühlte sie einen Widerwillen in sich aufsteigen, der ihr den Atem nahm. Leni hatte gar keine Lust darauf, sich seine Ausflüchte anzuhören. Sie dachte an Jannik, der sich ebenfalls immer aus allem rausgeredet hatte. Die Männer waren doch alle gleich! Sie musste hier weg, und zwar sofort.

Als Nathan ins Wohnzimmer zurückkehrte, war Leni verschwunden. Erst mutmaßte er, dass sie nur auf die Toilette gegangen war, aber als er nachsah, stand die Badezimmertür sperrangelweit offen. Sie würde doch nicht irgendeinen Blödsinn machen? Adrenalin schoss durch seinen Körper, als er die Jacke vom Haken riss und hinaus in den Regen stürmte. Erst lief er zu ihrem Laden, aber die Tür war verschlossen, und als er durch das Fenster spähte, war alles dunkel. In ihrer Wohnung war sie ebenfalls nicht. Langsam fühlte Nathan Panik in sich aufsteigen. Er überquerte den Innenhof und rief mehrmals ihren Namen. Vielleicht war sie zum Stall gelaufen?

Jetzt verstand er, warum sie sich so seltsam verhalten hatte, als sie ihn unangemeldet besucht hatte. Sie hatte ihn mit Laureen im Café gesehen, obwohl er ihr gesagt hatte, dass er nach Panker gefahren sei. Kein Wunder, dass sie ihm misstraute. Er musste unbedingt dieses Missverständnis aufklären.

Er suchte sie vergeblich im Stall, in der Reithalle und im Hofcafé – und blieb fluchend stehen, als er den leeren Platz vor der Tenne bemerkte. Normalerweise parkte sie direkt vor ihrem Laden. »Verdammt!«

Wie er sie kannte, war sie bestimmt einfach losgefahren. Auf dem Weg zu seinem Jeep, trieb ihn die Sorge um sie fast in den Wahnsinn. Er holte den Autoschlüssel aus der Jackentasche, riss die Tür auf, startete den Motor und fuhr mit quietschenden Reifen zur Einfahrt. Rechts oder links, das war jetzt die Frage. Aus dem Gefühl heraus entschied er sich, in Richtung Eckernförde zu fahren. Nathan versuchte, sich zu beruhigen – er würde sie finden, auf jeden Fall.

Die Erinnerung an die erste Begegnung mit Leni drängte sich in sein Bewusstsein. Wie sie dort gestanden hatte, in ihren schicken Schuhen und vom Regen durchnässt, als sie das Reh angefahren hatte. Dann ihr kleines Wortgefecht, nachdem er das Tier von seinen Qualen erlöst hatte. Vielleicht hatte er sich schon zu diesem Zeitpunkt in sie verliebt? Er schmunzelte, als er an die vielen Begegnungen und zärtlichen Stunden mit ihr dachte. Allerdings konnte sie ihn auch richtig auf die Palme bringen mit ihrer frechen und herausfordernden Art – und das gefiel ihm, sehr sogar.

Nathan nahm aus den Augenwinkeln einen Schatten wahr und drosselte abrupt das Tempo. War das wirklich...? Ja, es war Leni, die dort neben der Straße in ihrem Sprinter parkte, er war sich absolut sicher. Es war fast genau die Stelle, an der er sie das erste Mal gesehen hatte. Ob das ein Zufall war? Zum Glück hatte sie das Standlicht eingeschaltet. Er sandte ein Stoßgebet zum Himmel, dann setzte er den Blinker und hielt hinter ihr an.

Er sprang hinaus und klopfte wie wild an ihre Scheibe. »Leni!«

Sie blickte ihn aus schreckgeweiteten Augen an.

Als er sah, dass sie geweint hatte, fühlte er einen schmerzhaften Stich in der Brust. Er öffnete die Tür und zog sie in seine Arme. »Was machst du nur für Sachen?«

Sie schniefte an seiner Schulter. »Du willst mich doch gar nicht«, schluchzte sie. »Ich... ich wollte zurück nach Berlin, aber weiter als bis zu dieser Stelle bin ich nicht gekommen, weil...« Sie presste den Kopf an seine Schulter. »...weil hier doch alles angefangen hat... zwischen uns.«

Was hatte er nur angerichtet? Er hatte alles gut gemeint, aber genau das Gegenteil bewirkt.

Er löste sich von ihr und strich ihr zärtlich über die Wange. »Natürlich will ich dich... nur dich...« Dann hauchte er ihr einen Kuss auf die Lippen. »Ich liebe dich doch!«

Langsam breitete sich ein Lächeln auf ihrem tränennassen Gesicht aus. Sie umschlang ihn mit beiden Armen. »Ich dich auch... so sehr!«

»Lässt du mich rein? Dann erkläre ich dir alles.«

Kaum war Nathan eingestiegen, zog er sie auf seinen Schoß und lege ihr die Arme um die Taille. Dass er klatschnass war, störte sie nicht im Geringsten.

»Ich habe Laureen angerufen«, begann Nathan, und Lenis Puls schoss wieder in die Höhe. Sie befahl sich innerlich, ruhig zu bleiben, und nickte Nathan deshalb zu.

»Aha.«

Nathan fuhr fort. »Ich habe sie angerufen, weil ihr Vater in Hamburg eine Firma für Unternehmensberatung hat.«

Er warf ihr einen prüfenden Blick zu. »Ich bin ganz Ohr«, bemerkte sie in einem neutralen Tonfall.

»Laureen war gerade in der Gegend, weil sie ihre Oma besucht hat, und deshalb haben wir uns in Eckernförde getroffen. Sie arbeitet nebenbei in der Firma ihres Vaters, um sich ihr Studium zu finanzieren.«

Er holte ein zerknittertes Blatt Papier aus der Jackentasche. »Hier ist die Auftragsbestätigung, die mir ihr Vater per Fax geschickt hat. Ich wollte dir erst davon erzählen, wenn der Businessplan fertig ist.«

»Was?« Leni verstand kein Wort. Sie überflog den

Text: *... bestätigen wir hiermit Ihren Auftrag vom... Businessplan für eine Werkstatt und einen Verkaufsraum auf Gut Schwansee, Inhaberin Leni Charlotte Seifert...*

Ungläubig starrte sie Nathan an, dann senkte sie den Blick wieder auf das Blatt und schnappte nach Luft, als sie die Höhe des Stundensatzes dieser Firma sah.

»O mein Gott. Das hast du für mich getan?«, sagte sie schließlich, und ein Lächeln breitete sich auf ihrem Gesicht aus. »Wenn ich das geahnt hätte... Aber ich habe euch gemeinsam aus deinem Haus kommen sehen«, stammelte sie, »und zwar heute Morgen.«

Nathan räusperte sich und blickte sie unverwandt an. »Das stimmt, aber Laureen war nur ganz kurz da, um sich zu verabschieden und mir diese Auftragsbestätigung zu geben. Ihr Vater hatte ihr nämlich das Schreiben heute Morgen schon ins Hotel gefaxt.«

Er beugte sich nach vorn, ergriff erneut ihre Hände und strich mit seinen Daumen über ihre Haut. »Zwischen Laureen und mir läuft gar nichts«, sagte er. »Ich habe dir nichts von ihr erzählt, weil ich dich überraschen wollte.«

Er lehnte sich zurück und zog sie auf sich. Dann nahm er ihr Gesicht zwischen seine Hände und küsste sie, erst sanft, aber dann immer fordernder.

»Ich will doch, dass es dir gut geht. Und dass du hier bei mir bleibst«, flüsterte er in ihr Ohr. »Und zwar für immer. Wie klingt das?«

Statt einer Antwort schlang sie ihre Arme um seinen Hals und presste sich an ihn.

»Lass uns nach Hause fahren, okay?«

Nathan hielt Leni die Tür ihres Sprinters auf und zog sie für einen kurzen Kuss an sich, bevor sie Hand in Hand das Haus betraten. Im Flur schälte er sich aus seiner nassen Jacke und wirbelte Leni dann zu sich herum. Als er sie ins Bad trug, ihr das T-Shirt über den Kopf zog und den Verschluss ihres BHs öffnete, seufzte sie wohlig. Mit der anderen Hand zog er in dem engen Raum die Tür zur Dusche auf und drehte das Wasser auf. Sie öffnete den Knopf seiner Jeans, und als sie ihm zublinzelte, loderte die Lust in seinen Augen.

»Bleib so…«, flüsterte er, und seine Stimme klang belegt. Er schob die Jogginghose nach unten, die eigentlich ihm gehörte, und danach ihren Slip. Sie trat ein Stück zur Seite, um die Sachen vom Boden aufzuheben. Als sie sich umdrehte, stand er nackt vor ihr und presste seinen heißen Körper an ihren. Dann schob er sie in die Dusche, und als er ihre Gänsehaut bemerkte, drehte er die Warmwasserzufuhr hoch. Er ließ etwas Duschgel in seine Handfläche laufen und schäumte es auf. Sie spürte seine Härte an ihrem Körper, aber er bedrängte sie nicht, sondern massierte einfühlsam jeden Zentimeter ihrer Haut.

Anschließend strich er ihr die nassen Haare aus dem Gesicht und öffnete ihre Lippen mit seiner Zunge. Sie erwiderte seinen Kuss und vergrub ihre Hände in seinem Haar. Nathan löste sich von ihr, stellte das Wasser ab und nahm sie an die Hand.

»Lass uns ins Bett gehen.«

Am nächsten Morgen trafen sich alle Mitarbeiter von Gut Schwansee im Hofcafé. Nathan lächelte Leni kurz zu, die mit Sina am Tresen stand. Dann verteilte er die verschiedenen Jobs. Ein Container war bereits angeliefert worden, und zunächst sollten alle Ziegel, Steine und die Teile des Daches dort hineingeworfen werden. Sein Vater und Paul waren schon zu den Koppeln gefahren, um die Zäune zu überprüfen. Nachmittags hatte sich ein Mitarbeiter der Versicherung angekündigt, um die Schäden zu protokollieren. Zum Glück hatten sie außer der Gebäudeversicherung auch eine Versicherung gegen Elementarschäden abgeschlossen. Nathan hoffte, dass es keine Probleme geben würde.

Alle begannen voller Elan mit den Aufräumarbeiten, und nachdem der erste Container gefüllt war, wurde gleich der zweite angeliefert. Sina und Albert Lorenzen kochten einen riesigen Topf mit Erbsensuppe, die in der Mittagspause an alle Helferinnen und Helfer verteilt wurde. Da die Sonne schien, setzten sich viele auf die Bänke vor dem Hofcafé, und das Lachen und das Stimmengewirr drang bis zum Hengststall. Nathan befestigte auf dem Dach eine Plane, es hatten sich dort ebenfalls mehrere Ziegel gelöst. Ihm und seinem Vater war es wichtig, die beschädigten Dächer möglichst schnell abzudichten, damit nicht noch Regenwasser in die Gebäude hineinlief.

Er war froh, dass sich die Missverständnisse zwischen ihm und Leni geklärt hatten. Das Treffen mit Laureen hatte er Leni verschwiegen, um sie zu überraschen. Wie war sie nur auf die Idee gekommen, dass er eine andere

Frau wollen könnte? Er war nicht der Typ, der fremdging, und er hatte wenig Verständnis für Männer und Frauen, die ihre Partner auf diese Weise hintergingen. Ihm war es wichtig, ehrlich miteinander umzugehen. Allein die Vorstellung, die eigene Partnerin anzulügen, missfiel ihm in jeder Hinsicht. Sicher hatte auch die Untreue seines Vaters dazu beigetragen, dass sich diese Einstellung bei ihm entwickelt hatte. Er wusste schon seit seiner Jugend, dass er nicht so werden wollte. Auf gar keinen Fall.

Von seinem Dach aus blickte er hinunter auf den Hof und sah, wie Leni und Sina dort entlangschlenderten. Ihm wurde ganz warm ums Herz.

Er nahm sich einen Nagel aus dem Werkzeugkasten, platzierte ihn auf der Plane und heftete ihn mit einem Schlag ins Holz, bevor er ihn danach endgültig versenkte.

Die vergangene Nacht mit Leni war wunderschön gewesen. Er hatte sich noch nie mit einer Frau so verbunden gefühlt. Es war mehr als diese körperliche Anziehungskraft, die zwischen ihnen von Beginn an bestanden hatte, sondern etwas Tieferes, Elementareres. Er sah sich selbst, wenn er in ihre Augen blickte, und er hatte das Gefühl, dass es ihr genauso ging.

Bislang hatte er sich noch nie vorstellen können, mit einer Frau eine gemeinsame Zukunft aufzubauen. Natürlich war er verliebt gewesen, aber noch nie hatte er sich so vollkommen auf eine Frau eingelassen.

Er stieg vom Dach und packte sein Werkzeug in eine Ecke des Hengststalles. Dann besuchte er Moonlight in seiner Box. Sein Hengst legte den Kopf auf seine Schulter, und er kraulte ihn zwischen den Ohren. Es rührte ihn, dass Leni so eifersüchtig gewesen war. Nathan klopfte Moonlight auf den Hals.

»Dicker, ich glaube es ist an der Zeit, dass Leni Oma und Opa kennenlernt.«

Endlich hatte Leni die passenden Farben für Hinnerks Möbel gefunden. Sie füllte den Bestellschein aus, faltete das Blatt und steckte es in einen Briefumschlag. Sie hatte den ganzen Tag beim Aufräumen geholfen, die meiste Zeit mit Sina, deren Kratzer zwar noch schmerzte, die sich aber ansonsten wieder topfit fühlte.

Leni nahm das Schild zur Hand, das der Wind ebenfalls weggerissen hatte:
Überall
Vintage-Möbel, Dekoartikel, Schönes
Das Holz war an den Rändern etwas abgesplittert, aber das war kein Problem. Sie holte etwas Schleifpapier aus dem Werkzeugkasten und glättete die Stellen. Dann nahm sie einen Pinsel, um die Schrift nachzubessern, und ergänzte eine Zeile: *Inhaberin: Leni Charlotte Seifert*

Von Paul besorgte sie sich eine Trittleiter, um das Schild über der Tür zu befestigen. Anschließend ging sie ein paar Schritte zurück und betrachtete ihr Werk.

Ja, das fühlte sich richtig an. Sie wollte hierbleiben, nicht nur um mit Überall ihren Traum zu verwirklichen, sondern vor allem wegen Nathan, den sie mit jeder Faser ihres Herzens liebte. Ein warmes Glücksgefühl durchströmte sie. Niemals hätte sie gedacht, dass ihr Leben auf einmal eine solch positive Wende nehmen würde. Sie lächelte in sich hinein. Es war vollkommen verrückt und schön zugleich: Gut Schwansee war der Ort, an dem alle ihre Wünsche in Erfüllung gingen.

30

Leni umfasste den kleinen Blumenstrauß, den sie früh am Morgen auf dem Markt gekauft hatte, mit beiden Händen. Gleich würde sie Nathans Großeltern Lydia und Artur kennenlernen. Sie lebten in einem Alten- und Pflegeheim auf einer Anhöhe oberhalb von Eckernförde, ganz in der Nähe von dem Café, in dem sie mit Jannik gesessen hatte. Eine freundliche Altenpflegerin mit lila gefärbten Haaren führte sie über einen Korridor zu ihrem Zimmer und öffnete die Tür.

»Ihr Besuch ist da.« Sie nickte Leni und Nathan zu. »Lassen Sie sich ruhig Zeit. Wenn Sie mögen, können Sie auch runter in unsere Cafeteria gehen, da ist es vielleicht noch etwas gemütlicher.«

Nathans Großeltern waren beide bereits über achtzig Jahre alt und hatten sich sofort für ein Pärchenzimmer beworben, als sie von dem Neubau erfahren hatten.

»Nathan, wie schön.«

Seine Großmutter war klein und zierlich, hatte lebhafte blaue Augen und trug ein langärmliges geblümtes Sommerkleid. Artur, ihr Ehemann, saß in einem Rollstuhl vor dem bodentiefen Fenster. Er reagierte nicht, aber Leni wunderte sich nicht darüber. Nathan hatte ihr erzählt, dass er dement war und sich in den vergangenen drei Jahren immer mehr in seine eigene Welt zurückgezogen hatte.

Leni überreichte Lydia den Blumenstrauß.

»Oh, wie reizend, das wäre doch nicht nötig gewesen.«

Sie holte eine Vase aus dem Regal, in dem Bücher und gerahmte Fotografien von Mitgliedern der Familie Cornelius standen. Leni half ihr, die Vase im Badezimmer mit Wasser zu füllen. Dann setzten sie sich an den niedrigen Tisch, und Nathan schob seinen Großvater ebenfalls dorthin.

»Opi, wie geht es dir?«

Artur blieb regungslos sitzen und starrte ins Leere, aber Leni hatte das Gefühl, dass er sie alle trotzdem wahrnahm. Lydia schenkte ihnen Kaffee aus einer bronzefarbenen Thermoskanne ein, die blitzblank poliert war, und deutete auf einen Teller mit Keksen.

»Ihr bedient euch bitte.«

Nathan informierte seine Großmutter über die aktuellen Ereignisse auf Gut Schwansee, insbesondere über das Rapsblütenfest und die Schäden, die durch den Orkan entstanden waren.

»Kommt ihr klar?«, fragte sie daraufhin, und ihre Stimme klang besorgt. »Hat Bernhard das denn noch alles im Griff?«

»Du weißt doch, dass ich ihm helfe, wo ich nur kann«, erklärte Nathan. »Aber er hat natürlich seinen eigenen Kopf.«

Lydia seufzte. »Das kann man wohl sagen.« Dann

wandte sie sich Leni zu. »Es ist wirklich schön, dass Sie mitgekommen sind.« Ein verschmitztes Lächeln umspielte ihre Lippen. »Ihr seid doch ein Paar, oder nicht?«

Nathan sah Leni verliebt an. Er fasste ihre Hand, hob sie an seine Lippen und küsste sie. »Ja, das sind wir.«

Als sie das Kaffeetrinken beendet hatten, fuhren sie gemeinsam nach unten, um noch eine Runde spazieren zu gehen. Nathan schob den Rollstuhl seines Großvaters. Lydia hakte sich bei Leni unter.

»Nun erzähl mal, min Deern, wie ihr euch kennengelernt habt.«

Nach einer guten Stunde kehrten sie zurück, und Nathans Großmutter bedankte sich herzlich für den Besuch. »Es war schön, dich mal wiederzusehen, mein Junge«, sagte sie zu Nathan und kniff ihm in die Wange. Dann reichte sie Leni die Hand, beugte sich nach vorn und flüsterte: »Lass ihn nicht los, Leni. Er ist ein guter Junge.«

Als Nathan bereits die Türklinke in der Hand hielt, hörten sie plötzlich Arturs Stimme. »Was macht Moonlight?«

Nathan hielt einen Moment inne, dann kehrte er zu seinem Großvater zurück. »Ihm geht es sehr gut. Ich hoffe, dass er im Oktober gekört wird.«

Artur reagierte nicht auf die Antwort seines Enkels, sondern blickte wieder aus dem Fenster. Der kurze Lichtblick war vorüber. Er war schon wieder ganz woanders. Leni hoffte, dass er dort glücklich war.

Nathan freute sich, dass seine Großmutter und Leni gleich einen Draht zueinander gehabt hatten. Als sie und Artur noch auf Gut Schwansee gelebt hatten, war er oft zu ihr gegangen, wenn er einen Rat brauchte und seine Mutter keine Zeit für ihn hatte. Er hatte es zunächst nicht verstanden, warum sie unbedingt in das neu gebaute Alten- und Pflegeheim wollten, aber mittlerweile glaubte er die Gründe dafür zu kennen. Lydia wollte niemandem zur Last fallen, und schon gar nicht ihrer Schwiegertochter, zu der sie nie ein besonders gutes Verhältnis gehabt hatte.

Seit dem Orkan war eine Woche vergangen, und mittlerweile waren fast alle Schäden beseitigt worden bis auf die an den Dächern. Dort waren noch jeden Tag Handwerker dabei, neue Dachziegel einzusetzen. Morgen sollte im Kellergewölbe ein kleines Fest für alle Helferinnen und Helfer stattfinden.

Leni war einen Tag nach dem Besuch bei seinen Großeltern nach Berlin gefahren, um ihre Wohnung aufzulösen. Er konnte es kaum erwarten, sie abends zu sehen. Sie hatte sich tatsächlich entschlossen, erst einmal auf Gut Schwansee zu bleiben. Er musste sich beeilen, denn er wollte sie diesmal richtig verwöhnen.

Als Leni am frühen Abend Gut Schwansee erreichte, schlug ihr Herz vor Freude schneller. Sie hatte in Berlin alles erledigt, und es war ihr auch nicht schwergefallen, dort alle Zelte abzubrechen. Eine Freundin von ihr würde ihre

Wohnung und fast ihre ganzen Möbel übernehmen und sogar noch freiwillig Abstand zahlen. Nur ihre persönlichen Dinge hatte sie in Kisten gepackt und in ihrem Sprinter verstaut. Gestern Abend hatte sie sich noch einmal mit engsten Freunden getroffen. Alle versprachen, sie demnächst zu besuchen, und obwohl Leni wusste, dass es die meisten von ihnen doch nicht in die Tat umsetzen würden, freute es sie sehr. Heute hatte sie auch ihre Eltern in Bremen angerufen. Auf nervige Fragen, wie sie denn ihren Lebensunterhalt bestreiten wolle und ob sie nicht doch noch ein Studium plane, hatte sie erst gar nicht reagiert. Sie war erwachsen und konnte machen, was sie wollte.

Sie parkte ihr Auto und lief über den Innenhof zum Herrenhaus. Als die Tür zu ihrer Ferienwohnung zufiel, atmete sie erleichtert auf. Sie war zu Hause, endlich!

Sie duschte, bürstete sich die Haare und wählte für diesen besonderen Abend – Nathan würde heute für sie kochen – die knallgelbe Carmen-Bluse aus, die sie auf dem Empfang von Nathans Mutter getragen hatte. Kaum zu glauben, dass seitdem mehr als ein Monat vergangen war! Sie würde keine Jeans tragen, sondern einen schwarzen, engen Rock, den sie aus Berlin mitgebracht hatte. Es war ein teures Designerstück, das sie erst ein einziges Mal angehabt hatte. Sie war sich sicher, dass Nathan dieses Outfit gefallen würde. Zehn Minuten später stand sie pünktlich und mit klopfendem Herzen vor seiner Tür.

Nathan öffnete ihr mit einem breiten Grinsen. Er trug ein hellblaues Hemd aus einem matt schimmernden Baumwollstoff.

»Hi!«

Sherlock begrüßte sie schwanzwedelnd, bevor er sich wieder in seinen Korb legte.

»Du siehst umwerfend aus«, flüsterte Nathan ihr ins Ohr, als er sie in seine Arme zog.

»Du aber auch.«

Er grinste. »Komm mit.«

Nathan wies Leni an, zunächst auf dem Sofa Platz zu nehmen. Er ging in die Küche und kam kurze Zeit später mit zwei langstieligen Gläsern zurück und reichte ihr eines davon. Dann setzte er sich zu ihr.

»Wie war es in Berlin? War es sehr schlimm für dich?«, fragte er mitfühlend.

Leni seufzte. »Ich habe mich bei allen verabschiedet.«

»Und? Bist du sehr traurig?« Sein Blick ruhte auf ihr, und Leni spürte, wie die Anspannung der letzten Zeit endgültig von ihr abfiel. Es fühlte sich alles gut und richtig an.

»Ein ganz kleines bisschen schon«, erwiderte sie, »aber ich freue mich sehr, hier zu sein. Bei dir.«

Ein Lächeln huschte über sein Gesicht, und Lenis Puls schoss in die Höhe. »Ich mich auch, sehr sogar.«

Sie stießen mit ihren Gläsern an. »Auf einen schönen Abend!«, sagte Nathan.

»Mhm, lecker, was ist das?«

»Champagner, Orangenlikör und Basilikum. Das Rezept habe ich aus dem Internet.«

Er rückte etwas näher an sie heran und strich ihr über die Schulter. »Diese Bluse kenne ich doch.«

»Ja, vom Empfang im Goldenen Saal.«

Er legte seine Hand auf ihr nacktes Knie. »Der Rock passt aber besser dazu«, sagte er leise und schob den Saum etwas nach oben.

Leni rückte gespielt entrüstet ein kleines Stück von ihm weg. »Ich dachte, es gibt erst einmal etwas zu essen?«

Nathan stellte sein Glas ab und sprang hoch. »So ist es. Gut, dass du mich daran erinnerst. Ich glaube, die Soße benötigt jetzt meine volle Aufmerksamkeit.«

Kurze Zeit später saßen sie sich an dem kleinen Esstisch gegenüber. Leise Klaviermusik drang aus den Lautsprechern, und zwei Kerzen verbreiteten ein angenehmes Licht. Nathan füllte Leni Spaghetti auf den Teller und schob ihr anschließend die Schüssel mit der Soße entgegen. »Bitte, bedien dich!«

Während sie aßen, erzählte Leni von ihren Erlebnissen in Berlin. Nathan hörte ihr aufmerksam zu, schenkte ihr Wasser ein und füllte zwischendurch ihr Weinglas auf. Leni genoss es, so von ihm umsorgt zu werden.

»Es schmeckt superlecker«, sagte sie zwischen zwei Sätzen. »Hast du tatsächlich selbst gekocht?« Sie biss auf eine zarte Garnele, die zusammen mit den gedünsteten süßen Kirschtomaten und den Kräutern perfekt harmonierte.

»Na klar«, erwiderte Nathan und blickte ihr über den Rand seines Glases tief in die Augen. »Es ist aber auch das einzige Gericht, das ich beherrsche.«

Als sie fertig gegessen hatten, trugen sie gemeinsam das Geschirr in die Küche, und Nathan informierte sie über den Stand der Aufräumarbeiten. Schließlich hielt er es nicht mehr aus.

»Ich habe Neuigkeiten«, sagte er und lächelte.

»Echt, was denn?«

Er zog sie an sich heran.

»Lass uns ins Wohnzimmer gehen, okay?«

Nathan ließ Leni den Vortritt. Sie sah wirklich sehr verführerisch aus in dem engen, seidig glänzenden Rock, und er musste sich schon ordentlich zusammenreißen. Am liebsten hätte er sie in sein Schlafzimmer getragen... Aber das hatte Zeit. Wenn er es genau betrachtete, hatten sie sogar alle Zeit der Welt.

Als sie auf dem Sofa nebeneinandersaßen, lächelte sie ihn erwartungsvoll an. Er wollte sie auch nicht mehr länger auf die Folter spannen, deshalb machte er es kurz: »Die Versicherung wird für die Sturmschäden aufkommen. Wir werden eine neue Reithalle bauen, aber mit Boxen.«

Leni musterte ihn interessiert. »Und das bedeutet?«

»Ich brauche die Tenne nicht mehr, um meine Hengste unterzubringen. Du kannst dort einen richtigen Laden aufmachen...« Er ergriff ihre Hände und schaute ihr in die Augen. »Wenn du das noch möchtest.«

»Natürlich möchte ich das...« Sie verschränkte die Arme um seinen Hals. »Ich freue mich so«, flüsterte sie ihm ins Ohr.

»Das ist wunderbar. Einfach nur wunderbar.«

»Was ist mit deinem Vater? Ist es für ihn auch okay?« Sie hielt einen Moment inne. »Ich meine, er war doch immer gegen deine Pläne?«

»Er ist noch nicht hundertprozentig überzeugt, aber meine Mutter will mich auf jeden Fall unterstützen. Ich bin mir sicher, dass er bald zustimmen wird.«

Sie legten sich auf das Sofa, und Nathan zog Leni an seine Brust. So aneinandergeschmiegt lauschten sie der sanften Musik, die Nathan aufgelegt hatte, und überlegten, wie die zukünftige Reithalle wohl am besten aussehen sollte. Nathan freute sich darüber, dass Leni sich so sehr dafür interessierte. Eigentlich war es für jemanden, der nichts mit der Zucht und Haltung von Pferden zu tun hatte, ein langweiliges Thema. Aber er stellte auch fest, dass er ihr mit seinen Ideen für ihren Laden helfen konnte.

Sie redeten, lachten, holten sich die restlichen Nudeln und den Wein, und als sie schließlich Hand in Hand die Treppe zum Schlafzimmer hochgingen, war es bereits weit nach Mitternacht – aber was spielte die Uhrzeit jetzt noch für eine Rolle? Nathan dachte an einen Spruch seiner Großmutter: »Dem Glücklichen schlägt keine Stunde.«

Nachdem Leni den ganzen Tag in der Werkstatt gearbeitet hatte, half sie Sina und Albert Lorenzen bei den Vorbereitungen zu dem Dankesfest für alle, die bei den Aufräumarbeiten nach dem Sturm mitgeholfen hatten. Nathan entfachte gerade das Feuer im Kamin, und Leni ließ ihren Blick über seine breiten Schultern gleiten.

Sie tauchte die Gläser ins Spülwasser und drehte sie anschließend über der Bürste hin und her. Ihr Blick wanderte durch den Gewölbekeller. Dies hier war nun ihr neues Zuhause. Wow! Sina und Hendrik deckten gerade die Tische ein, nachdem sie die Bänke zurechtgerückt hatten. Bernhard stach ein Fass Bier an, füllte die ersten Gläser und verteilte sie an die Gäste, die nach und nach eintrudelten. Es machte Leni richtig Spaß, mit diesem Team zusammenzuarbeiten. Sie war als Feriengast gekommen und nun ein Teil von ihnen. Was für ein Geschenk!

Leni trocknete die Gläser ab und polierte sie anschließend mit einem Tuch. Als Nathan sich hinter ihr vorbeischob, um sich den Karton mit den Schnapsgläsern zu holen, streifte er ihren Rücken. Ein Kribbeln breitete sich in ihrem Körper aus, sie lehnte sich kurz an ihn.

Plötzlich betraten Hektor und Erik den Gewölbekeller, und einige der Gäste verstummten. Bernhard ging lächelnd auf die beiden zu.

»Schön, dass ihr es einrichten konntet.«

Die drei unterhielten sich mit gedämpften Stimmen, bis Hektor und Erik sich schließlich auf Nathan zubewegten, der noch immer hinter ihr stand.

Graf von Bardelow stieß seinen Sohn in die Seite. »Nun mach schon«, zischte er ihm zu.

Widerstrebend reichte Erik Nathan über den Tisch hinweg die Hand. »Entschuldigung«, presste er hervor.

Hektors Augenbrauen schnellten nach oben. »Du musst ihm schon sagen, warum du dich entschuldigst.«

»Wir haben den Zaun angesägt...« Erik presste die Lippen aufeinander. »Es sollte nur ein Scherz sein. Es tut mir leid.«

Nathan sah ihm in die Augen und nickte schließlich. »Okay. Ich finde es gut, dass du dazu stehst.«

Bernhard bat mit lauter Stimme um Aufmerksamkeit. »Ruhe bitte. Ich möchte euch etwas mitteilen.« Er deutete mit dem Kopf auf Graf von Bardelow. »Hektor und ich haben uns entschlossen, die zweite Windkraftanlage zusammen zu betreiben.«

Die beiden schüttelten die Hände und klopften sich gegenseitig auf die Schulter.

»Schön, dass die beiden endlich Frieden schließen«, flüsterte Nathan Leni ins Ohr. Dann zog er sie zu sich heran und küsste sie zärtlich auf den Mund. Ein kurzes Raunen ging durch den Raum, dann applaudierten alle Anwesenden. Leni errötete, als Nathan sie noch fester an sich zog. Jetzt wussten wirklich alle, dass sie ein Paar waren.

Der Raum füllte sich immer mehr, und Leni kam mit dem Abwaschen der Gläser kaum hinterher. Zwischendurch unterstützte Sina sie, aber ihr Chef benötigte sie auch an dem Grill, der vor dem Hofcafé aufgebaut war. Einige der Gäste verließen den Gewölbekeller, um draußen weiterzufeiern. Es war ein milder Abend, und Bernhard zündete die Fackeln an, als es langsam dunkel wurde.

Nathan brachte Leni einen Pappteller mit einer Bratwurst nach unten. Sie bedankte sich und biss hinein.

»Das ist Wildfleisch«, bemerkte Nathan. Er blinzelte. »Von dem Reh, das du überfahren hast.« Leni verschluckte sich fast an ihrem Bissen.

»Spinnst du?«

Er klopfte ihr auf den Rücken und lachte. »Das war nur Spaß, Leni.« Er grinste. »Da ist gar kein Fleisch drin, sondern irgendetwas mit Bulgur. Eine neue Kreation von Lorenzen.«

»Na warte …« Leni scheuchte Nathan mit ihrem Handtuch aus dem Gewölbekeller.

Als sie fertig mit Abwaschen war und fast alle Gäste nach draußen gegangen waren, um sich auf die Bänke zu setzen, die Bernhard um die Feuerkörbe gestellt hatte, verließ sie ebenfalls das Kellergewölbe. Ein milder Wind erfasste ihre Haare, als sie die Tür öffnete. Susanne Cornelius, die ihr vor einigen Tagen das Du angeboten hatte, kam ihr entgegen und bedankte sich für ihre Hilfe. Vielsagend zog sie die linke Augenbraue hoch.

»Wir werden uns ja in Zukunft öfter sehen.« Ein feines Lächeln umspielte ihre Lippen. »Ich möchte dich noch einmal herzlich auf Gut Schwansee willkommen heißen. Es tut mir leid, dass ich manchmal etwas schroff zu dir war.«

»Schon vergessen!«

Susanne Cornelius nickte, dann entschuldigte sie sich und wandte sich den anderen Gästen zu.

Leni winkte Paul zu, der sich mit einigen Dachdeckern an einem Stehtisch unterhielt. Ohne von den anderen bemerkt zu werden, ging sie schließlich auf die kleine Brücke, die zum Herrenhaus führte. Sie lehnte sich an die Mauer, auf der ebenfalls Fackeln brannten, und ließ ihren Blick über den Innenhof, den alten Hengststall, das Hofcafé und ihren Laden gleiten. Sie erinnerte sich daran, als sie hier das erste Mal gestanden hatte und Nathan ihr seine Entschuldigung ins Ohr geflüstert hatte. Ob sie sich damals schon in ihn verliebt hatte? Sie wusste es nicht, aber es war auch nicht wichtig. Wichtig war nur, dass sie hierbleiben wollte, bei ihm. Und sie würde ihren Traum von einem eigenen Laden verwirklichen. Auch im Hofladen würde sie weiterhin arbeiten – das war sie der Familie Cornelius schuldig. Aber der eigentliche Grund, weshalb sie sich dazu entschlossen hatte, ihr Leben in Berlin aufzugeben und hier aufs Land zu ziehen, war dieser ungehobelte Rehmörder, dieser attraktive Reitlehrer, dieser Landbursche mit der harten Schale und dem weichen Herz. So einfach war das.

Sie hörte ein Plätschern und beugte sich neugierig über die Mauer. Der Schein der Fackeln erhellte die dunkle Wasseroberfläche. Die beiden Schwäne mit ihren Küken waren wieder da – etwas zerzaust, aber vollzählig.

Wie schön.

Jetzt waren wirklich alle zu Hause.

ENDE

Danksagung

Zunächst möchte ich mich bei Stephan Ditschke bedanken, dem ich in einem Seminar der Textmanufaktur zum Thema Unterhaltungsliteratur meine Gut-Schwansee-Idee vorgestellt habe. Du warst gleich begeistert und hast dich für das Exposé eingesetzt – ich bin davon immer noch überwältigt!

Dass meine Romanidee eine Verlagsheimat fand, habe ich meiner Lektorin und Agentin Dr. Dorothee Schmidt von der Agentur Hille & Schmidt zu verdanken. Du hattest immer das perfekte Gespür dafür, dich zu melden, wenn ich gerade in einer Sackgasse steckte. Danke für die vielen motivierenden Gespräche – oft spät am Abend ☺.

Ein riesiges Dankeschön an das engagierte, wunderbare Team des Penguin Verlags in München. Vor allem möchte ich mich bei meiner Lektorin Laura Lichtenwalter bedanken, die einen langen Atem hatte und mich mit viel Fingerspitzengefühl unterstützt hat, das Manuskript zu verbessern. Vielen, vielen Dank auch an meine externe Lektorin Lisa Wolf für ihre sensible Arbeit und die vielen aufmunternden Mails!

Meine Schreibgruppe, die Roten Heringe, begleitet mich

nun schon seit über zwanzig Jahren. Ich danke euch für die vielen Gespräche und wunderbaren Stunden in Rendsburg, Lübeck und Berlin. Felix Huby – danke, dass du uns immer motiviert hast, weiterzumachen!

Meine Familie und meine Freunde haben mit Liebe und Verständnis meinen »Schreibmarathon« ertragen und mich immer unterstützt. Danke, dass ihr mich so annehmt, wie ich bin.

Lesen Sie weiter >>

Leseprobe

Die große Sehnsuchtstrilogie
geht weiter…

Auf Gut Schwansee
ist die Liebe zu Hause!

Band 2 ab Frühjahr 2021 im Handel
und als E-Book erhältlich.

Klack, klack, klack. Sina liebte dieses Geräusch, das entstand, wenn Albert mit seinem Profimesser Kräuter schnitt – Borretsch, Kerbel, Kresse, Petersilie, Pimpinelle, Sauerampfer und Schnittlauch. Ihr Chef arbeitete hinter ihr auf der gegenüberliegenden Seite der Küche des Hofcafés. Sie schloss die Augen und atmete den frischen, würzigen Geruch ein, während sie den Teig für die Frühstücksbrötchen anrührte.

Sina freute sich auf ihren Feierabend, sie war wie jeden Arbeitstag um 5.30 Uhr aufgestanden und hatte fast ohne Pause durchgearbeitet. Es war schon spät, aber für morgen hatte sich kurzfristig eine Fahrradgruppe zum Mittagessen angemeldet und Scholle vom Kutter mit Kartoffeln und Kräutersoße bestellt. Die Fische würde Johann fangfrisch anliefern, direkt vom Hafen aus Eckernförde. Jetzt, Anfang Juni, begann die Sommersaison, und Gut Schwansee war ein beliebtes Ausflugsziel. In Gedanken ging Sina die Aufgaben durch, die sie noch erledigen musste, als sie hinter sich plötzlich ein dumpfes, polterndes Geräusch hörte. Erschrocken fuhr sie herum. Albert lag mit geschlossenen Augen vor der Kochinsel auf dem Küchenboden, presste seine Hände auf die Brust und japste nach Luft.

»O mein Gott!«

Sina stürzte zu ihm, zog das Küchenhandtuch von ihrer Schulter, rollte es zusammen und legte es ihm unter den Kopf. »Ganz ruhig atmen, Albert, ganz ruhig.«

Sie nahm seinen Arm, fühlte den Puls und strich ihm mit der Hand beruhigend über die Wange, die sich feucht und kalt anfühlte. Ihr Herz raste, und sie überlegte fieberhaft, was zu tun sei. Auf jeden Fall musste sie Hilfe holen!

Sie zog das Handy aus der Gesäßtasche der Jeans und wählte 110. Eine Frau meldete sich in der Einsatzleitstelle.

»Ich glaube, mein Chef hat einen Herzinfarkt!«, rief sie aufgeregt.

»Atmet er noch?«

»Ja, aber er bekommt kaum Luft.« Ungeduldig presste Sina das Handy ans Ohr.

»Bleiben Sie bitte bei ihm und beruhigen Sie ihn.«

»Okay«, antwortete sie mit zittriger Stimme.

»Ich benötige die genaue Adresse.«

»Gut Schwansee in Waabs bei Eckernförde.«

Für einen Moment war es still in der Leitung. »Hallo? Sind Sie noch dran?«

»Ja, natürlich. Ein Rettungswagen ist unterwegs. In zehn Minuten müsste er da sein.«

Sina atmete erleichtert aus, nannte noch ihren Namen, dann beendete die Frau von der Einsatzleitung das Gespräch.

Albert hatte die Augen in der Zwischenzeit nicht geöffnet. Schweißperlen glänzten auf seiner Stirn. Sina holte zwei weitere Küchenhandtücher, um seinen Oberkörper höher zu lagern. Dann öffnete sie die Knöpfe der Kochjacke, damit er besser atmen konnte. Sie überlegte, ob sie jemanden um Hilfe bitten könnte, aber leider waren sie allein. Die Gutsherren Susanne und Bernhard Cornelius waren mit ihrem Sohn Nathan auf einem Familienfest in Eutin. Leni, Nathans Freundin und Sinas Vertraute, war für zwei Tage zu ihren Eltern nach Bremen gefahren, und alle anderen, die hier arbeiteten, waren um diese Zeit längst zu Hause. Hendrik, der jüngere Sohn der Gutsbesitzerfamilie, hielt sich im Sommer in einem Wohnwagen auf dem Campingplatz unten an der Ostsee auf.

Sie war also auf sich allein gestellt. Albert stöhnte. Sina nahm seine Hand und strich ihm über die Wange.

»Hilfe ist unterwegs«, flüsterte sie, »der Rettungswagen ist gleich da.«

Seine Lider flatterten, er hob angestrengt den Kopf an und öffnete die Lippen.

»Psst, nicht reden. Alles wird gut, ich bin bei dir.«

Ihr Blick wanderte zur Uhr, die über dem Eingang zur Küche hing. Es waren gerade einmal zwei Minuten vergangen. Sie wusste, dass sie sofort mit der Herz-Lungen-Wiederbelebung beginnen musste, wenn die Atmung aussetzte, und versuchte, sich an ihren letzten Erste-Hilfe-Kurs zu erinnern.

In der Theorie hörte sich das alles ganz einfach an, aber in einer echten Notfallsituation wie dieser erschien es ihr fast unmöglich. Sina hoffte inständig, dass eine Wiederbelebungsmaßnahme nicht notwendig sein würde, und blickte erneut auf die Uhr – schon acht Minuten! Jetzt müsste der Rettungswagen bald kommen, hoffentlich.

Sie überprüfte den Puls ihres Chefs, dessen Augen wieder fest geschlossen waren. Er war aschfahl im Gesicht. Da ließ ein Motorgeräusch Sina aufhorchen. Sie sprang auf, rannte zur Tür und hielt sich schützend die Hand vors Gesicht, als das Blaulicht sie blendete.

»Hierher, hierher!«

Die beiden Rettungssanitäter sprangen aus dem Fahrzeug, verschwanden kurz dahinter und holten die Liege heraus, die sie eilig in die Küche schoben. Sina deutete mit dem Kopf auf ihren Chef. »Er atmet, aber der Puls ist schwach.«

Der Notarzt, ein junger Mann mit Brille und hellen wachen Augen, nickte. »Das haben Sie alles gut gemacht. Wir übernehmen jetzt. Gibt es jemanden, den Sie informieren können?«

»Ja, Elisabeth, seine Frau.«

»Okay, würden Sie das bitte tun? Wir bringen ihn ins Kreiskrankenhaus.«

Sina trat nickend zurück und beobachtete, wie die Sanitäter Albert auf die Liege hievten und festschnallten. Dann hielt sie ihnen die Tür auf und folgte den Männern bis zum Rettungswagen.

Der Notarzt nickte ihr noch einmal zu, dann zog sein Partner die Hecktür zu. Sina dachte, dass sie sofort losfahren würden, aber nichts passierte – nur das Blaulicht drehte sich im Kreis und hüllte den Innenhof des Gutes in ein gespenstisch wirkendes Licht. Kein gutes Zeichen, dachte sie, und presste ihre Handflächen aufeinander. Die Sekunden dehnten sich zu einer kleinen Ewigkeit. Endlich startete der Fahrer den Motor. Sina atmete auf. Sie blickte dem Fahrzeug nach, bis es verschwunden war, dann rief sie sofort Elisabeth an, die zum Glück zu Hause war. Die Nachricht versetzte sie in Panik, aber es gelang Sina doch, sie einigermaßen zu beruhigen. Elisabeth würde sich sofort ein Taxi rufen und zum Kreiskrankenhaus fahren.

Sina atmete erleichtert aus, ging zurück in die Küche, schnappte sich ein sauberes Handtuch und tupfte ihr Gesicht damit ab. Jetzt, wo das Adrenalin nachließ, zitterte sie am ganzen Körper. Hoffentlich hatte sie alles richtig gemacht!

Sie schob die Kräuter, die auf dem Holzbrett lagen, zusammen und ließ sie in einen Glasbehälter rieseln. Dann deckte sie die Schüssel, in dem sich der Teig für die Brötchen befand, mit einem sauberen Tuch ab und stellte ihn kalt. Schließlich wischte sie noch die Arbeitsplatten, fegte den Boden und kontrollierte, ob alle Vorräte vorhanden waren. Albert war normalerweise für die Planung des Einkaufs und die Bestellungen zuständig. Wenn er länger ausfiel, würde sie das alles vorübergehend übernehmen müssen, dabei hatte sie das noch nie gemacht. Sina zog die dunkelgraue Kochjacke aus, hängte sie an einen der Haken hinter der Tür und verließ das Hofcafé.

Ihre kleine Wohnung befand sich neben dem Torhaus und der Tenne, in dem Leni ihren Laden »Überall« für Vintage-Möbel und Dekoartikel betrieb. Ihre Freundin wohnte zusammen mit Nathan in dem roten Backsteinhaus schräg gegenüber vom Springplatz. Außerdem war in diesem Seitenflügel der Hofladen untergebracht, in dem die Familie Cornelius Produkte vom Gut und aus der Region Schwansen verkaufte. Seit zwei Jahren lebte und arbeitete Sina hier, nachdem sie ihre Kochlehre in Lütjenburg beendet hatte, und mittlerweile war Gut Schwansee ihr zweites Zuhause geworden.

Sie überquerte den Innenhof, öffnete die Eingangstür und stieg die alten, knarrenden Holzstufen zu ihrer Wohnung hinauf. In der Küche öffnete sie den Kühlschrank und holte eine Flasche Mineralwasser heraus. Zwar war sie nicht mehr so aufgeregt wie vor einer halben Stunde, aber immer noch unruhig. Sie hoffte inständig, dass sie wirklich alles richtig gemacht hatte, und die Ärzte Albert helfen konnten. Nachdem sie sich ein Glas eingeschenkt hatte, stellte Sina sich ans Fenster und blickte hinaus auf das Herrenhaus zu ihrer Linken, das von einem Wassergraben umgeben war. Susanne und Bernhard Cornelius wohnten in dem vierstöckigen, über 400 Jahre alten Backsteingebäude mit weißen Sprossenfenstern, das um diese Zeit von unten angeleuchtet wurde. Außer ihren privaten Räumen befand sich dort der Goldene Saal, in dem große Veranstaltungen, Hochzeiten und Jubiläumsfeiern stattfanden. Schon oft hatte Sina sich gefragt, welche Liebesgeschichten, Affären und Tragödien sich hinter den dicken Mauern im Laufe der Jahrhunderte wohl abgespielt hatten. Besonders gefiel ihr die kleine gemauerte Brücke, die vom Haupteingang auf den Innenhof über den Wassergraben führte. Gegenüber des Hofcafés befand sich der alte Hengststall, in dem Nathan zehn seiner Pferde untergebracht hatte. Wenn die neue Halle fertig gebaut war, sollten die Vierbeiner dorthin umziehen. Kurz flackerte die Erinnerung an den Sturm im Frühjahr vor einem Jahr auf. Eine starke Böe hatte das komplette Dach von der alten Reithalle weggerissen, außerdem hatten sich Backsteine aus dem Mauerwerk der Gutsgebäude gelöst, und Dachziegel waren durch die Luft geschleudert worden. Zum Glück hatte sich niemand verletzt. Sina seufzte. Sie konnte jetzt nicht untätig warten oder ins Bett gehen, sie musste wissen, wie es um Albert stand.

2

Wenige Minuten später verließ Sina die Wohnung. Sie trug ihre bequeme Lieblingsjeans, eine abgewetzte Jeansjacke und dazu ihre weißen Sneaker, die sie sich vor vier Wochen bei einem Ausflug nach Hamburg mit Leni gegönnt hatte. Ihr Auto, ein alter Golf, den sie von ihren Eltern geschenkt bekommen hatte, stand auf dem Besucherparkplatz von Gut Schwansee. Sina schnallte sich an, schloss kurz die Augen und drehte den Zündschlüssel. Puh! Zum Glück sprang der Motor diesmal ohne Probleme an. Sie setzte zurück und bog dann auf die Landstraße in Richtung Eckernförde ab. Während sie fuhr, beruhigten sich langsam ihre Nerven. Rechts und links ragten meterhohe Laubbäume in den dunklen Himmel, dahinter breitete sich die sanft hügelige Landschaft aus, die nur schemenhaft zu erkennen war. Normalerweise lag sie um diese Zeit schon im Bett. Ihre Augen brannten, und sie unterdrückte ein Gähnen.

Eine halbe Stunde später betrat Sina den Eingangsbereich des Kreiskrankenhauses, in dem einige Tische mit Stühlen und Grünpflanzen standen. Ein Patient in einem grau gestreiften Morgenmantel spazierte dort zusammen mit einer Besucherin, die leise auf ihn einredete. Sina folgte dem Hinweisschild, bis sie eine gläserne Tür mit der Aufschrift »Notaufnahme« erreichte. In dem Wartebereich saß eine Mutter, die ihr kleines Kind auf dem Schoß festhielt und sanft hin und her wiegte. Sie ging zur Anmeldung und erfuhr von einer jungen blonden Krankenschwester, dass Elisabeth bei ihrem Mann sei. Sina setzte sich in den Wartebereich und war kurz darauf allein, als die Mutter mit ihrem Kind aufgerufen wurde. Sie starrte auf die gegenüberliegende weiße Wand, faltete die Hände auf dem Schoß und drehte die Daumen hin und her. Wenn sie doch nur jemanden hätte, mit dem sie sich jetzt unterhalten könnte… Da gab es nur einen, der infrage kam. Entschlossen holte sie ihr Handy hervor, strich über das Display und rief ihre Kontakte auf. Hendriks Handynummer hatte sie eingespeichert – für den Notfall. Sina holte tief Luft, dann tippte sie auf »anrufen«.

»Sina?«

Beim Klang seiner Stimme breitete sich ein warmes Gefühl in ihrem Körper aus.

»Ja, ich bin's.«

»Ist alles gut bei dir?«

»Bei mir ja«, antwortete sie. Dann schilderte sie ihm in Kurzfassung, was geschehen war.

»Danke, dass du dich gemeldet hast«, erwiderte er, und Sina spürte, wie sich ihre innere Anspannung etwas löste. »Ich komme sofort.«

»Aber...«

»Kein aber! Warte auf mich, okay?«

Hendrik erreichte die Notaufnahme um kurz nach Mitternacht, aber er fühlte sich fit, da er nachmittags zwei Stunden geschlafen hatte. Als er Sina einsam auf dem Stuhl im Flur sitzen sah, schlug sein Herz ein paar Takte schneller. Ihr helles blondes Haar schimmerte im Licht der Deckenbeleuchtung, und ein Lächeln huschte über ihr ebenmäßiges Gesicht, als sie ihn sah.

»Hendrik, endlich!« Sie sprang auf und lief ihm entgegen, blieb dann aber abrupt stehen, als habe sie es sich anders überlegt. »Elisabeth ist noch nicht wieder zurück«, sagte sie leise.

Hendrik ging ein paar Schritte auf sie zu und legte ihr seine Hände auf die Schultern.

»Du siehst müde aus«, sagte er leise, und er spürte, wie sich ihre angespannte Muskulatur unter seiner Berührung lockerte. Er drückte sie sanft zurück auf den Stuhl. »Warte hier, ich schau mal, ob ich etwas herausfinde.«

Er lief an der Anmeldung vorbei, aber weder dort noch in dem Büro nebenan war jemand. Als er sich wieder umdrehte, kamen ihm Elisabeth und ein Arzt auf dem Flur entgegen. Hendrik blieb an der Wand gelehnt stehen und wartete, bis Alberts Frau dem Arzt die Hand schüttelte. Dann ging er langsam auf sie zu.

»Elisabeth?«

»Hendrik...« Sie wischte sich mit dem Handrücken über ihr schmales Gesicht. »Schön, dass du da bist.«

Ihre Augen waren gerötet, und ihre dunkelblonden Haare sahen zerzaust aus. Sie war schon fast sechzig, aber immer noch topfit. Hendrik hatte sie schon häufig morgens in der Ostsee schwimmen gesehen – selbst im Winter. Aber jetzt wirkte sie sehr zerbrechlich auf ihn. Er nahm sie in den Arm und drückte sie fest. Dann schob er sie behutsam zurück.

»Wie geht es ihm?«

»Er liegt jetzt auf der Intensivstation. Er hat großes Glück gehabt, sagt der Arzt. Ein Herzinfarkt...«

Hendrik hakte sich bei ihr unter. »Keine Angst, er schafft das schon. Albert haut so schnell nichts um. Sina hat zum Glück schnell reagiert. Sie ist auch hier.«

Sina hob sofort den Kopf, als er mit Elisabeth den Wartebereich betrat. Die beiden Frauen umarmten sich herzlich.

»Ich glaube, ein Becher Kakao ist jetzt genau das richtige!« Hendrik ging zu dem Getränkeautomaten in der Ecke und kam mit drei Bechern zurück.

Elisabeth lächelte. »Du bist ein Schatz.« Sie trank einen Schluck, dann wandte sie sich an Sina. »Ich kann dir gar nicht genug danken. Ohne dich wäre er jetzt vielleicht...« Sie presste ihre Lippen aufeinander. »Ich hatte schon den ganzen Tag so ein komisches Gefühl.«

»Das war doch selbstverständlich. Jetzt ist er zum Glück in guten Händen«, sagte Sina. »Wie geht es ihm denn jetzt?«

»Er ist ziemlich geschwächt und muss sich jetzt ausruhen«, erwiderte Elisabeth mit tränenerstickter Stimme.

Sina legte ihr die Hand auf die Schulter. »Albert ist hier gut aufgehoben, mach dir nicht zu große Sorgen. Am besten, ich fahre dich nach Hause, und dann ruhst du dich aus. Morgen sieht bestimmt schon alles viel besser aus.«

Elisabeth schüttelte den Kopf. »Danke, das ist lieb, aber ich rufe mir ein Taxi, ich habe es ja nicht weit.« Sie blickte nun Hendrik an und deutete dann mit dem Kopf auf Sina. »Bring du mal die junge Deern nach Hause.«

»Wird gemacht!« Hendrik grinste. Zu dritt verließen sie das Krankenhaus.

Kurze Zeit später winkten Sina und Hendrik dem Taxi hinterher, bis die roten Rücklichter in der Dunkelheit verschwunden waren.

»Dann wollen wir mal nach Hause«, sagte Hendrik.

Sina nickte. »Mein Auto steht dahin…«

»Du fährst mit mir«, unterbrach sie Hendrik. »So müde, wie du bist, setzt du dich besser nicht mehr ans Steuer.«

»Aber…«

Er umfasste ihre Schulter. »Nichts aber, ich fahre dich morgen nach der Arbeit zu deinem Auto, okay?«

Sina nickte ergeben und ließ sich zu seinem VW-Bus geleiten.

Sina zog am Gurt, um sich anzuschnallen, doch er ließ sich partout nicht aus der Verankerung ziehen.

»Ah, der klemmt etwas«, sagte Hendrik. Er beugte sich über sie, und als seine lockigen Haare ihre Wangen streiften, hielt sie für einen Moment die Luft an.

Hendrik zog fest an dem Gurt, woraufhin er sich endlich löste.

»Danke!« Sina atmete erleichtert aus.

»Kein Problem.« Er startete das Auto und fuhr langsam vom Parkplatz. Eine Weile schwiegen sie beide. Sina spürte, wie Hendrik sie von der Seite musterte, bevor er den Blick zurück auf die Straße lenkte.

»Gut, dass du mich angerufen hast. Mensch, was macht Albert nur für Sachen. War er in letzter Zeit denn besonders gestresst?«

»Nicht mehr als sonst«, erwiderte Sina. »Jetzt in der Sommersaison haben wir natürlich mehr zu tun als sonst, aber ich hatte nicht den Eindruck, dass ihm das zu schaffen macht.«

»Hoffentlich erholt er sich wieder«, sagte Hendrik leise.

Sina rückte sich auf dem Sitz zurecht. Ihr war etwas unbehaglich zumute. Sie war es nicht gewohnt, mit Hendrik allein zu sein. Das letzte Mal war sie zusammen mit Leni in Hendriks Bus mitgefahren, als sie seinen Freund Hinnerk, der eine Surfschule in Schwedeneck betrieb, besucht hatten. Seitdem hatte sie Hendrik privat kaum noch gesehen. Hin und wieder war er ins Hofcafé gekommen, aber meistens war irgendjemand dabei gewesen.

Nervös knetete sie ihre Hände, sie öffnete das Fenster einen Spalt. Schon besser. »Ist alles okay mit dir?«

Leni drehte sich zu ihm, und als sich ihre Blicke kurz trafen, breitete sich ein leichtes Kribbeln in ihrem Körper aus. Irritiert senkte sie den Kopf. »Ja, ich bin nur müde.«

»Kein Wunder«, erwiderte Hendrik, der seinen Blick

wieder auf die Straße richtete. »Bei dem, was du durchgemacht hast.«

Sina nickte langsam. »Das war echt schlimm.«

»Woher wusstest du, was zu tun ist?«

»Ich habe vor ein paar Wochen einen Erste-Hilfe-Kurs gemacht.«

Hendrik streifte sie mit seinem Blick. »Wahrscheinlich hast du ihm das Leben gerettet.«

Sina spürte, wie sie errötete. Sie nestelte an den Knöpfen ihrer Jeansjacke und schaute verlegen aus dem Fenster.

»Das ist doch selbstverständlich«, sagte sie schließlich. Sie hielt einen Moment inne. »Ich weiß bloß gar nicht, wie es jetzt ohne Albert im Hofcafé weitergehen soll«, brach es schließlich aus ihr heraus.

»Ich rede morgen mit meiner Mutter, es wird sich bestimmt eine Lösung finden.«

»Das ist lieb von dir, danke.«

Sina blickte aus dem Fenster. Als Hendrik auf die Landstraße in Richtung Gut Schwansee abbog, schaltete er das Fernlicht ein, und Sina war froh, dass er zugleich das Tempo drosselte. Es gab hier sehr viel Wild, deshalb musste man immer darauf gefasst sein, dass plötzlich ein Reh aus dem Gebüsch auf die Straße sprang. Leni hatte hier einen Wildunfall gehabt, als sie das erste Mal von Berlin nach Schwansen gekommen war. Sina musste schmunzeln, als sie daran dachte, wie unbeholfen sich Nathan Leni anfangs gegenüber verhalten hatte. Was war doch seither alles passiert.

Nach wenigen Minuten hatten sie ihr Ziel erreicht.

Hendrik lenkte den Bus auf den Hof und parkte direkt vor dem Eingang zu Sinas Wohnung.

»Sicher, dass es dir gut geht?«

Sie nickte. »Danke, dass du ins Krankenhaus gekommen bist.«

»Das war doch das Mindeste! Ich bin froh, dass du mich angerufen hast.«

Als Sina ihre Wohnung betrat, atmete sie erst einmal durch. Sie hängte ihre Jeansjacke an die Garderobe und streifte die Sneaker ab. Dann ging sie in ihr kleines Wohnzimmer und ließ sich auf das Sofa fallen. Beim Anblick des leeren Körbchens neben der Tür fühlte sie einen Stich im Herzen. Snow, ihre Katze, war vor einem Jahr gestorben. Manchmal hatte sie das Gefühl, als ob sie gleich um die Ecke kommen würde, um auf ihren Schoß zu springen. Sie vermisste das kleine Fellknäuel so sehr.

Sina holte sich ein halbes Glas Wein aus der Küche. Sie musste erst mal runterkommen und ärgerte sich im Nachhinein, dass sie auf der Rückfahrt so schweigsam gewesen war. Eigentlich war sie sonst nicht so verschlossen, aber sie hatte die ganze Zeit Angst gehabt, etwas Falsches zu sagen. Wie aus dem Nichts flackerte die Erinnerung an den bisher schlimmsten Tag ihres Lebens vor ihrem inneren Auge auf. Ihr Magen zog sich schmerzhaft zusammen. Zwei Jahre und vier Monate waren seitdem vergangen. Am meisten quälte sie, dass sie immer noch nicht wusste, warum es geschehen war, denn derjenige, der diese Frage beantworten konnte, war komplett von der Bildfläche verschwunden.

3

Am nächsten Morgen klingelte um 5.30 Uhr der Wecker. Als Sina die Augen öffnete, wusste sie einen Augenblick nicht, wo sie überhaupt war, so tief und fest hatte sie geschlafen. Aber nun musste sie sich beeilen. Sie war heute allein, sie wollte auf jeden Fall pünktlich in der Küche stehen. Gleich fütterte Paul die Pferde, und danach freute er sich auf sein Frühstück im Hofcafé. Auch die anderen Mitarbeiter von Gut Schwansee würden kurze Zeit später eintrudeln. In Windeseile duschte sie, zog sich ihre Arbeitsklamotten über, trug etwas Wimperntusche auf, und schon war sie startklar. Es machte ihr nichts aus, früh aufzustehen, im Gegenteil: *Der frühe Vogel fängt den Wurm!* Diesen Spruch hatte sie schon als Kind von ihrem Vater gehört, und auch ihre Mutter war eine Frühaufsteherin. Ihre drei Geschwister waren allerdings kleine Langschläfer. Sie lächelte, als sie an ihre jüngeren Brüder dachte. Sie musste unbedingt mal wieder nach Hause fahren, sie hatte alle seit Wochen nicht mehr gesehen. Als sie den Hof betrat, reckte sie den Kopf nach oben und atmete die frische Luft ein. Sie winkte Nathan zu, der gerade seinen Hengst Moonlight auf die runde, weiß eingezäunte Koppel führte, die sich gegenüber des Hengststalls befand. Noch ein paar Schritte, dann hatte Sina das Hofcafé erreicht. Sie schloss die Tür auf, schaltete das Licht ein, ging durch den Gastraum zum Tresen und ließ ihren Blick kurz über die rustikalen dunklen Tische und Stühle gleiten. Die Blumen in den kleinen Vasen ließen schon die Köpfe hängen, sie würde heute bei der Gärtnerei ein paar neue Sträuße bestellen. Kurz kontrollierte sie, ob noch Geschirr herumstand. Alles war sauber und ordentlich. Sie betrat die Küche, und als sie den Arbeitsblock in der Mitte erblickte, hielt sie einen Moment inne. Davor hatte gestern Albert gelegen und sich nicht mehr bewegt. Sie hoffte inständig, dass er so schnell wie möglich wieder gesund werden würde. Nun war sie das erste Mal komplett auf sich allein gestellt. Natürlich kannte sie mittlerweile alle Abläufe, und sie wusste genau, was zu tun war, wenn Bestellungen eingingen oder Veranstaltungen vorzubereiten waren. Dennoch hatte sie bislang nur allein gearbeitet, wenn Albert im Urlaub gewesen war – und das war immer höchstens eine Woche gewesen. Sie zog sich ihre graue Kochjacke über und zwirbelte ihre Haare zu einem Dutt zusammen. Der Teig für die Brötchen, den sie gestern angesetzt hatte, war gut aufgegangen. Es konnte also losgehen.

Hendrik ließ Wasser in den Kessel laufen. Erst in einer guten Stunde musste er los, er konnte es also ruhig angehen lassen. Er stieß die Tür des Wohnwagens auf und hielt seine Hand schützend vor die Augen, als ihn die grelle Morgensonne blendete. Vielleicht hätte er gestern, als er endlich am Campingplatz angekommen war, doch nicht noch zwei Bier trinken sollen. Er setzte sich auf die zweistufige Stahltreppe, die er einmal auf einer Messe für den Airstream-Wohnwagen seiner Familie gekauft hatte. Jetzt, im Sommer, war er fast jeden Tag hier, manchmal kam auch sein Bruder Nathan vorbei, wenn er sich mal eine Pause gönnte, was aber wegen des geplanten Baus der Reithalle selten vorkam. Schade eigentlich. Früher als Kinder hatten sie fast den ganzen Sommer hier verbracht. Hendrik war aber auch gern allein, damit hatte er noch nie ein Problem gehabt. Im Gegenteil. Dann konnte er tun und lassen, was er wollte, und musste sich vor niemandem rechtfertigen. Als er noch mit Leonie zusammen war, war das anders gewesen. Jetzt war er wieder frei, doch noch immer schmerzte es ihn, dass Leonie von einem Tag auf den anderen mit ihm Schluss gemacht hatte. Erst viel später hatte er etwas über ihre Gründe erfahren, von einem Freund, der es »gut mit ihm gemeint« hatte. Er konnte noch immer nicht glauben, was Leonie angeblich gesagt hatte. Natürlich hätte er sie anrufen oder ihr wenigstens schreiben können, aber dazu hatte ihm bislang der Mut gefehlt, und außerdem würde es auch nichts ändern. Sie hatte ihn verlassen, und die Gründe dafür waren letztendlich egal.

Er ließ seinen Blick über den weitläufigen Strand und die Ostsee gleiten, die heute türkisblau leuchtete. Die Sonne stand schon ziemlich hoch, und einige Camper hatten bereits ihre Handtücher ausgebreitet. Die Plätze in den mit Seegras bewachsenen Dünen waren besonders beliebt. Er erkannte Dieter, der seit Jahrzehnten Stammgast auf dem Campingplatz war, und winkte ihm kurz zu. Vielleicht würde er nach der Arbeit mal wieder bei ihm vorbeischauen. Dieters Frau Margret war für ein paar Tage zu ihrer Schwester Hanni nach Flensburg gefahren, deshalb hatte er sturmfrei. Als der Kessel zu pfeifen begann, ging Hendrik wieder hinein, ließ Kaffeepulver in den Filter rieseln und goss vorsichtig Wasser auf. Für ihn schmeckte frisch aufgebrühter Kaffee immer noch am besten. Den allerbesten Kaffee machte allerdings Sina im Hofcafé. Seine Gedanken kehrten zur gestrigen Nacht zurück. Sicher stand Sina schon lange in der Küche, sie war sehr zuverlässig, das hatten seine Eltern und auch Nathan immer wieder betont. Ein warmes Gefühl breitete sich in ihm aus, wenn er an sie dachte. Am liebsten hätte er sie gestern, als er sie dort auf dem Flur der Notaufnahme gesehen hatte, in den Arm genommen. Aber dann hatte er es doch als unpassend empfunden, schließlich war sie eine Angestellte seiner Familie und bestenfalls eine gute Freundin.

Das hatte Sina kurz vor Feierabend gerade noch gefehlt. Susanne Cornelius betrat das Hofcafé, unterhielt sich kurz mit einem Gast und nickte ihr dann hinter dem Tresen zu. Ihre Chefin trug trotz der sommerlichen Temperaturen ein dunkelbraunes Kostüm, dazu passende Strümpfe und hochhackige Pumps aus Wildleder. Der einzige Farbtupfer war das violett-maisgelb gemusterte Hermès-Tuch, das sie gekonnt um ihren Hals geknotet hatte.

»Sina, gut, dass ich Sie treffe.« Sie zog ihre perfekt gezupften Augenbrauen hoch. »Ich muss etwas mit Ihnen besprechen. Haben Sie einen Moment Zeit?«

»Natürlich, möchten Sie einen Kaffee?«

Frau Cornelius nickte knapp, bevor sie einen Anruf entgegennahm. Sie deutete mit einer wedelnden Handbewegung auf den Vierertisch in der Ecke. Sina kannte das schon. Ihre Chefin war immer total beschäftigt, telefonierte ständig oder kommandierte ihre Mitarbeiter herum. Sie war auf dem Gut vor allem für die Veranstaltungen, also Hochzeiten, Jubiläen und Betriebsfeiern zuständig, die entweder im Goldenen Saal oder im Kellergewölbe des Herrenhauses stattfanden. Sina und Albert sorgten sowohl für die passenden Speisen und Getränke als auch für die Dekoration der Tische und der Räumlichkeiten. Sina stellte die Kaffeetassen ab, setzte sich und wartete, bis Susanne Cornelius ihr Gespräch beendet hatte und sich ihr zuwandte. »Albert wird mindestens sechs Wochen ausfallen, Sie müssen deshalb erst einmal allein klarkommen.«

Sina rutschte das Herz in die Hose. »Okay...«, sagte sie unsicher, »aber ich weiß nicht...«

»Das kriegen Sie schon hin«, unterbrach sie ihre Chefin. »Sie haben das doch nun schon lange genug gemacht.« Sie nippte an ihrer Tasse, dann fuhr sie fort. »Albert wird nach seiner Entlassung aus dem Krankenhaus noch zur Reha müssen, nach Damp wahrscheinlich, das hat mir seine Frau heute mitgeteilt. Da kann man nichts machen.«

Sie hob den Kopf, als jemand zur Tür hereinkam. Sina folgte ihrem Blick. Es war Bernhard Cornelius, Susannes Mann, der schnurstracks zum Tresen lief, als habe er sie gar nicht gesehen. Kurz danach betrat Hendrik das Hofcafé, und Sina hielt für einen Moment die Luft an. Als er sie sah, hob er nur kurz grüßend die Hand und folgte seinem Vater. Sinas Magen zog sich für einen Augenblick schmerzhaft zusammen. Nach dem gestrigen Abend kränkte sie diese unpersönliche Begrüßung ein wenig.

Susanne Cornelius schob Sina ein in der Mitte gefaltetes Papier über den Tisch. »Also, was ich eigentlich mit Ihnen besprechen wollte, ist Folgendes: In vier Wochen erwarten wir eine Delegation mit wichtigen Leuten aus der Reitsportszene. Heute ist die Zusage per Fax gekommen.«

Sina sah ihre Chefin fragend an.

»Die Teilnehmer wollen darüber diskutieren, ob sich Gut Schwansee als Austragungsort für ein Dressurchampionat eignet. Ein wichtiger Sponsor wird auch dabei sein.«

»Ein Dressurchampionat? Hier bei uns?«

Frau Cornelius runzelte die Stirn. »Warum denn nicht? Wenn Nathan mit der Halle fertig ist und der Außenplatz einen neuen Boden hat, kann hier jedes Turnier der Welt stattfinden. Die Herrschaften bleiben drei Tage. Am letzten Tag soll es ein Bankett geben, aber die Einzelheiten besprechen wir noch.«

Sina spürte, wie sich ihr Herzschlag beschleunigte. »Aber wie soll ich das ganz allein schaffen?«

Ihre Chefin schlug mit ihrer freien Hand auf die Tischplatte, nicht fest, aber doch so, dass Sina zusammenzuckte. »Das kriegen Sie schon hin!«

Sie griff nach ihrem Handy. »Sina, ich verlasse mich auf Sie!«

Damit war das Gespräch für sie offensichtlich beendet. Mit dem Handy am Ohr verließ Susanne Cornelius das Hofcafé. Sina nahm kopfschüttelnd die Tassen und kehrte zum Tresen zurück.

»Na, min Deern«, begrüßte Bernhard sie. »Schöön dat wi uns seht.« Er stieß seinen Sohn mit dem Ellenbogen an. Hendrik trug einen lässigen Hoodie und dazu ausgeblichene Shorts. Seine Haare waren zerzaust und noch feucht, wahrscheinlich hatte er heute schon Surf-Unterricht gegeben. Als er ihren Blick lächelnd erwiderte, schaute sie schnell zur Seite. Sie nahm ein Glas, hielt es kurz in die Luft und stellte es dann in die Spüle. »Was kann ich für euch tun?«

»Weest wat?« Bernhard grinste sie augenzwinkernd an. »Wi drinkt noch´n lütten Jägermeister.«

»Geht klar!«

Sina war froh, dass sich die beiden Männer weiter unterhielten. Sie holte zwei matte Schnapsgläser mit dem eingravierten Logo des Guts aus dem Tiefkühlfach, füllte sie bis zum Rand und stellte sie auf den Tresen. »Na denn, Prost!«

Während sie die Tische abwischte, beobachtete sie die beiden Männer aus den Augenwinkeln. Bernhard Cornelius war schon über sechzig, aber schlank und immer in Bewegung. Wenn es seine Zeit erlaubte, ritt er jeden Morgen bis zum Moor, oder außerhalb der Saison auch an den

Strand. Er war für alle Mitarbeiter und Gäste da, jeder konnte zu ihm kommen, wenn es ein Problem gab. Ohne ihn hätte Leni ihren Laden »Überall« bestimmt nicht eröffnet, er hatte sich immer für sie eingesetzt, auch gegenüber seiner Frau. Sie hörte lautes Fahrradklingeln und Gelächter, nickte Bernhard und Hendrik zu, und zupfte ihre Kochjacke zurecht. Das musste die angekündigte Fahrradgruppe sein.

Als Sina um 21 Uhr die Tür zu ihrer Wohnung aufschloss, war sie fix und fertig. Sie streifte ihre Turnschuhe ab und ließ sich aufs Sofa fallen. Allein würde sie die Arbeit im Hofcafé auf Dauer nicht schaffen. Wenn Albert für mehrere Wochen ausfiel – und das hatte Frau Cornelius ihr schließlich so gesagt –, müsste sie sich etwas überlegen. Vielleicht konnten Sie vorübergehend eine Hilfskraft einstellen. Sina seufzte, stand auf und betrat ihre kleine, gemütliche Küche. Über der Arbeitsfläche hatte sie ein Regal angebracht, auf dem ihr Lieblingsgeschirr stand: Teller, Becher und Tassen aus bunt bemalter Keramik, die sie bei Etsy bestellt hatte. Sina liebte ihren pinkfarbenen Kühlschrank im amerikanischen Retrodesign, den sie mit Leni im Sozialkaufhaus entdeckt hatte. Sie holte sich ein alkoholfreies Bier heraus, setzte sich auf einen der Korbstühle und streckte ihre Beine aus. Ihre Chefin hatte vielleicht Nerven! Ein paar Hofcafégäste zu bewirten war eine Sache, aber gleich eine ganze Gesellschaft, und dann auch noch für mehrere Tage? Andererseits hatte Sina schon immer davon geträumt, ihr eigenes Restaurant zu haben. Sie nippte gedankenverloren an ihrem Bier. Vielleicht konnte sie jetzt beweisen, dass sie nicht mehr die unerfahrene Jungköchin war, sondern viel mehr draufhatte? Sie ließ den Blick über die Buchrücken ihrer Koch- und Backbücher gleiten, die in dem kleinen Holzregal neben dem Tisch aufgereiht waren: das Standardwerk *Der große Larousse Gastronomique*, das sie sich einmal antiquarisch geleistet hatte, aber auch die *Bayerische Kochschule* von Alfons Schuhbeck und das Kochbuch von Johannes King, den sie sehr bewunderte. Einige Rezepte aus den Büchern hatte sie bereits ausprobiert. Nur für sich hatte sie die Gerichte gekocht, selbstkritisch gekostet und bewertet. War jetzt der richtige Zeitpunkt gekommen, auch anderen ihre Kochkünste zu präsentieren? Aber selbst, wenn sie sich dazu durchringen würde, bräuchte sie Hilfe in der Küche, vor allem im Service. Sina stellte die leere Flasche in die Küche und ging ins Bad, um zu duschen. Während sie sich vor dem kleinen Waschbecken abtrocknete, schaute sie in den Spiegel, der darüber angebracht war. Sie sah etwas blass aus, stellte sie fest, und dunkle Schatten lagen unter ihren blauen Augen. Ihre helle Haut war sehr empfindlich, sie beäugte kritisch einige rote Stellen, und tupfte etwas Heilcreme darauf. Sina seufzte, zog ihren Bademantel über und ging barfuß ins Schlafzimmer. Ihr Bett aus massivem Buchenholz war zwei Meter breit und nahm fast den gesamten Raum ein. Davor stand ihr weißer Kleiderschrank, den sie vom Vormieter übernommen hatte. Auf der Bettkante sitzend betrachtete sie das Möbelstück. Dabei stützte sie sich nach hinten mit den Armen ab. Sie starrte auf die linke Tür, die sie immer sorgsam verschlossen hielt, und ungebetene Erinnerungsfetzen blitzen in ihrem Kopf auf. Der Schlüssel lag in der Schublade des Nachtschränkchens, das links neben ihrem Bett stand. Sie hatte wochenlang nicht mehr hineingeguckt, weil sie sich nicht immer wieder selbst quälen wollte. Außerdem war sie abends meistens ohnehin zu erschöpft gewesen. Sina ließ sich nach hinten auf die Überdecke fallen und streckte ihre Arme zur Seite aus. Sie war so unglaublich müde, aber dennoch ließ sie sich von ihren Erinnerungen mitreißen. Es war damals ein so schöner Tag gewesen – wie sehr hatte sie ihn herbeigesehnt! Monatelang hatten die Vorbereitungen gedauert, und sie hatte jede freie Minute dafür investiert, obwohl sie gerade inmitten der Abschlussprüfungen ihrer Kochausbildung steckte. Sie hatte einen Traum gehabt, der in Erfüllung gehen sollte, genauso, wie sie es sich schon als kleines Mädchen ausgemalt hatte. Aber dann… Noch immer wusste sie nicht, wie das alles hatte passieren können und vor allem hatte sie noch keine Antwort darauf gefunden, was sie falsch gemacht hatte.

Paul war wieder einmal der erste, der das Hofcafé betrat. »Moin, Sina«, begrüßte er sie, als er seinen Becher mit schwarzem Kaffee entgegennahm. Danach setzte er sich an den kleinen Tisch für zwei Personen und drehte sich eine Zigarette. Er würde sie später auf den Weg in den Stall rauchen, das gehörte zu seinem Morgenritual. Paul war der dienstälteste Mitarbeiter, ein zuverlässiger Stallbursche, auf den sich Nathan und Bernhard hundertprozentig verlassen konnten. Seit Sina auf dem Gut arbeitete, hatte er noch keinen Tag gefehlt. Er liebte die Hausmannskost, die Albert mittags kochte, Frikadellen mit Bratkartoffeln waren seine absolute Leibspeise. Heute würde er sich mit Erbsensuppe begnügen müssen, die vom Fest der Freiwilligen Feuerwehr übriggeblieben war. Die Reste hatte Sina eingefroren. Für die kommenden Tage musste sie sich unbedingt einen Plan machen, damit sie den Überblick behielt.

Sina schnappte sich ein Handtuch, ging in die Küche und öffnete den Herd. Ein verlockender Duft strömte ihr entgegen – sehr schön, ihr Apfelkuchen war perfekt aufgegangen und gleichmäßig gebräunt. Sie zog das Blech heraus und stellte es auf die Ablage. Als sie sich umdrehte, lehnte Hendrik im Türrahmen. »Da komme ich ja genau richtig.«

Sina spürte, wie sich ein Kribbeln in ihrem Körper ausbreitete. »Bist du aus dem Bett gefallen?«

Er grinste. »Ich habe noch gar nicht geschlafen.«

»Bist du krank?«

»Nein, ich war bei einem Kumpel.«

»Mitten in der Woche?«

»Ja, warum nicht? Dieter hatte sturmfrei, und wir haben ein paar Bier getrunken.«

Sina blinzelte. »Und jetzt brauchst du wahrscheinlich einen Kaffee?«

Er ging einen Schritt auf sie zu. »Das wäre echt super.«

Sie musterte ihn kurz, und ihr Blick verfing sich in seinen Locken. Er trug heute ein enges weißes Shirt, unter dem sich seine Muskeln abzeichneten, und verwaschene Shorts. Seine Beine und Arme waren goldbraun gebräunt – eine Farbe, die man wohl nur bekam, wenn man fast jeden Tag auf dem Wasser war. Er strahlte etwas sehr Männliches, Vitales aus, und Sina verspürte nicht zum ersten Mal den Drang, sich an seine Schulter zu lehnen. Schnell verscheuchte sie den Gedanken. Hendrik hatte noch nie etwas anderes in ihr gesehen als eine Bekannte. Sina wandte sich ab, ging zum Tresen, holte einen Becher aus dem Regal und füllte Kaffee aus der Thermoskanne ein. Kaum war sie damit fertig, stand er plötzlich hinter ihr. Sina spürte die Wärme seines Körpers auf ihrem Rücken, und als sie sich umdrehte, blickte sie in seine Augen, deren Farbe je nach Licht von einem dunklen Blau zu einem leuchtenden Türkis changieren konnten. In seinen unglaublich langen Wimpern glitzerten Salzkristalle.

»Danke!«

Er nahm ihr den Becher aus der Hand, und streifte dabei ihre Haut. Die kurze Berührung ließ sie beide leicht zusammenzucken. Peinlich berührt merkte Sina, wie sie rot wurde. Er trank einen Schluck, ohne den Blick von ihr abzuwenden. »Meine Mutter hat mir erzählt, dass du jetzt alles erst einmal allein machen musst?«

»Ja, das stimmt, aber ich habe ihr auch gesagt, dass ich das ohne Hilfe nicht schaffen kann. Aber das wollte sie nicht hören...« Sina blickte ihn zweifelnd an.

»Ich finde es gut, dass du ihr Paroli bietest«, erwiderte er, und seine Stimme klang sanft und einfühlsam. »Sie ist ja schon ziemlich...«

»Dominant?« Sina grinste.

»Du bringst es auf den Punkt! Ich muss los. Wenn du Hilfe brauchst, melde dich, okay?«

Sina nickte, blieb mit dem Rücken an die Spüle gelehnt stehen und verfolgte ihn mit ihrem Blick, bis er das Hofcafé verlassen hatte. Dort, wo sich ihre Hände berührt hatten, brannte ihre Haut. Sie strich mit dem Zeigefinger über die Stelle. Es war lieb von ihm, ihr seine Hilfe anzubieten, aber sie zweifelte, ob er dazu überhaupt in der Lage war. Würde er morgens früh aufstehen, um ihr in der Küche zu helfen? Wohl kaum. Die ganze Nacht mit einem Kumpel Bier trinken – und das an einem Arbeitstag. So viel Zeit hätte sie auch gern mal. Sie schenkte sich eine Tasse Kaffee ein und ging vor die Tür. Die Sonne wärmte ihr Gesicht. Am liebsten hätte sie jetzt eine Zigarette geraucht, aber dieses Laster hatte sie vor einem Jahr aufgegeben. Zu teuer und ungesund.

Sina nippte an ihrem Kaffee und betrachtete das Herrenhaus. Hier waren Hendrik und Nathan aufgewachsen – in Zimmern so groß wie Ballsäle. Zwar würde Nathan als erstgeborener Sohn später Gut Schwansee erben, aber sicher würde auch Hendrik nicht leer ausgehen. Sina seufzte, als sie an das kleine Haus dachte, in dem sie ihre Kindheit und Jugend verbracht hatte. Ihre Schularbeiten hatte sie in der Küche erledigt, in ihrem kleinen Zimmer unter dem Dach war nur Platz für ein Bett und einen Schrank gewesen. Schon als Zwölfjährige hatte sie einmal die Woche Zeitungen ausgetragen und stundenweise die Gartenarbeit für Nachbarn erledigt, um sich ihr kleines

Taschengeld aufzubessern. Sie und Hendrik lebten in vollkommen anderen Welten. Sina befahl sich innerlich, nicht ständig an ihn zu denken. Das waren bestimmt ohnehin nur ihre Hormone, die verrückt spielten, schließlich ging sie auf die Dreißig zu. Viele ihrer ehemaligen Klassenkameraden waren schon verheiratet oder zumindest verlobt, vor zwei Wochen war sie erst bei der Hochzeit von Jenny und Bastian gewesen. Ihre Augen füllten sich mit Tränen, als sie an das Hochzeitskleid ihrer ehemaligen Schulkameradin dachte. Ein bodenlanger Traum in der klassischen A-Form mit einem Oberteil aus perlenbestickter Spitze, dazu eine meterlange Schleppe und ein mehrlagiger Schleier, der mit einer zauberhaften, funkelnden Krone im lockigen Haar ihrer Freundin befestigt gewesen war.

Abrupt wurde Sina aus ihren Gedanken gerissen, als ein hagerer Mann mit buschigen grauen Augenbrauen sie ansprach. Sie hatte den Gast noch gar nicht bemerkt.

»Sind Sie hier für die Küche verantwortlich?«

»Ja, das bin ich.«

»Sie können nicht zufällig noch einen Koch gebrauchen?«

Sina ergriff perplex seine ausgestreckte Hand. »Können Sie hellsehen? Sie schickt der Himmel!«